對蹠與融攝：
唐人生命情調與審美風尚

林淑貞　著

臺灣學生書局　印行

羅　序

　　去年上半年，我在台灣逢甲大學任客座教授，一次與蕭麗華教授談起台灣唐代文學研究界的研究動態，麗華向我介紹中興大學的林淑貞教授，認爲是一位值得尊重和關注的學者。她對淑貞教授的介紹，使我想起了在明道大學的一次「學術偶遇」。

　　明道大學曾舉辦「唐宋生態文學學術討論會」，主辦者邀請我去擔任論文評議人。說實話在學術會議上評議論文其實是很「考」人的事，我一直覺得這比自己宣讀論文更有難度。那次我對自己的評議就不滿意，批評發表者似太直接，沒有兼顧「受眾」感受。接著我後面的另一篇論文評議者正是淑貞教授，她對文章讀得很細緻，就全文的優點與不足娓娓道來，評述辯證而從容得體。羅宗濤先生作爲主持人小結時對淑貞教授的評議以「深切細密」贊之，我是很讚同的，當時印象頗深。

　　因爲以前未有過從，加之那次來去匆匆，彼此間沒有對話。去年下半年，我們的互動就比較多了。我在蘇州主持中國唐代文學第十七屆年會暨國際學術討論會邀請淑貞教授來參加，她除了帶來討論唐代小說與六朝志怪小說關係研究的論文外，還在閉幕式上做了一個發言，引起與會者的注意和好評。會議結束回台後不久，她發來了幾首詩歌和散文，題材是蘇州遊歷，其中有一篇寫老東吳校園：

> 行走在靜謐如洗的校園裡，看不到現代化，只有一簾思古幽
> 情巧然爬駐心臆。風華歲月，悄然在這兒盤桓，靜靜地流淌
> 著年光的刻度。藍天，白雲，綠地，紅樓，梧桐，銀杏，鐘
> 樓，澄淡幽靜遠離紅塵喧囂，佇立悄然。古亭畔的悠然小坐，
> 讓我們成為逸出時光邊境的偷渡客，遣度在流光的縫隙中。

如清泉濾洗過的句子，將老東吳寫得如此優雅動人，讓我這個在校園中走過幾十個春秋的人讀了也為之歆動。顯然，淑貞教授的審美感悟很好，而且善於將美學感悟傳達給讀者。由她來探析唐詩審美風尚，是足可期待一種別樣的研究成果的。

　　唐詩研究，是一個相當成熟的學術領域，經過幾代人傾力、持久的耕耘，已經沒有多少榛莽未啓之地了，學者們要開闢一個全新的研究領域很難，甚至研究生導師要為學生找個有發掘空間的選題亦非易事。有不得已「炒冷飯」者，也有走獵奇左道，時不時地抓住一些話題不著邊際地「炒作」者，如此皆失學術應有之品格。我認為，唐詩研究，進一步說整個唐代文學、唐代文化研究欲向前推進，須有兩個面向：一是深入發覆文獻史料，在新材料基礎上發現問題，解決問題；二是從文化立場，恰當採取跨學科的方法，在現代學術語境中反思既得，化成新知。這十多年唐代文學研究並沒有停滯，凡值得重視之成果，一般來說都不出新史料、新方法這兩種取向；相信今後唐代文學研究也不會止步，推陳出新之路徑，仍然在此二端。

　　淑貞教授長期以來是以會通文獻、圓融中西見長的，這本著作顯示出其一貫的學術風格。在上述兩個面向中，她更注重從文化立

場出發，在哲學、美學的視閾中展開思辨。在我看來，注重題義相關的文獻史料，溯考往哲的重要遺說，在適當的理論架構下，對一系列具體問題作出新的詮釋，在唐詩發展問題上提出富有史識和美學價值的見解，是淑貞教授此書的顯著成就和特色。

　　「對蹠與融攝」這個標目極具思辨力，爲全書之要旨。這是一個對唐詩發展帶有哲學意味的概括，體現了作者的審美體悟和理論素養。「對蹠」的提出，取之於凱西勒（Ernst Cassirer）任何文化皆有所謂的對蹠性（polarity）的觀點，而闡述則與唐宋文化轉型學說相關。日本歷史學家內藤湖南在一個世紀前曾在《概括的唐宋時代觀》中認爲：「唐和宋在文化性質上有顯著差異」，「唐代是中世的結束，而宋代是近代的開始，唐末至五代是一般過渡期，由於過去的歷史家大多以朝代區別時代，所以唐宋和元明清等成爲通用語，但從學術上來說，這樣的區劃法有更改的必要。」傅樂成在1972 年發表了《唐型文化和宋型文化》一文，進一步從「中國本位文化建立」的角度，論證了唐、宋文化的差異，明確提出了「唐型文化」與「宋型文化」的概念，認爲唐、宋各代表兩種不同的文化類型，前者相容並蓄，對外來文化接受較多，文化精神複雜而進取；而宋代則轉趨單純與收斂，且民族本位文化益形強固，因此宋代可稱爲中國近世本位化的建立期。

　　「唐型文化」大致可歸於士族文化構型，是一種發育、成長中的文化，其包孕萬方，價值多元，富於展望，有一股活潑潑的青春氣息。惟其如此，便天然地存在某種特殊的對峙與融合的狀態。所謂特殊，是說這種對峙下的道心、人心雖有處於兩端之勢，但其能量並非絕對地反向擴散，而內涵著相反相成的動因、趨勢，形成了

一種複雜的精神狀態和文化形態。這種狀態有別於允執厥中的「中和」，是排拒與依存合爲一體，在同一時空中衍化推進的「融攝」。從這個意義上說，本書「對蹠與融攝」之題揭櫫出唐代文化，尤其是中唐以前文化的本質特點，以之爲「眼」來觀照唐代詩歌發展、唐人的生命情調，其目光之聚焦是準確的，且自有一股灼灼元氣騰躍著，散發著。

李白是這種發育、成長的文化的代表，是唐代詩歌史上的一個極爲重要的座標。淑貞教授在本書中以兩章的篇幅從地域流轉論李白世用之困頓與轉化，從遊仙詩看李白的生命反差與人間性格。她認爲文學史勾勒李白的形象是才氣縱橫，到處行旅，似乎是不食人間煙火的天上謫仙人，但事實未必如此：

> （李白）一生是被編織在「世用之心」與「求道之心」的糾葛當中，「用世之心」是存活在當世、現世，也是理想、抱負可以實現的地方，去除這層現實人世，所有的成就、所有的作爲將落空而無所依憑，但是，李白在人世的遭困，往往要透過「求道之心」來達到消解，也就是寄託遐想天外的遊仙行爲，才能讓自己在現實世界中得到生命的安頓。

這裏說李白的一生「是被編織在『世用之心』與『求道之心』的糾葛當中」，很透徹。作者一方面用事實印證觀點，發爲宏論，一方面用編年的形式凸顯他的這種「糾葛」的重要節點。對李白的類似討論，兩岸學者都進行過，也有一些近似的看法，但這並不妨礙淑貞教授以不同的眼光進一步打量，「接著說」說出了新意。我們看

到，李白的身世與身心在矛盾衝突中張弛開闔，置於盛唐文化的具體背景中，那個「一生遊走著」的詩人影像真實而生動。

李賀是淑貞教授精心選擇的又一個重要人物樣本。值得一提的是，在「對蹠與融攝」的論述框架中，作者對李賀沒有作綜合性討論，而以《馬詩》作為研究基點，透過二十三首詠馬詩來體會李賀所形塑出來的馬意象與作意之關連性，進而感知李賀透過馬的意象傳釋的意涵及其境遇感。作者提出了一系列問題：「為何歷代注家多朝向《馬詩》為李賀自述生平遭逢或時代感懷的視角切入？此一切入的角度是否真能體契李賀作意？為什麼要如此解詩？基本的論點何在？與歷代詠馬詩究竟是悖反或是在傳統意涵下繼續衍申？」作者是很善於追問的，這幾乎是她的一種學術姿態，一種話語表達方式。而從這些提問和詮釋，可以看出作者不僅具有問題意識，而且能夠紮根文獻史料，從中抽繹出思理，這就與一些凌紙而發的高蹈無根的議論迥然區別開來了。

本書上下兩編，上編是具有綜觀性質的討論，下編是就具體作品的分析，合成全璧，知識點很多，學術容量頗大。儒道佛之不同哲學，詩與畫之不同藝術，雅與俗之不同風貌，以及王梵志、張若虛、李白、杜甫、王維、李賀、李商隱等不同典範，加之女性之特別題材，作者合為一手加以研究，顯示「生命的原質是最渾沌與無明，不同氣質的人，有不同的抉擇與審美風尚，也展現殊異的生命情調。」我對這種哲學、美學的論述風度心有戚戚焉，而對其行文的章法也很欣賞。在闡述每一個問題時，她都對相關學術要點作出清楚的陳述和歸納，頗有益於讀者的閱讀和理解。即使一詩一歌之分析，其學術向度也很清晰，內涵頗為豐滿。在淑貞教授的視野中，

每一單篇其實都具有詩人生命情調的獨特性，而在審美風貌上也有各自的代表性。就此探究，對理論性的思考是一種補充，也有一定的延伸作用。

淑貞教授講究研究範式，有意識地追求範式轉變，但她不是西方理論話語簡單的「拿來主義」者，既注意到一定研究範式與研究對象的切應性，同時力求作話語轉換，以與古代文論對接。這種轉化和對接是自然而然的，故可觀可貴。她曾經在寓言研究方面下過精深的功夫，這番功夫本書中每每加以運用，佔有一定的分量。雖然將部分唐詩個案作為寓言來分析，我因缺少這方面的學養而尚存疑義，但也承認其闡釋並非「強制」的，她是以獨特的學術敏感運行知識儲備，並努力去打開讀者的「接受」之扉。

在我這些年的唐詩論著的閱讀經驗中，披覽淑貞教授的這本著作，是很愉快的。其運思獨到，無愧射雕手，而錦心繡口，將文字打磨得極清健精拔。這些有思想，有美感、有溫度的文字，自然牽動你對唐代風華的記憶，讓你感受到唐人的生命情懷。

淑貞教授馳信囑我為她即將出版的這本著作寫個序言，實在不敢承擔。她是一位頗有資歷和影響的學者，由前輩師長來推介才更合適。但在一陣猶豫之後，我還是應允了。對淑貞教授發來論文之精彩處逐一進行記註，幾天後將文檔在電腦螢幕上拉了一遍，發現記註已經漫溢，方知也許這是「在正確的時候，做一件正確的事情」呢！淑貞教授在《陸巷古村》詩中說：

　　石巷迂迴
　　是剪不斷的離愁

嵌在依依難捨的關口
青石向晚
有你的音聲留駐在歲時的邊境
而我是尋訪你的知音

這些天跟著淑貞教授「石巷迂迴」，收穫不少，但斷不敢言作這番「尋訪」便能有「知音」之引喤。但我想說，這本著作作為唐詩研究的一份重要成果，其學術觀點和闡述方法都應該、也能夠引起人們的關注與回應。如此，以上拉雜寫來就權當拋磚引玉了。

羅時進

乙未年初夏，於蘇州老東吳校園

簡　序

八聲甘州

淑貞教授以新著《對蹠與融攝》一書索序，
輒以八聲甘州付之。

謾先唐後宋，看佳人，纖毫擘分明。
莫森然對蹠，含然融攝，相反相成。
二百千言巨製，寫罷笑蒼生。
禪悅流光轉，古道關情。

梵志歌詩流衍，續王維人物，李白仙聲。
更馬詩長吉，夢弼草堂英。
轉餘談，單篇深意，每析論，技法與神凝。
從雲起，玉樓門戶，不負師名。

簡錦松
2015.08.13

對蹠與融攝：
唐人生命情調與審美風尚

目　次

下卷　飛彩流金

圖表目次

上卷　疏文澡理

下卷　飛彩流金

上卷

疏文澡理

第一章　緒論

　　唐代文學以詩歌爲代表，亦爲中國詩歌的高峰期，擊分爲初、盛、中、晚四期，詩家輩出，各自展現煌燦光華，輝照千古。唐人歌詩究竟呈現什麼樣的生命情調？又示現什麼樣的審美風尙？頗值得探勘。

　　傅樂成曾揭示唐型文化與宋型文化有所不同，唐型文化是以接受外來文化爲主，精神及動態複雜進取，迄唐代後期儒學復興運動開啓風氣，宋朝佛、道、儒各家思想，漸趨融合，南宋道統思想成立，本位文化強固，排拒外來文化成見日深。[1]龔鵬程亦承其說，略有演繹，指出初唐承隋之後，是南北朝之延續或總結之發展，迄中唐安史之亂，政治、經濟、社會、文化皆出現結構性改變，由中唐漸變爲宋型文化。[2]此二說皆明示中唐是一個轉型的變革時代，以外放內斂分顯唐宋文化之異同，然而，映現在詩家的生命，是否也可以看到唐宋型文化之異同？或如何雜揉在書寫之中呢？

1　見傅樂成：〈唐型文化與宋型文化〉，《漢唐史論集》（台北：聯經出版公司，1977 年），頁 329-382。

2　見龔鵬程：《唐代思潮·序》（宜蘭：佛光人文社會學院，2001 年）冊上，頁 5。

　　據卡西勒（Ernst Cassirer）所云，任何文化皆有所謂的對蹠性（polarity，或譯爲兩極性），對蹠的兩端，是一種既相反相成，又相互排拒而形成互相依賴與依存的對立[3]，唐型與宋型文化本身既相斥又相合，共同體現在唐代之中，無論政治、經濟、社會、文化的變革皆在一定的脈絡下延續發展並進行變革的，而唐代詩人也在這樣的社會條件下抒發個人感蕩臆氣。面對時代的漸變，對於主流思想的選擇也有一定程度的涵養、抗斥與混融。故而，時代氛圍可能影響詩人的生命氣性，也可能不被濡染而自成格局，本書即在抉發唐代詩人透過詩歌體驗大唐風華之後所映現的個人特殊際遇與感知。「對蹠」，包括個人生命的相反相成，或是個人與社會環境的相反相成，甚或是社會環境存在的相反相成；「融攝」是指這些相反相成的生命情調共構含融在唐代之中。中唐以後發展出來的唐宋型文化的分野，也預示多元並陳的社會風貌的混融互生。

　　蓋生命的原質是最渾沌與無明，不同氣質的人，有不同的抉擇與審美風尚，也展現殊異的生命情調，透過相反相成的詩人書寫遭逢，以見證生命特質之迥異，在同一個時代中，既對照出「相反相成」的並存性，亦展現出「互融互攝」的特質。

　　詩人如何豁顯自己的生命特質與思維呢？流衍在中國的文化底蘊裡，示現三個重要思想體系：儒、釋、道，各自代表不同思維。

3　見卡西勒著、劉述先譯《人論：人類文化哲學導引》（An essay on man: An introduction to A Philosophy of Human Culture）（東海大學出版，文星書店發行，1959.11，據 1944 耶魯大學初版、1948.5 版譯）又，polarity 甘陽譯《人論》（台北：桂冠圖書公司，1997 年）作「基本的兩極化」。頁 324。

儒家，是中國文化的主流，入世的精神，一直是人類可以驅動前進的動力，身在塵世，因為承擔，才能彰顯存在的價值；因為擔當，可以承受千萬人獨往而不悔不尤的氣度，不僅可獨善其身，更可兼善天下，已立之後而能立人，已達之後而能達人，此所以儒家精神落實在人間，成就德業與事功。佛教揭示有漏皆苦、諸法無常、諸行無我義諦，教人去除我執，體現空無；教外別傳的禪宗，精進修持者轉成不立文字，享受禪悅。道家的無待逍遙，與世自然存有，一切順遂自然，去聖絕智、棄絕機詐、泯除是非，重歸淳樸風尚，亦有足以讓人信服之處。

除此而外，道教在唐代是不容小覷的迷狂信仰，據葛兆光所云，唐宋道教的嬗變過程有三種趨向，其一是巫覡本色，其二是士大夫道教向老莊佛禪靠攏，其三是鬼神與封建倫理的聯姻。[4]證諸詩家所表現的生命型態，頗符合漸向老莊佛禪靠攏的過程，此亦映現三教逐漸融合的唐代風範。

信仰，讓人無怨悔地承擔人世悲苦，入世的儒家、避世的道家與離世的佛教[5]皆可作為生命與思想的依歸。三大體系各見精義：

4　見葛兆光：《道教與中國文化》（上海：上海人民出版社，1988 年 3 月，二刷）中編，頁 163-252。

5　雖然六祖惠能曾云：「佛法在世間，不離世間覺。離世覓菩提，恰如求兔角。」（《般若品‧第二》）以不離世間為說，然，本處是指與儒家、道家相對而言。

1-1：儒釋道生命依歸表

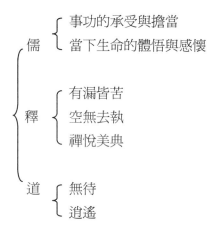

儒家的事功求用與擔當精神，遂使仕與隱成爲中國文人最深層的思維。知識份子立足現實世界、駐立人間，希冀對社會群體有所貢獻，如此承擔精神，求爲世用，成爲深刻的烙印，銘記著文人的心緒起伏。李白、孟浩然、李賀的求用，正是積極求爲世用心態下的多元風貌。冀能在獨善其身之外，一展長才，兼善天下。杜甫的仁者襟懷，更是這樣的風範。然而，與社會相牴牾者又如何示現自己的情懷呢？士不遇與求用的情結一直糾葛著千古的文人，牽動著他們的心緒流轉。士遇，固然可喜，伴著更多更大的憂懷，縈縈難消；士不遇，固然鬱抑，亦有能自我銷解憂勞者，這些相反相成，對蹠而融攝在唐代詩人的血脈之中，各自展現不同的生命特質：

1-2：儒家求用對治表

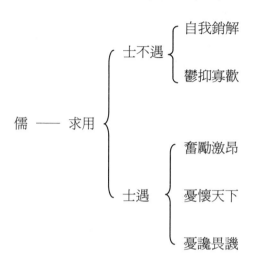

觀看詩人的心情流轉，關心詩人的關心，體會詩人的體會，讓我們重新活一遍他們生命中的愛恨情仇、哀恨痴迷與惘惘不甘。故而初、盛、中、晚各選一些詩人以探勘他們對治的生命情境。

初唐，選王梵志、魏徵、張若虛、陳子昂等人，各自代表不同的生命底蘊。

選王梵志，主要因其世俗寓言詩歌具有諷誡世人的意味。王梵志的寓言詩，代表了佛教要渡化世人的過程，以淺譬方式引領讀者體契生命原本是一場空無，分從敘述策略與佛教義理觀察，最後歸攝王梵志寓言詩之美感效能，揭示意義所在。

魏徵，〈述懷〉一詩，可知其慷慨志存，深懷國恩，有投筆逐鹿，驅馬出關，請纓南粵的壯志，從用典可考察其惴慄不安欲回報

知遇之恩，整體觀之，詩歌氣骨高古，一掃纖靡六朝之風。

有了思想做為生命的安頓，難道可以脫離人世的悲歡離愁嗎？人，畢竟是人，有情、有欲、有愛、有恨，張若虛的〈春江花月夜〉點撥引發人生的離思，以及曠古的幽思，離人思婦，江月江水，銘刻人類心靈深處的幽思。

陳子昂〈感遇・翡翠巢南海〉一詩，論其寓意結構，蓋 38 首感遇詩非一時一地之作，乃有感時事，或抒發個人情志，或表述社會情態，或記錄聞見感懷而作，而本詩旨在以寓言方式，託喻翡翠鳥，以「多材信為累」作為寓意之透顯。

盛唐選王維、孟浩然、李白、杜甫等人，以見不同氣質的詩人在面對相同的時代各有不同的遭逢與表現方式，可管窺詩人的生命情調。

孟浩然，〈望洞庭湖贈張丞相〉旨在豁顯其不甘隱淪，有求用之心，與張九齡同遊洞庭湖，引發汲引之意：「欲濟無舟楫，端居恥聖明」以舟楫渡河隱喻賢才治國，讓我們深刻體會孟浩然生命中仕隱進退兩難的情境：一方面興發山野隱逸之樂，一方面又有用世之心。其「朱紱心雖重，滄洲趣每懷」的矛盾一直是雙面刃，深深激發他的意想。〈與諸公登峴山〉則可知其境遇感，從登望的時空感懷再引發弔古之情，再由弔古反轉成事功未成的墮淚，不僅為羊公沾襟，亦為自我而感傷。

王維的禪悅與美典，又開發了另一種生命的美典。以輞川時期的詩歌為主，論其人物在詩景中的構圖、作用及體現，見證王維詩中有畫、畫中有詩，並具現王維詩與畫之中，皆以人為天地主體，並與之相融相攝。王維常以灌園人自喻，是逃俗避世的幽居心態，

這種既仕又隱、既入世又出仕的作爲可名之爲：「宦隱」。仕，代
表不離俗諦，依俗得聖；隱，代表企求真諦，萬境皆空的境界[6]。
而其輞川作品所要豁顯的是：自然圖景與人文圖象相關涉所要表現
的是我在、我觀的主體精神，而這種觀、在，正是導向禪宗的寂滅、
不住、不空、不滅之中。

　　選李白，以見其生命的流宕不偶，與我們認知的浪漫豪情有反
差作用。從地域流轉，以見其世用之困頓；從遊仙詩以見其人間性
格，仍在胸懷黎民。〈世用與自我衝突：從地域流轉論李白世用之
困頓與轉化〉論述其一生幾乎是擺盪在「世用」與「求道」軸線上
的兩端，不斷迴環返復，藉以了解李白世用的歷程及其在遭受人世
困頓之際如何轉化心境。

　　復次，解讀李白歌詩時，常陷入非儒即道的框限當中[7]，究竟
其生命特質如何？我們又當如何解讀李白歌詩？人稱有仙才仙風
或天上謫仙人的李白共有遊仙詩六十多首，爲何他要寫遊仙詩？而
他又如何敘寫遊仙詩？內容意蘊又如何？〈濟世悲懷：李白遊仙詩
中的生命反差與人間性格〉一文透過遊仙詩來勾勒李白的生命情調
與關懷。論述理序，先導出研究李白的進路有二，其一指出李白有
道家卓爾飄然之仙風道骨；其二揭示李白有儒家用世之心，後世研
究李白者是不是必定框限於儒道分釋，以提攝問題。二論李白生命

6　蕭麗華：〈試論王維之宦隱與大乘般若空性的關係──兼論王維詩中「空」
　　的境界美〉，《台大中文學報》第 6 期，1994 年 6 月，頁 231-256。

7　李白對道教亦甚迷狂，曾受道錄，據任繼愈所云唐代道教法錄傳授有一定
　　的科儀且系譜不同。見《中國道教史》（上海：上海人民出版社，1990
　　年 10 月，二刷）第二編唐宋道教。

歷程由行旅之遊轉向神仙之遊的原因；三論李白遊仙詩所豁顯的內容為何？其一反映在生命反差的悖逆當中，其二照映出濟世憂憫的社會關懷，終論李白生命特質能翻轉生平臆氣。

〈從〈宣州謝朓樓餞別校書叔雲〉「抑揚格」結構技法淺談李白生命之頓挫〉一文，可知李白翻轉生命的能量與潛能，在生命低谷時，總可以再騰躍翻轉而上。李白〈少年行〉揭示昂揚的生命，應有踔厲奮進之姿。共有三種，其一是組詩二首〈五陵年少金市東〉書寫意氣揚的歌酒人生、〈擊筑飲美酒〉敘寫壯氣飛揚有用世之心的流轉心境；其二是單首〈君不見淮南少年游俠客〉敘寫少年俠客果敢剛健、重義輕利的奮勵昂揚；其三是〈結客少年場行〉（紫燕黃金瞳）敘寫欲成大事，必有器度、矯健身手及應世能力。

準此，文學史中的李白，與李白筆下的自我，是截然不同的形象，挾劍出遊、任俠自得、曠達自適的形象，與懷抱利器積極追求世用是不相稱的。轉化人世悲情的曠達與自適有「人生在世不稱意，明朝散髮弄扁舟。」，而表述事功追求與求仙訪道、接受道籙有「富貴與神仙，蹉跎兩成失」（〈長歌行〉），這些對蹠相反的生命型態，是他最難遣的兩難。

杜甫，〈哀江頭〉藉由今昔對照，映照出人我的感傷，第一組是歷史與個人對照，示現自我渺小與歷史宏闊；第二組是自然景與人文景的對勘，用以對照大自然永恆與人世之短暫、大自然生滅之理與人文圖景之虛敗荒頹，益顯人世滄桑；第三組是生者之無可奈何與死者之永逝難回的睽隔無可逆轉，最後的「人生有情淚沾臆，江花江草豈終極」，所訴說的，正是千古的感傷。

〈江南逢李龜年〉以「今、昔、今」對照出昔盛今衰、昔貴今

賤的心境流轉，在落花時節的江南巧遇李龜年，正是一種飄泊與淪落的感傷。

〈茅屋爲秋風所破歌〉以章法結構分析全詩，敘寫茅屋被秋風吹破的過程及心路歷程，由個人遭遇興發仁者憂憫天下的襟懷，將個人的苦難與不幸提昇到關懷天下人仁者風範。

繼之，透過宋代蔡夢弼所輯錄的《杜工部草堂詩話》來檢視宋人論杜之視域，探知其所輯之論杜內容爲何？可否涵括宋人論杜之視野或僅是蔡氏一己愛憎取捨？杜詩典範地位是否與宋人有關？審美意識如何？是否裨益後人知杜、論杜，並確立杜詩學討論的範疇？「論杜視域」主要以後設視角觀察宋人如何爲杜甫詩歌成就定位，歸結杜甫爲詩聖之因，不僅是詩藝超群，更兼仁者襟懷可爲典範，故而以「詩聖」名之。

中唐選李賀，以見其自我隱喻與取譬的效能。在歷代詠物詩當中，初唐李嶠堪稱最喜詠物，有詠物詩一百二十首，各有命題，屬一題一詠；詠物詩一題而至二十三首者，厥推李賀〈馬詩〉，如此空前絕後地以馬爲題詠對象，可見李賀對馬特有偏好，到底其形塑馬的意象究欲表達何意？歷代解李賀馬詩又多作何解？嘗試從李賀馬詩來體會李賀所形塑出來的馬意象與作意之關連性，並進而探求這一組詩究欲傳釋什麼意涵？或是透顯什麼樣的意義？與歷代詠馬詩之關涉如何？論述理序，先導出歷代論李賀馬詩之意見，各有所見，亦有不見之處，指出解詩、注詩的歧義與多義情形，在此情況下，我們當如何閱讀這一組詩歌？採用什麼視角？再論李賀馬詩敘寫視角與意象採擷的情形如何？指出馬與人之類比爲隱喻關係，此一關係如何取義？三論馬意象與隱喻之關涉，隱含「言內意」

與「言外意」，而此一寫馬的取義方式是否承續馬的書寫傳統？四論歷代詠馬詩之意義與李賀取擷角度是否相應，或另出新意？五論馬詩實為李賀自我隱喻之圖象與情結，六論李賀運用歷史神話的作意何在？七為結論，梳理前述，總結全文，豁顯李賀以馬自喻的求用情結。

「以女為喻」則統攝唐人喜歡用女子為喻的審美心理。中國詩歌喜以敘寫女性幽思來隱喻求用之心，或以女性代言體方式來抒發個人感蕩不遇之志，甚至以神話之女、歷史之女、人間女子之貧女、貞女、怨女、思婦等來寓寄感懷，以喻示個人、社會、政治的某些情狀，究竟這些「以女為喻」詩歌的審美心理為何？理論基礎為何？示現的內容及類型如何？所豁顯的審美意識是什麼？乃至於展示的文化特徵又是什麼？是一個值得探賾的論題，以唐代詩歌為研究範疇，探討其中的審美心理與詩用文化之意義。

晚唐選李商隱，以言內、言外意探其幽深情懷，藉由託喻手法，暗藏不為人知的纏綿情意。

總結四唐所選詩家如下：

1-3：本書唐代詩人一覽表

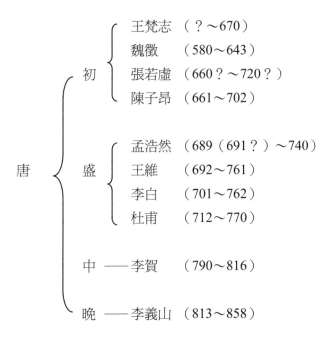

唐

初
王梵志　（？～670）
魏徵　（580～643）
張若虛　（660？～720？）
陳子昂　（661～702）

盛
孟浩然　（689（691？）～740）
王維　（692～761）
李白　（701～762）
杜甫　（712～770）

中——李賀　（790～816）

晚——李義山　（813～858）

　　全書擘分上下兩卷，上卷七篇，以釐析詩家之歌詩、統整宏觀論述為主。下卷微觀論述詩家，以一詩一歌為主。然，無論上下卷，皆各有論述焦點或軸線，以映現唐人不同的生命情調與審美風尚，透過不同的歌詩論述，見證詩人獨特的生命情調，同時也讓多元詮釋示現維度迥然的詩家氣質與成就。

第二章　在雅俗之間流動：王梵志寓言詩表述策略與義蘊抉微

摘　要

　　本論文以唐代詩僧王梵志為研究範圍，旨在考察其寓言詩之表述方式與意蘊，主要分從二方面立論，一是從敘述策略觀察，探究王梵志以詩歌負載白話俚俗之內容，使原本為士階層抒情言志的詩歌向庶民宣導的通俗詩歌流動的軌跡，其表述策略有用語、設譬、取象方式之運用；二是從佛教義理觀察，論其從「哲學佛理」向「世俗佛理」流動的脈絡。示現在「俗諦」之闡述有：體悟世情，安頓生命、去除我執，了悟死生之教義；「真諦」之闡述有：「以空立義，滅絕諸相」、「以夢為喻，汰除物象」、「佛性本有，無須外求」等教義之闡發。復次，論王梵志寓言詩之美感效能，分從作者表意、詩歌示意、讀者釋義三面向論述，最後再歸結其意義所在。

第一節　前言

　　中國寓言發展可約簡概括爲五期，其中有三個高峰期，分別是先秦、唐宋、明清三時期。先秦以諸子寓言爲主，迄唐代始有文人專力於寓言之創作，例韓愈（西元 768～824）、柳宗元（西元 773～819）之精心撰述，不再附麗於政治教化或思想專書中，以獨立篇章形成新的書寫形式，蔚成中國寓言史上的盛事，然而同樣在唐代，除了有散文寓言之外，同時也是寓言詩的高峰期，從初唐王績（西元？～644）、王梵志（約西元 590～660）、寒山（西元 740前後在世）[1]、陳子昂（西元 661～702）等人，到盛唐張九齡（西元 763～740）、李白（西元 701～762）、杜甫（西元 712～770）

---

[1]　有關寒山之生存時代，有二種說法，其一主張寒山爲初唐人，理據來源是宋本《寒山子詩集》記載《拾得錄》云：「豐干禪師、寒山、拾得者，在唐太宗貞觀中，相次垂跡於國清寺。」又書前有閭丘胤之序，閭氏爲貞觀人，然清人余嘉錫考證閭丘胤之序爲僞作；然閭氏之序雖爲僞托，卻可能有真實的部份。其二是主張寒山爲中唐人，理據是《太平廣記》卷五五〈寒山子〉條引〈仙傳拾遺〉云：「寒山子者，不知名氏，大曆中隱居天台翠屏山。」據項楚推論，寒山早年生活乃是空白，有待研究。見唐・寒山著，項楚注：《寒山詩注》（北京：中華書局，2000 年 3 月）〈前言〉的部份，頁 1-5。雖則寒山時代未可考知，然而在詩歌史上，逕把寒山歸屬於初唐時期，例如李日剛指出寒山爲西元七四〇年前後在世，見〈初唐・隱逸派〉，《中國詩歌流變史・冊下》（台北：文津出版社，1987 年），頁 277；許總《唐詩史》（南京：江蘇教育出版社，1995 年）第三章將寒山繫於王梵志之下，頁 136。考究其因，乃因王梵志及寒山、拾得等人之詩歌風格相近，故學者論述時將其歸屬一類。

[2]諸人，再到中晚唐，有劉禹錫（西元 772～834）、元稹（西元 779
～831）、白居易（西元 772～847）、張籍（西元 765？～830）、
李賀（西元 791～817）、杜牧（西元 803～853）、李義山（西元
811～858）、秦韜玉（西元？）等人，在豐富的唐代寓言詩當中，
可以管窺中國寓言詩的發展，至唐代可謂蓬勃富盛，尤其是寓言詩
幾可成爲一種新的次文類來觀察，職是，唐代寓言詩是一個可切入
的新研究面向。[3]

　　本論文以唐代王梵志詩歌爲研究範圍，主要是因爲：一、從中
國寓言發展史觀之，唐代爲第二個高峰期，「寓言散文」之研究已
有顏瑞芳先生之《中唐三家寓言研究》[4]，寓言詩之研究，尙無措
意者，而王梵志詩歌凡三百九十首，甚能表述寓言詩之獨特風格，
藉此可沿波討源，上探先秦兩漢六朝，下窺宋元明清之脈流發展。
二、從創作量觀之，唐代爲中國詩歌高峰期，含初、盛、中、晚四
期，是歷來詩人最多、寓言詩創作量亦最多，以唐代王梵志爲研究
範疇，可勾稽寓言詩在初唐之發展情形。三、從詩歌傳統觀之，寓
言詩可視爲新文類來觀察，寓言詩之寄託是否與傳統比興寄託相應

2　陳子昂爲初唐過渡到盛唐之詩人，李白、杜甫則爲盛唐過渡到中唐詩人，
　　然文學史咸將陳子昂列爲初唐，而將李白、杜甫列爲盛唐，不因其生存世
　　代而序次，而逕以其詩歌成就與風格列爲盛唐。見李日剛《中國詩歌流變
　　史》、許總《唐詩史》等書。

3　收關中國寓言詩之流變，可參看林淑貞：〈緒論〉，《表意‧示意、釋意：
　　中國寓言詩析論》（台北：里仁書局，2007 年），頁 8。

4　顏瑞芳：《中唐三家寓言研究》（台北：台灣師範大學國文研究所博士論
　　文，1995 年）。

暗合？表現手法及內容與一般詩歌有何異同？故而探勘王梵志寓言詩成為研究唐詩的新觀察點。本論文基於此，擬以王梵志詩歌作為研究初唐寓言詩的起點，探論王梵志寓言詩，可知其表意模式與傳統諷諭精神是否相承接？其創作技巧與比興寄託之技法是否相鉤聯？或各有特質？並開展相關論題之研探，以知王梵志寓言詩在唐代詩歌之文學方位，作為觀察唐代詩歌的新面向。

第二節　王梵志歌詩流衍與寓言詩定義

　　唐代詩歌可擘分為初、盛、中、晚四期，其中初唐詩歌承接六朝綺靡風氣而來，根據李曰剛《中國詩歌流變史》所述，將王績、王梵志、寒山、拾得、豐干 等置於隱逸派。許總《唐詩史》則將初唐分為二期，第一期是六朝遺緒，其中承襲期，有宮廷詩人虞世南、褚遂良、許敬宗、上官儀等人，政治家詩人有王珪、魏徵、李百藥、李世民等人，民間詩人有王績、崔信明、陳子良、王梵志、寒山、拾得、豐干等人；第二期為唐音初建，其中自立期，有宮廷詩人、四傑、陳子昂、文章四友、沈佺期、宋之問、劉希夷、張若虛、張說等人。至於張松如主編之《隋唐五代詩歌史論》，論初唐詩則有李世民、宮廷詩人、四傑、沈、宋、陳子昂，而未論及王績、王梵志及諸僧人。

　　初唐之詩人如上所列，而初唐僧人之寓言詩以王梵志為主，至若寒山、拾得、豐干等人因生卒年不詳，學者通常與王梵志諸人同列於初唐詩僧。王梵志之詩歌在唐代廣為流傳，甚至到了清代敦煌即發現至少有三十五種寫本留存，然而，隨著時代遞衍，王梵志詩

歌似乎被人遺忘，甚至《全唐詩》未收隻字片句，直到清代敦煌寫本被發現之後，才引發新的研究熱潮。[5]攸關王梵志之生平，最早記錄應推晚唐嚴子休（馮翊子）所編寫的《桂苑叢談・史遺》當中之敘寫[6]，然而事涉怪誕，無人信以爲真。至於劉大杰《中國文學史》、李曰剛《中國詩歌流變史》則將王梵志生卒年定於：約西元590到660年之間，列爲隋末初唐人，歸爲初唐隱逸派，與寒山、拾得、豐干四人同爲初盛唐有名詩僧[7]，其詩歌內容之意義，據《雲溪友議》卷上，玄朗上人所云：「或有愚士昧學之流，欲開其悟，則吟以王梵志詩。」[8]，或如宗密〈禪源諸詮集都序〉云：「或降其跡而適性，一時間警策群迷，志公、傅大士、王梵志之類[9]。」由上可知王梵志之詩歌，是佛教徒用來開示或警策群迷之作品。在今存輯錄的王梵志詩中，有一首以閱讀王梵志詩爲了悟世情的詩歌：「家有梵志詩，生死免入獄。不論有益事，且得耳根熟。白紙

5　參考項楚：〈王梵志〉，《唐代白話詩派研究》（成都：巴蜀書社，2005年6月），頁109。

6　王梵志之詩歌在宋人筆記當中仍有讚譽之辭，但是到了明清則幾乎被遺忘了，《全唐詩》則隻字不錄其詩，見《桂苑叢談》。參考項楚：〈王梵志〉，《唐代白話詩派研究》（成都：巴蜀書社，2005年6月），頁109。由是可知，王梵志歌詩在流傳過程中，形成了斷層。

7　有關寒山生平時代，據孫昌武〈寒山傳說與寒山詩〉考證，推定其活動時間為大曆到元和年間，約750-820年間。見項楚：《寒山詩注》，頁18。而寒山、拾得、豐干常相提並論，乃後人因其同為天台國清寺的「三隱」，編有《三隱集》（北京：中華書局，2003年），故常並論。

8　見《雲溪友議》（台北：廣文書局，1971年）。

9　見《續修四庫全書》（上海：上海古籍出版社，1999年），1279冊。

書屏風，客來即與讀。空飯手捻鹽，亦勝設酒肉。」（卷六，頁754）揭示閱讀梵志之詩，可免除入地獄之苦，何以然？蓋不言是否真有益處，只要在屏風書寫梵志詩歌，朋友來了，即共相言讀該詩，就算貧寒以鹽拌飯，亦勝過酒肉常設之美味佳餚。由此可知，其詩之生活化與普通化。

目前王梵志詩歌傳本有：一、巴黎圖書館有《王梵志》三殘卷；二、劉復《敦煌拾掇》抄錄殘本一卷等，而現今學者重新勘定、校注者有朱鳳玉《王梵志詩研究》、項楚《王梵志詩校注》二書，為提供學界研究王梵志之重要典籍。由項楚校注之《王梵志詩校注》凡有七卷，共收390首詩歌[10]，王梵志詩歌雖然卷帙眾多，然內容思想，顯有矛盾，可能非出於一人一手之作，或是前後期思想互有矛盾。項楚在〈王梵志詩校注・前言〉指出王梵志詩歌，非一時一人之作，因為前後思想矛盾、駁雜，應為一群僧侶及民間知識份子集體創作，附掛在王梵志名下[11]。吾人以為矛盾的原因可能有二，其一是因人示教、因材施教，佛教說法時，往往因開示對象不同、情境不同而有殊異的開悟方式，此乃方便法門；其二是不同作者接受不同的教義，彼此之間互相牴觸矛盾卻共同彙入王梵志詩歌當

10　根據《唐代白話詩派研究》指出，王梵志詩歌可分為四大系統：其一、三卷本；其二、一百一十卷本；其三，一卷本；四、零篇。請參見該書頁118-119。

11　項楚在中指出，王梵志詩中即使是佛教觀念，亦有扞格矛盾之處，例如有淨土信仰者，亦有大乘空宗的般若學說。故揭示：王梵志詩是若干無名白話詩人作品總稱，主要應是一些僧侶及民間知識份子。見項楚：《王梵志詩校注・前言》，頁 4-12。

中。由是可知，它可能代表初唐時期，流行於民間的詩歌，後歸編爲王梵志詩。討論王梵志詩歌，是以王梵志爲核心，將相關的詩歌附掛在他的名下。準此，我們不能因王梵志生平傳說、詩歌流傳、內容思想駁雜等，而否定「王梵志詩歌」的意義，事實上，它代表一群作者可能是初唐人的集體創作，而統稱爲「王梵志詩」。

本文所引用詩歌以項楚《王梵志詩校注》爲主，輔以朱鳳玉《王梵志詩研究》下冊之詩歌，二人之詩互有出入時，茲以項楚之校注爲主。[12]

又，研究之初始有幾項基礎必先釐清：其人、其書、研究之進路等，略作說明如下：其一，有關其人部份，由於王梵志之生卒年不詳，本論文不作生平考證，而逕以前人研究成果作爲論述基點。其二，有關其書部份，以項楚所編《王梵志詩校注》作爲研究之版本，不再細証其版本問題[13]。其三，進行王梵志寓言詩之探究與論述，首先就形式來探究寓言詩的「藉事寓理」之敘寫策略及其表述方式；再探究寓意之義理內容，最後統整歸納王梵志寓言詩之美感效能及其文學史的地位。

12　項楚與朱鳳玉所編王梵志之詩，互有出入，例如〈身是五陰城〉項楚迄「身死城破壞，百姓無安處」，而朱鳳玉則將〈生死如流星〉亦併入〈身是五陰城〉之中。見唐‧王梵志著，項楚校注：《王梵志詩校注》，頁594。朱鳳玉：《王梵志詩研究》（台北：台灣學生書局，1987年），頁202。

13　王梵志之詩歌版本，目前有《敦煌寫本王梵志詩校注》、蘇俄《敦煌寫本王梵志詩》、《王梵志詩校輯》、《列寧格勒敦煌漢文卷子》、《敦煌寫本王梵志詩校注》、日人入矢義高《王梵志詩集考》、遊佐昇《王梵志詩集》一卷、張錫厚《王梵志詩校輯》、日本柳田聖山、宏雄校正合著〈王梵志詩集〉一卷等皆是重要的傳本。

　　判讀寓言詩為研究之基點，在判讀之前必先定義寓言詩。「寓言」之定義包括廣義與狹義二類型，「廣義寓言」是指「寓言式」，也就是寓意多元化、難定一說，與一般寓言之易於「合理破譯」有別。「狹義寓言」是指合於有寄託之故事即是。本文界定寓言詩的特質在於「藉外言之」，也就是有簡短故事或情節或物象託譬，再加上有寄託之意義即是。至於所表述的故事或情節或物象，只要有託寄即可，未必具備完整的故事或情節。[14]易言之，「寓言詩」是以詩歌為載體，以寓言為敘寫技巧，也就是有寄託的故事或情節之詩歌。「寓言詩」與「比」、「興」之異，在於：

> **寓言詩：以某故事喻示某一道理或所要揭示之寓意。**
> **比詩：只有類比取喻，並無特殊寓意表述。**
> **興詩：只有借物起興，並無特殊寓意表述。**[15]

在初唐的寓言詩當中，王梵志有幾首膾炙人口的寓言詩揭示對人世的憬悟，例如「城外土饅頭」即是。我們試以此詩作為分析定義的對象：

14　參考林淑貞《表意‧示意與釋意：中國寓言詩析論》（台北：里仁書局，2007 年 2 月）第二章部份。

15　攸關「比」、「興」、「寓言詩」之異同參見林淑貞：〈寓言詩之義界與範疇釐定〉，《表意‧示意‧釋義：中國寓言詩析論》（台北：里仁書局，2007 年），茲不贅述。

城外土饅頭，餡草在城裡。一人喫一箇，莫嫌沒滋味。（《王
梵志詩校注》卷六〈城外土饅頭〉，頁758）[16]

本詩之本體（指寓意）與寓體（指故事或物象）對照關係如下所示：

2-1:〈城外土饅頭〉本體寓體對照表

本體	寓體
墳丘	土饅頭
人屍	餡草

　　本詩是以土饅頭來象徵城外纍纍之墳丘，而饅頭內的餡草則是
城內人之形軀。此一寓言之寓意在喻示我們，人終必有一死，但看
城外墳丘纍纍，到頭來，必是每人一丘一塚，無人可以逃脫的。文
字雖淺俗，但是寓意卻深蘊其中，揭示人必有死之體悟。

　　王梵志詩歌大約三百九十首，而攸關寓言詩約有百首之多，形
象具體鮮明，在歷代寓言詩當中，具有獨特的風味，頗值得賞玩。
本文探討王梵志寓言詩，主要在豁顯其詩歌表述手法之形象化與宣
示佛理之意蘊。王梵志以詩歌為載體，用以發皇世俗化佛理或教義，
開發詩歌宣導佛教勸諭式的功能，此一世俗開示，原即是一種從俗
的活動，而詩歌本是「雅文化」的代表，在雅俗之間，王梵志如何以

16　以下本文所採用的書籍皆出自唐・王梵志著，項楚校注：《王梵志詩校注》
　　（上海：上海古籍出版社，1991年），不另注出處，逕標卷數及頁數。

詩歌建構自己俗文化的思想義理[17]，值得鉤稽。

第三節　王梵志詩歌敘寫策略之運用

　　佛教徒弘揚佛教義理之歌詩有「偈」、「頌」、「讚」、「詩」、「唱導」之不同；「偈」是佛經中的頌詞，作者多為在家或出家佛門弟子所創作，多用三言、四言、五言、六言、七言，乃至於多言為句，四句合為一偈以揭示佛教教義或佛學經義。據梁代慧皎《高僧傳》卷二〈鳩摩羅什〉云：「從師受經，日受千偈，偈有三十二字，三萬二千言」[18]。另外，隋代吉藏《百論疏》卷上〈釋捨罪福〉亦有此說：

> 偈有二種：一者通偈，二者別偈。言別偈者，謂四言、五言、六言、七言，皆以四句而成，目之為偈，謂別偈也。二者通偈，謂首盧偈，釋道安云：蓋是胡人數經法也，莫問長行與偈，但令三十二字滿，即便名偈，謂通偈也。

17　「白話詩歌」是以口語流俗淺白之語表述，多發皇於民間；而以「典雅流麗」的詩歌作為表述，即為雅詩，是文人階層流衍之詩歌。此「雅詩」是從內容與形式來體契；內容採用迂曲致意者，而形式則是以比興寄託，以達其意者屬之。據鄭振鐸所云，古代歌謠的代表：《詩經》三百篇是一部複雜的作品，自廟堂到里巷小民之歌無所不有，其內容自然包括了民間之「里巷之歌」，同時也有「廟堂之歌」。見鄭振鐸：《中國俗文學史》（台北：台灣商務印書館，無出版年）冊上，頁24。

18　梁‧慧皎：《高僧傳》（台北：廣文書局，1976年）卷二，頁99。

指出偈有二種，其一是「別偈」，只要是四句便是，其二是「通偈」，凡三十二字即是。至於「頌」、「讚」，據劉勰《文心雕龍・頌讚》云：

> 四始之至，頌居其極。頌者，容也，所以美盛德而述形容也。……頌惟典雅，辭必清鑠，敷寫似賦，而不入華侈之區；敬慎如銘，而異乎規戒之域；揄揚以發藻，汪洋以樹義，唯纖曲巧致與情而變，其大體所底，如期而已。……（卷二，頁62）[19]

揭示「頌」是以美盛德為主，鋪陳敘寫像賦一樣鋪張揚厲，用辭以清鑠為主，內容則以正面揄揚為主。至於「讚」則是：

> 讚者，明也，助也。昔虞舜之祀，樂正重讚，蓋唱發之辭也。及益讚於禹，伊陟讚於巫咸，並颺言以明事，嗟嘆以助辭也。……然本其為義，事生獎嘆，所以古來篇體，促而不廣，必結言於四字之句，盤桓乎數韻之辭；約舉以盡情，昭灼以送文，此其體也。（卷二，頁63）[20]

說明「讚」以嗟嘆助辭為主，文辭簡約，採用四言體。今觀佛家之歌，有所謂的「讚歌」即是此體之變。復次，「唱導」以游唱的方

---

[19] 梁・劉勰：《文心雕龍・頌讚》（台北：開明書店，1981年）卷2，頁62。

[20] 梁・劉勰：《文心雕龍・頌讚》卷2，頁63。

式進行佛教之宣揚，是一種音樂性較強的表述方式。至於「變文」以俗講說唱的方式編唱佛教經典中的義理，是一種「韻散夾雜」、「既說且唱」的文體。順此，王梵志之詩究竟是偈？是贊？是頌？是唱導？抑是變文呢？我們依照詩歌形式及內容觀之，其一，內容雖涉佛教教義或佛理，然而敘寫的手法，未必正面頌揚，故非「頌」；無嗟嘆助辭，亦未必文辭簡約，有鋪陳事例者，與「贊」之文辭簡潔有異，是知非「贊」；而「偈」以四句為主或以三十二字為主，檢視王梵志詩歌長短皆有，然多過於三十二字或四句者，且內容並無全部與佛教有關，有些是勸誡世俗者，亦有事涉道士尼姑之敘寫者，這些皆顯示王梵志之詩歌，是以詩的形式及非偈的方式呈現，至於詩歌呈示的方式既非講唱，亦非變文之俗講說唱方式。再如其中一詩自云：「家有梵志詩，生死免入獄」（頁754），顯然敘寫者自我定位為詩而非「偈」、「頌」、「贊」、「唱導」、「變文」之屬。

　　而將這些定義為詩歌的目的何在呢？相較於其它文體而言，詩歌是一種雅文學，包括近體、古風二種，觀察王梵志詩歌以古風表述，其句式因長短句之變化更形自由靈活，且不必受限於平仄調譜之限制，無一韻到底之制約，更能恣意表述，形式之自由變化使內容更不易受拘檢，我們觀察王梵志詩歌，主要以齊言體為主，多為五七言，至於句數則長短不拘，有長至十句者，亦有短至四句者，不一而足。統言之，歸名為王梵志的詩歌，是以五七言為主，且以篇幅長短不拘的古風方式呈現。

　　復次，我們再思考何以王梵志詩歌形成三十五種寫本留存於敦煌？此一現象宣示我們：王梵志詩歌在某個時期是一種非常流行且

傳播廣泛的傳本。何以致之？蓋通俗應是它可以廣被接受的原因之一？那麼，如何達到通俗化呢？我們擬從其敘述策略來觀察其廣被接受之原因。根據王梵志表述方式觀之，其最大特色固然與傳統詩歌有相承之處，然而，更大之不同在於用語、設譬、取象方式更具特色，據此，我們分從此三個面向來討論王梵志詩歌運用文學話語的策略。

一、用語方式：多淺語俚俗之口語化

為了傳釋佛教義理，採用口語俚俗的詩歌來敘寫，較能引發庶眾的同理心與認同感，王梵志的詩歌即具有這種親和俚俗化的傾向，便於朗朗上口，並可作為聯絡感情的方式之一，例如〈人心不可識〉：

> 人心不可識，善惡實難知。看面真如像，腹中懷薁梨。口共經文語，借貓搦鼠兒。雖然斷夜食，小家行大慈。（卷七，頁792）

以流利口語的白話詩，述說人心險惡難知，雖口中念佛，卻飼貓兒捉鼠，藉此喻示形貌似戒慎恐懼，實則心存不仁。又如〈貪痴不肯捨〉：

> 貪痴不肯捨，徒勞斷酒肉。終日說他過，持齋空餓腹。三毒日日增，四蛇不可觸。天堂未有因，箭射入地獄。（卷七，

頁794）

三毒指貪、嗔、痴；四蛇指地、水、風、火。本詩以負面說理方式，戒示世人，修持不足，若未能捨離貪嗔痴，則欲入天堂無路，而下地獄則快如疾箭。再如：「貸人五斗米，送還一碩粟。籌時應有餘，剩者充臼直。」（卷四，頁537）、「家貧從力貸，不得嬾乖慵。但知懃作福，衣食自然豐。」（卷四，頁568）以上二詩敘寫向人借米者，必還之；勤快工作，必能豐衣足食，表現一種知足自適的情懷。二詩皆淺白流俗，易讀易懂。

　　正統詩歌表意方式，重在興象風神，以比興寄託為主，然而王梵志雖託借於「詩歌」之雅文學來表述，卻走出一條白話淺俗的路徑，供庶民接受佛理，何以如此？蓋陽春白雪之曲易造成曲高和寡，下里巴人之曲則和者眾多，既以宣示佛理、鋪衍教義為主，則里巷之俚詩又何妨呢？是故，檢視王梵志詩歌，可發現其義理內容雖涉大乘及小乘佛之教義，然而文字之淺俗流白，易讀易懂，此所以其詩在民間流行之故，敦煌即有三十五種寫本，可見一斑。職是，王梵志詩歌被歸入白話詩派，其來有自，文字淺顯易懂是它最大的特色。[21]

21　王梵志詩歌仍有「俗中存雅」的情形，主要從用語、用典、對偶三方面立論，吾人認為：一、詩歌用典及對偶乃屬詩歌之正常形式，二、王梵志詩之「用語」偶有雅語出現，並非普遍現象。本文所指乃是大體而言，與王梵志偶有雅語、用典、對偶並不矛盾。參自李振中：〈王梵志詩語言俗中有雅現象舉隅〉（《現代語文》，2007年1月），頁10-11。

二、設譬方式：單譬與複譬兼採

　　譬喻修辭格是文學創作中最易運用的一種方式，它具有以具象喻抽象、以事象喻事理、以此喻彼的特質，廣爲創作者使用，我們檢視王梵志三百九十首詩歌，亦以設譬方式來敷演教義或鋪陳事理爲多，其設譬方式兼採單譬及複譬的方式爲之，當一譬無以宣示理義時，再以多譬方式行之，則理義透過取譬方式表述，形象清晰，意義暢達，此乃取譬的優點。

　　王梵志採用譬喻方式來喻示道理時，基本上皆是採用「以彼喻此」的方式爲之，例如〈身如圈裡羊〉：

> 身如圈裡羊，命報恰相當。羊即披毛走，人著好衣裳。脫衣赤體立，形段不如羊。羊即日日死，人還日日亡。從頭捉將去，還同肥好羊。羊即辛苦死，人去無破傷。命絕逐他走，魂魄歷他鄉。有錢多造福，喫著好衣裳。愚人廣造罪，智者好思量。（卷一，頁21）

本詩取譬方式如下所示：

2-2：〈身如圈裡羊〉喻體喻依對照表

喻體	喻依
人身	圈裡羊

以人命如羊爲喻，說明羊披毛而走，如人披衣而行，羊日日養之，即是步向死亡，人亦如斯，最後羊以辛苦爲人食而死，人死卻如遊走他鄉，不得返歸，既有一死，遂勸人要廣造福田。再如〈前死未長別〉：

> 前死未長別，後來非久親。新墳影舊塚，相續似魚鱗。義陵秋節遠，曾逢幾箇春，萬劫同今日，一種化微塵。定知見土裡，還得昔時人。頻開積代骨，爲坑埋我身。（卷五，頁601）

本詩之喻體與喻依取譬方式如下所示：

2-3：〈前死未長別〉喻體喻依對照表

喻體	喻依
新墳舊塚	魚鱗
虛空渺小	微塵

以魚鱗相續譬喻新墳舊塚相接，再以萬劫化微塵喻世界、人身之虛空渺小，其意在揭示世人，人必有死，死必成塚，如此一來又何必執著？[22]凡此二喻皆以具象譬抽象，以易曉譬難曉。再如〈不淨膿血袋〉：

22　項楚揭示〈前死未長別〉一詩乃北周釋亡名〈五盛陰〉改寫而成，今輯錄唐·釋道宣：《廣弘明集》（台北：台灣商務印書館，1965 年）卷三十

不淨膿血袋，四大共為因。六賊都成體，敗壞一時分。風者
吹將散，火者焰來親。水者常流急，土者合成人。體骨變為
土，還歸足下塵。（卷五，頁603）

以膿血袋譬況人身，以六賊譬況六識，其取譬方式如下所示：

2-4：〈不淨膿血袋〉喻體喻依對照表

喻體	喻依
人身由四因（地水風火）合成	膿血袋
人身由六識（色聲香味觸法）主宰	六賊

喻示人乃由地水風火四大因緣及六識：色聲香味觸法會合而成，一
旦敗壞歸為塵土，以知此身乃四大、六塵空聚而成。揭示我們，不
可執妄於不實之相。其中膿血袋及六賊皆是易知易曉，而四因六識
則是佛學專有名詞，以此相譬，意在表現鮮明形象，同時也易識膿
血袋不過是形軀，六賊才是主宰人身之靈。以上〈身如圈裡羊〉是
單譬，而〈前死未長別〉、〈不淨膿血袋〉則採二譬為之，透過比
況方式，使生死命限之意象更清晰易曉。

下：「先去非長別，後來非久親，新墳將舊冢，相次似魚鱗。茂陵誰辨漢，
驪山詎識秦。千年與昨日，一種併成塵。定知今世土，還是昔時人。焉能
取他骨，復持埋我身。」見唐‧王梵志著，項楚校注：《王梵志詩校注》
卷五，頁602。

三、喻示方式：以象喻為主

　　正統典麗詩歌以興象緣發為主，多主觀抒情以開展情深能入之書寫，而敘述手法又常以譬況方式喻示難知難曉之理，有以「理」來議論之，有以「事」來鋪陳之，亦有以取象的方式喻示之；而「取象」方式是一種比較容易被讀者接受的敘寫方式，王梵志詩歌大量運用此一方式，以「象喻式」來說明艱深難懂的佛教教義，讓誦讀者能透過具象事物來感知所欲通曉之事理，所謂的「象喻式」即是以具象之實物來喻示道理或事理。王梵志詩歌取象方式即是以象喻式為主，而象喻式又以生活接觸遇合之物為多，亦即多取象於日常生活常見之物。例如以常見之動物、植物、器物為取象範圍，動物中有羊、狼、狗等，例如：

> 狼多羊數少，莫畜惡兒子。年是無限年，你身甚急速。有意造罪根，無心念諸佛。你從何處來？膿血相和出。身如水上泡，暫時還卻沒。魂魄遊空虛，盲人入闇窟。生死如江河，波浪沸啾唧。（卷二，頁206）

首先，以羊與狼來譬況養兒子，好兒子少，而惡兒子多，勸人莫養惡兒子。其次，再以人身如水上之泡沫一般，暫時有其形，轉眼成虛空。三以生死譬況江河之水，來時沸沸揚揚，轉眼流逝無蹤。無論是以羊狼為喻或以泡沫為喻，甚或以江河為喻，莫不勸人，人身有限。而有限的人生，當作何思考呢？雖未明示，但是，透過其他詩歌比對，可知人身苦短，何必執著？再如〈身如大店家〉以人身

如寄於大店家爲喻，來說明道理：

> 身如大店家，命如一宿客。忽起向前去，本不是吾宅。吾宅
> 在丘荒，園林出松柏。鄰接千年塚，故路來長陌。（卷二，
> 頁211）

本詩以身軀如店家，命如宿客，暫寄館宿，終將離去，而人身之宅
何在？在園林丘荒之中，千年墳塚終是相鄰。以具象之客館、宿客、
墳塚，喻象鮮明易感易知。再如〈身如破皮袋〉則以破皮袋說明事
理：

> 身如破皮袋，盛膿兼裹骨。將板作皮袋，埋入深坑窟。一入
> 恆沙劫，無由更得出。除非寒食節，子孫塚傍泣。（卷二，
> 頁217）

以身如破皮袋爲喻，說明人身終將敗壞，深埋坑窟之中。破皮袋即
是具體鮮明之象喻。再如以植物爲喻的有〈大皮裏大樹〉，其云：

> 大皮裏大樹，小皮裏小木。生兒不用多，了事一箇足。省得
> 分田宅，無人橫煎蹙。但行等心，天亦念孤獨。（卷六，頁
> 742）

以樹爲喻，說明大皮有大樹相裹，而小樹則有小皮相裹，生兒不必
在多，只要一個便可了事，省得分田宅互相爭攘。小樹、大樹皆是

生活周遭易見之物，以之為喻，取象易感知。

　　盱衡前論，王梵志寓言詩歌之語言表述形式採雅俗兼用，以通俗、淺白之物象或事象來擬譬人情世故之理，無論是用語、設譬、取象之方式取自日常生活之事物，其目的乃欲達致「雅」的內容，什麼樣的內容是「雅」呢？或兼有小乘與大乘佛教之哲理。前已述及目前收入王梵志詩歌當中的三百九十首詩歌，非完全成於王梵志之手，有些是託名於王梵志之名，從佛教思想脈絡觀之，不僅有大乘教義，亦有小乘教義，二者有所別，然而卻完成被雜揉在同一書中，掛名為王梵志之作，由是可知，混入之作甚多，以下我們再從內容之雅俗來觀察王梵志詩歌之意蘊即能明白此一雜揉互攝的情形。

第四節　王梵志詩歌佛教義理闡發

　　儒、釋、道三大思想，一直影響中國人的處世哲學。儒家重視現世的承擔與責任、重視道德生命的承負與開展。道家揭示生死氣化，順應自然，視死生若環，生即是死的開始，死即是生的開始。至於佛家則揭示我們：有漏皆苦，人生是苦業，在六道輪迴中，性靈無窮延展與輪迴，唯有自性體悟，淨持修行，便可擺脫輪迴苦業，永登涅槃之境。

　　儒家之承擔，未免太過於悲壯；道家無為應世，未免太消極；而佛教之苦業未免太深沈，三家各有教義，而佛教卻能洞悉生命本質，深化人心，影響庶眾甚大，故宣揚佛教教義成為一種離苦得樂

的方式之一。據岑仲勉所云，佛教在華，六朝時期漸臻穩固，迄初唐發展至峰頂，唐高祖受隋代文、煬二帝佞佛影響，使佛教有不可動搖之勢力，然而統治者的提倡固然可使庶眾暫受影響，但是，其終極端賴群眾之支持，繼以寺院經濟之發展，釋教人才濟濟，佛典之釋譯，皆促使佛教在華日益蓬勃[23]。唐代十二帝王之中，除武宗李炎之外，相繼利用佛教來鞏固政權，故而佛教在唐朝能夠大盛，一方面是帝王的刻意利用與倡導，一方面則是庶眾不斷地接受教義，並進行華化的變造。[24]據休斯頓・史密士（Huston Smith）所云，所有的宗教皆會分裂，希伯來族群分成以色列及猶太教，基督教分成東西教會，西教會又分為羅馬天主教和新教，對於佛教而言，佛陀死後，派系分裂自是不可避免的[25]，佛有大小乘之分，唐

---

23 見岑仲勉：〈隋及初唐佛教之盛況：佛道之爭〉，《隋唐史・唐史》（坊間本，無出版資料）卷下，頁 158-162。另外，郭朋亦曾指出在唐代十二帝之中，除武宗李炎反佛之外，其餘皆利用佛教來扶持王朝，見郭朋：〈唐代佛教思想・第三章唐王朝與佛教・第一節概述〉，《中國佛教思想史》（福州：福建人民出版社，1994 年）中卷，下編，頁 172-176。

24 郭朋指出唐高祖有〈沙汰僧道詔〉、唐太宗與玄奘取經之關涉、武則天則利用佛用建立大周政權，唐玄宗亦對佛教之利用、憲宗迎佛骨，凡此等等，皆是帝王信佛、佞佛的例證，顯示唐代對佛教之依賴與充份利用。見郭朋：〈唐代佛教思想・第三章唐王朝與佛教〉《中國佛教思想史》中卷，下編，頁 172-258。

25 而且將「原始佛教」和「大乘佛教」臚列對比，並說明分化佛教此二大派別之差別，並非絕對的。「原始佛教」主要是通過自力，得以解脫，減少儀式，修練集中冥想；「大乘佛教」則渴望神性力量賜予恩惠的支持，宗教修練對世間的生命有相干性，也適用於俗人，強調儀式，包括訴求的祈禱。見休斯頓・史密士（Huston Smith）著、劉安雲譯：〈佛教・大乘和

代傳入中國大約有十宗之多，其中，禪宗與密宗流佈最廣，然與原義甚有出入，蓋爲庶眾推原變化而轉移[26]。

　　王梵志以詩歌來宣揚佛教教義，或用來諷諭告誡世人，大抵可以分作二系列，一是社會世俗化的勸諷，一是以佛教哲理來諭示世人。整體而言，理論的深度不高，卻充滿了觀世勸世的悲憫情懷。我們據此可從二方面進行論述，其一是世俗化說教，從個人、社會、死生等面向進行說明。其二是將哲學層次的佛學導向「世俗佛」的過程。

一、俗諦義理闡釋：安頓生命、了悟死生

　　世俗佛教教義，主要在揭示人們能在今生今世安頓生命，有所依皈，並且能夠遠離地獄，謹身修持歸向淨土，這種淨土意識[27]，其實目的在導向庶眾對當下苦難能有所承負，而對未來福報充滿無

小乘〉，《人的宗教：人類偉大的智慧傳統》（*The World's Religions:Our Great Wisdom Traditions*）（台北：立緒文化事業公司，1998 年），頁160-171。

26　見岑仲勉：〈佛教在唐之宗派、信仰及宣傳方式〉，《隋唐史・唐史》（坊間本，無出版資料）卷下，頁 163-168。

27　淨土（Amidisme），就是西方極樂世界，唐初，道綽為淨土宗的大師，揭示：若一念稱阿彌陀佛，即能除卻八十億劫生死之罪。是一種法簡易行的佛法，使庶眾能在受盡艱苦之後，得到安慰。見岑仲勉：〈佛教在唐之宗派、信仰及宣傳方式〉，《隋唐史・唐史》（坊間本，無出版資料）卷下，頁 164。另，據馬西沙所云，彌勒淨土思想傳入中土甚早，東漢末年，即有《無量壽佛》，此後有關彌勒淨土經典不斷譯出，形成佛教此一宗派思

限祈嚮。

（一）體悟世情，安頓生命

對當下生命的安頓是所有宗教必有的教義，意在對治人心惶恐不安時，具有超穩定信仰的作用性，能除怯去懦，勇敢面對現世。故，任何宗教首在安頓游離如塵的生命，王梵志詩歌也呈示這種穩定人心、安頓生命的意向性，甚至指向了悟俗世，超脫當世的意願。

王梵志所敘寫的生活風貌，是貼近社會底層，不故作高格調，例如表現悠然自適的生活風貌者有〈吾有十畝田〉：「吾有十畝田，種在南山坡。青松四五樹，綠豆兩三窠。熱即池中浴，涼便岸上歌。遨遊自取足，誰能禁我何！」敘說自足自樂的悠遊自在。又如表現倫常與人際關係之詩歌，則有〈人間養男女〉：

> 人間養男女，真成鳥養兒。長大毛衣好，各自覓高飛。女嫁
> 他將去，兒征死不歸。夫妻一箇死，喻如黃蘗皮。重重被剝
> 削，獨苦自身知。生在常煩惱，死後無人悲。寄語冥路道：
> 還我未生時！

生兒育女，猶如鳥禽養雛，長大各自分飛；生時煩惱無盡，死後無人悲哭，如此歷程，何如未生？此喻示倫常之必然。再如求個人之安身立命則有：「得他一束絹，還他一束羅。計時應大重，直爲歲

想體系。見馬西沙、韓秉方合著：〈佛教淨土信仰的演進與白蓮教〉，《中國民間宗教史》（上海：上海人民出版社，1992 年），頁 103-109。

年多。」（卷四，頁536）、「惡事惣須棄，善事莫相違。至意求妙法，必得見如來。」（卷四，頁569）等，以上二詩揭示在世時，欠人者宜還之；努力工作，必然豐衣足食；多做善事，必得如來善法，凡此皆諭示世人，凡事盡本份，不多作非份之想，則必可適意自得。

再如〈家口惣死盡〉亦以預修生七齋以求來世之福：

> 家口惣死盡，吾死無親表。急首賣資產，與設逆修齋。託生得好處，身死雇人埋。錢遣鄰保出，任你自相差。」（卷一，頁17）

所謂的「逆修齋」亦稱「生七齋」是生前預修七個往生齋，死後可不經過「中陰」階段，直接往樂處投生。本詩即勸人預作死後之準備，將喪葬等事宜託鄰里負責殯葬[28]。

再如〈鴻鵠晝遊颺〉云：

> 鴻鵠晝遊颺，蝙蝠夜紛泊。幽顯雖不同，志性不相博。他家求官宦，我專慕客作。齋得貳頭米，鐺前交樏腳。脫帽安懷中，坐兒膝頭著。不美榮華好，不羞貧賤惡。隨緣適世間，

---

[28] 據項楚所云，若此詩在初唐，則可知當時已流行「生七齋」，然《大藏經》並無此說法，可能是中土所造之「偽經」，在敦煌遺書北京鹹字七五號《佛說閻羅王授記勸修生七齋功德經》中即有記載。見唐・王梵志著，項楚校注：《王梵志詩校注》卷1，頁20。

自得恣情樂。無事強入選，散官先即著。年年愁上番，獼猴
帶斧鑿。（卷三，頁403）

敘寫鴻鵠與蝙蝠，志性不同，一為晝遊，一為夜飛，以喻示人間有
欲求榮達者，亦有客作募齋而活者，只要隨緣適性，何云不樂？何
必作官當值，如獼猴戲弄供人取笑乎[29]？此種減低生活需求，以求
自適的心靈即是一種去除執著、安頓心靈免於遑遑追求。而安頓心
靈，並非無所緣藉，若能頌稱佛號，亦能尋聲解苦，例如〈梵志死
去來〉：「梵志死去來，魂魄見閻老。讀盡百王書，不免被捶拷。
一稱南無佛，皆已成佛道。」（卷六，頁765）到底稱念佛號果真
能離苦得救？世俗佛教教義堅信人有願力、念力，只要一心持誦，
便能得種種利益，這種思想，廣植人心，所以本詩也揭示縱使在陰
間受捶拷，若能聲稱佛號，便能離苦得救。

（二）去除我執，了悟死生

　　佛教教義對於人生苦業有一種離苦的深沈觀點，揭示人生是浮
游人世之有限生命，乃隨緣生化聚合，無須悲喜愉泣，所以勸世要
去除我執，了悟死生，在〈生時不須歌〉一詩即透露這種觀念：

---

[29] 「獼猴帶斧鑿」乃古代戲弄之一種，據唐‧姚思廉：《陳書‧始興王叔陵
傳》（台北：鼎文書局，1975 年，採用新校本二十五史）記載叔陵每次
入朝，於車中馬上，高聲朗讀，旁若無人；或歸坐齋中，執斧斤為沐猴百
戲；復次，宋‧李昉：《太平廣記》（北京：中華書局，1996 年）卷二
四八錄《啟顏錄》云：「（侯）白在散官，隸屬楊素。愛其能劇談，每上
番日，即令談戲弄。」亦指供人戲耍之意。

> 生時不須歌，死時不須哭。天地捉秤量，鬼神用斗斛。體上須得衣，口裡須得祿。人人覓長命，沒地可種穀。（卷三，頁312）

本詩說明：生無須歡、死無須悲，如果人人皆是長命百歲，則人口眾多，何處可種穀，生存空間必無法容納眾多人口，亦無如此糧穀供給庶眾之所需。言此之意，在告知我們，生死無須悲歡，有生有死，糧食方夠。如此體悟人生，則能放下生存命限之執著。再如前引〈前死未長別〉一詩，亦是以萬劫化微塵來喻示我們，新墳舊塚相續似魚鱗，則「頻開積代骨，爲坑埋我身。」（卷五，頁601）乃彼此相爭死後空間，如此一來，有限空間如何收納生生死死不斷輪迴的肉體之軀呢？〈生死如流星〉更進一步揭示新觀念：

> 生死如流星，涓涓向前去。前死萬年餘，尋入微塵數。中死千年外，骨石化為土。後死百年強，形骸在墳墓。續續死將埋，地窄無安處。已後燒作灰，颺卻隨風去。（卷五，頁589）

本詩以具象之流星來譬況人之死生，不論是死去萬年或是千年或是百年，皆終有一死，然而死屍過多、墳塚相續，則有限的人世生存空間如何可安頓生者？本詩頗有現世的環保概念，將死屍以火燒成灰，隨風颺去，何必擔心生人死後相爭地皮呢？如果生前既有所了悟，更無所求，則死後又何必一定要有一塚安頓死屍呢？再如〈世無百年人〉云：

世無百年人，強作千年調。打鐵作門限，鬼見拍手笑。（卷六，頁751）

本詩深具寓意，主要在於人身有限，甚少百壽者，然而人們往往虛空造假，空作千年打算，不知人命短小不過百年，千年之算計，究屬何益？況追求利益，空作鐵檻打造家門，終得一死，不過贏得鬼差之諷笑，家門鐵檻無論如何打造，亦逃不過生死一線之間。又如〈我見那漢死〉亦揭示這種生命無常之畏懼，乃能激發悟世之心：

我見那漢死，肚裡熱如火，不是惜那漢，恐畏還到我。（卷三，頁411）

他人死，干我何事？見他人之死，猶思自己到頭來終必一死，不是惋惜別人之死，而是知自己必有死期，是故，以生死有限來教化庶眾，意在導引世人，了悟生死有限，不必執著於有限人身。再如〈黃母化爲鱉〉云：

黃母化為鱉，祇為鱉為身。牛哀化為虎，亦是虎為人。不憶當時業，寧知過去因？死生一變化，若箇是師親。（卷三，頁276）

以傳說故事的黃母化鱉、牛哀化虎二個故事，來說明究竟何者才是真正自我？佛教談六道輪迴，不知何者是前世，何者是今身？因果變化不可窮究，則鱉、虎、黃母、牛哀那一個才是自己的尊親？本

詩之「物化」爲鱉、虎，在六朝志怪當中非常的多，且傳統中的莊
生化蝶，鯀化黃熊、漢代如意王死化蒼狗皆是物化之例，在佛教的
《大智度論》中有一段「化生」的義理，其云：「化生無定物，但
以心生，便有所作，皆無有實。人身亦如是，本無所因，但從先世
心生今世身，皆無實有。以是故說諸法如化，如變化心滅則化滅，
諸法亦如是，因緣滅，果亦滅。」[30]此一說法，乃以心爲主導，有
變化心則有變化物，當變化之心寂滅，則變化物亦滅，且因緣生滅
也與果報互生，因緣會聚則果報亦生，因緣寂滅則果報亦滅，欲人
滅絕是非變化之心。

　　佛教教義對於死後世界亦有所指引，凡是生前不持善因努力修
持者，必墮地獄，若能勤苦修持則必能永脫六道輪迴，榮登極樂世
界，其教義不僅以恐怖之地獄來佈示眾人，亦以極樂世界來鼓勵庶
眾，向善修持自證佛性。在王梵志的詩歌中，我們也可讀到這種以
恐懼憂怕來示眾的詩歌，例如〈自死與鳥殘〉，其云：

> 自死與鳥殘，如來相體恕。莫養圖口腹，莫煞共盤筋。鋪頭
> 錢買取，飽噉何須慮。儻見閻羅王，亦有分疏取。（卷三，
> 頁328）

本詩說明自然死亡及鳥食所剩餘之肉，皆屬於「淨肉」[31]，食之無

30　見《大正藏》第25冊（N.O.1509）第六卷，初品中喻釋論第十一。
31　五淨肉有：不見、不疑、不聞、自死、鳥殘五種。大乘必斷肉食，而小乘
　　則以五淨肉可食。

妨，如來佛必可諒宥，若是貪圖口腹之欲，盜殺豬羊，則死後下地獄，閻羅王自然有所處置。喻示世人，不可貪圖口腹之欲，作出殺生之舉動。又如〈可笑世間人〉則云人間多痴者，自著煩惱之苦：

> 可笑世間人，痴多黠者少。不愁死路長，貪著苦煩惱。夜眠遊鬼界，天曉歸人道。忽起相羅拽，啾唧索租調。貧苦無處得，相接被鞭拷。生時有苦痛，不如早死好。（卷一，頁24）

六道輪迴有天、人、阿修羅、餓鬼、地獄、畜生六種，若是愚人貪生怕死，受盡苦痛，就本詩而言，還不如早死好，在《大方便佛報恩經》卷四中即揭示這種道理：「人願富死，不貧而生」，窮生不如速死之意。此意顯然與佛教之「惜生」觀念相牴牾。雖然死亡不可免除，則如何面對死亡呢？人生惶惑不可免除之下，〈眾生眼盼盼〉一詩以羊為譬來喻示世人：

> 眾生眼盼盼，心路甚堂堂。一種憐男女，一種逐耶孃。一種惜身命，一種憂死亡。側長恭勉面，長生跪拜羊。口中不解語，情下極荒忙。何忍刺他煞，曾無阡許惶。牛頭捉得你，鑊裡熟煎湯。（卷三，頁332）

本詩之本體、寓體之對照如下示：

2-5：〈眾生眼盼盼〉本體寓體對照表

本體：人	寓體：羊
人間情愛	憐男女
骨肉親情	逐耶孃
寶愛生命	惜身命
憂生懼死	憂死亡

本詩以擬人手法敘寫羊隻被執之際，眷戀不捨，其中含有貪愛男女情愛之糾葛、親情之羈絆、人身病苦老死之慘惻，在身向鼎鑊之際，能不痛徹心髓？此一愛生戀親之心情與人類何異？人生無盡追求，無盡煩惱，猶如羊隻被執，眷戀不捨，以此喻示世人，人與羊又何異呢？除了像羊隻一樣戀親愛生之外，尚戒人類殺生，今生之因，必成來世之果。**32**

　　由上可知，在世俗佛教闡釋的過程中，王梵志以「安頓生命，體會世情」、「去除我執，了悟死生」為主要義理內容，以導引庶眾當下面受。

---

32 南朝宋・慧嚴等集注：《大般涅槃經》（台北：新文豐出版公司，1983年）卷二十云：「雖復人畜，尊卑差別，寶命畏死，二俱無異」。再如王重民編：《敦煌變文集》（北京：北京大學出版社，1989年）、〈大目乾連冥間救母〉變文云：「耳裡唯唱道急，萬眾千群驅向前。牛頭把棒河南岸，獄卒擎叉水北邊。水裡之人眼盼盼，岸頭之者淚涓涓。早知別後艱辛地，悔不生時作福田。」亦有同理之誡示。

二、真諦義理之闡釋：空無立義、展現真如

（一）以空立義，滅絕諸相

　　佛教「空義」思想，是寂滅一切分別心、妄想心，以智慧破除無明，取消名相之妄想，此一理論是佛教精義所在，在北本《涅槃經》卷二十二即指出：「如來非相，何以故？久已遠離諸相相，是故非相。亦非非相，何以故？善知諸相故，是故非非相」，在王梵志詩中對於「空義」亦有闡釋：

> 非相非非相，無明無無明。相逐妄中出，明從暗裡生。明通暗即盡，妄絕相還清。能知寂滅樂，自然無色聲。（卷三，頁270）

佛典中以一切諸法，皆非實有，所以是「非相」；而「非相」亦非實有，所以是「非非相」。而「無明」非實有，則亦無「無明」之實有，所以是「無無明」；由是觀之，佛教是要以空義來說明世界諸相，皆非真實存有，若能滅絕這種意想存念，則自然無色聲之追逐。從「相」到「非相」，再到「非非相」；從「明」到「無明」，再到「無無明」，若從「俗諦」觀察世界萬相，就是一種因緣聚合，自「真諦」來觀察世界萬相，所有實相本質皆是「空」，所以王梵志詩中揭示的「非相非非相」、「無明無無明」其實是闡釋佛教空義之精蘊。[33]

---

[33] 與此「空義」相應者有南北朝・鳩摩羅什：《維摩經・佛國品》（高雄：

（二）以夢為喻，汰除物象

　　在中國的人生思維當中，有數個有名的「夢喻」，其一是儒家的「華胥夢」，其二是莊子的「蝴蝶夢」，其三是唐傳奇「黃粱夢」、「南柯夢」分別代別道、釋思維。在王梵志的詩歌當中，也一再以夢喻來示現佛教義理，例如〈但看繭作蛾〉亦以「夢喻」揭示人生之「空義」，其云：

> 但看繭作蛾，不憶蠶生箔。但看睡寐時，還將夢為樂。蛾既不羨蠶，夢亦不為樂。當作如是觀，死生無好惡。（卷三，頁273）

以作繭之蛾為喻，猶人作夢之時，夢中有歡樂，但是夢醒時，無喜亦無樂，人生亦如此，死生如同作夢與醒來，無好惡，亦無歡樂，本詩面對生死的態度猶如面對夢象，無喜無憎，毋愛毋憎。此一「夢喻」是以夢境非真實，來譬喻五欲受想皆非真實存有。誠如〈涅槃經〉卷二十所云：「如人夢中，受五欲樂，愚痴之人，謂之為實，智者了達，知其非實。」[34]即是此義，喻示夢中所受，非真非實、

佛光出版社，1998 年，採用《維摩經講話》本），云：「知一切法皆悉寂滅。」；南北朝‧釋真諦譯：《大乘起信論》（台北：新文豐出版公司，1992 年）云：「一切眾生，以有妄心，念念分別。」因為有妄心，才有分別心，若能寂滅一切，則知是非美醜皆是眾生妄想所起之作用。

34 唐‧慧能：《壇經校釋》（台北：文津出版社，1995 年）。

非虛非妄，則夢醒之後，一切無悲無喜無憂無樂。再如〈身是五陰城〉亦是要消解人身有限，不必執著於物象：

> 身是五陰城，周迴無里數。上下九穴門，膿流皆臭瘀。湛然膿血間，安置八萬戶。餘有四千家，出沒同居住。壞壞相噉食，貼貼無言語。惣在糞尿中，不解相蛆妒。身行城即移，身臥城穩住。身死城破壞，百姓無安處。（卷五，頁594）

五陰即色陰、受陰、想陰、行陰、識陰；九穴即是人之七竅再加上大小便道；八萬戶乃佛教譬喻人耳有八萬戶蟲寄生其中；本詩乃說明人身有限，身死所寄存之蟲即無所寓寄。敦煌本《涅槃經》云：「世人自色身是城，眼耳鼻舌身是城門，外有五門，內有意門。心即是地，性即是王，性去王無，性在身心存，性去身心壞。」揭示心是人的主宰，而五門七竅九穴是人對外的孔道，若能持性自若，則能自我修持，否則身壞如城毀，則寄寓之蟲何所託身？復次〈六賊俱為患〉亦揭示我們要把持自我，因為心賊最難防患：

> 六賊俱為患，心賊最為災。東西好遊浪，南北事周迴。嫉妒終難卻，慳貪去即來，自非通達者，迷性若為開？（卷三，頁430）

六賊是指人具有色聲香味觸法等六識，貪慳之心生成，則心性被迷，若非通達之人，何由迷途知返。

對於人身有限，不必執著物象，不必為物所役，在〈愚夫痴杌

杌〉一詩中有鮮明的敘寫：

> 愚夫痴杌杌，常守無明窟，沈淪苦海中，出頭還復沒。頂戴
> 神靈珠，隨身無價物。二鼠數相侵，四蛇摧命疾。似露草頭
> 霜，見日一代畢。更遇刀風吹，彼此俱無足。貯得滿堂金，
> 知是誰家物。（卷三，頁442）

本詩之本體與寓體的對照關係如下所示：

2-6：〈愚夫癡杌杌〉本體寓體對照表

本體	寓體
沈淪塵世	常守無明窟
懷有佛性	頂戴神靈珠
日夜相催	二鼠數相侵
地水風火相迫	四蛇摧命疾
人命淺危	草上露霜，遇日則沒
死後形解	刀風相吹

本詩敘寫人世痴愚，沈淪世間塵俗之中不知醒悟，雖身懷清明佛
性，卻不知寶愛，任憑日夜相侵、四因相迫，終究是人命淺危，猶
如草上霜露，朝出日沒，繼以死後風刀相摧，縱有富貴榮華，死後
又當歸誰所有？寓意深蘊其中。

（三）佛性本有，無須外求

人究竟如何向佛依皈？人有無佛性可達涅槃？對於自性持有之佛性，在〈吾有方丈室〉一詩中有所揭示：

> 吾有方丈室，裡有一雜物，萬像俱悉包，参羅亦不出。日月亮其中，眾生无得失。三界湛然安，中有无數佛。（卷七，頁786）

所謂的「方丈室」原指僧徒修行之室，地方狹仄，故云「方丈」或「方室」，此則以「方丈室」比喻人之有限身，而以「雜物」指人之心性。亦即心性原本一物，萬物紛然雜陳其中。而三界是佛教稱：欲、色、無色爲三界，即六道生死輪迴的世界，《弘明集》亦云「凡在有方之境，總謂三界。」[35]，只要一心不亂，則三界湛然清明。再如〈有此幻身來〉一詩亦是揭示佛性自在五陰身中，只要努力修持必能洞識輪迴果報之真如：

> 有此幻身來，尋思不自識。言從四大生，別有一種賊。能悉佛性眼，還如暗裡墨。計此似神通，輪迴有智力。若欲具真如，勤苦修功德。佛在五蔭中，努力向心剋。（卷七，頁788）

人身是由地、水、火、風四大因緣合成，其中，人的「心性」具有

35　唐・釋道宣：《弘明集》（上海：上海古籍出版社，1991年）卷十三。

洞悉幽冥之神通，能爲「賊」，亦能洞悉「佛性」，唯有收攝心性，體悟宇宙本體，從人之五陰（五蘊）：色、受、想、行、識中體認眾生具有佛性，勤苦修持，則佛道可成。此一觀念在〈若欲覓佛道〉一詩中亦有所示：

> 若欲覓佛道，先觀五蔭好。妙寶非外求，黑暗由心造。善惡既不二，元來無大小。設教顯三乘，法門奇浩浩。觸目即安心，若箇非珍寶。明識生死因，努力自研考。（卷七，頁790）

欲悟識佛理，不必外求；欲得佛法，須以智慧觀見；雖修持法門有三乘：聲聞乘、緣覺乘（辟支乘）、大乘（菩薩乘）之別[36]，然依據個人根業修心進德，了悟生死因緣[37]，不被五欲八風所漂溺，仍可登造佛境。對於大乘之體悟，則能斷絕人間貪瞋痴，〈道從歡喜生〉一詩即明示如下：

> 道從歡喜生，還從瞋恚滅。佛性盈兩間，由人作巧拙。天堂在目前，地獄非虛說。努力善思量，終身須急結。斬斷三毒箭，恩愛亦難絕。明識大乘因，鑊湯亦不熱。（卷七，頁795）

36　此即《維摩詰經·觀眾生品》（高雄：佛光出版社，1997年）所云：「舍利弗問天：汝於三乘，爲何志求？天曰：以聲聞法化眾生，故我爲聲聞；以因緣法化眾生，故我爲辟支佛；以大悲法化眾生，故我爲大乘。」

37　宋·釋道原：《景德傳燈錄》（高雄：佛光出版社，1997年）卷六〈洪州百丈懷海禪師〉云：「若能一生心如木石相似，不爲陰界五欲八風之所漂溺，即生死因斷，去住自由。」

三毒箭譬貪、嗔、痴；以鑊湯喻地獄酷刑。本詩說明只要明識大乘因[38]，便永入涅槃，不墮入六道輪迴。這就是佛教的教義，揭示人世苦業，不斷在六道輪迴中承受輪迴苦業，唯有修持正果，方能離苦得救，也才能展示本有之佛性。

　　小乘佛教以祈嚮天堂淨土爲依歸[39]，以地獄倒懸爲煉獄，導之善惡果報作爲修持之誘因，並以六道輪迴喻示修持之重要，小乘有四種果位：須陀洹果、斯陀含果、阿那含果、阿羅漢果，其中以阿羅漢果爲最高果位，可不墮六道輪迴，永登涅槃之境，小乘教義以自渡爲主，以脫離現業之苦爲主，而大乘教義以「空宗」般若學說，闡釋空、化境爲主，義理內容含有哲學深度，而以渡人爲主，雖則如是，大乘亦有淨土說法，認爲生前雖有惡業，只要臨終稱誦佛號亦能有化佛來迎，永登極樂，揭示「放下屠刀，立地成佛」當下即是的頓悟。

　　我們檢視王梵志詩歌，既有小乘之求個人現世利益、種來世福田者，亦有大乘之「空義」、「非相」、「夢喻」、「如化」等義理之闡釋，這些相悖的詩歌統置於一人之名，顯有矛盾，然而，已知其非一時一人之作，反而能體會佛教在中土流衍的過程中，各取所需，各衍其義的情形頻生，因此更加豐富王梵志詩歌的多元風貌。

　　中國佛教與詩歌結合之後，產生本土「禪詩」，是以表現禪意

38　南朝宋・曇無密多：《觀普賢菩薩行法經》（台北：法鼓出版社，1999年）：「汝於前世無量劫中，以貪香故，分別諸識，處處貪著，墮落生死。汝今應當觀大乘因。大乘因者，諸法實相」。大乘，即是菩薩乘。大乘因，即是諸法實相。

39　無論是小乘或大乘佛教皆有淨土之說法，作為遠離塵世之苦。

或禪趣爲主的詩歌，提倡去除妄念、去除我執、去除塵念，以達諸慮皆消之境，中唐以後詩僧日增，對禪之闡述也日益增多，然而，生於隋末初唐之王梵志，或時人託借於王梵志名下的這一批詩歌，對佛理雖有警誡佈示，然而參禪悟道的深刻禪意，在王梵志詩歌之中仍少，取材方式仍以日常生活之喻示爲主，無論表現在小乘教義的世俗說理部份或大乘佛義理深閫之部份，皆多佛理之啓示而少詩歌興味。盰衡前述，王梵志詩歌以宣示佛理爲主，是一批勸世論世的詩歌，以白話俚俗之語，表述對人世的體察與徹悟爲主要內容。

第五節　王梵志寓言詩之美感效能與意義

王梵志寓言詩最膾炙人口的是〈城外土饅頭〉一首，由於造語淺白，形象清晰，寓意深刻，發人深省，遂成爲寓言詩代表作，其前後的僧詩當中，寒山與拾得雖各有寓言詩，然未有如此詩之形象具體化與撼動人心者。承前所述，王梵志詩歌非一人之作，可能是代表一群白話詩人以淺俗流利之詩歌託寄於王梵志名下而成的詩歌彙編，然而卻無損於其疏通佛教教義、宣導佛學的作意，雖然互有矛盾存乎其中，卻反而證成非一時一人之作而託名於王梵志之名，由此更可知佛教教義之因人而異、因大小乘之不同，而有義理逆忤的情形互見，其審美效能亦能於其中管窺一二。

一、作者表意之美感效能

從作者而言，任何創作皆有其意向性，皆有其欲傳遞的作用

性，我們發現，王梵志歌詩所具有的美感效能在於以具象之物以喻示抽象之理，往往運用形象鮮明之物象作爲取譬對象，使艱澀的佛理藉以疏通、宣示於具體可感之物象當中，其特質在於「以物象取譬」。復次，寓言詩必有簡式情節以導引讀者進入勝境，體會妙諦，此中以淺白故事或情節彰顯曲義爲其特色之一。

　　然而王梵志詩歌雖然以物象取譬爲多，但是，與傳統詩歌仍有所不同。其一，從表意模式觀之，傳統詩歌以諷諭精神爲主，以迂曲達致諷刺效能，而王梵志詩歌卻以淺語敘寫社會民情、弘揚佛教義理。其二，從創作技巧觀之，傳統詩歌多興象風神、觸景生情、意象典麗，而王梵志詩歌卻寓目成誦、通俗樸實、語詞口語。其三，從比興寄託觀之，傳統詩歌以抒情爲主，多寄寓於言外之意，而王梵志詩歌雖以寓言方式呈示，義理卻清楚易懂，借取譬取象喻示佛理，而無隔義產生。其四，從敘述視角觀之，傳統詩歌以主觀抒情爲主，故多第一視角呈示，而王梵志不僅有「我」、「你」來拉近閱聽者之距離，且多舉譬於市井小民、老婦等，讓敘述者與庶民形成互動。

　　復次，王梵志與一般的寓言詩仍有所不同，傳統之寓言詩之特色有三：其一是託物言志，使寓言詩與詠物詩媒合；其二是借事寓理，以鋪陳事故以彰顯曲義爲主；其三是借彼喻此，以達迂曲致意爲主。而王梵志詩歌以物顯義，並不與詠物詩媒合，卻充分運用「借彼喻此」手法來彰顯寓意，例如前引之〈大皮裏大樹〉即是以大皮裏大樹、小皮裏小樹來譬況生兒育女端視能力而生，以省卻分田宅之煎蹙。再如〈狼多羊數少〉以狼喻惡兒、以羊喻善子，凡此皆是採用「以彼喻此」方式呈示寓意。

二、文本示意之美感效能

　　從文本示意的視角觀察，寓言詩具有二個特質，其一是結構美感潛隱其中，亦即是有一個簡式故事情節包蘊其中，使詩歌具有情節化的結構美感，其二是寓言詩的語言美感乃擷取「以彼喻此」或「迂曲達意」的方式爲之，具有含蓄敦厚的美感深蘊其中，而王梵志之寓言詩，整體而言，雖以「以彼喻此」及「以物顯義」爲主，但是，語意淺白，往往在詩中即透顯寓意所在，是故解讀王梵志寓言詩，除了特殊佛學術語須加以疏解外，能將佛教深刻義理轉化成淺顯易懂之詩歌，誦之而能朗朗上口，此所以有人將之歸爲白話詩派之緣故。職是，從「示意」的視角觀之，其闡釋佛教義理流俗易懂，少有隔義存乎其中，唯需注意者，其詩爲眾人託寄於一書之中，顯然有互異、互相矛盾的義理並存。復次，寓言詩重在寓意之顯發，通常寓意之發露方式有二，其一是體悟式，即作者不明言寓意，而讓讀者透過草蛇灰線，尋跡知之；其二是說明式，即文本揭露寓意所在，讓讀者直接體會故事之寓意所在。王梵志之詩歌既以通俗流淺爲主，自然不採用「體悟式」來喻示眾人，往往詩意淺顯，寓意透顯在字裡行間，較缺乏含蓄之美感。例如：〈身如大店家〉：

> 身如大店家，命如一宿客。忽起向前去，本不是吾宅。吾宅在丘荒，園林出松柏。鄰接千年塚，故路來長陌。（卷二，頁211）

本詩之本體與寓體對照關係如下所示：

2-7：〈身如大店家〉本體寓體對照表

本體	寓體
身	大店家
命	宿客

本詩以「身如大店家」為喻，說明人生如寄，店家僅是一時居所，真正的吾宅在丘荒之中、園林之外。何以言之？蓋言人死後，墳塚才是真正的居所，見前人千年塚，當知來路長迢冥漠。此乃清楚明示寓意所指。再如〈身如內架堂〉：

> 身如內架堂，命似堂中燭，風急吹燭滅，即是空堂屋。（卷二，頁222）

本詩之本體與寓體對照關係如下所示：

2-8：〈身如內架堂〉本體寓體對照表

本體	寓體
身	內架堂
命	堂中燭

如上所示，本詩之本體、寓體之對照關係非常明確，而寓意何指？風吹燭滅，就成為空堂屋，也就是說人命消歇時，人身只成一個空

屋，一無所用了。本詩與前詩〈身如大店家〉之設譬方式相同，所呈示的寓意亦同，皆喻示人生如寄，浮生若游。再如〈人去像還去〉：

> 人去像還去，人來像還明。像有投鏡意，人無合像情，鏡像俱磨滅，何處有眾生。（卷三，頁259）

本詩之本體與寓體對照關係如下所示：

2-9：〈人去像還去〉本體寓體對照表

本體	寓體
像隨人在	鏡可照像
眾生不在	鏡像磨滅

　　詩中以鏡可照像來喻示人與像之關係：人在像在、人去像去。當鏡像磨滅時，則眾生在何處呢？雖是反詰語氣，卻是告訴我們，眾生亦消亡殆盡。此乃詩中自明寓意所指。

　　由上分析可知，王梵志之詩歌喜以「寓意說明式」來喻示世人，使寓意清晰呈現，不故作迂迴。

三、讀者釋義之美感效能

　　檢視王梵志寓言詩歌，喜以物象來託寄寓意，而寓意之呈示方式則喜以說明式表之。復次，任何文本皆需透過閱讀才能形成有機

意義，寓言詩之讀者效能有三：其一是寓言詩具有簡型之故事美感，可以激盪讀者閱讀之動機，引人入勝。其二是寓言詩乃具有寓意之歌詩，而歌詩本具有歧義與多義性，用之於寓言當中，其寄託言外之意更易形成多義與歧義，而開發新意。其三，多義、歧義雖然造成意義模糊不夠清晰，但同時也是啓迪讀者創發多義美感之契機所在，這是寓言詩的優點也是缺點之一，但是，王梵志的詩歌，反而減少這種歧義與多義的可能性，主要是因爲取譬物象，清晰易見，而義理闡述亦明白可懂，致多義之言外寄意少有出現在王梵志詩歌當中。

　　傳統寓言詩多以諷諭政教爲導向，例如李、杜、元、白之詩歌即是，然而王梵志身爲僧人，對於佛教義理多所闡釋，脫離政治教化之諷諭傳統，此其與傳統寓言詩之異，然而與傳統寓言詩相同之處即在於：借由形象化、譬況化與物象化來喻示寓意，使之「迂曲藉物」而能「致意」。

第六節　結語

　　詩歌在某種屬性上隸屬雅文學，然而王梵志詩歌以淺白流俗語言來宣導佛教教義，即是一種由雅詩形式負載通俗歌詩的流動。因爲雅詩應在文士階層流動的話語，而王梵志卻利用詩歌的特質，改以淺白流俗的白話詩歌來宣揚佛教，使庶眾藉由淺白譬喻知曉深刻的佛理內容，此一負載的能力，不僅將詩歌由「雅」向「俗」流動，同時也是「佛學」義理向「學佛」實踐的過程流動。盱衡前論，王

梵志詩歌之寓言詩的表述策略如下所示：其一、形構方式，語言策略是採用淺俗流白之口語化的方式呈示；設譬方式常兼有單譬及複譬方式為之；至於取象方式，則以象喻式為主，以具象之動植物或器物來作比況，使形象鮮明易於感知。其二、義理方式，其俗世說教或深蘊佛學哲思的開示方式，皆充份表現佛理之方便法門，隨人設教、因人說法。在〈王梵志詩集‧序〉有一段文字，言之甚明，其云：

> 但以佛教道法，無我苦空。知先薄之福緣，悉後微之因果。撰修勸善，誠勗非違。……不守經典，皆陳俗語。非但智士迴意，實亦愚夫改容。遠近傳聞，勸懲令善。貪婪之吏，稍息侵漁；尸祿之官，自當廉謹。……但令讀此篇章熟，頑愚暗憑悉賢良。

作序者未知何人，但是文中揭示王梵志詩歌乃以佛教說法，並且揭示無我苦空之教義，甚至對於因果報應之說，亦屢屢陳述之，意在令愚昧者，勸誡轉善，而富榮達貴者亦因此而能勤於修持，廉能自守。從世俗人間而言，王梵志詩歌對於中下社會階層有一定的影響，因為在知識不甚普及的初唐時期，能夠以淺俗之語，揭示人世之理，猶如指引迷津的燈塔，導引世俗之人，了卻死生之迷悟。

綜合前論，「王梵志詩歌」代表一群隋末迄唐初詩僧的集體創作，一、從表述方式觀之，傳統詩歌以「比興寄託」來迂曲致意，而王梵志詩歌則以取譬取象方式來宣示義理，二者顯然有很大的不同，但是，同樣皆是「有意圖之創作」，皆以諷諭為主，王梵志之

詩歌以諷諫世人爲主，充份承接了有爲而作之目的，故而表述方式雖與傳統有異，但是意圖卻與傳統諷諭精神有相承接之處。二、從語言表述視角觀之，傳統之雅詩以興象風神爲尚、以典雅流麗爲要，但是「王梵志詩歌」則以通俗流俗之語詞口語化的方式來表述，逆出雅詩文化傳統之表述手法。三、從情理呈示觀之，傳統詩歌以緣情而發爲主，而王梵志詩歌則以表述事理或義理爲主，顯示二者之迥不相侔。四、從創作意圖觀之，傳統雅詩以主觀抒情爲主，傳釋「能入而情深」之效能，而王梵志詩歌則是以客觀表述爲主，以達致「能出而事明」之效能。五、從敘寫內容觀之，傳統詩歌的抒寫範圍較寬廣，無論是書寫個人之情，或是表述社會情狀，或是諷寫人世皆有其例與範式，但是，王梵志詩歌則以勸善諷俗、導俗入佛、宣揚佛教義理爲主。是故，整體觀之，在敘述手法上，雖然採用與傳統雅詩之表述方式不同，卻同樣以諷諫爲主，相等程度的承繼了諷諭精神，而取譬取象的表述手法也轉化「比興寄託」之方式，而有了新的物象與內容作爲意象的開拓，具有承繼與開創之意義。茲將王梵志詩歌與傳統詩歌之異同歸結如下，以見其義：

2-10：王梵志寓言詩與傳統詩歌異同對照表

項目	傳統詩歌	王梵志寓言詩
表現手法	比興寄託 迂曲致意	取譬取象 事理宣示
語言表述	興象風神 典雅流麗	通俗流俗 語詞口語化

項目	傳統詩歌	王梵志寓言詩
情理呈示	以情境緣發爲主	以事理表述爲主
創作意向	主觀抒情爲主 能入而情深	客觀表達爲主 能出而事明
敍寫內容	諷寫人世 抒情自我 社會現狀	勸善諷俗 導俗入佛 宣示佛教義理爲主

第三章　人在圖畫中：王維輞川詩歌「人物」在詩景中之構圖、作用與體現

摘　要

　　本文旨在論述王維輞川系列詩歌，呈示詩中有景、景中有人，而人在自然圖景之中與自然相融相攝，既有詩情融攝畫意亦有禪意相涉成趣，形成獨特歌詩風格。首先以「詩中有畫」論辯作始；次論王維歌詩圖景之中，呈示人物敘寫方式有自然與人物互涉之觀察點，有敘寫之結構基模。三論人物在圖景之構圖作用，有點染作用，有諦觀作用，有點撥旨趣作用等項。四論詩歌人物豁顯之主體精神，有「我在」之主體性，有中國畫論之運用實踐，有詩、禪互涉等向度。最後歸結詩情融攝畫意禪趣，形成其特有風格。

第一節　前言

　　中國繪畫中的山水寫意畫，常常是天寬地闊地展現出自然壯闊的氣勢，或是幾筆勾勒出山形水影，或是蒼松虯勁，或是飛瀑漱石，或是清泉枕石，或是荒山曠野，或是崇山峻嶺，或是源遠流長之江水流長，這些自然圖景當中，若是山巒疊翠，常常會有茅屋幾椽點綴其中；若是勁松迎風，必有負手行吟之士駐立其間；是飛瀑，必少不了捻鬚觀瀑之士；是江瀾壯闊，必有帆影點點；是荒山曠野，必有野亭小榭或負柴樵夫徐行其間；是清泉枕石，必有行吟者策杖，或幾人盤石對奕，或籬舍清讀。這些茅屋、帆影、亭榭、行吟者、對奕者、清讀者的出現，所要表現的精神是一種「我在」的精神，也就是，凡是景皆是自然之景，有景而無人欣賞，不過是曠野罷了，中國繪畫所要表現的精神，不是一種天地荒曠之疏離美感，反而是要以「人」存在其中，使荒曠之天、地、山形、水影，因為「人」參予其間，才靈動了天地壯美，而人也在體會大自然的美感中與之相翕相合，成就了我與天地同在的美感。請參看〈圖一〉所示：

〈圖一〉[1]

該圖為關世運臨摹王維輞川圖的部份，（今已不傳王維自繪輞川圖，知見者多為後世臨摹之作）圖中所示現的圖景，在重山疊翠當中，左有籬，右上有舍，因為有了籬舍，使重巒、修竹、水岩，著染人文氣息，而不再是一個荒廣的山野。復次，〈圖二〉輞川圖：

〈圖二〉[2]

在重巒環伺的疊翠當中，圖構出一椽茅舍，舍外有逸人獨坐，另一人攜琴前行，獨坐者回顧來者，相望而視，全幅圖景，因為有舍、有人，而點化了荒山之岑寂，這些正是中國繪畫中所要呈現的人文

1　中央公論社編：《文人畫粹編・王維》（日本東京：昭和 50 年 5 月 5 日發行），頁 66。

2　中央公論社編：《文人畫粹編・王維》，頁 67。

圖景，我們觀看的視點將隨著畫中人物而聚焦凝視。

　　天地之壯美因為我而有了千古知音，不是一種孤獨冥漠的存有，而我人因為能欣賞大自然之美，而能與天地相融相攝，這種主客交融的美感，正是中國所要表現的美學境界。《山水論》云：「山腰掩抱，寺舍可安；斷岸板堤，小橋可置。布路處則林木，岸絕處則古渡，水斷處則煙樹，水闊處則征帆，林密處則居舍。……」[3]姑不論《山水論》是否為王維之作，在畫論中確有寺舍、小橋、布路、古渡、征帆等以襯託山水氣象者，以見必有人居或人往來之跡。請參看〈圖三〉：

〈圖三〉[4]

3　攷關〈山水論〉，趙殿成《王右丞集箋注》（上海：上海古籍出版社，1998年2月二刷），頁493曾指出焦竑《經籍志》有王維《山水論》一卷，集中不收，《說郛》九十一卷有王維《畫學祕訣》一篇，即是焦竑所稱之本，而焦竑之說乃本之於王世貞的《畫苑》。洎詹景鳳著《畫苑補益》採錄最後一則（即〈山水論〉）作荊浩《畫山水賦》，後世援引摘句，多稱王維，不稱荊浩。然若為王維所著，當以傳為模範，何以集中各本皆未收，且辭語不類唐人之作，故據趙殿成辯証，應為荊浩所作，陳鐵民《王維集校注》遵趙說，將本篇列入〈傳本誤收詩文〉卷內。

4　中央公論社編：《文人畫粹編・王維》，頁68。

群山萬壑當中，有茅舍、小亭，以見有人居住，有人往來，符應了「林密處則安置居舍」之說。

　　準此，觀賞中國繪畫時，我們常會發現畫家以幾筆勾勒出來的負手行吟的隱士，或是盤腿凝望大自然的儒、僧、道者，其表現的精神即是一種與天地同存的壯美。人，雖在圖景中顯得渺小，但是，他才是主體所在，是整幅畫精神的凝聚，例如〈圖四〉：

〈圖四〉[5]

就整體畫面觀之，所示現的圖景是一幅楊柳水岸的平遠之景，但是，在畫面之左有小舟，舟中有人，畫面之右上角有小舍，我們觀畫，正是透過畫中人物的視角來觀看，也就是，我們看畫的角度，是被畫中人物所牽引著，他的看望處，正是我們的看望處，他的觀照處，正引領我們聚焦觀照。再如〈圖五〉：

5　中央公論社編：《文人畫粹編・王維》，頁70。

〈圖五〉[6]

人物或茅廬（請參看〈圖二〉及〈圖四〉）或帆影〈圖五〉，正是一種「有人」或「我在」的感受，所以王維在構寫詩歌時，往往也採用了這樣的視角，有意無意間，以人物形象來點染整首詩的旨趣，凡是詩中必有景，而景中必有人，此人必爲旨趣或詩眼所聚之處，職是，人才是詩歌構圖中的主體，而山水景物皆是一種相襯相陪的作用，本論文基於此，試從幾個角度來觀察王維詩歌中人物在構圖中的作用及其主體精神的展現。

　　爲何以王維（西元701～762）作爲切入的視域呢？主要是因爲王維曾以「宿世謬詞客，前身應畫師」[7]二句來謙稱自己與文學、繪畫結下不解之緣。此二句，包含了一種宿世因緣，也含藏了王維對自己這兩方面成就的依戀之情。身爲文人畫開宗之祖的王維，同時也是盛唐自然詩派代表人物的王維，其詩與畫被後世討論最多的

6　中央公論社編：《文人畫粹編・王維》，頁73。

7　詩見〈題輞川圖〉：「老來懶賦詩，惟有老相隨。宿世謬詞客，前身應畫師。不能捨餘習，偶世人知。名字本習離，此心還不知。」，參考自唐・王維撰，陳鐵民校注：《王維集校注》（北京：中華書局，1997年8月），頁477。本論文所採用版本即此，往下僅標示頁碼，不再標出處。

是蘇軾曾經讚美王維云：「味摩詰之詩，詩中有畫，觀摩詰之畫，畫中有詩」[8]。攸關「詩中有畫」一句究竟是褒詞抑貶詞？前人不斷地駁辯，主要的議題是扣就「詩中有畫」來論述，指出詩歌是不是以能展現畫意為高？畫境能否呈現詩意？以下可以釐析為相反相對兩派主張：

一、贊成王維「詩中有畫」

主要是扣就王維詩歌中常常刻摹具象之物，並且呈示色感鮮麗、音聲響亮、取景層次分明的圖景特色來立論，遂有泛論詩畫可相通者，例如清代湯來賀；有從創作動機論者，例如金人李俊民；有從藝術結構論者，例如清人戴鳴云：「王摩詰詩中有畫，畫中有詩，人盡知之，不知凡古人之詩皆有畫，名人畫皆有詩也。」[9]所以後世的研究者不斷地從詩畫相通、創作動機、藝術結構這三個視域去考察王維詩與畫的關係。

二、反對王維「詩中有畫」

主要是從詩與畫不同媒材著眼，指出詩若有畫意，則貶低了詩

8　文出自蘇軾〈書摩詰藍田煙雨圖〉。見《蘇軾文集》（北京：中華書局，1996 年 2 月四刷）卷七十，題跋畫，頁 2209。

9　本處所論參考蔣寅：〈對王維「詩中有畫」的質疑〉，《文學評論》，第 4 期（2000 年）。

歌的言外意、想像力及繪畫所未能達到的心志幽微之處。例如張岱曾云：「詩以空靈才爲妙詩，可以入畫之詩，尙是眼中銀屑也。」也反駁蘇軾所云：「『藍田白石出，玉山紅葉稀』尙可入畫，『山路原無雨，空翠濕人衣』，如何入畫？」[10]又例如蔣寅有〈對王維「詩中有畫」的質疑〉對「詩中有畫」指出有力的反駁[11]，又如鄧喬彬〈有聲畫與無聲詩〉指出詩中有畫，應指有畫的意趣，並揭櫫三個重點：1、詩歌重視提供視域，造就意境鮮明。2、以精煉文字傳釋視覺之神韻、情趣。3、詩非爲形所能盡，而出之以意，內含動態與視覺的變化[12]。這些觀點揭櫫詩歌是精神的、時間的藝術；而畫是視覺的，是造型的藝術且詩歌是歷時性的，通感的移情作用不可充作繪畫素材來表現，也就是說圖畫不能繪聲、繪影、繪情，因二者媒材不同，不可等同視之。

綜上所述，雙方所論的著眼點不同，主詩中有畫者，多從具象可感處發揮；主畫中不可重現詩意者，多從抽象、不可體察情志者著眼，可知從創作動機、藝術結構、藝術效果等不同角度討論，將會造成不同的結論，所以萊莘（G.E.Lessing）也曾經表示過：一幅詩的圖畫並不一定就可以轉化爲一幅物質的圖畫。[13]因爲詩的語言有造型能力，可以召喚我們直覺的反應及聯想。

10　見《琅環文集‧卷三‧與包嚴介》（湖南：岳麓書社，1985 年）。

11　見蔣寅：《文學評論》，2000 年，第四期。

12　鄧喬彬：〈有聲畫與無聲詩〉，（上海：上海社會科學院出版社，1993 年），頁 233-235。

13　請參看萊辛（G. E. Lessing）著、朱光潛譯：《詩與畫的界線》（又名《拉奧孔》）（台北：蒲公英出版社，1985 年），這是一本專門討論文學與

　　雖然「詩中有畫」或「詩不可畫」之論辯，聚訟紛紜，但是多數學者仍然肯定「詩中有畫」，故而研究者論述「詩中有畫」者甚多[14]。但是本文不擬贅述前人研究成果，想另闢蹊徑，從王維詩歌中所呈現的人文圖像來說明人物在詩景中的敘寫結構如何？人在詩歌圖景的作用爲何？透顯的意涵是什麼？

　　論述文本（text）以王維輞川時期所作詩歌（內含《輞川集》二十首）爲主[15]，藉以探賾詩歌構寫過程中所呈示的圖景與人物互涉的情形，選擇輞川時期[16]詩歌作爲論述與觀察起點，主因是王維

造型藝術兩種不同媒材、表現手法及限制的專書，其中「詩」是泛稱一般的文學作品，而「畫」是泛稱造型藝術。

14　例如徐伯鴻：〈論王維寫景詩以畫法入詩法的成因〉，《信陽師範學院學報》，第 14 卷第 1 期，1994 年 3 月。胡運江：〈對王維詩歌繪畫美的新探微〉，《瀋陽師範學院學報》，第 2 期，1994 年。吳曉龍：〈論王維山水詩風格與視覺意象的關繫〉，《南昌大學學報》（社會科學版）第 26 卷第 4 期，1995 年 12 月。高以旋：〈詩畫合一情景交融——王維詩之圖畫意象〉，《史博館學報》，第 10 期，1998 年 9 月，頁 163-180。凡此等等，不勝枚舉。

15　本論文所指稱的輞川詩歌主要以王維居輞川近三十年所作之詩歌為主，內含《輞川集》二十首及其他輞川相關作品，據唐·王維撰，陳鐵民校注：《王維集校注》所選，共有六十四首。本論文所採用的範疇主要以陳鐵民先生之校注本《王維集校注》（北京：中華書局，1997 年 8 月）為主。

16　王維究竟何時居輞川，考查年譜得知王維二十一歲中進士，二十二歲貶濟州，二十六歲隱於嵩山，三十一歲妻亡之後，皈依道光禪師，三十四歲擢為右拾遺，四十歲再隱於淇上，四十七歲再出仕，其後過著亦仕亦隱的生活。所以對王維而言，不斷地出仕也不斷地出世，此一特殊的生命型態與其他文人迥不相侔。攸關王維究竟何時購得輞川別業？前人說法不一。

曾在天寶年間購得宋之問在輞川的別業，風景殊勝，《舊唐書・王維傳》云：「……得宋之問藍田別墅，在輞口，輞水周於舍下，別漲竹洲花塢，與道友裴迪浮舟往來，彈琴賦詩，嘯詠終日。嘗聚其田園所爲詩，號《輞川集》。」並且在天寶三年迄安史亂起之前，常居於輞川別業，詩歌中特別表現出詩中有畫的意境，故而以此段時期之詩歌作爲研究對象。而詩有畫意，往往取決於詩景構圖的方式，也就是說，王維的詩歌，往往以繪畫技法表現出詩畫合一的意境，且詩中並非全然以自然圖景爲主、爲詮釋對象，往往呈示出詩中有景，景中有人的意境，這正是他敘寫詩歌的一種獨特風格，職是，我們擬透過王維《輞川集》詩歌中的人物與圖景之關涉來體契王維詩情畫意中所豁顯的人與天地翕合的主客交融之精神。此中有需分辨者，「自然圖景」是指天地山水自然景物爲主，包括天象中的天地日月星辰，地理中的山水河嶽，植物中樹木花草等等；「人文圖景」則指人的動、靜態活動及相關涉圖象所構成的景致，包括參訪、坐觀、臨汎等活動，或是與人物關涉的茅屋、行舟、浣紗等圖景，職是，凡是以人爲主體活動或人之行止坐臥者屬之。例如前述的亭台、樓閣、舟影、竹籬、茅舍、炊煙、耕讀等等皆是人文設造之景，這些皆屬於本文所定的「人文圖象」。

　　王隆升指出應在四十歲財力寬裕之後才入住，故而推測《輞川集》應在四十到五十六歲（安祿山造反）之間次第完成。

第二節　歌詩圖景中呈示人物之敘寫方式

旨在從自然與人文互涉作爲觀察視點，考察人物在圖景中的敘寫手法及結構基模。

一、自然圖景與人物互涉之觀察點

王維輞川歌詩當中，以自然圖景與人文圖象互涉的觀察點著手，可擘分爲兩大類型，一是在詩題中即以點出人物的旨趣、動態、作用性質或感懷，二是詩題中無跡可尋，我們必須從詩歌內容探尋。其中，以從詩歌逆尋者爲大宗，例如《輞川集》中所列二十首五絕，全是地名或名園勝景，是地名者，多爲自然圖景；是名園勝景多爲人文構設圖景。以下我們分別詮析。

（一）從詩題觀察

詩題即標示人文動態或圖景者屬之。其中又可分爲數類：

1. 人物互動質性者。例如〈輞川閒居贈裴秀才迪〉，「贈」字點出王維與裴迪二人互動的情形。例〈贈裴十迪〉亦是以「贈」字點出二人互動交涉。例〈黎拾遺昕裴秀才迪見過秋夜對雨之作〉以黎昕、裴迪二人訪王維爲互動，其下尚有〈酌酒與裴迪〉、〈聞裴秀才迪吟詩因戲贈〉、〈臨高台送黎拾遺〉等等屬之。亦即以互相贈別、酬和、同遊、相遇、參訪、共飲同歡者屬之。

2. 個人遊觀，未涉人物互動之詩屬之。例如〈過感化詩曇興上人山

院〉、〈遊感化寺〉、〈歸輞川作〉、〈別輞川別業〉等等。

3. 個人閒居、諦觀、閒遊者屬之。例如〈輞川閒居〉,「閒居」點
　出人物之悠閒情狀。〈春園即事〉、〈山居即事〉、〈田園樂〉
　等皆以我觀而寫者,此中,人文圖象透過「我觀」而存有。又如
　〈汎前陂〉以我而「汎」,此一「汎」即是涉及人文景象。〈早
　秋山中作〉亦是以我觀而存在。〈秋夜獨坐〉以我獨坐而能觀景,
　亦是屬本類。

（二）從詩歌構圖體察

　　詩題當中未有標舉人物互動或閒居、凝視等作品,其中卻以幾
種方式呈示:

1. 以地名或勝景爲題者屬之。此中,我們從詩題中未能感受任何人
　物之行動,必須進入詩歌解讀方能體契者,例如《輞川集》二十
　首歌詩大部份屬之,有:〈孟城坳〉、〈木蘭柴〉、〈鹿柴〉等,
　除此,尚有〈藍田山石門精舍〉等詩。

2. 以植物爲名者,無法呈示是否有人文動態於其中者屬之,例如:
　〈山茱萸〉。

　　這些無法從詩題判讀者,須從歌詩中逆尋其人物活動及其在詩
中的作用。

　　上述二類觀察點即將詩歌的人文動態分從題目判讀,或則逕須
從歌詩中解讀方能體悟。簡言之,詩題本即是一個最佳的切入點,
凡有人文動態者,必先諭示人文圖景於題中,但是亦有不可從詩題
判讀者,則必須細繹詩歌方能探其真義,我們的觀察視點,自然不
能捨詩歌而外求。

二、歌詩中人物敘寫技法

依照人物敘寫的技法來觀察，大抵可以分爲下列數類。

（一）正面鋪寫人物者

主動寫出人物動態或行爲者屬之，其中又有寫自己及寫他人。寫他人者，有寫普羅大衆者，亦有寫特殊身份者。通常寫自己者，多爲閒觀，或是自在圖景當中；寫他人者，多爲泛寫，例如野老、野樵、野農等等；而鋪寫特殊身份者，多寫友人、道友、參訪對象或同遊人物或特殊構景者。此中寫人物多爲人在圖景當中或是有特別動態活動者屬之。

（二）不正面鋪寫人物

至於不正面鋪寫人物者，則以閒觀、閒居或是人物視域挪移爲主。統言之，敘寫人物技巧的方式如下所示：

3-1：敘寫人物結構表

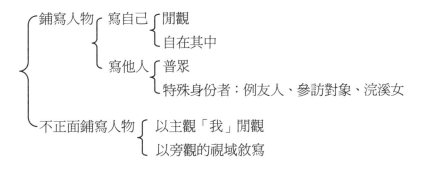

以上無論是正面鋪寫人物或隱寫人物在景中的構圖方式，所表現出來的就是人文景在自然景之中，在景中各有動靜不同的活動。

三、詩歌圖景中呈示人物之結構基模

王維詩歌中自然圖景與人文圖象互涉的結構基模，我們將之擘分成下列幾種類型來分析：

（一）並列式

主要是指自然圖景與人文圖象的表述方式是採用並列方式呈現，景與人並列、並敘，無偏倚。例如：

> 空山新雨後，天氣晚來秋。明月松間照，清泉石上流。竹喧歸浣女，蓮動下漁舟。隨意春芳歇，王孫自可留。（《山居秋暝》）

四聯圖景結構是：

$$
\left\{
\begin{array}{l}
景：空山新雨後，天氣晚來秋\\
景：明月松間照，清泉石上流\\
人：竹喧歸浣女，蓮動下漁舟\\
人：隨意春芳歇，王孫自可留
\end{array}
\right.
$$

以上所呈示的是二聯自然圖景，二聯人文圖象，不偏不倚，各有所

抒。首聯寫新雨過後，天氣漸有寒意，此二句寫景，究竟何以得知天氣的變化？何能知新雨之後的山景？仍是人在感知，唯有人才能知道新雨過後漸有寒意，而人何以得知？唯有閒者才能體會外在客觀景物的變化，若是一個忙碌不暇的人何能感知？所以人是主體，能感知，而感知必由清賞而得，內在清明之人才能體會外在清景之變化。頷聯雖是寫景，一幅明月朗照松間，靜聽清泉流過石上激泠作響，唯一可以感知的主體仍然是人。接著頸聯寫浣女歸來、漁舟蓮動是人在圖畫中，為清平的景緻增添一些動態的、聲響的、人文的美感。末聯二句才點出自己作意所在，山居美景隨意可賞，亦隨意可留，只要能放下俗務，自可留駐山中。又如：

> 輕舟南垞去，北垞淼難即。隔浦望人家，遙遙不相識。（〈南垞〉）

結構如下：

$$\left\{ \begin{array}{l} 景：輕舟南垞去，北垞淼難即 \\ 人：隔浦望人家，遙遙不相識 \end{array} \right.$$

首二句寫輕舟由北垞往南垞行去，漸行漸遠，回望北垞煙波空淼，遙不可即──是自然景，後二句則點出人在舟上遙看浦岸人家，陌生不識──是人文景。

由上所舉可知，自然圖景與人文圖像並列。

（二）交互式

　　是指敘寫時，人文圖象與自然圖景交迭互用，穿插其中，例如：

> 寒山轉蒼翠，秋水日潺湲。倚杖柴門外，臨風聽暮蟬。渡頭
> 餘落日，墟里上孤煙。復值接輿醉，狂歌五柳前。（《輞川
> 閒居贈裴秀才迪》）

四聯結構：

$$
\left\{
\begin{array}{l}
景：寒山轉蒼翠，秋水日潺湲 \\
人：倚杖柴門外，臨風聽暮蟬 \\
景：渡頭餘落日，墟里上孤煙 \\
人：復值接輿醉，狂歌五柳前
\end{array}
\right.
$$

　　全詩四聯人景交替互換，首聯寫輞川附近山水之秋景，因為有我，所以才能體會出山色變化，山色之變化正因為我在觀賞，秋水每日潺潺流逝，也因為有我在，而能體會聽聞，大地之壯美設非有人之賞鑑，無異於荒野，正因為有我，所以「轉」的變化、「日」潺潺的聽聞，皆在我人的領略之中，頷聯寫倚仗，正式將我人點出來，而這種點染人物的方式，不是強迫式的出現，而是嵌接在自然圖景之中，迎風聽暮蟬，既點出時間，亦說明自己所駐立的方位，同時也敘事，說明自己在做何事，倚門聽蟬聲，既幽閒，又無事牽掛。一邊在近處聆聽蟬聲，一邊也將視線往外推擴而出，將圖景放大到

整個夕陽下的渡船口，落日是緩緩下降，是空間向時間渡化，而村落的裊裊炊煙，由下往上冉冉上升，是時間向空間渡化，也就是說此二句所描寫的雖是空間景象，實際上也含融時間的轉化，落日，不會定於一格，炊煙不會停住不動，所以落日往下緩緩下降，與炊煙往上冉冉升空，是時間的流動移轉，所以這兩句詩以空間展示時間的挪移，同時包含了空間圖象向時間渡化的情形。

末聯再以兩個典故將自己從歷史中抽回，一是以接輿來譬喻裴迪，一是以五柳先生自況，接輿楚狂的形象，代表任性自在，無拘無束，而五柳先生則是陶淵明圖構自己不慕榮利、好讀書的形象，王維藉此二典故來刻畫裴迪及自況，其目的何在？一來是說明裴迪的性情，一來說明自己此刻的心情正與五柳先生一般，是葛天氏或無懷氏之人民，不汲汲營營於人世榮利富貴。

由上舉之詩例可知，王維詩歌中常以自然圖景與人文圖景交互遞寫的情形。

（三）嵌入式

指人在景中、景中有人，無法離析人文與自然圖景之關係者，亦即景與人互嵌方式呈示。例如：

> 風景日夕佳，與君賦新詩。澹然望遠空，如意方丈頤。春風動百草，蘭蕙生我籬。曖曖日暖閨，田家來致詞。欣欣春還皋，澹澹水生陂。桃李雖未開，荑萼滿其枝。請君理還策，敢告將農時。（〈贈裴十迪〉，頁431）

其結構為：

3-2：〈贈裴十迪〉圖景結構表

人在景中	風景日夕佳，與君賦新詩。 澹然望遠空，如意方丈頤。
景	春風動百草，蘭蕙生我籬。
人在景中	曖曖日暖閨，田家來致詞。
景	欣欣春還皋，澹澹水生陂。
人	請君理還策，敢告將農時。

寫人在春景中，見風動百草，蘭蕙生籬，而人亦遠望、賦詩，田家野老亦前來告知農時，一幅春光和煦、風光明媚的田園春景。再如：

> 谷口疏鐘動，漁樵稍欲稀。悠然遠山暮，獨向白雲歸。菱蔓弱難定，楊花輕易飛。東皋春草色，惆悵掩柴扉。（〈歸輞川作〉，頁448）

其結構為：

3-3：〈歸輞川作〉圖景結構表

人在景中	谷口疏鐘動，漁樵稍欲稀。 悠然遠山暮，獨向白雲歸。
景	菱蔓弱難定，楊花輕易飛。

景	東皋春草色，
人	惆悵掩柴扉。

說明清晨幽谷傳來鐘聲幽幽，漁樵紛紛離谷遠去，而人在夕暮中歸去，接著敘寫春天谷口的景緻，東皋春草楊花輕飛，而我人則見春傷心色，掩柴門而入。又如：

> 不知香積寺，數里入雲峰。古木無人逕，深山何處鐘。泉聲咽危石，日色冷青松。薄暮空潭曲，安禪制毒龍。（〈過香積寺〉）

結構是：

3-4：〈過香積寺〉圖景結構表

人在景中	不知香積寺，數里入雲峰。
景中有人	古木無人逕，深山何處鐘。
景	泉聲咽危石，日色冷青松。
人	薄暮空潭曲，安禪制毒龍。

不知而訪，是不知此山有香積寺？抑是知此山有寺而不知其確實地點？因不知而訪，才可以感覺出寺之神秘，山之窅渺，也是尋訪的一種樂趣。首聯寫不知寺廟究竟在山的那一個方位，所以順隨著小徑而行，然而古木參天的森林中，居然人煙罕至，小徑無人，一方

面寫出山寺之清幽，非外人隨意可到；一方面展現尋訪者的清幽，不向人世紅塵行去。然而迷失在古森林中豈非不妙，山鐘叩鳴正可指引方向，亦告知確有山寺在此山中。在峰迴路轉中，看到了泉聲漱石，也看到日色漸暮、青松日冷的情形，能聽「咽」，能感「冷」，正是人的感知能力。末聯寫黃昏時抵達寺廟前的潭曲，正好套用佛典，即景寫湖，同時也將自己安禪克制欲望的清寂心情點出。

（四）偏倚式

指人文圖象與自然圖景各有偏倚，或以人為主，或以自然為主者屬之。例如：

> 太乙近天都，連山接海隅。白雲迴望合，青靄入看無。分野中峰變，陰晴眾壑殊。欲投人處宿，隔水問樵夫。（〈終南山〉）

結構是：

3-5：〈終南山〉圖景結構表

景	太乙近天都，連山接海隅。
景	分野中峰變，陰晴眾壑殊。
景	白雲迴望合，青靄入看無。
人	欲投人處宿，隔水問樵夫。

首聯寫終南山形勢之壯闊，高可達天都，遠可接海涯，平面的描摹終南山之高與大，接著頷聯以白雲青靄來襯託山嵐繚繞，因為山高，所以山在白雲之間，因為山壯，所以山中青靄縈迴不去，人處其中，但覺周遭嵐氣皆有，卻捉摸不到、碰觸不得，誰望？誰入？皆是人在其中，唯有人可觀、可望、可感、可知，所以隱寫人在山中「迴望」與入看。頸聯寫山勢壯闊，天候因為山勢面向之不同而有迴異的陰晴，設非山勢遼闊，何能展現不同的節候呢？最後兩句，點出人在何處，隔水問路，原來，只有山而無水，似乎少了一點靈動之氣，「隔水」點出了水在山中的必要性、重要性，同時也寫出周遊終南山，非一日可竟遊，必得投宿山中，翌日才能再繼續遊覽觀賞，而也正因為有「問」之一字，點明山非曠山，無人可賞的荒廢蕪山，也因「問」字而說明有人跡，有遊賞者，有聽覺的摹寫，前面六句所鋪陳出來的景，正透過此句而豁顯出人在天地間的存在性，同時也說明自然與人文的結合。雖然前人評論本詩前有六句，後僅二句，似有頭大尾小之嘆[17]，事實不然，後二句正是畫龍點睛，說明山景遊觀的主人翁的存在性，同時也說明人在山水中，只能覺得渺小。而有對答的樵夫，正可看出終南山雖山勢形勝廣闊，但並非人煙罕到之處所，用一二人物對話，使荒曠的山野，頓時也可親了起來。又如：

---

17 沈德潛曾為頭大尾小而辨之云：「或謂末二句與通體不配，今玩其語意，見山遠而人寡也，非尋常寫景可比。」，見《唐詩別裁》（上海：上海古籍出版社，1992 年四刷）冊二，卷九，頁 312。

> 積雨空林煙火遲，蒸藜炊黍餉東菑。漠漠水田飛白鷺，陰陰
> 夏木囀黃鸝。山中習靜觀朝槿，松下清齋折露葵。野老與人
> 爭席罷，海鷗何事更相疑。（〈積雨輞川莊作〉）

結構是：

3-6：〈積雨輞川莊作〉圖景結構表

人	積雨空林煙火遲，蒸藜炊黍餉東菑。
景	漠漠水田飛白鷺，陰陰夏木囀黃鸝。
人	山中習靜觀朝槿，松下清齋折露葵。
人	野老與人爭席罷，海鷗何事更相疑。

首聯二句寫人文圖景，炊煙裊裊，備好蔬食可送到田間，頷聯則寫
戶外景觀，遠景有水田白鷺，近景有黃鸝巧囀，有觀看才有景緻之
展示，雖不寫人，而景緻的呈現，正因為有觀而有景。頸聯寫詩人
的生活情狀，觀槿折葵，幽賞自在，無須與人爭奪。末聯則寫自己
的情志，自喻野老，不存機詐心，與野老一般生活在村野中。

　　綜上所述，王維所寫之詩，皆以景為構圖，而景有自然景，有
人文景，王維常以自然景為構圖的主景，但是，所有的景皆為人而
存有，人因有主體感知的能力，所以景之示現，以能表現人的觀望
態度為主，有時寫景而不寫人，卻處處是人在遊賞觀望，不點出人，
卻處處有人的行蹤、形影。然而，詩歌景中人物的作用性何在？

第三節 人物在圖景中的構圖作用

承上，在王維詩中所構寫的人物究竟在圖景中居於什麼樣的作用？我們可釐析為三大作用，以下分別論述之。

一、人物在詩歌中之點染作用

「人物」在王維詩歌中，有一種作用是「點染作用」，所謂的點染作用是指人物在詩中，往往以景致方式寫出我人的活動狀態，以嵌入圖景之中，嵌入的方式有：遠近、高低、上下、左右、虛實、動靜等作用，人物如同詩中圖構的景致之一。例如：

> 清淺白石灘，綠蒲向堪把。家住水東西，浣紗明月下。（〈白石灘〉，頁423）

此中所呈示的「家住水東西，浣紗明月下」寫出女子在月夜下浣紗的動態活動，此一活動是嵌入景致當中，前二句寫自然景，後二句寫人文景，人文嵌入自然中，形成一種獨特的畫面，自然景是靜態的，人文景是動態的，使歌詩中的構圖由於人文景的突出，而有了靜動層次之不同。我們可以簡單的以結構示之：

3-7：〈白石灘〉自然人文圖景結構表

圖景	詩句	動／靜	普／殊	比例大小
自然景	清淺白石灘，綠蒲向堪把。	靜態的景	普遍的景	詩圖中的大範圍，背景、客體。
人文景	家住水東西，浣紗明月下。	動態的景	特殊的景	詩圖中的小範圍，主體。

雖然全詩構圖是摹寫白石灘，但是特別要豁顯的是月夜下浣紗的女子，女子的面貌不清，但是，透過明月相照，彷彿也透顯出清明可親的可人狀態。全詩雖以鋪寫白石灘為主，然而由於有了浣紗女的點染作用，使一片清朗的月夜下不再是荒曠的水灘而已，有了女子，柔弱的，月明的透明質感，彷彿呼之欲出，白石灘也因有了女子浣紗動作的點綴，使得靜寂的水灘中有了動態活動，而且，也靈動了整個水灘，融為詩中構圖的整體了。又如：

> 獨坐幽篁裡，彈琴復長嘯，深林人不知，明月來相照。（〈竹里館〉，頁 424）

在竹林叢中，明月相照，人在其中，幽雅地彈琴歌吟，畫面中的主體，以獨坐之人為主，竹篁與明月是襯託，有了彈琴的人，樂音才能流瀉出來。分析如下：

3-8：〈竹里館〉自然人文圖景結構表

圖景	詩句	主／從	動／靜	摹寫技法
自然圖景	深林人不知，明月來相照。	襯景	靜態	光影摹寫
人文圖象	獨坐幽篁裡，彈琴復長嘯。	主體	動態	聲音摹寫

在整首詩中，月明下的彈琴長嘯是一種刻意經營的景致——動態的，同時也在寂無人的月夜下，以樂音流瀉轉化了月夜之闃寂，同時也讓我們感受到幽人自在自得的情狀。又如：

> 宿雨乘輕屐，春寒著弊袍。開畦分白水，間柳發紅桃。草際成棋局，林端舉桔槔。還持鹿皮几，日暮隱蓬蒿。（〈春園即事〉，頁450）

分析如下：

3-9：〈春園即事〉自然人文圖景結構表

圖景	詩句	普／殊	動／靜	主／從
自然圖景	開畦分白水，間柳發紅桃。	構寫大自然春水蕩漾，春花燦艷。	寫大自然靜態之美。	白水紅花，顏色鮮麗，色感分明。

圖景	詩句	普／殊	動／靜	主／從
人文圖象	宿雨乘輕屐，春寒著弊袍。草際成棋局，林端舉桔槔。還持鹿皮几，日暮隱蓬蒿。	摹寫乘屐著袍在田野中汲水，下棋、靜坐。	構寫人物一系列的動態活動。	以下棋、隱蓬蒿寫出閒居狀態。為主導視線挪移。

全詩以人的一系列動態活動，告知一天的行程，同時也是生活的常態，閒來無事下棋靜坐，表現出人生快意悠哉遊哉的生活。

> 空山新雨後，天氣晚來秋。明月松間照，清泉石上流。竹喧歸浣女，蓮動下漁舟。隨意春芳歇，王孫自可留。（〈山居秋暝〉，頁451）

分析如下：

3-10：〈山居秋暝〉自然人文圖景結構表

圖景	詩句	景色鋪寫	主／客	遠／近、大小
自然景	空山新雨後，天氣晚來秋。明月松間照，清泉石上流。	敘寫山水幽靜	客觀寫景	由遠而近，由大而小，首二句景致開闊，寫山之氣象萬千，後二句景致清幽，寫水泉之淙淙

圖景	詩句	景色鋪寫	主／客	遠／近、大小
人文景	竹喧歸浣女，蓮動下漁舟。隨意春芳歇，王孫自可留。	敘寫普狀浣女歸來，漁舟蓮動，想望留客。	客觀寫浣女漁舟，主觀寫留客。	前二句寫外在客觀之景，將浣女視為一個景來摹寫，然是動態之景。後二句寫主觀之意識，可隨意留宿，是一種心靈的感動，被自然春芳所攝住

田園樂七首組詩是王維刻意以六言體詩歌構寫的田園生活，七首的內容當中有幾首是將人物視為染點作用，嵌入景中。例如：

> 採菱渡頭風急，策杖村西一斜。杏樹壇邊漁父，桃花源裡人家。（〈田園樂之三〉），頁454）
> 萋萋芳草春綠，落落長松夏寒。牛羊自歸村巷，童稚不識衣冠。（〈田園樂之四〉），頁455）
> 山下孤煙遠村，天邊獨樹高原。一瓢顏回陋巷，五柳先生對門。（〈田園樂之五〉），頁455）

分析如下：

3-11：〈採菱渡頭風急〉等詩自然人文圖景結構表

詩歌	圖景	構圖	敘寫技法	旨趣
採菱渡頭風急	自然景	渡頭風急 村莊日斜 杏樹壇邊 桃花源裡	景為陪襯，作為人物背景之烘托。	敘寫大自然生活圖景。
	人文景	採菱 策杖 漁父 人家	敘寫的人物，以渡頭、村莊、樹邊三種人物為主述，而這些人幽閒彷彿生活在桃花源。	表述人物生活情狀。
山下孤煙遠村	自然景	山下孤煙遠村，天邊獨樹高原。	寫遠景	敘寫天高氣朗。
	人文景	一瓢顏回陋巷，五柳先生對門。	寫近景	表述人物情志。
萋萋芳草春綠	自然景	萋萋芳草春綠，落落長松夏寒。	排比對仗方式呈現芳原與松林之美。	摹寫自然美景。
	人文景	牛羊自歸村巷，童稚不識衣冠。	寫日暮牧童歸來情景。	表述人物自在生活，無須理會文明生活，不識達官貴人，依然可以活得自在自樂

詩歌	圖景	構圖	敘寫技法	旨趣
桃紅復含宿雨	自然景	桃花復含宿雨，柳綠更帶春煙。	以顏色字對比春景煙雨濛濛。	
	人文景	花落家僮未掃，鶯啼山客猶眠。	以未掃落花，山客猶眠寫出人物之自在與無時間壓迫的感覺。	

再如：

　　　荊溪白石出，天寒紅葉稀。山路元無雨，空翠濕人衣。（〈山

　　中〉，頁463）

分析如下：

3-12：〈山中〉自然人文圖景結構表

圖景	詩句	遠／近	摹寫技法	旨趣
自然景	荊溪白石出，天寒紅葉稀。	遠景寫荊溪及紅樹林因天寒而日益凋謝之美。	顏色字白紅相襯，對比強烈。	鋪寫大自然景致。
人文景	山路元無雨，空翠濕人衣。	近景寫人在山中無雨而濕衣的濛濛潮潤之感。	翠綠色寫山景之幽靜。	人在山中，感受山景之美。

又如：「輕舸迎上客，悠悠湖上來。當軒對樽酒，四面芙蓉開。」（〈臨湖亭〉，頁420），詩中以芙蓉花當軒而開，駕舟迎客、開軒對酒當花的快意，刻意著染一種寧淡的氣氛。又如：「吹簫凌極浦，日暮送夫君。湖上一迴首，山青卷白雲。」（〈欹湖〉，頁421），全詩敘寫一種吹簫送行的情景，以景作結，回首但見白雲青山，表現出一種無限依戀的情思，山卷白雲正是一種不捨，以此而言送別自見情深意長。

所謂「點染」作用，是指人物在詩歌構圖中所居的作用是點綴景致之美，不必有意向性的動作，不必有詩旨的揭示，但是透過人物點綴圖景的作用，我們也能體契詩歌作意所在，或是會悟人在景中的主體功能性，原本「點染」作用，僅是「自然景」的一種襯託，但是，透過人物的出場，反而豁顯出全詩一種人與景相奏相合的自然美感，人自在景中，景中本有人文活動，透過動、靜的對照，使得全詩的題意明朗而清明，我們在覽閱這些詩歌時，便能體會王維詩歌對人物出場的渲染或是構作的圖象來看，往往要表現一種淡漠的美感。

二、人物在詩歌中之諦觀作用

王維輞川諸作當中，也有純以諦觀或凝視的角度來觀賞大自然之美感，詩中未必有「我」，但是，所有的景雖是客觀的寫景，卻是我人的凝視、諦觀、體契所構之景緻。人在景中，「景」有自然之景與人文之景，人文之景，特別要點出「我在」，以我觀物，有我而有景觀，所有的景皆是為人之存在而張設的。例如《輞川集》

中二十首多以客觀諦觀的方式呈示：

> 文杏裁為梁，香茅結為宇。不知棟裡雲，去作人間雨。（〈文杏館〉，頁415）
>
> 空山不見人，但聞人語響。返景入森林，復照青苔上。（〈鹿柴〉，頁417）
>
> 秋山斂餘照，飛鳥逐前侶。彩翠時分明，夕嵐無處所。（〈木蘭柴〉，頁418）
>
> 颯颯秋雨中，淺淺石溜瀉。跳波自相濺，白鷺驚復下。（〈欒家瀨〉，頁422）
>
> 北垞湖水北，雜樹映朱欄，逶迤南川下，明滅青林端。（〈北垞〉，頁424）
>
> 木末芙蓉花，山中發紅萼。澗戶寂無人，紛紛開且落。（〈辛夷塢〉，頁425）
>
> 桂尊迎帝子，杜若贈佳人，椒漿奠瑤席，欲下雲中君。（〈椒園〉，頁427）

我們利用圖表來分析上述的詩歌。

3-13：〈文杏館〉等詩諦觀作用一覽表

題名	詩歌	自然景之呈示	諦觀	旨趣
文杏館	文杏裁爲梁，香茅結爲宇。不知棟裡雲，去作人間雨。	摹寫樓台之建材良好，高聳矗入雲霄。	雖不寫人物，卻完全是由人物觀察而得，方能體會樓台之高。	寫文杏館之高聳。
鹿柴	空山不見人，但聞人語響。返景入森林，復照青苔上。	寫森林光影挪移。	不見人，卻聽得人交談的聲音，表示有人，才能看到日影返照的情形。	極力摹寫山中之空寂。
木蘭柴	秋山歛餘照，飛鳥逐前侶。彩翠時分明，夕嵐無處所。	寫夕照時秋山歸鳥之美。	不寫人，卻完全由人之觀賞才能看到彩翠分明，看到飛鳥逐侶。	敘寫秋山夕照。
欒家瀨	颯颯秋雨中，淺淺石溜瀉。跳波自相濺，白鷺驚復下。	敘寫秋雨中的石溜水珠跳濺及鷺鷥被驚嚇的情趣。	因諦觀而能見鷺鷥被濺水驚嚇的情形。	描寫雨中白鷺鷥的動態。
北垞	北垞湖水北，雜樹映朱欄，逶迤南川下，明滅青林端。	寫湖水山影透迤，光影挪移。	因觀而能見朱欄與青林。	因遠而近，再由近而遠寫湖水山林之美。

題名	詩歌	自然景之呈示	諦觀	旨趣
辛夷塢	木末芙蓉花,山中發紅萼。澗戶寂無人,紛紛開且落。	寫塢中無中但有芙蓉花自開自謝。	寂無人,卻有人見之。	敘寫野花自開自謝之壯美。
椒園	桂尊迎帝子,杜若贈佳人,椒漿奠瑤席,欲下雲中君。	敘寫椒園中的香草。	以楚辭之香草比賦。	園中香草多而可薦供。

　　除《輞川集》諸作外,亦另外有例:「端居不出戶,滿目望雲山。落日鳥邊下,秋原人外閒。遙知遠林際,不見此簷間。好客多乘月,應門莫上關。」(〈登裴迪秀才小台作〉,頁四三四),不出戶,卻在窗前望雲山,所見之景有夕陽歸鳥,有閒人秋原信步,視線往外推擴,只知遙望有林際,卻反而看不到屋簷,視野開拓向雲外,人多在月下閒步,故而結句寫莫關門,說出幽人應散步到夜深之際。全詩以登台眺視爲主,以「我觀」而示現圖景。又如:「柳條拂地不須折,松樹梢雲從更長。藤花欲暗藏猱子,柏葉初齊養麝香。」(〈戲題輞川別業〉,頁447),人之諦觀,低看柳條拂地,高看松樹入雲,近看藤花藏猿猱,遠看柏葉養麝香,由遠近高低觀賞所圖構出來的景致更有一番新鮮意味。

　　以上諸例可知王維詩歌常以諦觀的角度觀看世景變化。

三、人物在歌詩中揭示或點撥旨趣作用

　　王維詩歌圖景中的人物第三種作用在於點出我人在整首詩中的作用，以說明情志所在或全詩旨趣。例如：

　　新家孟城口，古木餘衰柳。來者復為誰？空悲昔人有。（〈孟城坳〉，頁413）

首二句寫衰柳，後二句寫自己的感懷，面對孟城口，所興發的感喟是：前人已往，來者不可知，前人曾經擁有過的，而今也落入我人之手中，而今日我雖暫時擁有，未來又當歸屬何人？在時間的流轉中，每一個人皆可暫時擁有，畢竟逃不出時間的困限，所以「悲」前人之擁有，同時也是悲自己將在時間浪潮中，成為過往塵跡，此一詩深透哲思，然而與前二句衰柳相叩，正是「衰」、「悲」相合，在王維的詩中甚少表露這種衰悲的情思，本詩當是王維深刻體會「有」與「無」、「今」與「昔」的對照性。又如：「結實紅且綠，復如花更開。山中儻留客，置此芙蓉杯。」（〈茱萸沜〉，頁418），詩中所提舉的人物，正是點出留宿的意味，此地有花，有果實，年年花開結果，何不留下品賞芙蓉杯呢？當下享有，就是一種快意。從「儻留客」點出主人的心意，也說出全詩旨趣所在。又如：「古人非傲吏，自闕經世務。偶寄一微官，婆娑數株樹。」（〈漆園〉，頁426），前二句以莊周曾歷漆園吏為典，說明自己的志趣，莊周是寧可游戲於污瀆中自快，也不願為有國者所羈，終身不仕，以快其志，王維反用其典，說明自己無才經世，只願小官偃息於老樹下即可，志氣不求聞達可知。再如：「寒山轉蒼翠，秋水日潺湲。倚杖柴門外，臨風聽暮蟬。渡頭餘落日，墟里上孤煙。復值接輿醉，

狂歌五柳前。」（〈輞川閒居贈裴秀才迪〉，頁429），本詩則先
敘寫景致，再由末聯說明自己的志趣祈向，以五柳先生自況，表達
了不慕榮利的心志。

　　以上三詩或寫出自己的感懷：「來者復爲誰，空悲昔人有」；
或寫出自己的期待：「山中倘留客，置此芙蓉杯」；或寫出自己的
志趣：「偶寄一微官，婆娑數株樹」等等，凡此點出全詩旨趣之作
用性者，比比皆是。

第四節　王維詩歌中豁顯人物主體精神

　　人物在詩歌圖景中的作用有點染、諦觀及揭示旨趣所在三種作
用，然而這些作用所要透顯的精神是什麼呢？

一、「我在」之天地翕合與主體性之存有

　　縱觀上述，王維輞川時期諸作所要表現的人與圖景之間的關
涉，其實是要突顯我在，因爲有我，而能與天地相翕相合，充份表
現人在大自然圖景中的主體性存有，例如：「淼淼寒流廣，蒼蒼秋
雨晦。君問終南山，心知白雲外。」（〈答裴迪輞口遇雨憶終南山
之作〉，頁430），本詩是王維答裴迪之問，首二句以景鋪寫當前
雨中所見輞口之雨，詩中以「晦」字點出風雨如晦的蒼茫感，而末
二句則寫出白雲之外尚有終南山，此一「知」字寫出人的主觀存有，
因爲我在，所以我會思、會想、會憶，更能知，知道在白雲之外有

自首可期的終南山。

又如：

> 秋空自明迥，況復遠人間。暢以沙際鶴，兼之雲外山。
> 澄波澹將夕，清月皓方閒。此夜任孤棹，夷猶殊未還。」（〈汎
> 前陂〉，頁458）

其中：「此夜任孤棹，夷猶殊未還」，逶巡在雲山水月之中，遠離
人間，盤桓不還，在好山好水之中，人的存在是因爲可以感知，可
以賞玩，所有的山水景致，因爲我遊賞而存在，否則僅是一荒山曠
野，僅是荒月遊雲而已，山水之間有我之遊賞、遊觀，才有空明感
覺，孤棹獨往，能讓山水生色，乃因爲我之存在閒觀。

另外，「落日山水好，漾舟信歸風。」（〈藍田山石門精舍〉，
頁460）亦是隨意乘舟遊觀之樂，山水好景，皆在我的遊賞中存在。

再如：

> 無才不敢累明時，思向東溪守故籬。豈厭尚平婚嫁早，卻嫌
> 陶令去官遲。
> 草間蛩響臨秋急，山裡蟬聲薄暮悲。寂寞柴門人不到，空林
> 獨與白雲期。（〈早秋山中作〉，頁468）

其中「寂寞柴門人不到」，寫的是一種孤獨中的清幽，無訪客相擾，
無友朋相問訊，故能在空林中享有山蟬秋蛩，享有東溪故籬之幽
獨，無朋無友豈非太孤獨了，有了山蟬秋蛩相伴，則聲響助興，是

一種自然自在。與白雲相期，是一種什麼樣的心情呢？無心相逐，就是一種自由自在無牽無掛，無拘無束的生活。復次：「嗟余未喪，哀此孤生。屏居藍田，薄地躬耕。歲晏輸稅，以奉粢盛。……還復幽獨，重欷累歎。」（〈酬諸公見過・時官出在輞川莊〉，頁472），人生憂患未已，對王維而言，最後的歸宿是隱居輞川，在這塊山谷中，可以耕讀，也享有微官的薄俸，在幽獨中更能體會人世之憂傷，以及存在的孤寂，因為存在，就是一種經驗，將人世一生著著實實的體驗一遍。

職是，我們透過王維輞川時期詩歌可以體會出在王維的詩歌當中，擅長刻摹自然景觀，在自然景觀中，往往以「人物」作為客觀的點染，或旁觀的諦視或主觀的存有，所要展示的精神皆是有「我在」的主體性，此一主體性或側身旁觀，或隱入詩圖之中，或正面敘寫，所表現的無疑就是要豁顯「我在」的感覺。例如〈圖四〉，疊翠中有舍，舍中有坐讀者，舍外有行者。〈圖五〉水岸遼闊，舟上有人，這些人物共構圖景中的人文氣息。我們透過這些臨摹王維輞川之圖，可以契會王維的詩歌圖景中，亦往往將人物置入其中以豁顯人物在構景中的重要性。

二、王維歌詩對中國畫論之運用與實踐

詩、畫皆是時空藝術，但是，詩歌比較傾向於時間藝術；圖畫則是傾向於空間藝術。例如飛瀑，不可能定於一點，是不斷地流瀉，但是，以繪畫表現時，必定只能凝於某一片段片刻的空間形式，然而觀者卻能體察飛瀑其實是不斷地飛瀉的狀態，不會因為凝於一個

圖面而以為是定於一時的。又中國手卷所表現的也是時間空間移動的美感，隨著手不斷地翻卷，我們的視線便隨著由此時此畫面挪移到彼時彼畫面，空間的移動同時也是時間的移動。在詩歌當中，時間性、空間性的移動更普遍，而且人物的刻摹、敘寫角度的選擇有更大更多層次的發揮，例如：

> 暮持筇竹杖，相待虎溪頭，催客聞山響，歸房逐水流。
> 野花叢發好，谷鳥一聲幽。夜坐空林寂，松風直似秋。
> （〈過感化寺曇興上人山院〉，頁437）

本詩所呈現的是對面著筆的手法敘寫，分明是王維過感化寺，卻反而從曇興山人的立場下筆，寫他迎客待客於虎溪頭，然後催客歸去，自己歸房所見水流、花好、鳥叫並且感受松風如秋的澹然空寂，以文字形式表現，可以看得見時間順序的流動：

迎客→待客→催客→歸來→途中所見景致→夜坐→感受松風如秋

但是，若以圖畫來呈現，則在：

迎客 — 待客 — 催客 — 歸來 — 靜坐

其中，只能任擇一個片面圖象將之畫下來，不可能同時既有，這就是「畫」的局限性，所以「文字」的優位性格在於：

1. 時序可採用順序編寫，亦可以逆寫、預寫、補寫、插寫，卻皆不會紊亂時序。可以在一首詩中同時展現時空的順、逆性的存在。

2. 文字的跳躍性與想像度高於畫面，因為文字是一種想像的存有，它存在的方式是以不確定、不穩定、不具實的方式呈現，例如「明月松間照」一句，寫明明之月，松月可在中天，可在右天，可在左天，松則可孤松、群松或松林一片等，們讀者發揮想像的構圖，但是透過繪圖技法畫出來，則只要落實為圖畫，則必定拘束於某一形體或形象，我們看到的圖畫中的明月照松林是一個經過高度抽象所呈示出來的輪廓，有一個具實的形象呈現出來，與文字表述的「明月照松林」不同，充滿了任意的想像度，所以文字的優越性格使圖畫難以企及。

3. 文字具有任意性，可以翻轉跳躍，而圖像則是具實之實體，或形象化，不可改易，想像度較文字為低。

　　準此，詩是高度想像、意象化、時空不確定性；而畫則是具實指涉、圖象化、時空編排較確定的造型藝術。

　　既然詩歌表現技法優於繪畫，那麼是不是以詩呈現畫境，其詩意必不高？非也，以詩歌呈現畫境僅是一種表現技巧，不能以之論斷高下，亦即不能以能否入畫作為判斷詩歌之高下，畫家寫詩亦不一定要以「詩中有畫」的方式呈現，我們僅能說王維善詩、畫、樂，將畫、樂入詩是一種個人特色的表現。王維善用色感分明、靜動皆存、視聽雙寫的技法將山形、水景、明月、清泉、松風、竹蓮、花木等自然景象如畫如繪般地透過文字呈現在我們的視讀之中，但是更重要的是，這些圖景不僅是客觀、如實示現而已，也是王維刻意

透過「我在」或「我觀」的方式呈現，人文圖景往往是客觀自然圖象的主體所在，例如〈圖五〉輞川圖，左有舟，舟有人，所有的天地景象似爲舟中人張設。誠如〈山水訣〉所云：

> 主峰最宜高聳，客山須是奔趨。迴抱處僧舍可安，水陸邊人家可置。村莊著數樹以成林，枝須抱體；山崖合一水而瀑瀉，泉不亂流。渡口只宜寂寂，人行須是疏疏。泛舟楫之橋梁，且宜高聳；著漁人之釣艇，低乃無妨。……路接危時，棧道可安於此。平地樓台，偏宜高柳映人家；名山寺觀，雅稱奇杉襯樓閣。遠景煙籠，深巖雲鎖。酒旗則當路高懸，客帆宜遇水低掛。遠山須要低排，近樹惟宜拔迸。手親筆硯之餘，有時遊戲三昧。歲月遙永，頗探幽微。妙悟者不在多言，善學者還從規矩。[18]

揭示山水畫中，僧舍、水陸人家、渡口行人、舟楫橋梁、漁人釣艇、棧道、樓台、寺觀、客帆、酒旗等皆有所安排圖繪，正是一種人文主體精神的呈現、鋪繪。我們再反觀王維敘寫的結構基模採用並列、交互、偏倚、嵌入等方式爲之，不就是要豁顯這些人文圖景嗎？而這些人文圖景的示現正是對大自然的點染、諦視與點出旨趣所

18　〈山水訣〉輯入傅抱石：《中國畫論類編》（台北：華正書局，1984 年10 月）第五編山水。編爲王維撰，乃自《畫苑補益》中選入，據《書畫傳習錄》所云，句格類南宋人語，應爲明人僞託。趙殿成：《王右丞集箋註》頁 493，亦指出應爲荊浩之作。職是，現傳〈山水訣〉、〈山水論〉皆應爲後人僞作，或爲荊浩所作。

在，透過這些作用，讓我們體察「我在」是如如存在的事實？亦是虛寫的空境幻境呢？

　　萊辛（G.E.Lessing）曾就造型藝術指出其限制在於只能就某一片刻、某一角度來表現，而且具象能見之物才能表現出來，至於詩卻可以用文字孕育最豐富的想像將歷時性的、移情性、抽象等幽微之心情、心境表現出來，而繪畫卻未能達到如此細緻幽微處。職是，在王維詩歌中，不僅充份將人物的靜動、寂喧、形影、聲音、光影等可感、可見、可知的行止坐臥等一一透過詩歌來傳釋，同時也將人物的心情變化、情緻細膩之思考等一一摹寫入詩，所以我們閱讀詩歌時，不會僅僅想到圖像而已，而且也會隨著人物心情變化而有變化，因爲詩歌可以是精神層次的造型，而繪畫永遠只能是視覺的造型藝術。這就是王維將中國畫論的主體精神體現在詩景當中。

三、禪與詩互融互攝──人的存在與諦觀

　　攸關論述王維詩與禪的關係，研究者甚多[19]，本文不擬從這個角度切入，而是反從詩歌人物的動／靜，寂／喧，主／從等視域談論王維詩歌中的人物到底透顯出什麼樣的精神？表達什麼樣的

19　例如學位論文有：杜昭瑩：《王維禪詩研究》（台北：輔仁大學中國文學研究所碩士論文，1993 年 6 月）。彭政德《王維禪詩創作技巧與藝術風格之研究》，（新竹：玄奘大學中國語文研究所碩士論文，2001 年 5 月）。期刊論文有：蕭麗華〈試論王維之宦隱與大乘般若空性的關係──兼論王維詩中「空」的境界美〉，《台大中文學報》第六期，1994 年 6 月，頁 231-256。

意蘊？

　　王維詩景往往呈現出一種寂靜的感覺，因寂靜——虛空——才能虛受，才能含納，也才能諦觀，這份「觀」就是先虛空自己，才能含納萬有，據蕭麗華研究指出，王維學禪路徑先北禪再南禪，因母親崔氏曾師北宗領袖神秀之弟子普寂，[20]並參証楊文雄研究成果指出王維詩文中明確記載的北禪法師有：普寂、義福、淨覺、慧澄、道璿、元崇等人；南禪有：神會、道光、瑗上人、燕子龕禪師等人。[21]可見王維與禪師互動往來的詩文甚多，而在思想上自然會融攝禪法於詩文中，此不待辨證自可明悉，然而，詩歌中如何呈現出這種禪意？尤其是透過詩歌中的人物，我們更可以體會禪與詩互融的情形非常普遍，但是，談禪與詩之關涉者甚多，或著眼於禪詩的意象表現手法，分從視、聽、事物意象等視域入手，[22]或則是從詩歌中的禪趣來談王維澹遠幽靜、韻味無窮的風格深富趣味，[23]或從「空間觀」來談論王維山水田園詩中的「禪道」。[24]但是，我們想

20　王維在〈請施莊為寺表〉云：「臣亡母，故博陵縣君崔氏，師事大照禪師三十餘歲，褐衣素食，持戒安禪，樂住山林，志求寂靜。」，而王維皈依則在開元十八年。

21　蕭麗華：〈試論王維之宦隱與大乘般若空性的關係——兼論王維詩中「空」的境界美〉，《台大中文學報》第 6 期，1994 年 6 月，頁 231-256。

22　彭政德：《王維禪詩創作技巧與藝術風格之研究》（新竹：玄奘大學中國語文研究所碩士論文，2001 年 5 月）。

23　葉淑麗：〈王維〈輞川集〉詩的禪趣〉，《嘉南學報》第 22 期，1996 年，頁 232-240。

24　池永歆：〈王維田園山水詩中「禪道式」的空間觀〉，《鵝湖月刊》，第 22 卷，第 2 期，總號第 254 期，頁 36-42。

直接從「人物」在圖景中的表現來論述。

　　與王維宗教信仰深相契合，以「空」、「靜」、「寂」的體悟展現對禪宗的契會，表現在詩歌的圖景中則成為我人之觀照。故有：

> 晚年惟好靜，萬事不關心。自顧無長策，空知返舊林。松風吹解帶，山月照彈琴。君問窮通理，漁歌入浦深。（〈酬張少府〉，頁476）

對王維而言，母親篤信佛教，影響他甚鉅，而三十歲喪妻後，更鰥居三十餘年，體察人世如夢幻泡影，所以他的心境也由早年積極仕進一轉為幽獨自甘的淡靜心思，「晚年惟好靜」是一種體認深刻之後的澄澹，「君問窮通理，漁歌入浦深」，所謂的窮通之理，端在漁歌自在中體會，自在自由的悠遊，就是最能體會窮通之理，什麼話語皆不用說，皆是言障。「香飯青菰米，嘉蔬綠筍莖。誓陪清梵末，端坐學無生。」（〈遊感化寺〉，頁439）遊感化寺，品嚐清淡米飯蔬筍，梵音四起，晏坐學無生，體會清寂人世，就是一種禪境契會。又如：

> 山林吾喪我，冠帶爾成人。莫學嵇康懶，且安原憲貧。山陰多北戶，泉水在東鄰。緣合妄相有，性空無所親。安知廣成子，不是老夫身。（〈山中示弟〉，頁480）

「安知廣成子，不是老夫身」，就是一種自在。前世今身，佛教輪迴之說映證在此，誰能知道前世今身誰是誰？誰又不是誰？生我之

前誰是我，死我之後我是誰？人世若是輪迴不斷，則焉能說我非神仙廣成子之今生？人世幻滅流轉，無一固定之性呢？「一從歸白社，不復到青門。時倚簷前樹，遠看原上村。青菰臨水映，白鳥向山翻。寂寞於陵子，桔槔方灌園。」（〈輞川閒居〉，頁442）自況於陵子灌園隱居，息絕塵世之心可知。在村原中，在臨山映水之際，自甘隱居何樂不為？遂從「獨坐悲雙鬢，空堂欲二更。雨中山果落，燈下草蟲鳴。白髮終難變，黃金不可成。欲知除老病，惟有學無生」。（〈秋夜獨坐〉，頁482）揭示人世憂患不已，唯有學無生，才能放下一切，才能體察生老病死之無常。在塵世中，何事可為？何事不可為？證道即可放下。故云：

> 麗日照殘春，初晴草木新。床前磨鏡客，林裡灌園人。五馬驚窮巷，雙童逐老身。中廚辦麤飯，當恕阮家貧。（〈鄭果州相過〉，頁474）

王維常以灌園人自喻，代表一種逃俗避世的幽居心態，人世作為對他而言，皆是一種多餘，唯有在村舍山水中，才能體會自在的快樂。對於這種既仕又隱、既入世又出仕的作為，劉維崇名之為：「宦隱」（《王維評傳》），前人對於王維這種亦仕亦隱多有負面批評，甚或指出是人格的矛盾，但是蕭麗華曾辨正云：「隱代表企求真諦，萬境皆空；而仕代表不離俗諦，依俗得聖，這就是『不見空與不空』、『不分別二諦』、『不垢不淨』的不二精神。」[25]洵為確論。

---

25 蕭麗華：〈試論王維之宦隱與大乘般若空性的關係——兼論王維詩中「空」的境界美〉，《台大中文學報》第 6 期，1994 年 6 月，頁 231-256。

綜上所論，王維的自然圖景與人文圖象相關涉所要表現的是我在、我觀的主體精神，而這種觀、在，正是導向禪宗的寂滅、不住、不空、不滅之中。

第五節　結語

我們從王維的詩歌中體會，其詩中必有景，景中必有人，此一敘寫結構有：並列式、交互式、偏倚式、嵌入式等基模，而這種刻摹詩景中的人物，其作用有三：一是點染作用，二是諦觀作用，三是點化詩旨所在，無論是點染或諦觀或點化詩旨所在，其所欲豁顯人物的主體精神就是「我在」、因「我在」天地才有情有趣，而這種精神同時也是王維對中國畫論的運用與實踐，表現在形式技巧上，就是遠近／高低／主從／視聽／寂喧／動靜等技法的採用，表現在精神義蘊上，就是呈現「我觀」、「我在」的主體精神的契會，同時習佛數十年，對禪的通徹體會，逐融攝禪趣成詩中有景、景中有人，人物為禪寂的諦觀或空寂的存有，這種將詩情融攝畫意與禪趣的特殊表抒方式，恐是曠古今而無出其右者，也形成王維輞川時期獨特的詩歌風格。

第四章　世用與自我衝突：從地域流轉論李白世用之困頓與轉化

摘　要

　　文學史圖構李白是挾劍出遊、任俠自得、曠達自適的形象，賀知章也稱他為天上謫仙人，甚至後世在論述盛唐詩歌分劃流派時，往往將李白劃入浪漫主義的詩人流派當中；更多的學者不斷從道家與李白的關係勾勒他求仙訪道的歷程，來證明他是一個心存出世思想的詩人。到底李白的生命情調是什麼？果如上述所分？如此任性曠達的他，是否有求用之心？如果有，又是追求什麼樣的事功呢？考索李白一生，幾乎是擺盪在「世用」與「求道」軸線上的兩端，不斷迴環返復，到底李白世用的歷程如何？在遭受人世困頓之際如何轉化心境？本文透過地域流轉來探勘李白一生追求世用之困頓歷程及心境之轉化與變化。首論其求用之地域流轉，分作六期：匡山、安陸、三入長安、幽州行、李幕永王、從李光弼征戰。二論其世用困頓之心境題寫，有「壯志思飛，青雲無路」，有「託喻歷史人物，自憐幽獨」，有「取譬物象，自況處境」，有人生志業如轉蓬之幽微。三論世用未果的轉折與釋放，以遊山玩水自我提攝，以

求仙訪道絕塵棄世，以飲酒作樂享樂逍遙。四論「文化自我」與「個人自我」的衝突。最後歸結「富貴與求仙，蹉跎兩成失」的悲情感。

第一節　前言

　　李白（701～763）一生六十三年的歲月中[1]，行跡從蜀到江陵，歷江夏、金陵、揚州、安陸、南陽、長安、岐州、邠州、華州、開封、宋城、嵩山、洛陽、隨州、襄陽、太原、齊州、南陽、潁州、下邳、淮陰、楚州、杭州、荊州、東魯、商州、魯郡、魏州、幽州、邯鄲、宣州、潯陽、岳州、零陵、豫章、和州、當塗等地，行蹤歷遍中國。在文學家當中，蘇軾亦是遍歷大江南北，曾仕宦遊走於：杭、密、徐、湖、黃、登、常、潁、定、惠、儋、韶等地，但是，李白與蘇東坡行旅各地有所不同，東坡一生凡九遷，流轉各地是因爲遊宦各地不得不然而行，而李白則不然，完全出於主動性的出遊、行旅，而在這個主動性的行旅過程當中，其實有一個更大力量，驅使他不斷地出遊與行旅，這個力量是什麼呢？也就是「世用之心」與「求道之心」互相擺盪，何以然呢？

　　文學史勾勒李白的形象是才氣縱橫，到處行旅，似乎是不食人間煙火的天上謫仙人，事實上，他的一生是被編織在「世用之心」與「求道之心」的糾葛當中。「用世之心」是存活在當世、現世，也是理想、抱負可以實現的地方，去除這層現實人世，所有的成就、所有的作爲將落空而無所依憑，但是，李白在人世的遭困，往往要透過「求道之心」來達到消解，也就是寄託遐想天外的遊仙行爲，才能讓自己在現實世界中得到生命的安頓。

1　本文定其卒年爲代宗廣德元年（西元763年）乃參考安旗：《李白全集編年注釋》（成都：巴蜀書社，2000年4月）說法而定。

　　本文擬從李白地域流轉來勾稽其「用世之心」，到底世用歷程為何？世用未果之後，如何調整心境，轉化困頓之心？[2]此求用心境是否與豁達的李白形象相悖？

第二節　求用之地域流動與歷程

　　李白果真有用世之心？[3]一般對李白的認知是由賀知章贊嘆他為天仙謫仙人開始，遂從詩歌中考證其與道教關係之作品多不勝數，李白誠然與道教有密切關係，曾在天寶三載（744）至齊州受道籙，甚至最後一任妻子宗氏也上廬山學道，李白還曾親送妻子到

2　根據馬里千的論述將李白生平擘分為六期：一、出蜀以前（701～725）；二、循江東遊到離開安陸（725～735）；三、移家東魯到離開南陵入長安（736～742）；四、在長安（742～744）；五、離開長安到長流夜郎（745～757）；六、巫山遇赦到病逝當塗（758～763）。此六時期甚能勾勒李白一生行跡，本文則參照其說，以李白干謁、求為世用為主要分期，基本上分作六個階段來說明每一階段干謁求用的內容。參馬里千：《李白詩選、前言》（台北：遠流出版事業公司，2000年，台二版），頁5-9。

3　李白出世非單純避世，而是國家需要時，便全力以赴，反之，則逍遙世外，過著醇酒享樂、遊山玩水的生涯。吾人以為不然，李白確有積極用世之心，非國家需要才全力以赴，遊山玩山、求仙訪道是用世未果的轉折，參考自林宏：〈李白的入世與出世觀〉，《李太白研究》（台北：里仁書局，1985年7月）請詳下論。另外，李長之：〈道教徒的詩人李白的痛苦〉，《李太白研究》（台北：里仁書局，1985年7月），頁218。一文指出：李白身為道教徒，卻生活在真實人世間，其孤獨寂寞及痛苦是來自於「他是太人間了，他的痛苦也便是人間的永久的痛苦」（頁218）頗能窺見李白生命的特質。

盧山尋訪女道士李騰空，時在上元二年（西元761），同時也寫下〈送內尋盧山女道士李騰空二首〉，這些皆足以證明李白與修道關係密切，但是，我們不能就此斷定李白的生命情調是完全是道教式的，而無用世之心。事實上，李白一生中，存有強烈的用世之心，我們從李白晚年（代宗寶應元年，時年六十二歲）仍欲從李光弼抒展懷抱，後雖半道病還，其用世之心，迄耄耋之年仍未稍減。然而，弔詭的就是，他的用世之心，往往與修道之志互動、互為依違，何以如此呢？據安旗所言：「每一次從政治活動之始，他意氣昂揚，精神煥發，出世思想就消失得無影無蹤；隨著情況的轉折，出世思想又來到他心裡；失敗成為定局，沈重的打擊降落到他頭上，出世思想就似乎充塞他整個心靈。」[4]，洵為確論。用世之心遭遇挫折愈強烈時，其修道之心愈增強，這種反制的力量在我們看來似乎相悖反，但事實上，若從弗洛依德的心理學觀之，當遭困之阻力愈強，則防衛之心愈強，所表現的方式有：否定、投射、退化、合理化、移置作用、昇華作用等等，以因應現實的挫折感[5]，我們再反觀李白的詩歌，應證了安旗所云，也就是說，我們認知的李白並非一逕

4　安旗：〈論李白〉，《李白全集編年注釋》（成都：巴蜀書社，2000 年 4 月），頁 11。

5　弗洛伊德指出焦慮有三種類型，第一種是現實性或客觀性焦慮（reality or objective anxiety）是一種對有形且實質的危險的害怕；第二種神經質焦慮（neurotic anxiety）是本能與超我間的衝突所產生的焦慮；第三種是道德性焦慮（moral anxiety），指本我與超我間的衝突。請參看 Duane Schultz&Sydney Ellen Schultz 合著、丁興祥校閱、陳正文等譯：《人格理論》（台北：揚智文化事業公司，1997 年二刷）。

的飄逸瀟灑，而是一番心理轉折之後所呈現出來的一種防衛的轉化心理，一種面對現實困頓所衍發出來的防衛機制。

　　我們從李白詩中可以真實的體認他求用、待用心情非常強烈。出蜀之前，李白不斷豐厚才學，並讀書匡山，曾云：「洗硯修良策，敲松擬素貞，此時重一去，去合到三清。」（〈冬日歸舊山〉）「修良策」即指出李白有才可修濟世良策，而「三清」是什麼呢？是指玉清、上清、太清三個神仙居所，安旗指出：「集中常以天庭、仙界喻朝廷，此亦其意」遂有「經此一番深造後，當一飛沖天。」（頁22）之意。是故，李白對自己的才華深度肯定，而且自喻有堅貞品德。

　　然而仕進之路，若無提舉之人，亦無法成就事功，所以李白不斷地在尋找可以引薦自己的知己，他曾在〈讀諸葛武侯傳書懷贈長安崔少府叔封昆季〉中指出：「余亦草間人，頗懷拯物情。晚途值子玉，華髮同衰榮。託意在經濟，結交為弟兄。無令管與鮑，千載獨知名。」這首詩歌說明了李白事功志業是「拯物情」也就是憂國憂民之情，以天下為己任的意思，但是空有才情若無薦舉之人，無法抒情展才，亦是空事，希望有推舉之人，可讓他一展才華，所以追企春秋時代的管仲及鮑叔牙，希望李白與崔叔封就是當年管仲、鮑叔牙之深交，管仲曾三仕三走，鮑叔牙不以為忤，反而將他推薦給齊桓公，而能成就一匡天下、尊王攘夷的霸業，這種知己深情也是李白冀望於崔叔封能有鮑叔牙知人任人之舉。又如〈陳情贈友人〉：「鮑生薦夷吾，一舉致齊相。斯人無良朋，豈有青雲望？」若無似鮑叔牙的知心朋友，豈能有平步青雲之路呢？這就是求望於友朋提攜舉薦的證例。

另外，在〈留別王司馬嵩〉的詩中也有這種強烈的企圖心：「……願一佐明主，功成還舊林。西來何所爲？孤劍託知音」，末二句說明了「孤劍託知音」的幽寂心境。在〈上安州李長史書〉又云：「白孤劍誰託，悲歌自憐。迫於悽惶，席不暇暖。寄絕國而何仰？若浮雲而無依。南徙莫從，北遊失路，遠客汝海，近還郢城。」抒其失路之悲，「……如能伏劍結纓，謝君侯之德。」言願殺身以報提攜之恩，並獻上〈春遊救苦寺〉、〈石巖寺〉、〈上楊都尉〉三首詩，惜今皆不傳，未知其內容。由李白自抒遠遊失路的心情來看，充滿了悲憤的心情。

職是，李白一生，有干謁或求用之心並不偶然，我們將李白用世大抵歸納爲下列六個階段或事件。

一、讀書匡山：常橫經籍書

出蜀之前的李白，過著書劍生活，一方面遍讀經籍，一方面也學縱橫術[6]，曾在綿州彰明大康山讀書，十八歲又到匡山讀書直到二十三歲。所以在出蜀之前是過著「常橫經籍書，制作不倦」（〈上安州裴長史書〉）的讀書生涯。但是，在蜀期間也曾兩度謁見蘇頲及李邕，冀能求用，時在開元十八年。讀書的目的何在？如果僅是豐富自身學養，何須到處投刺？詩書滿腹自可氣華自使，然而事實上李白讀書的目的不僅是爲了豐富自己的學養而已，最重要是要將

---

6 《唐詩紀事》卷十八引《彰明逸事》云：「依潼江趙徵君蕤。蕤亦節士，任俠有氣，善爲縱橫學，著書號《長短經》。太白從學歲餘，去遊成都。」

一身抱負施展於世，故而在〈別匡山〉末聯中指出：「莫怪無心戀清境，已將書劍許明時。」[7]，四川清麗美景畢竟留不住欲有一番作爲的李白，所以在〈上安州裴長史書〉云：「故知大丈夫必有經四方之志。乃仗劍去國，辭親遠遊。南窮蒼梧，東涉溟海。」[8]，直接揭示自己去蜀辭鄉的目的。在出蜀之前，李白兩度投刺之舉，其用世之心志非常顯豁。第一次是開元十八（西元720）年，時李白二十歲，春遊成都謁蘇頲，其云：「前禮部尙書蘇公出爲益州長史，白於路中投刺，待以布衣之禮。」此事記載於李白〈上安州裴長史書〉中，又遊渝州，謁李邕，有〈上李邕書〉云：「大鵬一日同風起，摶搖直上九萬里。」[9]，可知李白不僅有投刺之舉，欲出爲世用非常清晰，且大志如鵬，思一舉沖天。所以潛藏在李白的心中，是一股欲振翅高飛的沖天大志，潛隱讀書是爲日後世用預作準備。

　　兩次求刺未果，遂有仗劍去國的遠行。

7　〈別匡山〉一詩據安旗考察，當在李白二十四歲。諸本均未收錄此詩，唯《彰明縣志》、《江油縣志》及北宋《敕賜中和大明寺住持記》碑有載。參氏著：《李白全集編年注釋》，頁24。

8　〈上安州裴長史書〉云：「迄於今三十春矣」可見成作於三十歲，時當開元十八年，在安陸，文末又云：「而許相公家見招，妻以孫女，便憩跡於此，至移三霜矣。」往前推算三年即是招贅於故相許圉師，即二十七歲，開元十五年。

9　攸關〈上李邕詩〉詹鍈據錢謙益之說訂於天寶五載初夏於濟南作，安旗則據李邕為渝州刺史時間及詩中「宣父猶能畏後生，丈夫未可輕年少」之語，訂為早年之作。從其說，見氏著：《李白全集編年注釋》，頁18。

二、安陸期間：南北失路

二十五歲出蜀的目的是「大丈夫必有經四方之志」所以辭親遠遊。出蜀的第一站究為何處？何處是施展身手的場所呢？從二十五歲（開元十三年）出三峽，過荊門，到江陵，又與友人同遊洞庭，江行到江夏，再遊廬山，秋到金陵，二十六歲暮春自金陵揚州，秋遊越中，再返揚州，二十七歲自揚州到安陸，高宗故相許圉師妻以孫女，李白入贅為婿，停留在安陸，在安陸閒居至三十歲才取道南陽，西入長安。

中國科考制度在唐代臻至完備，為何李白不經由仕進科考以登龍門，反而到處循找門路呢？非科考不公，而是以李白任俠性格，必不泥於科考之拘執，唐代科考制度分作文武兩科，考試科目又分為制科與常科兩種，所謂「制科」是皇帝據特殊需要臨時舉行之考試[10]，而常科是定期分科考試，尤其是進士、明經兩科向為文人注重，玄宗天寶年間規定進士先試帖經，次試詩賦，後試策論，至於明經科則先試帖經，再試經義，末試策論。而在進士與明經兩科中，文士重進士輕明經，主要是明經科以記誦經書為主，而進士所考詩賦，必才思敏捷，學識博洽者才能有佳作，且錄取名額每年僅錄取二三十人，與明經一取多至一二百名，有天壤之別。明經易考，進

---

10 制科由皇帝親自主持，所取人數往往很少。貞觀十一年四月特開河北、淮南舉薦孝悌淳篤或儒術該通或明識政體者。

士難考，所以時人有云：「三十老明經，五十少進士」之流傳。**11**
以李白高才，要通過帖經、詩賦、策論諸考試，想必不難，但是，
為何李白不經科考以求仕進，前人對此多有質疑，或云胡人血統，
不得科考，此所以一直投刺各地，想尋找識驥的伯樂。

　　這段時間主要是以安陸為核心，大約有十年之久。在安陸期
間，並非過著一無所為的日子，而是藉由故相人脈，尋求干謁之路，
到處投石問路，盼有仕用舉薦之路，在〈上安州裴長史〉一文中指
出：「何王公大人之門，不可以彈長劍乎？」說出自己的不遇，〈上
安州李長史書〉中也指出：「南徙莫從，北遊失路。」的悲憤。所
以「歷抵卿相」的過程，是一連串的挫困與落拓不遇。

三、三入長安：誰貴經綸才**12**

　　根據安旗考證，李白曾三次入長安，第一次是在開元十八年
（730）至十九年（731），欲謁玉真公主未果。第二次是在天寶元
年（742）至天寶三載（743）徵召入京，後被讒賜金還山，這一段
時期大約是李白生平最風光的歲月；第三次是在天寶十二載

11　攸關唐代科舉制度之論述，參考李新達：《千年仕進路：中國科舉制度》
　　（台北：萬卷樓圖書公司，2000 年 4 月），頁 19-27。

12　攸關李白究竟幾度入長安，前人論之甚多，本文根據安旗：《李白全集編
　　年注釋》（成都：巴蜀書社，2000 年 4 月）所編的年譜定為三次。稗山：
　　《李白兩入長安辨》（台北：里仁書局，1985 年 4 月）頁 471-481。第二
　　次入長安的確實時間定於開元二十六年夏天至二十八年春天之間。本文從
　　安旗說。

（753），欲陳濟世之策，未果，離去。由於此三次分別嵌入前之安陸期間及幽州行歸後，然因論述方便，以「三入長安」爲一類，冀能標出其特殊質性。

長安，爲唐朝京邑，象徵仕進之路、利祿之途的權力核心所在。欲謀仕進，必以此爲龍門，所以「長安」不僅是一個地理名詞，更是都邑與權勢核心。李白三十歲（開元十八年）初入長安，擬由玄宗之妹玉真公主干謁，然而玉真入道，行蹤未定，遂有〈玉真仙人詞〉云：「弄電不輟手，行雲本無蹤，幾時入少室，王母應相逢」，說明不遇的情形。又曾謁左相張說及次子張垍，倍受冷遇，有〈玉真公主別館苦雨贈衛尉張卿〉二首[13]，詩中云：「獨酌聊自勉，誰貴經綸才。彈劍謝公子，無魚良可哀。」（其一）無人識其經綸才，所以可哀，然而更可哀的是：「丹徒布衣者，慷慨未可量。何時黃金盤，一斛薦檳榔。功成拂衣去，搖曳滄洲傍。」（其二）想望自己終有成功之日，可以功成隱居而去，然而「何時」仍然點出未能奮翅高飛，仍在無枝可依的困境當中。

初入長安，欲干謁玉真公主未果，秋末西遊岐州、邠州，開元十九年再回長安，魏闕徘徊，市井浪遊，萌生歸意。第二次在天寶元年，因道友元丹丘推薦[14]，受玄宗徵召入京，然而待詔翰林只是

13　玉真公主別館在終南山樓觀，衛尉張垍尚寧親公主，是玉真公主之侄婿。李白寓居玉真公主別館時作此詩以贈。

14　舊說李白是因吳筠舉薦而入朝，經學者不斷反覆論證，得知是元丹丘，李白〈爲宋中丞自薦表〉自云：「天寶初，五府交辟力不求聞達，亦由子真谷口，名動京師，上皇聞而悅之，召入禁掖。」而魏序則云：「與丹丘因

虛職，不預實政，輔弼天下成為虛事，繼以佞倖讒毀，不得不在天寶三年賜金放山，黯然離開長安城。第二次入長安雖榮貴一時，卻一點作為也沒有。

第三次入長安是在天寶十一載（752）李白幽州行之後，因見邊塞真象，預料安祿山必反，歸來，翌年（753）春天遂有長安之行，意欲向朝廷獻策[15]，事與願違，所以該年所作之詩多有求用、未遂之感懷悲慨，例如：〈走筆贈獨孤駙馬〉云：「長揖蒙垂國士恩，壯士剖出酬知己。一別蹉跎朝市間，青雲之交不可攀。儻其公子重迴顧，何必侯嬴長抱關。」指出與駙馬獨孤明引為知己之交，若能蒙恩推薦，何必如侯嬴沈淪市井為守城門之人。又云：「我如豐年玉，棄置秋田草，但勖冰壺心，無為嘆衰老。」（〈贈韋侍御黃裳二首·其二〉）則自喻為美玉，被棄置荒煙蔓草之間，然而語氣似乎一轉，若是冰心自持，何必自嘆衰老呢？實則喻有百迴千轉之心，冰心自有，但是青春一去不回，豈能不自嘆衰老，報國無路乎？〈古風·四十六首〉亦云：「當塗何翕忽，失路長棄捐。獨有揚執戟，閉關草太玄。」指自己失路之餘，只能以揚雄淡泊自守，閉關著述來自勉。[16]

三次入長安，都充滿了世用未果的無奈。

持盈法師（即玉真公主）達。」，安旗亦據此指出是元丹丘，見氏著前揭書，頁 1857。

15　安旗在天寶十二載繫年中指出從〈述德兼陳情上哥舒大夫〉以下十題均為該年入長安之作。見氏著：《李白全集編年注釋》，頁 909。

16　安旗以為「此處或以草〈玄〉喻其所欲獻之濟時策」，見氏著：《李白全集編年注釋》，頁 918。

四、幽州之行：沙漠收奇勳

李白之所以有幽州之行，主要是因幽州范陽節度幕府判官何昌浩於天寶十載（751）邀李白入幕，李白有〈贈何七判官昌浩〉一詩：「羞作濟南生，九十誦古文。不然拂劍起，沙漠收奇勳。」從詩中可知李白亦有求用之世，冀能在疆場上一騁英才，建功大漠，所以盛贊何昌浩爲：「夫子今管樂，英才冠三軍。終與同出遊，豈將沮溺群？」，何昌浩既有管仲、樂毅之才，則自己豈甘爲長沮、桀溺久爲隱居之人乎？表示願意前往幽州，期能建立事功。[17]遂於天寶十一載（752）前往幽州一探虛實，在前往幽州途中寫下不少征戰苦辛詩歌，例如〈出自薊北門行〉、〈幽州胡馬客歌〉等，李白預見禍事逃歸，幽州之行，亦成虛行。其後，安祿山果真於天寶十四載（755）叛於范陽。

五、入幕永王李璘：起來為蒼生[18]

---

17 安旗以爲「白贈以此詩，虛與委蛇之辭也。」，又云：祿山久蓄異謀，凡可用之人，或拔于行伍，或引至幕下，不可勝數見，逆象已露，李白焉能麻木不仁，尚欲借之以立功？何昌浩以爲李白入彀中，實則是李白將計就計，欲刺探安祿山反跡。見氏著：《李白全集編年注釋》，頁 870-872、頁 883。

18 攸關李白入幕永王李璘幕府一事，前人辯之甚多，有責難李白者，例如朱熹認爲有虧大節，愍愚不可，也有認爲是遭受脅迫，例如杜甫、蘇軾、潘德輿等人，仇兆鼇則云：「後來永王璘起兵，迫不能自脫，觀其作〈永王東巡歌〉是以勤王望永王，意中實未嘗忘朝廷也。」此話甚中肯，而李白

　　天寶十四年（755）冬十一月安祿山叛變，李白往宋城接宗氏，肅宗至德元載（756）攜宗氏南奔吳中，經當塗、宣城、越中、溧陽而至杭州，短暫留居杭州，經夏歷秋，於秋天隱於盧山屏風疊，此時，曾官祕書省著作郎的韋子春，為永王李璘幕僚，當永王領四道節度使出鎮江陵後[19]，韋子春乃奉命到盧山邀李白入幕，李白有〈贈韋祕書子春〉云：「苟無濟代心，獨善亦何益？……謝公不偶然，起來為蒼生」[20]由詩中觀之，李白以濟世不故作高隱之心甚明白，又云：「終與安社稷，功成去五湖。」，功成不作個人出處安排，而能一隱五湖，是李白一生最高期許。

　　經安史之亂，國勢日頹，人命淺危，李白亦奔亡流徙之中，暫隱於盧山，韋子春來邀，遂有入幕永王之舉，然而〈別內赴徵三首·其一〉云：「王命三徵去未還，明朝離別出吳關。白玉高樓看不見，相思須上望夫山。」說明三次徵辟皆未赴，〈其二〉云：「出門妻

自己也有一篇文章可為應證：「屬逆胡暴亂，避地盧山，遇永王東巡脅行，中道奔走，卻至彭澤，具已陳首。」（〈為宋中丞自薦表〉）。吾人認為李白入幕非脅迫，原以平胡亂、勤王為主，卻未料永王擁兵自重，致罹災入獄。有關討論入永王幕一事，喬象鍾：〈李白從璘事辨〉一文辨之甚詳，可參夏敬觀，詹鍈等著：《李太白研究》（台北：里仁書局，1985 年 7 月），頁 421-450。另，袁金書：〈關於李白三問題之研究〉，《李太白研究》，頁 317-320。三問題之二，揭示李白亦是從永王李璘一事，立場是：「太白應邀討賊」，其實不能算是從逆。

19　永王李璘是玄宗十六子，天寶十五年（即至德元載）六月安祿山陷潼關，玄宗幸蜀途中，下詔以李璘為山南東路、嶺南、黔中、江南西路四道節度、採訪等使。

20　據安旗所云，李白是佯裝入幕，虛以委蛇。

子強牽衣，問我西行幾日歸？歸時儻佩黃金印，莫見蘇秦不下機。」
說明李白此行，妻子應是眷戀不捨，或是淡泊自甘，不願李白入幕，
而李白卻意氣昂揚，不可一世，並以蘇秦掛六相印歸自喻將來必有
功成名就之日。肅宗至德元載（756）李白果真入幕永王，並作了
〈永王東巡歌十一首〉，永王兵敗[21]，李白繫獄潯陽，端賴宗氏奔
走營救，〈在尋陽非所寄內〉云：「聞難知慟哭，行啼入府中。多
君同蔡琰，流淚請曹公。知登吳章嶺，昔與死無分。」指出宗氏如
同蔡琰為營救丈夫為其到處奔走。其後宋若思辟李白為參謀[22]，上
書薦舉，欲除其罪，為李白洗雪，被釋後，為宋若思參謀，後判流
夜郎，從潯陽出發，經江夏、漢陽、洞庭，入三峽，至肅宗乾元二
年（759）流途至夔州奉節縣遇赦，立即歸返江陵。

六、欲從李光弼征戰，半道病返：天奪壯士心

代宗寶應元年（762）秋，台州人袁晁聚眾攻陷浙東各郡，李
光弼奉命遣兵出征，李白自請長纓，願從軍擊袁晁，可惜因病半道

---

21 永王於天寶十五年（即至德元年）七月至襄陽，九月至江陵，召幕士將數
　萬人，任意補署，江淮租賦，積於江陵，肅宗聞之，詔令歸覲於蜀，李璘
　不從，十二月，肅宗引舟師五千人東下廣陵，會高適、來瑱、韋陟等節度
　使共謀攻下李璘，至德二年二月，李璘兵敗。

22 至德二年〈為宋中丞自薦表〉云：「遇永王東巡脅行，中道奔走，卻至彭
　澤，具已陳首……傳曰：「與逸人而天下歸心。伏惟陛下迴太陽之高輝，
　流覆盆之下照。」該文寫作之目的，是欲藉宋若思來為自己申辨，敘寫的
　視角是從宋若思寫之。

而返，留別崔侍御，遂有〈聞李太尉大舉秦兵百萬出征東南，懦夫請纓冀申一割之用，半道病還，留別金陵崔侍御十九韻〉一詩，詩云：「願雪會稽恥，將期報恩榮。半道謝病還，無因東南征……天奪壯士心，長吁別吳京。」說出無法參予征戰，甚覺慨嘆。

　　由上述李白求用歷程觀之，五次未果，唯一的一次入幕李璘卻又罹禍，果真數奇。茲將上述用世之心的時間、地點與事件內容暨相關文獻製成對照表，如下所示，以便參照。

4-1：用世之心「時間」、「地點」與「事件內容暨相關文獻」對照表

時間	地點	事件內容暨相關文獻
開元八年 （720） 二十歲	成都	謁蘇頲 見〈上安州裴長史書〉 有〈登錦城散花樓〉詩
	渝州	謁李邕 有〈上李邕〉詩
開元十五年 （727） 二十七歲	安陸，入贅故相許圉師	見〈上安州裴長史書〉
開元十七年 （729）	安陸	作〈上安州李長史書〉，上〈春遊救苦寺〉、〈石巖寺〉、〈上楊都尉〉
開元十八年 （730） 三十歲	長安	作〈上安州裴長史書〉 作〈玉真公主別館苦雨贈衛尉張卿二首〉

時間	地點	事件內容暨相關文獻
	長安	欲謁玉真公主，未果，作〈玉真仙人詞〉
開元十九年（731）三十一歲	長安	窮途失路，徘徊魏闕 古風二十四〈大車揚飛塵〉 〈行路難・其二〉 〈蜀道難〉
	嵩山	〈行路難・其一〉
開元二十年（732）三十二歲	洛陽	作〈送梁公昌從信安王北征〉 結識元演，見〈憶舊遊寄譙郡元參軍〉詩 初識崔成甫，見〈贈崔侍御〉詩
	安陸	初識崔宗之，見〈憶崔郎中宗之遊南陽遺吾孔子琴撫之潸然感舊〉
開元二十二年（734）三十四歲	襄陽	謁韓朝宗，有〈與韓荊州書〉，求薦不遂，作〈襄陽歌〉
開元二十五年（738）三十八歲	安陸	作〈萬里征〉以事干謁
開元二十九年（741）四十一歲	嵩山	送元丹丘入朝，作鳳笙歌，冀能提攜
天寶元年（742）四十二歲	東魯	玄宗徵召，見〈為宋中丞自薦表〉 作〈南陵別兒童入京〉

時間	地點	事件內容暨相關文獻
	長安	賀知章呼爲「謫仙人」 待詔翰林
天寶三年 （744） 四十三歲	長安	被讒，上疏還山，詔許
天寶四年 （745） 四十五歲	濟南	與杜甫謁北海太守李邕
天寶十年 （751） 五十一歲	汝州 葉縣	幽州節度使幕府判官何昌浩邀李白入幕，有〈贈何七判官昌浩〉，有幽州之行
天寶十一年 （752） 五十二歲	幽州	逃歸
天寶十二年 （753） 五十三歲	長安	欲陳濟世之策，不果，離去
天寶十四年 （755） 五十五歲		冬十一月安祿山叛於范陽
肅宗至德元 年（756） 五十六歲	廬山	歲暮韋子春奉永王李璘，說李白入幕 有〈贈韋秘書子春〉詩

時間	地點	事件內容暨相關文獻
肅宗至德二年（757）五十七歲	潯陽	李白入永王幕 有〈永王東巡歌十一首〉、〈在水軍宴贈幕府諸侍御〉詩 二月皇室內訌，永王兵敗丹陽，李白陷潯陽獄中
	武昌	宋若思辟李白爲參謀，並上書薦舉，秋隨宋若思往武昌，有〈爲宋中丞請都金陵表〉、〈爲宋中丞祭九江文〉、〈陪宋中丞武昌夜飲懷古〉詩
		歲暮，判流夜郎 李白有〈上皇西巡南京歌十首〉、〈流夜郎聞酺不預〉
肅宗乾元元年（758）五十八歲	潯陽	春，流放夜郎，自潯陽首途，經江夏、漢陽，洞庭，入三峽
乾元二年（759）五十九歲	夔州 江陵 江夏	流放途經夔州遇赦，返江陵 夏，在江夏，有〈自漢陽病酒歸寄王明府〉、〈經亂離後天恩流夜郎憶舊遊書懷贈江夏韋太守良宰〉冀能起用
寶應元年（762）六十二歲	江南	秋，欲從李光弼軍，半道病返金陵。見〈聞李太尉大舉秦兵百萬出征，東南懦夫請纓冀申一割之用，半道病還，留別金陵崔侍御十九韻〉

第三節　世用困頓之心境題寫

　　世用未果，李白如何敘寫自己心境？我們從李白詩中可以感受到非常強烈的孤獨、大翅未展、有才未抒的悲困。圖寫心境，也呈現出迂曲多樣貌的敘寫手法。

一、壯志思飛，青雲無路之困厄

　　在李白詩歌中常有「思飛」的意象，象徵有朝一日能如大鵬展翅高飛，這種翱翔在青冥的自由自在是一種隱喻，指自己可以在人世間悠然自在的建立事功，而無羈絆、無困頓，然而現實世界回報他的往往是偃蹇蹭蹬、艱頓不行的困厄，所以「思飛」的心境愈強烈，愈代表他的困厄愈深刻，例如：「何時騰風雲，搏擊申所能？」（〈贈新平少年〉）正思奮翅高飛的心情。又如：「恥將雞並食，長與鳳爲群。一擊九千仞，相期凌紫氛。」（〈贈郭季鷹〉）寫出自己不甘與雞爲伍，而希望能與鳳鳥爲群，一拍直飛九千仞高天，可以和紫雲相凌，或如：「主人蒼生望，假我青雲翼。風水如見資，投竿佐皇極。」（〈酬坊州王司馬與閻正字對雪見贈〉）也是希望自己能有飛上青雲之羽翼，可以高飛，若有風水相助，可棄竿輔佐君王，這樣的心境，不斷反覆地充斥在他的詩中，又如：「一一書來報故人，我欲因之壯心魄。」（〈赤壁歌送別〉）在歷史場景的赤壁送別，仍然興發豪情壯志，而現實社會總是回報更大的失望與落漠：「壯士心飛揚，落日空嘆息。長嘯出原野，凜然寒風生。幸

遭聖明時，功業猶未成，奈何懷良圖，鬱悒獨愁坐。」（〈酬崔五郎中〉）壯士身處聖明之時，壯心思飛，希望能建立功業，但是，落日鬱悒獨坐空愁，說出空懷良圖，未能有所成就的悲困，所以「思飛」成爲困頓中最想伸翅高飛的意象。

二、自憐幽獨，託喻歷史人物

李白詩中常常託喻歷史人物來抒發自己不遇之情結，託喻的對象當中，有沈淪市井中而被舉用者，也有對慧眼獨具的舉用者懷有崇高的欽佩之情。歷史中沈淪市井或鄉間人物，最常被李白舉用的例子是呂尚渭水垂釣遇文王、潛隱的諸葛亮、得遇魏公子的屠狗之徒等。在明主之中，最佩服的是掃黃金台的燕昭王。請看：「我隱屠釣下，爾當玉石分，無由接高論，空此仰清芬。」（〈贈瑕丘王少府〉）以呂尚隱釣渭水濱來喻示自己未能一伸長才，〈梁甫吟〉也指出：「君不見朝歌屠叟辭棘津，八十西來釣渭濱。寧羞白髮照清水，逢時壯氣思經綸。廣張三千六百釣，風期暗與文王期。」呂尚八十猶有文王相期，而自己能否有這番運氣呢？不可得知，所以詩中充滿了待舉用的期待心情，除了呂尚，臥龍諸葛亮也是李白歆羨的對象，〈南都行〉云：「誰識臥龍客？長吟愁鬢斑」孔明能有劉備三顧茅廬，而我又有誰識？徒令鬢髮斑白而愁吟。〈送侯十一〉云：「朱亥已擊晉，侯嬴尚隱身，時無魏公子，豈貴抱關人？」則明示若無魏公子，朱亥及侯嬴何以留名千古，不過仍是一介抱關之夫而已，所以魏公子的提識正是李白想遇而未遇、想求而未能的獨識賢才之人。

　　李白也曾在〈鄴中贈王大勸入高鳳石門山幽居〉明確的說明自己一身無託，有獻時策之才，惜無推舉，致千里失依，但是心境仍能一轉，不效諸葛亮隱耕琅玡，而拒絕王大邀約共同隱居高鳳石門山，希望有一番作為，則各存其名，不亦可乎？也就是王大以隱得名，而我李白則未妨以獻策建功得名：

> 一身竟無託，遠與孤蓬征。千里失所依，復將落葉並。中途偶良朋，問我將何行？欲獻濟時策，此心誰見明……恥學琅玡人，龍蟠事躬耕。富貴吾自取，建功及春榮。……臨別意難盡，各希存令名。[23]

追求事功，成就令名，正是李白一生的想望，可惜，幾度干謁或求用皆未果，甚至待詔翰林，亦遭讒不得不賜金放還。面對濁世混沌，李白不免要發出：「世無洗耳翁，誰知堯與跖。」（〈古風二十四‧大車揚飛塵〉）的感慨。對於世人不辨聖堯與盜跖情形，深有感慨，此一感慨並非針對歷史而發，而是扣就自己所處環境而發，當下亦是一個賢愚不辨的時代，遂興發如許深切的悲慨。

　　在隱與仕之間，存在兩難，猶如鐘擺，往復兩端，不可平息，一端是出為世用，一端是求仙訪道，但是，「欲將書劍許明時」的理想從未廢退，雖然兩端各有起落，建立事功的志業卻從未變革過，甚至求用未果，離京時，仍有空吟招隱詩的感慨，其云：「明發懷二子，空吟招隱詩。」（〈秋山寄衛尉張卿及王徵君〉），或

23　《李白全集編年注釋》（成都：巴蜀書社，1990 年），頁 328。

是發出「獨好亦何益」的喟嘆：「猛虎落陷井，壯士時屈厄。相知在急難，獨好亦何益？」（〈君馬黃〉）

李白待用、求用而不遇的心跡非常清晰，所以一再反覆吟詠不能學謝安隱於東平：「殷王期負鼎，汶水起釣竿。莫學東山臥，參差老謝安。」（〈送梁四歸東平〉），而李白最終的理想志業則是希望能像魯連一樣建立奇功，然後功成不居，逃隱海上。但是，現實中的李白，連事功皆未成，何能甘心逃隱於山水之間呢？

三、自況處境，以物象擬容取譬

李白不斷地求取建立事功機會的心境迄老未衰，常常以物象來比擬自己的心境，或以植物的香蘭、嘉穀或芳花來自喻，或以礦物中的美玉來自比，甚或在動物中也以巨魚來象徵自己大才未展的困境，這些運用象徵、託喻的手法，形成李白詩歌中非常明顯的大志未伸的悲困。

例如藉由孤蘭生於幽園來自況處境，無人欣賞，香氣若不隨清風吹拂，則何人可聞其馨香呢？以清風及幽蘭來比引薦者及自己，自己猶如幽蘭待清風吹拂以傳送馥郁的香氣，其云：「飛霜早淅瀝，綠艷恐休歇。若無清風吹，香氣爲誰發？」（〈古風・三十八・孤蘭生幽園〉）。或則藉由美玉來自比，時人不識，棄置如燕石，而我獨懷此玉，願贈知心之人：「我有結綠珍，久藏濁水泥。時人棄此物，乃與燕石齊。摭拭欲贈之，申眉路無梯。」（〈贈范金鄉二首・其一〉），其中「申眉路無梯」才是最要表達的情志，欲抒展才華無路無梯的悲情噴薄而出。

　　又如：「蒼榛蔽層丘，瓊草隱深谷。鳳鳥鳴西海，欲集無珍木，鷽斯得所居，蒿下盈萬族，晉風日已頹，窮途方慟哭。」（〈古風・其五十四〉）又以對比手法寫出鳴鳳與鷽斯、瓊草與蒼榛的處境自況。或以嘉穀自比：「嘉穀隱豐草，草深苗且稀，農夫既不異，孤穗將安歸？常恐委疇隴，忽與秋蓬飛。烏得薦宗廟，爲君生光輝。」（〈感興其八・嘉穀隱豐草〉）以嘉穀自喻，與豐草同生，農夫不辨，孤穗無托，懼秋來與蓬草同飛，如何以美質薦宗廟呢？

　　同時也藉由風華正茂的花開，當其芳華榮開時不採擷更待何時以譬況青春難再；花兒離枝不再重回梢頭，人的青春亦然，錯過了青壯，再也無法重回，所以藉著芳華來寫自己青春求用的心情：「當榮君不採，飄落欲何依？」（〈感遇・其二・可嘆東籬菊〉）

　　或以巨魚自況：「北溟有巨魚，身長數千里……吾觀摩天飛，九萬殊未已。」（〈古風・三十三・北溟有巨魚〉）詩寫於開元十三年，雖時當青壯之年，然而終其一生，欲「摩天飛」的壯志未曾消減，而且人世體會越深，現世孤寂的感喟越深刻。

四、人生志業如轉蓬

　　李白交遊甚廣，但是能真心提舉他的人卻非常有限，除元丹丘入京薦李白，在天寶元年入京之前，或是出京之後，李白仍然不斷地尋求建立事功的機會，同時也有許多詩歌贈友人，詩中充滿了求用、待用、盼能汲引的語氣，卻往往未能逐其志願，甚至路過龍門，醉醒仍起而言志地寫出痛徹心肺的感傷：

　　而我胡為者？嘆息龍門下。富貴未可期，殷憂向誰寫？去去
　　淚滿襟，舉聲梁甫吟。青雲當自致，何必求知音？[24]（〈冬
　　夜醉宿龍門覺起言志〉）

其中的「青雲當自致，何必求知音？」說出自己心中的悲慨，反語
說出不必求知音，事實上是對友朋未能有力提舉甚有幽微之意。

　　不斷地受挫、不斷地遇困，更激發李白求仙訪道永絕人世的想
望，可是，偏偏衷心所繫仍在生民，仍在人世，縱使偶然會寫出歸
隱的心志，事實上是經過一再轉折所流露出來的不得不然的感慨。
例如〈白馬篇〉云：「羞入原憲室，荒徑隱蓬蒿。」寫難甘原憲之
貧，而隱入蓬蒿之間，或則嗤笑阮籍之佯狂裝醉的行徑，因為撥亂
反正非俗儒可為：「撥亂屬豪聖，俗儒安可通？沈湎呼豎子，狂言
非至公。撫掌黃河曲，嗤嗤阮嗣宗。」（〈登廣武古戰場懷古〉）

　　甚至李白在〈贈從兄襄陽少府皓〉中說：「歸來無產業，生事
如轉蓬。一朝烏裘敝，百鎰黃金空。彈劍徒激昂，出門悲路窮。」
說出「生事如轉蓬」的哀嘆，出門路窮是何等的不堪，對於長懷大
志的李白而言，無寧摧陷在更悲絕的境域：「心寂歷似千古，松颼
颼兮萬尋。中見愁猿弔影而危處兮。」（〈幽澗泉〉）寫出人生失
志之悲慨。難道真如當年李白送友人入蜀時所云：「升沈應已定，
不必問君平。」（〈送友人入蜀〉）人生一切事皆有前定，縱使再
求卜問卦亦何益於現實？

---

24 《李白全集編年注釋》（成都：巴蜀書社，1990 年），頁 189。

第四節　世用未果的轉折與釋放

每一次的世用受到困頓與挫折時，李白不會一直沈淪在悲苦的境域中，會藉由遊、仙、酒等方式來轉化這種悲悒莫名的侷賽。

一、遊：幽賞頗自得

人是被時間與空間牢籠，時間的有限性與空間的框架性，使得人不得自由抒展，藉由「遊」得以脫出既定的時空限制，登高山則情滿於高山，這種開拓的胸襟，是覽者所能獲得的實質益處。李白喜登山，透過遊的轉化與透視：流連山水可以洗滌淨化心靈，從出蜀東遊開始，李白便展開一連串的行旅，這種行旅既是一種尋找可抒展抱負的場域，同時也是隨時自在的觀覽遊賞。經由山水詩的自然美體悟與旅遊審美的自我提攝，讓李白在困厄中轉接出開闊的胸襟。

李白詩歌中常有展現天地山川壯闊之美，例如：「月隨碧山轉，水合青天流，杳如星河上，但覺雲林幽。」（〈月夜江行寄崔員外宗之〉）然而天地這種美感有時也是寂寞的，天地壯美因有人欣賞而靈動了，但是，獨賞不如共賞，誰是可以一同欣賞這種美感的知心呢？又云：「朂哉滄洲心，歲晚庶不奪。幽賞頗自得，興遠與誰豁？」（〈江上寄元六林宗〉）就是寫出這種無人可共同欣賞的孤獨。

遊覽山水之美，往往是李白在世用不遂時，常有的行徑，每一

次受挫，會再投入更深更遠的旅行。其云：「時哉苟不會，草木為我儔。希君同攜手，長往南山幽」（〈贈崔郎中宗之〉），正說明時機不遇，才能與草木為友，可以和崔宗之共遊，或如：「不待金門詔，空持寶劍遊。海雲迷驛道，江月隱鄉樓，復作淮南客，因逢桂樹留」（〈寄淮南友人〉）也是在百轉千迴之後，才能有的遊賞之旅。但是，每一次出遊，往往是順著山水風光而流轉，忘記歸日：「我行不記日，誤作陽春時。蠶老客未歸，白田已繰絲。」（〈白田馬上聞鶯〉）正說明旅途不記日而忘時。

　　旅遊，是一種欣然自喜的存有，沒有目的性，〈秋下荊門〉云：「此行不為鱸魚鱠，自愛名山入剡中。」說明了這種喜樂。〈望廬山瀑布二首〉也說：「而我樂名山，對之心益閑。無論漱瓊液，且得洗塵顏。且諧宿所好，永願辭人間。」樂名山之遊，縱使人間世運未達，不應自陷苦境，仍要走出自己一片海闊天空，或如：「壯士或未達，十步九太行。與君拂衣去，萬里同翱翔。」（〈遊溧陽上湖亭望瓦屋山懷古贈同旅〉）正是在困頓之後所做的轉化，如此而能消減抑鬱不平之氣。

　　旅遊，除了欣賞山川美景，也憑弔古跡，然而歷史古蹟亦會興發另外的情感襲上心頭：「開窗碧幛滿，拂鏡滄江流……空思羊叔子，墮淚峴山頭」（〈憶襄陽舊遊贈馬少府巨〉），先寫山川美景，再寫羊祜墮淚碑典故，當年羊祜猶有功業，時人建立墮淚碑，可讓後人憑弔，而李白不禁興嘆，自己事功無成。或如經過下邳時：「我來圯橋上，懷古欽英風。唯見碧流水，曾無黃石公。歎息此人去，蕭條徐泗空。」（〈經下邳圯橋懷張子房〉）感慨當年猶有黃石公，而今，人去一切蕭條。或如〈贈常侍御〉：「安石在東山，無心濟

天下……燕趙期洗清，周秦保宗社。登朝若有言，爲訪南遷賈。」託言常侍御若能高居位津，記得南訪遷謫的賈誼，事實上是以賈誼自況。

　　欲舉爲世用，惜蹭蹬不遇的李白，燕昭王的黃金台又是一個能與感慨之歷史陳跡，當年燕昭王禮賢下士，擁篲掃黃金台以迎賢士將相來奔，面對如此賢明之君，可想見李白的感慨更深，曾云：「奈何青雲士，棄我如塵埃！珠玉買歌笑，糟糠養賢才。方知黃鶴舉，千里獨徘徊。」（〈古風·十五·燕昭延郭隗〉），或云：「昭王白骨縈蔓草，誰人更掃黃金台？」（〈行路難·其二·大道如青天〉）

　　原本旅遊是爲了開展視野，暫棄人世紛擾，但是，歷史場景往往會觸動另一種弔古傷今的情懷。

二、仙：吾將此地巢雲松

　　遊仙詩之藝術美感的契會與跨越疆界的遐想天外，是李白在人世困厄之後的一種轉化，書寫遊仙詩，可以假想自己脫困於人世，而超拔於世塵之外，所以求仙訪道，成爲生命的一種寄託，人世有生老病死，而仙界永絕人世苦痛，李白一直深信人是可以透過修道而成仙，所以天寶三年賜金放山之後，迫不及待的在齊州受道籙，甚至這樣的想法起始於青壯之時：「平生有微尚，歡笑自此畢。煙容如在顏，塵累忽相失。儻逢騎羊子，攜手凌白日」（〈登峨眉山〉）二十歲[25]即有這般的想法，所以受道籙便不足爲奇了，甚至在詩文

25　安旗將該詩繫年在李白二十歲時，亦即開元八年，並在按語中指出：「詩

中也常常出現求仙服食可得道的詩句，例如：「我來採菖蒲，服食可延年。」但是詩句一轉，卻勘破仙道難求：「言終忽不見，滅影入雲煙。喻帝竟莫悟，終歸茂陵田。」（〈嵩山採菖蒲者〉）嘲諷漢武帝信奉不死之藥，終竟還是塵埋茂陵。

　　求仙訪道之舉，有時是被動的，有時是主動的行為，被動行為是指消極的想避開人世擾攘，迫於塵網而不得不然，例如〈潁陽別元丹丘之淮陽〉云：「嘗恨迫世網，銘意俱未伸。松柏雖寒苦，羞逐桃李春」。

　　積極的行動是指追求神仙生活，思過著隱居無爭無名的生活。羨慕道隱成為李白生命的另一道窗口，總想在人世困厄之後，還有一塊淨土可以容許自己絕塵棄世，所以與方外人士的往來非常的頻繁，交情最深的是元丹丘，其詩歌中多有與之題贈之作，例如：

> 仙遊渡潁水，訪隱同元君。忽遺蒼生望，獨與洪崖群……益願狎青鳥，拂衣棲江瀕。（〈題元丹丘潁陽山居〉）
> 羨君無紛喧，高枕碧霞裡。（〈題元丹丘山居〉）
> 橫河跨海與天通，我知爾遊心無窮。（〈元丹丘歌〉）

這些詩歌皆示現李白欽慕元丹丘能高枕雲霞之中。除元丹丘之外，還有其他的山人、道士、禪師、處士等人，茲舉數例以證：

中出世之思，當係在成渝二地干謁受挫之故，然亦一時之情緒耳。」事實上，在李白十八歲時即有〈訪戴天山道士不遇〉一詩，讀書於匡山，又訪道士，此中透顯出李生平生交接往來，與道士非常頻繁。

> 道與古仙合，心將元化並。……終願惠金液，提攜凌太清。
> （〈題隨州紫陽先生壁〉）
> 願同西王母，下顧東方朔。紫書儻可傳，銘骨誓相學。（〈贈
> 嵩山焦煉師〉）
> 長揖二千石，遠辭百里君。斯為真隱者，吾黨慕清芬。（〈贈
> 張公洲革處士〉）
> 雲臥三十年，好閒復愛仙。蓬壺雖冥絕，鸞鳳心悠然。……
> 永辭霜台客，千載方來旋。（〈安陸白兆山桃花巖寄劉侍御
> 綰〉）

羨慕他人能在煙霞中生活，能夠與真宰冥合，除了羨慕，自身還是
未能從風塵中走出來，不是李白不能真隱，一生浪跡天涯，飄泊天
涯的他，果真有可以令他息跡歸隱之處嗎？早年拋妻棄子，到處行
旅，老來，還是未能定下來，但是，求道之心，仍然未能從生命中
隱去，時時會浮昇成生命的一種新的力量，讓他可以不斷地浮遊在
塵世，浪遊人間，所以早年曾寫下：「道存跡自高，何憚去人近。
紛吾下茲嶺，地閒誼亦泯。……念君風塵遊，傲爾令自哂。」（〈北
山獨酌寄韋六〉）的高志，在與友人的互動過程中，也讓他興發退
隱的念頭，例如：

> 九江秀色可攬結，吾將此地巢雲松。（〈望廬山五老峰〉）
> 我君混區宇，垂拱眾流安，今日任公子，滄浪罷釣竿。（〈金
> 陵望漢江〉）
> 興引登山屐，情催汎海船。石橋如可度，攜手弄雲煙。（〈送

楊山人歸天台〉）

倚劍增浩嘆，捫襟還自憐。終當遊五湖，濯足滄浪泉。（〈郢
門秋懷〉）

朱紱遺塵境，青山謁梵筵，金繩開覺路，寶筏度迷川。（〈春
日歸山寄孟浩然〉）

拙薄謝明時，棲閑歸故園。（〈答從弟幼成過西園見贈〉）

如果我們片面閱讀上面詩句，可能真以爲李白有棲隱之志，事實
上，追求事功與棲隱常形成生命中的兩難，一端極力追求人世作
爲，一端卻又不斷地想歸隱林泉，在人世擾攘、事功未就、年歲老
大，李白曾真心想過隱居的生活，尤其在肅宗至德元載（756）時
年五十六歲時，因安史之亂，攜妻子宗氏逃奔吳中，在報國無路之
後，經過杭州，遂有隱於盧山屏風疊之舉，並有〈贈王判官時余隱
居盧山屏風疊〉一詩說明自己的心志：「吾非濟代人，且隱屏風疊。
中夜天中望，憶君思見君。明朝拂衣去，永與海鷗群。」，說明自
己無濟世之才，可常隱於屏風疊，其實，暫時隱居於此，更大的風
浪卻在被永王李璘羅織入幕時釀成，無論是被騙或自願，我們從他
下盧山的舉動來看，不甘人世寂寞、事功無成的他，透顯出來的生
命情調仍是不甘隱淪不名。

三、酒：與爾同銷萬古愁

人世有困頓，如何消解，生活在當世，只有現世作爲的飲酒作

樂才能消解[26]：「春風與醉客，今日乃相宜」（〈待酒不至〉）說明醉客與春風吹拂是最美相稱的當下之情境，而且人事如大夢一場，不飲奈明何？或云：「處世若大夢，胡爲勞其生。所以終日醉，頹然臥前楹。」（〈春日醉起言志〉），唯有醉飲是歸途，此外似乎不堪行，其云：「當年意氣不肯傾，白髮如絲嘆何益？」（〈前有樽酒行二首・其一〉），或云：「笑春風，舞羅衣。君今不醉將安歸？」（〈前有樽酒行二首・其二〉）

　　喝酒是人世最美的享受，不僅可以對酌山花，而且可以「醉起步溪月」，這是何等的悠然自在，逍遙在清風明月中自來自去。在李白歌詩中，飲酒之例甚多：

> 兩人對酌山花開，一杯一杯復一杯。我醉欲眠卿且去，明朝有意抱琴來。（〈山中與幽人對酌〉）
> 對酒不覺暝，落花盈我衣。醉起步溪月，鳥還人亦稀。（〈自遣〉）
> 彼物皆有託，吾生獨無依。對此石上月，長醉歌芳菲。（〈春日獨酌二首・其一〉）

26　袁以涵：〈陶淵明和酒和李白〉，《李太白研究》（台北：里仁書局，1985年7月），頁84。一文指出：中國詩人大都愛飲酒，越飲越能作詩，並舉證杜甫詩云：「寬心應是酒，遣興莫過詩」、「道消詩發興，心息酒為徒」，並繪製一圖，表明：「道─愁─酒─詩」之關係，吾人以為李白之於酒是在「借酒消愁」及「借酒助興」二個念頭生發的，未必是與詩收關。

我有紫霞想，緬懷滄洲間。且對一壺酒，淡然萬事閑。橫琴
倚高松，把酒望遠山。長空去鳥沒，落日孤雲還。但恐光景
晚，宿昔成秋顏。（〈春日獨酌二首·其二〉）

越是心緒難平，飲酒之次數愈頻繁，但是，誰能相伴而酌呢？往往
是獨酌的情形更多，喝酒是為了銷愁，卻揭發人世的弔詭，越想銷
愁，反而愁上加愁：「舉杯銷愁愁更愁」，而且獨酌獨飲的孤獨感
何人可知：「獨酌勸孤影，閑歌面芳林。……過此一壺外，悠悠非
我心。」（〈獨酌〉）又指出飲酒作樂的另一面向。

　　每一次的世用受挫，激發李白再次轉化自己的心境，我們從一
次次的困厄中，看到李白似乎有超拔而出的力量，迫使他不斷地從
抑揚頓挫中活出自己昂揚的生命，或遊，或求仙訪道，或及時行樂，
飲酒作樂，藉由這些轉化迂曲不平的臆氣，然而這些釋放過程終究
會指向更深刻的意緒，借遊而興發歷史感喟；借求仙訪道而意會事
功未成，不甘隱淪；借飲酒而洞識生命孤獨的本質，這些皆造成李
白往復激宕、噴薄吞吐的抑揚頓挫的心境，故而一而再，再而三的
跳出生命的悲情，再不斷地跌入生命的真實中，但是，他不是容易
被現實擊倒的人，所以我們看到的李白雖然生命充滿困厄與波折，
但是，卻不易呈現萬念俱灰的心情，此和李商隱常常表現悲困決絕
的惘惘不甘情懷不同，也與李賀黯然索漠的灰頹不同，我們從李白
身上看到了不斷被激發出來的動力，鞭策他不斷地出遊，積極的投
入世用，甚至耄耋之年，猶欲追隨李光弼去從軍征敵的心態可窺一
斑。

第五節　「文化自我」與「個人自我」的衝突

　　李白一生行跡遍歷各地，出蜀之前，讀書匡山，豐厚才學，冀能求用，不但嚮往俠客生涯：「感君恩重許君合，大山一擲輕鴻毛。」（〈結襪子〉）的恩義相許，同時在人世間極盡可能的追求壯氣自使的生活，如：「少年負壯氣，奮烈自有時。因聲魯句踐，爭博勿相欺。」（〈少年行・其一〉），同時也有：「落花踏盡遊何處？笑入胡姬酒肆中。」（〈少年行・其二〉）的恣意而遊，看似飄逸灑脫，實則是心境轉化之後的心態，如若不然，如何從求用的痛苦中脫困而出？在遍歷挫困之後，追求神仙，遐想天外，故作神人之遊的超拔；或縱酒作樂，甚至挾妓而遊，似乎表現出肆意自若的狂態，然而心中所繫，仍是人間疾苦，如〈西上蓮花山〉摹寫遊仙之樂，飄拂昇天，高登雲台，揖衛叔卿，然而結尾卻寫出：「俯視洛陽川，茫茫走胡兵。流血塗野草，豺狼盡冠纓。」詩或想像，然而卻指出李白衷心所繫仍有憂國憂民之懷抱，所謂的遊仙詩，不過是透過遐遊天外來絕棄人世種種悲苦，但是俯首人間，豺狼遍地仍是未能坐視的場景，使詩歌從飄逸的風格一轉為沈鬱，形成強烈反差，這也就是李白的性格，從人間到天上，再從天上俯視人間的心情與想望的轉折。

　　如此縱樂而遊，如此攜妓而遊，如此遐想天外，如此求仙訪道，回歸到人世間，仍然要呈現理想志業，李白所圖構出來的文化自我，是一個建立事功的人，其云：「可以奉巡幸，奈何隔窮偏？獨隨朝宗水，赴海輸微涓。」（〈安州應城玉女湯作〉）以水為喻，

縱使是偏居一隅的窮鄉之水，亦想展現微涓之力，投注大海，猶如李白欲報效家國，添增個己力量，但是現實世界總是回應他更多的挫折困蹇，這番幽微心思有誰能知？有誰能識？所以透過贈答之作，不斷地釋放出李白對家國對文化自我的期許，而人世困頓，不斷地摧陷他的理想，乃至於萌生現世寂寞、孤獨孑然的感受：「登舟望秋月，空憶謝將軍。余亦能高詠，斯人不可聞。明朝挂帆席，楓葉落紛紛。」（〈夜泊牛渚懷古〉），若我能高詠，誰是當今識才的謝尚呢？歷史場景仍在，而斯人不再的孤寂，何人可知？唯有紛紛飄落的楓葉點染秋景，而李白仍只能在現世的寂天寞地中化作一帆遠行。飄泊在天宇地宙的李白，何其像一葉輕帆，飄搖在天地間，任其飄然而往。

除了建立事功之外，其實，李白對自己的文學成就，期許甚深，甚至一生文學成就以孔丘自比，孔子是學術聖人，而李白則擬想自己：「我志在刪述，垂輝映千春。希聖如有立，絕筆於獲麟。」（〈古風其一·大雅久不作〉）揭示自己的高才，以希聖為楷模，然而，孔子猶不免在獲麟時發出浩嘆，李白對此，是不是也有同情同感呢？絕筆於獲麟是一種文化理想的斷喪，李白悲感亦由此生發出來，所以對孔子特別同情與理解：「西過獲麟台，為我弔孔丘，念別復懷古，潛然空淚流」（〈送方士趙叟之東平〉）理解孔子是為了理解自己，同情孔子是為了同情自己，時當四十四歲，天寶三載離京之際，待詔翰林終究成為虛事，賜金放還卻是事實，文化理想事業未能成就，西過獲麟台，憑弔孔子遂引發文化悲感。

李白世用之心在不斷落空中，也希望友朋能承繼這樣的事業，至德二載〈送張秀才從軍〉云：「壯士懷遠略，志存解世紛」勉勵

張孟熊,同時亦自勉:「當令千古後,麟閣著奇勳。」這就是李白,志存解紛,可惜人世一場,所有的事功皆未成。所以只能在出世的遊仙及不斷地行旅中解消人生種種不平,而在人世中,卻又不斷借由飲酒享樂達到解脫。

第六節　結語：富貴與求仙,蹉跎兩成失

　　到底李白終其一生所追求的事功是什麼?由詩歌內容幾乎可以拼貼出一些基本的樣貌:「頗懷拯物情」、「起來為蒼生」、「志存解世紛」、「欲獻濟時策」等,然而對應於李白的壯志:「大鵬一日同風起,摶搖直上九萬里」(〈上李邕〉),希望自己能有朝一日如大鵬鳥一飛九萬里,大展身手,但是「時人見我恆殊調,見余大言皆冷笑」不被時人認同的現世孤寂感,其實一直充斥在他的作品當中,但是,只有孤寂感又當奈何呢?如何轉化這樣刻骨銘心的感覺?

　　因為孤獨,所以對友朋的需求,更強烈,我們從李白的贈答詩歌中可以體會他是一位重友而輕家庭的人[27]。在李白交往的友人當

27　對於親情,眷顧之情反不如友朋之間的酬對往來,僅有的〈贈內〉及〈寄東魯二稚子〉諸詩可以看到他尚有親情的一面,至於晚年有寄內諸作,乃是李白因遭李璘之禍,繫獄潯陽,後流放夜郎,宗氏極力營救,此後,宗氏有意訪道求仙,與李白志意不謀而合,二人情深,遂有相關詩歌,例如有〈秋浦寄內〉、〈自代內贈〉、〈秋浦感主人歸燕寄內〉、〈在尋非所寄內〉、〈南流夜郎寄內〉、〈送內尋廬山女道士李騰空二首〉等詩,這些詩的寫作內容方能感受李白對妻子溫存深情的一面,然而,早年的許氏

中，有山人、道士也有位居要津的仕宦者，然而知心相契者大概只有杜甫能明白李白的孤獨與寂寞，一首〈贈李白〉：「秋來相顧尙飄蓬，未就丹砂媿葛洪。痛飲狂歌空度日，飛揚跋扈爲誰雄？」將李白一生的生命情調掌握的非常貼切，一方面欲求事功而未成，一方面想求仙訪道而受道籙亦未能成仙，一身任俠擊劍的豪情爲誰而發？人世若無可施展抱負的場域，則一切作爲，將無所憑靠，雖然二人交往僅有天寶三載秋天之後迄天寶四載秋，前後不到兩年，然而杜甫卻非常能體會李白的寂寞。杜甫也曾在聞李白流放夜郎時，因思而夢，寫下了〈夢李白〉二首，其中，對李白文學成就非常肯定，〈其二〉云：「冠蓋滿京華，斯人獨憔悴。孰云網恢恢？將老身反累。千秋萬歲名，寂寞身後事。」對李白縱能千秋留名，也將是身後之事了，無補於此生此世，李白寂寞心情唯有杜甫能夠窺視。

李白期許自己能建立事功，但是，從來未曾有過事功可以傲人，所以勒名麒麟閣成爲一個美麗的想望而已，曾云：「身沒期不朽，榮名在麟閣。」（〈擬古、其七·世路今太行〉），或云：「旋應獻凱人，麟閣佇深功。」（〈送梁公昌從信安王北征〉）李白對友人梁昌的期許，其實也是對自己的期許，然事與願違，終究未能成就任何事功。李白曾在〈長歌行〉云：「功名不早著，竹帛將何宣？桃李務青春，誰能貰白日？富貴與神仙，蹉跎兩成失。」，事

卻無此遭遇，李白一生從無寫許氏之詩，僅〈贈內〉一詩，而該詩，卻又讓人感覺身爲李白妻的無奈：「三百六十日，日日醉如泥。雖爲李白婦，何異太常妻？」事寫李白喜酒泥飲。李白喜歡浪跡天涯的飄泊性格，常年不在家，到處萍飄，這就是李妻的無奈。

實上，正可用「富貴與神仙，蹉跎兩成失。」當作李白一生寫照。追求事功，結果最風光歲月僅是待詔翰林不及三年的時光，其後，一直過著飄泊、壯遊、求仙訪道及不斷求用、干謁的歲月，「蹉跎兩成失」深刻而悲切。

盱衡本文所論，李白一生追求世用，在求用過程中流轉各地，也屢遭困頓，然而卻在困頓中以豁達的態度調整、轉化、釋放自己的生命偃蹇，所以我們看到的李白縱使有世用未果的挫困，卻在行旅出遊、求仙訪道、飲酒作樂中體契他轉化人世悲情的曠達，而我們似乎也淡忘了他追求世用未果的悲情，這就是卓爾不群的李白透過歌詩留給我們的想望，茲將本文論述結構簡示於下：

4-2：李白世用結構表

求用歷程	➔	心境題寫	➔	轉折釋放
讀書匡山：制作不倦 安陸期間：南北失路 三入長安：誰貴經綸才 幽州之行：沙漠收奇勳 入幕永王：起來爲蒼生 欲戰未果：天奪壯士心		壯志思飛，青雲無路 自憐幽獨，託喻歷史人物 自況處境，以物象取譬 人生志業，生事如轉蓬		遊：幽賞頗 　　自得 仙：吾將此地 　　巢雲松 酒：與爾同銷 　　萬古愁

4-3：李白行跡年表[28]

年歲	年號暨紀元	行跡
一歲	武后長安元年（701）	蜀
十歲	睿宗景雲元年（710）	讀書綿州彰明大康山。
十八歲	開元六年（718）	讀書匡山，並往來旁郡。
十九歲	開元七年（719）	遊梓州，從趙蕤學縱橫術。
二十歲	開元八年（720）	春遊成都，李白向蘇頲投刺。遊渝州，謁李邕。
二十一歲	開元九年（721）	讀書匡山至二十三歲。
二十四歲	開元十二年（724）	歲初，離家遠遊，作〈別匡山〉，秋，沿岷江東下，經嘉州，至渝州。
二十五歲	開元十三年（725）	春，出峽，過荊門，到江陵。夏，南泛洞庭，江行，至江夏。秋，至金陵。
二十六歲	開元十四年（726）	暮春，自金陵往揚州。秋遊越中，晚秋，返至揚州，旋臥病。
二十七歲	開元十五年（727）	自揚州至安陸，故相許圉師以孫女招贅。秋遊襄陽，初識孟浩然。

28 本表乃據安旗《李白全集編年注釋》（成都：巴蜀書社，2000 年 4 月）所考訂的年歲、地域、事件及品繫年為主。

年歲	年號暨紀元	行跡
二十八歲	開元十六年（728）	三月，於江夏作詩。
三十歲	開元十八年（730）	上安州裴長史書 上韓荊州書 答湖州葉司馬問白是何人 春夏間，自安陸啟程，取道南陽，西入長安。欲謁玉真公主，不果。秋末，西遊岐州、邠州。
三十一歲	開元十九年（731）	早春在坊州，復返長安，徘徊魏闕，窮途失志，作蜀道難，旋離長安，由華州東去，泛黃河，經開封，五月，至宋城。秋到嵩山，棲元丹丘頤陽山居。冬，在洛陽。
三十二歲	開元二十年（732）	春，在洛陽。自春至夏，買醉洛陽。冬，返安陸，元演隨來，同遊隨州，謁道士胡紫陽。
三十三歲	開元二十一年（733）	閑居安陸。
三十四歲	開元二十二年（734）	春，出遊襄陽，謁韓朝宗，求薦不遂。
三十五歲	開元二十三年（735）	五月元演邀遊太原。 識郭子儀於行伍，言於主帥脫其刑責。 攜妓浮舟遊於晉祠。 去往齊魯，寓居任城，與孔巢父、韓準、裴政、張叔明、陶沔會遊於徂徠山，號竹溪六逸。

年歲	年號暨紀元	行跡
三十六歲	開元二十四年（736）	春，仍在太原，北遊雁門關。秋返洛陽，旋往嵩山元丹丘穎陽山居，適岑勛在此。有〈酬岑勛見尋就元丹丘對酒相待以詩見招〉〈將進酒〉。
三十七歲	開元二十五年（737）	閑居安陸。作〈春夜宴從弟桃花園序〉、〈惜餘春賦〉。
三十八歲	開元二十六年（738）	作〈萬里征〉事干謁，此行歷經南陽、穎陽、宋城、下邳、淮陰。有〈南都行〉〈送友人〉〈經下邳圯橋懷張子房〉等紀行詩。
三十九歲	開元二十七年（739）	續作〈萬里征〉，歷經楚州、揚州、杭州，旋泝江西行，直至荊州，有〈夜泊牛渚懷古〉〈鄖門秋懷〉〈鄴中贈王大〉等紀行詩，此行兩年，行程數千里，仍一事無成。
四十歲	開元二十八年（740）	五月移家東魯，有〈五月東魯行答汶上翁〉許氏當已去世。乃去安陸來此。漫遊魯地，與韓準、裴政、孔巢父、張叔明、陶沔結為竹溪六逸，隱於徂徠山。
四十一歲	開元二十九年（741）	居東魯，秋，往嵩山元丹丘穎山陽山居。旋送元丹丘入朝，作〈鳳笙篇〉冀能提攜。
四十二歲	天寶元年（742）	四月，遊泰山，直至秋間，有〈遊泰山六首〉。秋，在東魯，作〈酬張卿夜宿南陵見贈〉。秋，詔下，自東魯南陵啟程入長安，作〈南陵別兒童入京〉。賀知章呼「謫仙人」，玄宗命待詔翰林。從玄宗遊溫泉宮，有〈侍從遊宿溫泉宮作〉等詩。

年歲	年號暨紀元	行跡
四十三歲	天寶二年（743）	待詔翰林。春奉詔侍從遊宴，作〈宮中行樂詞八首〉〈清平調三首〉等應制詩多首。夏，玄宗泛白蓮池，白奉詔作序，與與賀知章、王璡、崔宗之、李適之、蘇晉、張旭、焦逐作酒中八仙之遊。秋間遭讒被疏，遂生還山之念。有〈玉壺吟〉〈翰林讀書言懷〉〈懼讒〉〈秋夜獨坐懷故山〉等又有宮怨詩多首，以自喻。
四十四歲	天寶三年（744）	正月，送賀知章歸越，春，上疏請還山，詔許。有〈還山留別金門知己〉〈初出金門詠上鸚鵡〉等詩。待詔翰林期間，親見時君荒淫，有〈上之回〉〈周穆八荒意〉〈寓言三首〉。旋離京，道出商州，謁四皓墓。東出武關，之洛陽，與杜甫相會。秋，與杜甫、高適同遊於梁宋。至齊州，從高尊師受道籙。冬間，歸至魯郡。
四十五歲	天寶四年（745）	春，杜甫來至魯郡，與同遊。夏，與高適、杜甫同於濟南謁北海太守李邕。秋，與杜甫復遊於魯郡。旋於魯郡送別杜甫。
四十六歲	天寶五年（746）	臥病甚久，秋間，有懷杜甫〈沙丘城下寄杜甫〉。欲遠遊以消憂，有〈夢遊天姥吟留別〉抒去朝之慨。

年歲	年號暨紀元	行跡
四十七歲	天寶六年（747）	春在揚州，旋到金陵。有〈金陵三首〉〈登金陵鳳凰台〉懷古多首。夏，至越中，弔賀知章故宅，有〈對酒懷賀監二首並序〉。登天台山，有〈天台曉望〉等詩。歲暮，返至金陵，有〈送楊燕之東魯〉。
四十八歲	天寶七年（748）	在金陵，暮，作〈聞王昌齡左遷龍標遙有此寄〉，與崔成宗相遇，並同遊。秋，西遊廬江，謁吳王李祗。有〈寄上吳王三首〉
四十九歲	天寶八年（749）	在金陵，春作〈寄東魯二稚子〉，冬，作〈答王十二寒夜獨酌有懷〉、〈戰城南〉。
五十歲	天寶九年（750）	五月，離金陵往遊廬山、潯陽，秋冬之際，返東魯途中，經譙郡與元演相遇。歸至東魯。有〈任城縣廳壁記〉〈大雅久不作〉〈醜女來效顰〉〈題嵩山逸人元丹丘山居〉
五十一歲	天寶十年（751）	春，居東魯家中。得元丹丘營石門幽居消息，欲往從之。南遊歸來，子女此時已當婚娶之年。秋，往汝州葉縣，訪元丹丘石門幽居。幽州節度使幕府判官何昌浩來詠，邀李白入幕，佯應之。隨即有幽州之行。暮秋，於開封渡河北上。
五十二歲	天寶十一年（752）	北行經魏州。春，至洺州。歷清漳、永年、邯鄲、臨洺等地。十月至幽州，獲知塞垣真相後，逃歸，返至宗氏梁園。

年歲	年號暨紀元	行跡
五十三歲	天寶十二年（753）	旋入長安，欲陳濟世之策，陳策不果，預感禍亂將起，遂離去。秋，南下宣城，自梁園首途。有〈宣州謝朓樓餞別校書叔雲〉。
五十四歲	天寶十三年（754）	春自宣城來遊金陵，夏遊揚州，逢魏萬，遠道來，同遊金陵，與魏萬別，盡出其文，命萬爲集。秋冬，往來宣州當塗、秋浦等地。
五十五歲	天寶十四年（755）	在宣城。往來青陽、涇縣、當塗、南陵、秋淵等地。冬十一月，安祿山反於范陽，歲杪，往宋城接宗氏。
五十六歲	肅宗至德元年（756）	春，攜宗氏南奔至吳中，有〈奔亡道中五首〉，門人武諤來訪，願爲白赴東魯營救子女，有〈贈武十七諤〉。春，在當塗。暮春，自宣城往越中。經溧陽，與張旭遇，夏，至杭州，初秋，離杭。 報國無路，秋，隱於廬山屏風疊。歲暮，韋子春奉永王命至廬山，說李白入幕，應徵下山，赴永王軍。
五十七歲	肅宗至德二年（757）	正月永王李璘次潯陽，召李白爲僚佐，二月李璘敗死，李白於亂軍中倉皇奔亡，旋陷潯陽獄，崔渙、宋若思爲白洗雪，被釋，爲宋若思參謀。秋，隨宋若思往武昌，旋臥病宿松，歲暮，判流夜郎。

年歲	年號暨紀元	行跡
五十八歲	肅宗乾元元年（758）	春，流謫夜郎，自潯陽首途，五月至江夏，盤桓甚久，八月在漢陽，遇張謂，秋，至洞庭，冬，入三峽，有〈上三峽〉陽，秋八月泛於沔州城。
五十九歲	肅宗乾元二年（759）	春末，流途行至夔州奉節縣，遇赦，立返江陵，有〈早發白帝城〉。夏，還至江夏，遇僧人倩公，平生述作，盡付與之。秋離江夏，至岳州，九月，仍在岳州，旋南遊沅湘，至零陵。
六十歲	肅宗上元元年（760）	春，自零陵返至岳州。旋至江夏，於江夏識韋冰，又遇顏真卿。秋，在廬山。秋冬之際，在豫章（洪州），時宗氏寓此。
六十一歲	肅宗上元二年（761）	暮春，送宗氏往廬山。自往金陵，又往宣城。冬，在和州歷陽。
六十二歲	代宗寶應元年（762）	流落江南，秋，欲從李光弼，半道病還，至金陵。入冬，自金陵來至當塗，依當塗令李陽冰，未幾，疾亟，乃將草稿萬卷授李陽冰，俾作序。
六十三歲	代宗廣德元年（763）	春，病稍起，出遊宣城，冬，於當塗賦〈臨路歌〉而卒。

〈附錄一〉
李白行跡地圖[29]

李白の足跡

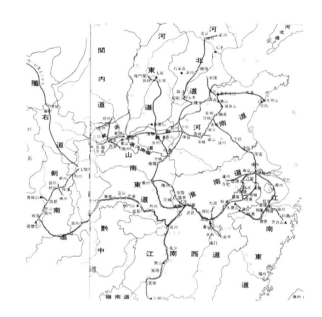

29　轉錄自《詩人李白》（京都：中国人民美術出版社編集，1984 年 1 月），頁 1。

第五章　濟世悲懷：李白遊仙詩中的生命反差與人間性格

摘　要

　　李白，無疑是中國詩歌史上最偉大的詩人之一，然而解讀李白歌詩時，常陷入非儒即道的框限當中，究竟其生命特質如何？我們又當如何解讀李白歌詩？人稱有仙才仙風或天上謫仙人的李白共有遊仙詩六十多首，為何他要寫遊仙詩？而他又如何敘寫遊仙詩？內容意蘊又如何？本文擬透過遊仙詩來勾勒李白的生命情調與關懷。論述理序，先導出研究李白的進路有二，其一指出李白有道家卓爾飄然之仙風道骨；其二揭示李白有儒家用世之心，後世研究李白者是不是必定框限於儒道分釋，以提攝問題。二論李白生命歷程由行旅之遊轉向神仙之遊的原因；三論李白遊仙詩所豁顯的內容為何？其一反映在生命反差的悖逆當中，其二照映出濟世憂憫的社會關懷，終論李白生命特質能翻轉生平臆氣。

第一節　前言

　　歷代箋注李白詩集或論述李白時，大約有兩個進路，其一是從道教徒的李白入手，例如皮日休〈劉棗強碑文〉云：「吾唐來有業是者，言出天地外，思出鬼神表，讀之則神馳八極，測之則心懷四溟，磊磊落落，真非世間語者，有李太白。」，以「非世間語」來狀其神思，甚至有以「仙才」來狀其詩才者，例如〈迂齋詩話〉云：「世傳杜甫詩，天才也；李白詩，仙才也；長吉詩，鬼才也。」，或如〈滄浪詩話〉云：「人言太白仙才，長吉鬼才。不然，太白天仙之詞，長吉鬼仙之詞耳」。凡此等等，以「非世間語」、「仙才」、「天仙之詞」來譬況其卓爾飄然之仙風道骨。

　　另一條進路則爲了能與杜甫同舉並列，不斷地提出他有關懷民生的歌詩，作爲他儒家化的典型例證，此說始出於李白族人李陽冰，他替李白編收遺著時明確指出：「不讀非聖之書，恥爲鄭、衛之作。故其言多似天仙之辭。凡所著述，言多諷興」（〈草堂集序〉），揭示李白既有「天仙之辭」，而又有「諷興之辭」，「諷興之辭」儼然承詩教而來。其後尚有李華有〈故翰林學士李君墓誌〉之序云：「夫仁以安物，公其懋焉。義以濟難，公其志焉。識以辯理，公其博焉。文以宣志，公其懿焉。宜其上爲王師，下爲伯友。」不僅標舉李白具有仁、義、識、文四德皆備，且足爲王者師、伯者友，其推崇備至可知。又如范傳正以「儒風宛然」（〈唐左拾遺翰林學士李公新墓碑並序〉）形容之。凡此爲例甚夥，踵繼此說者，亦代有

其人，茲不贅舉。*1*

　　如是觀之，李白的生命歷程果真可以擘分儒道兩系，各自不相干？或者說李白兼攝儒道，果真就可以契合他歌詩中的執念與憂憫？二者是否有矛盾？我們又當如何解讀李白之詩歌呢？究竟李白的生命性格如何？是不是必定要坎陷在道家的仙風道骨或儒家人世悲憫的作爲當中呢？

　　檢視當前學界研究李白歌詩者眾多，而顏文雄先生在《唐代遊仙詩研究》一書中，專闢一章論述李白遊仙詩，並臚列選用李白遊仙詩有六十多首之多，以李白一千多首的創作量來看，六十多首遊仙詩不可謂多，然而，李乃龍曾指出：「李白遊仙詩建立在詩人獨特的『謫仙』意識基礎上，同時也反映了詩人的政治遭際，藝術上具有幻中有真的獨特魅力。」*2*，職是，遊仙詩對李白而言，自有非凡意義存乎其中。

　　那麼何謂遊仙詩呢？其中最需要分辨的是，顏氏認爲是遊仙詩的，其他學者未必以爲然，例如安旗曾指出：「〈夢遊天姥吟留別〉不是遊仙詩。這首詩必須同李白再入長安聯繫起來，同中國詩歌中從屈原到阮籍以遊仙寄意抒懷的傳統聯繫起來，就可以體會出詩中從入夢到夢醒的過程，那些可欣可羨亦復可驚可怖的幻境，實際上

1　參見瞿蛻園等校注之：《李白集校注》（台北：里仁書局，1981 年），第二冊附錄二、碑傳部份，及附錄五、叢說之部份，頁 1779-1896。

2　李乃龍：〈唐代游仙詩的若干性質〉，《陝西師範大學學報》，哲學社會科學版，第 27 卷第 3 期，1998 年 9 月，頁 101-107。

是李白奉詔入朝、待詔翰林、終於被放還山的經歷。」[3]安旗認為
〈夢遊天姥吟留別〉應與李白的生平作對照，反映出李白從奉詔、
待詔、賜金放還的歷程相呼應。雖然安旗直揭該詩非遊仙詩，但是，
卻又說可與屈原、阮籍以遊仙寄意抒懷的傳統聯繫起來，可知在本
質上，安旗仍認為它是遊仙的傳統，而且此一傳統是存有「寄意抒
懷」的意味。

　　如是，我們必須先體認「遊仙」的名義問題，才能判定何者為
遊仙詩，何者為非。根據顏進雄先生研究指出，凡是遊仙、夢仙、
懷仙、詠仙、慕道求仙、修煉體道之詩悉可歸入遊仙詩[4]，吾人亦
認為凡是內容、事義牽涉神仙或慕道者悉屬之，例如，前舉之〈夢
遊天姥吟留別〉是夢中遇仙，該詩既是夢遊詩，亦是遊仙詩，屬於
二體重構，因句中有云：「虎鼓瑟兮鸞回車，仙之人兮列如麻……」，
事涉仙道，故而可列為遊仙詩無誤。

　　至於李白為何要寫遊仙詩？是不是誠如李豐楙先生所云：因人
生之「憂」乃興發「遊」以進入幻想仙界？[5]

3　見安旗編：《李白全集編年注釋・論李白》（成都：巴蜀書社，2000 年 4
　　月），頁 17。

4　參見顏進雄：〈唐代遊仙詩之分類與範疇〉，《唐代遊仙詩研究》（台北：
　　文津出版社有限公司，1996 年 1 月），頁 35-63。

5　「遊仙文學的本質基本上是融合了宗教、神話中對「他界」的強烈願望，
　　所以「憂」和「遊」就成為一種進入他界的動機及滿足感，保證了生命永
　　恆地存在的可能性，因此也具有較強烈的排世俗性。」請參看李豐楙：〈緒
　　論〉，《憂與遊：六朝隋唐遊仙詩論集》（台北：台灣學生書局，1996
　　年 3 月），頁 14-15。

從屈原藉遊以寫憂始，六朝承接「士不遇」傳統及憂世憂人的精神，即展開這樣的敘寫模式，然而一直懷抱著謫仙意識的李白，其詩歌強烈地表現出遊仙思維，誠如李華所云：「嗟君之道，奇于人而侔于天」（〈故翰林學士李君墓誌〉）即能道出這種生命特質，裴敬也曾指出：「先生得天地秀氣耶！不然，何異於常人耶！或曰，太白之精下降，故字太白，故賀監號爲謫仙，不其然乎！故爲詩格高旨遠，若在天上物外，神仙會集，雲行鶴駕，想見飄然之狀。視塵中屑屑米粒，蟲睫紛擾，菌蠢羈絆蹂躪之比。」（〈翰林學士李公墓碑〉），凡此等等皆肯認其遊仙性格。如是，李白焉能不寫遊仙詩？而我們透過李白生命歷程是不是可以窺探其生平與遊仙意識之關涉？

第二節　「行旅之遊」與「神仙之遊」的生命情調

李白二十四歲辭親遠遊，離開蜀地，終其一生再也未曾回歸四川，一生的飄泊與出遊，形成生命的特殊基調，「遊」是李白的生命本質，同時也構成李白詩歌豐沛題材的書寫。

一、生命歷程中的「行旅之遊」

如果人生是一場行旅，則李白所構織出來的圖像，便是一幅「遊」的生命史。孫覿〈送刪定姪歸南安序〉云：「李太白周覽四

海，名山大川，一泉之旁，一山之阻，神林鬼冢，魑魅之穴，猿狖
所家，魚龍所宮，往往遊焉，故其爲詩疏宕有奇氣。」正能指出其
「遊」的特色。李白一生浪跡天涯，居無定所，飄泊若一葉扁舟，
行其所當行，止其所當止，其中包括了沒有目的的漫遊，也有目的
性的壯遊，到底李白一生走過那些地方？這些經歷喻示什麼呢？我
們從繫年的歌詩中可以勾稽李白一生行止[6]。

李白一生[7]見證大唐由盛而衰的過程，而個人的生命也因之起
伏而跌宕變化。從出蜀之後，便沿岷江東下，過荊門，歷江陵，經
江夏，至金陵，自金陵往揚州再至安陸，招贅故相許圉孫女，自云
在安陸閒居十年，這十年當中，仍然不斷地出遊，也求訪道士，迄
四十歲才攜子女離開安陸往東魯定居，其後漫游魯地，由於定居魯
地，所以自稱山東李白。[8]

6 　請參考林淑貞：〈李白行跡年表〉，《興大人文學報》第 35 期，頁 29-64。
　　該表乃據安旗：《李白全集編年注釋》（成都：巴蜀書社，2000 年 4 月）
　　所考訂的年歲、地域、事件及作品繫年為主。又見本書第四章。

7 　攸關李白的年歲，一般咸定為六十二歲，本文採用安旗說法，定其卒年為
　　代宗廣德元年（西元 763），採用版本亦以安旗：《李白全集編年注釋‧
　　論李白》之繫年為主。

8 　據閻琦所云，杜甫稱李白為「山東李白」，元稹和《舊唐書‧李白傳》皆
　　稱李白為山東人，原因乃在李白為商賈子弟，按唐制不得參加貢舉，所以
　　李白一生遠遊，最後定居山東，其實就是為了遮掩其工商出身，遂落籍山
　　東的幽憤心情。見閻琦：〈李白的入仕道路和他的幽憤〉《西北大學學報》，
　　哲學社會科學版，第 24 卷 85 期，1994 年 4 期，頁 17-21。

　　李白一生六求世用，每次世用不果[9]，便以遊山玩水的方式來
消解生命的悲壯， 或以寄託遊仙的方式來解除人世困頓，例如開
元十八年（730）曾有〈上安州裴長史書〉及〈上韓荊州書〉自薦
未果，取道南陽，西入長安欲謁玉真公主，未果，再西遊岐州、邠
州；開元十九年再回長安，魏闕徘徊窮途失志，再由華州離去，泛
黃河，經開封，至宋城，秋至嵩山，冬至洛陽。開元二十年，再返
安陸，遊隨州，謁道士胡紫陽。開元二十二年謁韓朝宗，求薦不遂，
二十三年再與元演遊太原，攜妓浮舟遊於晉祠，再往齊魯，寓居任
城。又如天寶三載賜金放還，秋至齊州，便迫不急待地受道籙，冬
再遊魯郡。再如，天寶十二年，旋入長安，欲陳濟世之策，陳策未
果，再南下宣城，曾七遊宣城的李白，對宣城有一種不可言喻的深
情。從李白行跡可知，李白一生就是一場行旅，曾自云：「一生好
入名山遊」，即是狀此。

　　因為仕進未果、世用不順，遊，便變成一種自我放逐的形式，
藉由遊，登高臨遠，解消人世困頓。天地山川之嬌美，往往召喚生
命對自然的翕合與貼近，遠離塵囂融入大自然當中，使自我成為山
川壯美的主體性。李白行旅之遊，其實就是生命之遊，而在縱覽山
川之際也興發了遊仙的想像，謫仙意識濃厚的李白焉能不將自己置
放在神仙境域的想像之中呢？

9　請參考林淑貞：〈從地域流轉看李白世用之困頓與轉化〉，《興大人文學
　　報》第 35 期，頁 29-64。指出六個求用歷程是：一、讀書匡山：制作不倦。
　　二、安陸期間：南北失路。三、三入長安：誰貴經綸才。四、幽州之行：
　　沙漠收奇勳。五、入幕永王：起來為蒼生。六、欲戰未果：天奪壯士心。
　　又見本書第四章。

二、出塵想望的「神仙之遊」

據關永中所云：

> 「神話」乃特有的記載，有關神、超人、超自然事物；這些
> 神、人、地、事、物都處在與人普通的經驗截然不同的時空
> 之中；每一神話顯示自己為具有權威性的話語、述及真實的
> 事實、不論這些事實如何與普通人的境界不同；再者，神話
> 除了述說超驗性事理之外，它也牽涉人的情況；例如：它談
> 論到人的生老病死、悲歡離合、修心養性、愛恨交熾等主題，
> 因而吐露出人事上莊嚴的一面，叫人意會到人生中更深層的
> 意義，藉以作人生命寫照的典型，並連貫了天人間的聯繫。[10]

神話世界是一種超自然、超事物的、不可驗證的經歷，不僅是初民
用來解釋生活的現象世界，同時也用來避開人世的種種是非恩怨，
遊仙詩成為宣洩人世不平的一種出塵想望的企慕與追想。

　　崔成甫深能體契李白生命的基調，所以有〈贈李十二〉一詩，
揭露李白心情，其云：「我是瀟湘放逐臣，群辭明主漢江濱。天外
常求太白老，金陵捉得酒仙人。」由放逐之臣，一轉而可化為酒仙
之人，不管是神仙或酒仙，其避世、超世、離世的心情自是不言而
諭的。然而為何世人皆要追求神仙，連李白也不例外呢？從歷史進
程而言，漢代醫術不普遍，缺乏醫藥，東漢黃巾張魯，以符水治病，

10　請參見關永中：《神話與時間》（台北：台灣書店，1997 年），頁 7。

驅妖禳福，使道教得以蔓延，迄南北朝為獲得上層階層支持，迎合其永生長壽的需求，提倡養生、服食、煉丹、房中術等。到了唐代煉丹、服食非常盛行[11]，李白詩中亦常有煉丹之語詞出現，其道友司馬承禎即是個中人物，所以影響李白愛好神丹之術實不足為奇了。遊仙詩便是在這種氛圍下大量興發，李豐楙先生亦指出：「文士因憂而遊於虛幻的仙界，道教中人則因俗世之憂而奉道修行，徹底地遊入另一個方外世界……遊仙文學本質上是融合了宗教、神話中對於『他界』（other world）的強烈願望……」[12]，所以在李白的遊仙詩也雜揉了這種強烈的願望。

　　準此，無論是行旅之遊或是神仙之遊，莫非要藉由空間的跨越，體契天地變化，以使神凝形釋於烏何有之鄉，釋放、解脫人事的困頓偃蹇，使人之精神寄託於天地之間，並與之相契相合，此即是清末朱庭珍曾經指出：

> 作山水詩者，以人所心得，與山水所得于天者互證，而潛會默語，凝神于無朕之宇，研慮于非想之天，以心體天地之心，以變窮造化之變。揚其異而表其奇，略其同而取其獨，造其奧以泄其秘，披其根以證其理，深入顯出以盡其神，肖陰相陽以全其天。必使山情水性，因繪聲繪色而曲得其真，務期天巧地靈，借人工人籟而畢傳其妙，則以人之性情通山水之

---

11 本部份論述參考任繼愈主編：《中國道教史》（上海：人民出版社，1990年10月二刷），頁3。

12 見李豐楙：〈緒論〉，《憂與遊：六朝隋唐遊仙詩論集》，頁14-15。

> 性情，以人之精合山水之精神，並與天地之性情、精神相通
> 相合矣。（《筱園詩話》卷一，《清詩話續編》，頁2335）

此段論述頗能契會人與山水精神相通相合之妙，若用於行旅或神仙
之遊亦然，皆是潛會凝神，體契其妙。職是，在李白的歌詩當中，
不斷地出遊，也不斷地透過遊仙詩來傳達這一份幽微之意，然而，
透過遊仙詩我們看到了什麼呢？李白遊仙詩的內容喻示我們什麼
呢？

第三節　遊仙詩所豁顯的生命反差

從自我放逐到追逐自我，生命的力量被山水激發，這也是一種
被召喚醒來的原初感動，從被動性到能動性，從客體性到主體性，
生命不再無根，不再漂泊，人生不再無趣，不再隨風飄搖，於是藉
由登山臨水，想像成遊仙之舉，便是李白化人身為天仙的企盼，且
透過樂園美景的圖構，想望自己也身臨仙域，其云：「四明三千里，
朝起赤城霞，日出紅光散，分輝照雪崖。一餐咽瓊液，五內發金沙，
舉手何所待，青龍白虎車。」（〈早望海霞邊〉頁745）[13]望海霞
而想像自己是餐瓊漱金，有青龍相隨的仙人，想像之豐富，非常人
可及，甚至，與李白情意相合的宗氏妻子，也有求仙訪道之舉，李
白樂於送宗氏求訪仙人，其云：「君尋騰空子，應到碧山家。水舂

13　頁數所標皆見安旗：《李白全集編年注釋》（成都：巴蜀書社，2000年4
　　月）

雲母碓，風掃石楠花。若戀幽居好，相邀弄紫霞。」（〈送內尋廬山女道士李騰空二首・其一〉頁1429），又云：「多君相門女，學道愛神仙，素手掬青靄，羅衣曳紫煙。一往屏風疊，乘鸞著玉鞭。」（〈送內尋廬山女道士李騰空二首・其二〉頁1429）二首詩皆是送妻子宗氏上山訪道所作之詩，充滿了神仙生活美好境域的想像。這種主動的尋訪與追求，即是想藉由尋仙詠道的過程，來追逐人世企羨的神仙之舉，然而李白遊仙詩究竟豁顯出什麼樣的神仙場域？

一、人生缺憾與仙界對勘

　　生命原有的基本焦慮，是一種被給定的狀態，我們被拋擲在這個萬紫千紅的大千世界中，生，非我所操；死，非我所控，一種不定、茫昧、倏忽、飄然的被給定在宇宙的大座標當中，而我們的行跡卻不是固定的，是一種流動的，飄忽不定的，生命之流，緩緩流注；生命之場域，順隨著人的歷程而流動，在這個天宇地宙中，生命的死亡焦慮扣擊著我們的胸臆，讓我們不斷去思索如何脫困，也逼我們向漫長的時光之流銷蝕永生之年，同時也牽繫著我們的哲學思考與作爲：年命的短促、飄流的不定、偃蹇的行跡、迍邅的世途，一一逼向我們不斷去思索人的存在問題，而神仙世界便能超脫於此。

　　艾德良（Mircea Eliade）將每一個神話的時間二分法，即每一神話浸潤在「神聖──神話時間」（Sacred-Mythical Time）之內，和日常生活的「世俗──歷史時間」Profane-Historical Time）作對比，並在《圖像與象徵》（Images &Symvols）中指出「歷史時間」

的性質是具有：編年的、歷史的、不倒流的、個別的四個特徵；至於「神話時間」則是：非時間性的、超歷史的、可倒流的、永恆的四個特質。

因為神話時間具有上述四種特質，所以在永恆的境遇中，沒有時間流逝，同時也象徵時間是一種圓型、圓滿的。而人的「歷史時間」則是剎那間不斷生滅流轉，所以人類終其一生想留住時間，卻無法達成的。如此而言，「神話時間」和「歷史時間」形成相反對立的時空觀，人類希冀成仙，主要的理由就是可以掙脫時間和空間所給予的枷鎖與框限。

面對流光易逝、容顏易衰，世事易遷，讓李白思想追求永生不死的神仙世界，由於神話時間是圓型時間，永恆不滅的，而人間時間永遠是剎那生滅不斷的消逝，所以反映在李白歌詩當中，也出現了磅礡氣勢的想像力，其云：「黃河走東溟，白日落西海。逝川與流光，飄忽不相待。春容捨我去，秋髮已衰改。人生非寒松，年貌豈長在？吾當乘雲螭，吸景駐光彩」（〈黃河走東溟〉頁365）期待能駕雲上天，吸收日月精華使容顏永駐，或云：「朝弄紫泥海，夕披丹霞裳……一餐歷萬歲，何用還故鄉」（〈朝弄紫泥海〉頁666）根據《太平廣記》卷六引《洞冥記》說東方朔去家，經年乃歸，母見之大驚，東方朔說，暫止於紫泥之海，有紫水污衣，遇虞泉湔浣，朝發中返，卻不知已是人間一年。神話中沒有時間，解消了人世時間限制與壓迫感。因為「一往桃花源，千春隔流水」（古風三十一‧鄭客西入關，頁929）便是這種感喟。

職是，在李白遊仙詩中就是要照映出仙界時間的無始無終無極無垠，並且圖構出神仙世界無限美好，所以李白極力鋪寫道遇神仙

之排場，寧可捨棄人間，永隨仙人鍊丹而去，其云：

> 願隨子明去，煉火燒金丹（〈登敬亭山南望懷古贈竇主簿〉
> 頁990）
> 金華牧羊兒，乃是紫煙客。我願從之遊，未去髮已白。不知
> 繁華子，擾擾何所迫？崑山採瓊蕊，可以鍊精魄（〈金華牧
> 羊兒〉頁752）
> 願隨夫子天壇上，閒與仙人掃落花（〈寄王屋山人孟大融〉
> 頁859）
> 卻戀峨眉去，弄景偶騎羊（〈留別曹南群官之江南〉頁950）
> 儻逢騎羊子，攜手凌白日（〈登峨眉〉頁20）
> 仙人如愛我，舉手來相招（〈焦山望松寥山〉頁708）
> 願同西王母，下顧東方朔。紫書儻可傳，銘骨誓相學（〈贈
> 嵩山焦煉師〉頁183）

上列詩歌皆證明李白追企神仙生活，極力摹寫境域之美好，無論是
有意尋訪或無意偶遇，李白遊仙詩最喜歡摹寫的情景即是「道逢神
仙」。敘寫內容或將道遇神仙的排場鋪陳摹寫，或將神仙洞府加以
描寫，這些充滿道家思維的場景敘寫，其實是用人世想像所建構出
來的，或寫其金碧輝煌，或寫其倏忽往來如風，或寫其窈冥無端，
或寫其陣仗隆重，或寫其排場華美，不外乎是用來炫人耳目，增加
對神仙世界美好的想望與圖構，例如：「洞天石扇，訇然中開。青
冥浩蕩不見底，日月照耀金銀台。霓為衣兮風為馬，雲之君兮紛紛
而來下。虎鼓瑟兮鸞回車，仙之人兮列如麻。」（〈夢遊天姥吟留

別〉頁690）敘寫進入福天洞地遇仙的經過，寫眾仙出場、鼓瑟回車的壯闊。或如：「我來逢真人，長跪問寶訣，粲然啓玉齒，授以鍊藥說，銘骨傳其語，倏身已電滅。」（〈古風・其五・太白何蒼蒼〉頁592）詩寫道逢神仙，跪問寶訣，冀能永鍊金丹成仙。此詩當然是想像之境，安旗指出時當去朝之際，此為神遊太白之境而寄其出世之情。（頁593）或如〈古風四十一・朝弄紫泥海〉云：「稽首祈上皇。呼我遊太素」（頁666）期能漫遊太空，凡此種種皆揭示李白想望神仙，所以發揮汪洋恣肆的想像，鋪寫神仙世界，但是，所有的美好僅是想像出來的，其實是用來對照人世之不堪。

　　在人世間遊走撞擊的過程中，我們看到了李白熱望的生命，不斷地追求世用，同時也在世用過程中不斷地困挫與轉化心境，越是在人世間的受困越大，追求神仙世界之心就越強烈，這種往復迴環的心情是李白轉化生命困境的模式之一，所以追求神仙世界，其實就是對人間困陋所作的逆回模式，換句話說，生命的反差越大，這種追求的心情越強烈。然而神仙世界果真可求得乎？

二、求仙未果的感喟

　　神仙境遇之美好，天上樂園令人無限嚮往，例如〈西岳雲台歌送丹丘生〉云：

> 西岳崢嶸何壯哉，黃河如絲天際來。黃河萬里觸山動，盤渦轂轉秦地雷。榮光休氣紛五彩，千年一清聖人在。巨靈咆哮擘兩山，洪波噴流射東海。三峰卻立如欲摧，翠崖丹谷高掌

開。白帝金精運元氣，石作蓮花雲作台。雲台閣道連窈冥，
中有不死丹丘生。明星玉女備灑掃，麻姑搔背指爪輕。我皇
手把天地戶，丹丘談天與天語。九重出入生光輝，東求蓬萊
復西歸。玉漿儻惠故人飲，騎二茅龍上天飛。（頁486）

首二句敘寫華山之壯闊，續六句寫黃河之氣勢，接著二句寫巨靈擘
山，復次，四句寫華山奇偉，其後以八句神話寫人世之不可求，末
二句寫李白自己有成仙之願望。但是，卻因為人仙殊途，遂希冀神
仙能提攜，此一汲引薦舉之意不斷地充斥在李白的遊仙詩中。再如：

遙見仙人綵雲裡，手把芙蓉朝玉京。先期汗漫九垓上，願接
盧敖遊太清。（〈廬山謠寄盧侍御虛舟〉，頁1413）
終願惠金液，提攜凌太清。（〈題隨州紫陽先生壁〉，頁230）
登高望蓬瀛，想象金銀台，……玉女四五人，飄颻下九垓……
稽首再拜之，自愧非仙才。曠然小宇宙，棄世何悠哉。（〈遊
泰山六首・其一〉，頁375）

這些追企，一方面是遊仙性質，一方面，也暗喻人世困頓之後，有
待提舉的想望，由希望神仙提攜鍊丹或同登仙品，喻寄人世汲引推
薦之情。然而天上人間，永遠是仙界與人界之殊途，也象徵汲引不
遂之憾，在百般企追之下的求訪，轉成尋仙不遇之苦痛：

清風灑六合，邈然不可攀。使我長嘆息，冥棲巖石間。（〈松
柏本孤直〉頁522）

> 幾時入少室，王母應相逢。（〈玉真仙人詞〉頁109）
>
> 尋仙向南岳，應見魏夫人。（〈江上送女道士褚三清遊南岳〉頁759）
>
> 我行巫山渚，尋古登陽台。天空彩雲滅，地遠清風來。神女去已久，襄王安在哉？荒淫竟淪沒，樵牧徒悲哀。（〈古風、五十八・我行巫山渚〉頁1308）

此中揭示仙界之不可求、不可得，而嚮往神仙生活之境域卻僅僅是一種想像而已，所以天上／人間永遠殊途發展，如是，難以追求的天上樂園之美好，對照出李白什麼樣的境遇感呢？生命之遊，以壯生命之姿；神仙之遊，以解人世憂患，但是，無論是生命之遊或神仙之遊，皆無以改變既定的生命，李白一生就是在這兩股交錯的力量中，增生及消解生平噫氣，遊覽山川時看見大自然壯闊的氣勢可豐厚生命，而在人世社會最擾攘不堪、個人志願未遂之下，以「遊仙」的形式，超離現世的桎梏，可達形神釋放，事實又如何呢？透過遊仙詩，我們又看到了李白什麼樣的生命關懷呢？

第四節　遊仙詩所喻示的人間性格

李白的遊仙詩，雖表現出遐想天外的美好，更深沈的底蘊卻是憂懷天下。

一、利祿追逐與事功無成的悲感

　　名利煎熬，是一種自我催陷的悲感，李白云：「世路多險艱，白日欺紅顏……名利徒煎熬，安得閑餘步」〈古風二十‧昔我遊齊都〉頁629）指出了追企名利煎熬的悲感，可是知而能行者畢竟是少數，所以李白縱使偶開天眼能夠洞識世路險艱難行，可曾走離紅塵俗世？

　　事實上，李白一直有建功人間的想望，所以仍在人間遊走。根據安旗考證，李白三入長安，第一次在開元十八年（西元七三〇）至十九年（七三一）間，欲謁玉真公主未果，第二次是天寶元年（西元七四二）至天寶三載（西元七四三）徵召入京，後被讒賜金放還。第三次是天寶十二載（西元七五三），欲陳濟世之策，未果而離去。在第三次入京之前，曾受幽州范陽節度幕府何昌浩之邀，於天寶十載有幽州之行，此行目的何在？有〈贈何七判官昌浩〉詩云：「羞作濟南生，九十誦古文。不然拂劍起，沙漠收奇勳。」希望在大漠建奇功是李白想望之事，所以盛贊何昌浩，並自云不甘爲長沮、桀溺之人，其云：「夫子今管樂，英才冠三軍。終與同出遊，豈將沮溺群？」。更甚者，天寶十四載入永王李璘幕，無論是自願或被迫[14]，我們可以看到李白幾乎是意氣風發的辭別宗氏而去：「出門妻子強牽衣，問我西行幾日歸？歸時儻佩黃金印，莫見蘇秦不下機。」（〈別內赴徵三首‧其二〉）。

　　從這些例證可知，李白雖然明知名利煎熬，而自身亦沈淪在事功與退隱之間往復迴環擺盪，不能超離而出。

14　李白入幕李璘一事，前人辨之甚多，可參考喬象鍾：〈李白從璘事辨〉，《李太白研究》（台北：里仁書局，1985年7月），頁317-320。

　　甚至，摧眉事權貴之悲亦銘刻心中，其云：「且放白鹿青崖間，須行即騎訪名山。安能摧眉折腰事權貴？使我不得開心顏。」（〈夢遊天姥吟留別〉，頁690）尋訪名山，放下名利，不事權貴即可以開心顏，但是：「苟無濟代心，獨善亦何益？……謝公不偶然，起來爲蒼生。」（〈贈韋秘書子春〉）心存濟世心及欲起來爲蒼生之壯志，豈甘如此隱淪？所以往返回復的心情，擺盪在求仙訪道及心存濟世心之間，在人間摧折之後，總想再藉遊仙來擺脫這些利鉤名絃，其云：「古來賢聖人，一一誰成功？君子變猿鶴，小人爲沙蟲。不及廣成子，乘雲駕輕鴻。」（〈古風五十九首‧二十八〉，頁1002），受挫之心益強，遊仙之心益烈，但是天上人間永遠是不相屬的，所以寫出如此的哀感：「仙宮兩無從，人間久摧藏。」（〈留別曹南群官之江南〉頁949）正道出生命中的出仕與遊仙的情結。在人世間欲有所作爲，則所受人世之生老病死之殘傷益烈，功名無就的悲感益強：「一生欲報主，百代期榮親。其事竟不就，哀哉難重陳。臥病宿松山，蒼茫空四鄰。」（〈贈張相鎬二首‧其一〉頁1256）這就是現世之悲、人世之悲，也是一生想追求事功有成的李白之悲感，而這種悲感僅是個人事功無成之悲，對李白而言，更有甚於此者又是什麼呢？

二、社會擾攘與濟世悲情

　　心存濟世之心的李白，其實不是一味地想追求神仙世界的樂園享受，而是在人間反復撞擊之後，才不斷生發求仙訪道的念頭，但是，這種想法在遊仙詩中，我們並無法看到一種邈想天外的愉悅，

反而是更深沈的反思人間的種種，〈西上蓮花山〉正是揭示這種天
上人間兩難的悲感：

> 西上蓮花山，迢迢見明星。素手把芙蓉，虛步躡太清，霓裳
> 曳廣帶，飄拂昇天行，邀我登雲台，高揖衛叔卿。恍恍與之
> 去，駕鴻凌紫冥。俯視洛陽川，茫茫走胡兵。流血塗野草，
> 豺狼盡冠纓。（（古風五十九、十九），頁1147）

詩中儼然可以分畫成兩個世界，一個是天上，一個是人間，天上是
一種遊仙之樂，俯視人間卻有無盡的悲哀，流血塗野，豺狼冠纓，
如下圖所示：

5-1：〈西上蓮花山〉結構表

若不俯視人間便不見豺狼冠纓，那麼，什麼樣的性格使李白必須回
顧人間？其實正是李白的人間性格，雖然想避世、離世、超世，卻
不能忘懷自己永爲人間之人，所以回望人間，便是一種社會的關
注，不僅該詩如此，在〈秦皇掃六合〉也藉由神話託喻來寫人間之
不平：「徐市載秦女，樓船幾時回？但見三泉下，金棺葬寒灰。」

表層意義是諷刺秦皇追求長生不死，派遣徐市求不死藥，事實卻是借古諷今，諷寫玄宗迎方士張果入宮，與方士姜撫都封爲銀青光祿大夫。這種借古諷今的作品，並非李白偶一爲之的作品，而且，並非只有遊仙詩才能端視李白的人間性格與社會關注，試看：〈古風五十九首‧二十四〉云：「路逢鬥雞者，冠蓋何輝赫」諷寫天寶初，鬥雞走狗之徒富貴榮華。〈古風五十九首‧十四〉云：「三十六萬人，哀哀淚如雨。且悲就行役，安得營農圃」寫天寶年間，邊寇秋擾，農圃破壞，兵卒死守。李白慨嘆守將無能「李牧今不在，邊人飼豺虎。」。〈古風五十九首‧三十四首〉云：「……怯卒非戰士、炎方難遠行。長號別嚴親，日月慘光晶。泣盡繼以血，心摧兩無聲。……」寫天寶十年（751）楊國忠令益州鮮于仲通率精兵八萬討伐南詔，全軍覆沒，再募兩京及河南河北之兵攻南詔的離別慘況。〈丁都護歌〉寫縴夫之苦：「吳牛喘月時，拖船一何苦。水濁不可飲，壺漿半成土。一唱都護歌，心摧淚如雨。萬人鑿盤石，無由達江滸。」。凡此，皆可證明，李白歌詩中的人間性格，對社會充滿關注、悲憫之心。而在遊仙詩中，當然也不乏其例了：「下視宇宙間，四溟皆波瀾，汰絕目下事，從之復何難」（〈登敬亭山南望懷古贈竇主簿〉頁990），或如前述的「西上蓮花山，迢迢見明星……俯視洛陽川，茫茫走胡兵。流血塗野草，豺狼盡冠纓。」（〈西上蓮花山〉頁1147）皆是其例。

　　縱使能夠凌風而去，李白真願意直出浮雲，舉手近月而歡悅？事實不然，仍然對人間有所依戀的，例如〈登太白峰〉云：「西上太白峰，夕陽窮登攀。太白與我語，爲我開天關。願乘泠風去，直出浮雲間。舉手可近月，前行若無山。一別武功去，何時復更還？」

（頁129）首二句烘托太白山，中六句化實爲虛，乘雲飛去，末二句卻依戀人間，道出了人間性格。

人間性格，究欲何所作爲？誠如前述「起來爲蒼生」是李白一生職志，卻在現實的衝擊之下，無所依託，所以才以反差的方式追求神仙世界，但是，追求神仙世界之餘，並非不作人世想望，我們考察李白甚至到了晚年，仍未能忘卻濟世之壯心。例如李白在代宗寶應元年（西元762）秋，曾自請長纓，願從李光弼擊逆賊袁晁，後因半道謝病而還，其云：「願雪會稽恥，將期報恩榮。半道謝病還，無因東南征……天奪壯士心，長吁別吳京。」（〈聞李太尉大舉秦兵百萬出征東南，懦夫請纓冀申一割之用，半道病還，留別金陵崔侍御十九韻〉），因爲要討逆賊，所以不惜自己已非青壯之身，猶欲自請長纓。

從這事件再反觀李白流放夜郎途中遇赦，上元元年（760年）從江夏（湖北武昌）往潯陽遊廬山作〈廬山謠寄盧侍御虛舟〉一詩中，我們可看見李白的生命反差不僅在於天上人間，更在於現實與理想的悖逆不順時，拋擲出更深切的追求：「我本楚狂人，鳳歌笑孔丘。手持綠玉杖，朝別黃鶴樓。五嶽尋仙不辭遠，一生好入名山遊。……」（頁1413）該詩充滿想像，卻又無限嚮往神仙世界，因世途不遂，人間的反差竟在此中做最大的逆轉，做出更斬截的追企慕想。

羅蘭・巴特曾揭示「神話」至少有雙重意義，它可以是一篇敘事或一種文類，它更可以是一種程序、一種功能，之所以如此定義，主要是受索緒爾語言學影響，而採用一組基本對立概念的變貌來區分（即語言系統和個別言說系統）。接著再引入索緒爾的二元對立

概念，符徵與符旨來說明神話的定義：神話的定義，不來自訊息對象，而是來自神話吐露此一訊息的方式。此乃以意義構成程序的角度看待神話和其運作方式。第三種定義說法則認為神話是一個二次度的記號體系。第一次度體序中的記號，是概念和意像間的結合整體，第二次度體系中，變成只是符徵。[15]而李白的神仙世界是什麼呢？其符徵與符旨各如何指涉呢？李白的世界，一在天上，是一種遐想天外、求仙訪道的快樂與自在；一在人間，是一種求為世用、人間存活，充滿悲歡離合的憂生憂世之悲憫情懷，而二者卻互相關連的，李白消解人間困頓的方式一來以飲酒、挾妓而遊，二來以想像遊仙之暢快為樂。而「心存濟蒼生」與「尋仙訪道不辭遠」兩種力量存在他的生命當中，互相依違、互相糾葛、互相矛盾，也互為因果。天上的快樂，仍要俯視人間，在天上下望人間，人間仍是一場可憐可憫的情狀，仍然深入「有我之身」的悲感中：「余嘗學道窮冥窈鄉，夢中往往游仙山」（〈下途歸石門舊居〉），夢遊仙山是可樂之事，但難耐夢醒之後現實的摧陷，所以關永中云：「中國神話的時間是有條理的運行，由神明所營治；而人活於世，也要在時間中度他的生老病死。固然人渴望延年益壽、羽化登仙，甚至偶然也會體驗超越界的永恆圓滿，可是人仍須返回凡間來度。」[16]這就是中國的神話哲學，人永遠是人，神仙永遠是神仙，縱使偶然誤闖天界，仍然要回到人世間，王質的爛柯，七世而歸；聞琴解珮的

15　見 Mythologies 著、許薔薔、許綺玲譯、林志明導讀：《神話學》（台北：桂冠圖書公司，1997 年），頁 1-5。

16　請參見關永中：《神話與時間》，頁 297。

阮晨、劉肇，偶遇神人，亦必各自異途。異質性的天人永不可交接，這就是中國神話思維，也指出人類永恆的悲感。

第五節　超拔而出的放遊

　　遊，可以是一種想像，也可以是一種真實，想像之遊是精神之遊，是遐想之遊；而真實之遊，是一種人世的歷鍊及磨難，當我們在真實的世界歷經磨難與艱辛時，是不是也會為自己開闢一個假想的桃源，供我們儲養心靈的勝地，是不是也會藉由想像天上的美好，來化解人世的偃蹇及困頓？遊仙詩，便是在人世真實的撞擊之下，所開發出來的一個美好的境域，藉由想像解脫真實層的是非恩怨，泯除人世情仇，然而，天上、人間果真可以分畫清楚？天上果真可以寄託生命之感宕不遇？人間果真是一種深情的投注？我們從李白的遊仙詩看到了生命的情結與矛盾所在，更何況心存濟世之心的儒家李白與遐想天外的道家李白不斷地衝擊之下，形成了矛盾生命的糾葛，在這些過程中，我們看到了出塵想望的李白，也諦視欲有所為的李白，但是，生命的悲情便是在現實與理想不斷衝撞之下，形成無法平衡的擺盪。

　　龔鵬程先生曾指出：「他（李白）整個人所給予人的印象，是神仙式的：仙風道骨，瀟灑出塵。這種神仙式的人，其生命樣態是超離此世的，于當世之務並不繫著。」[17]事實上李白雖不繫當世之

17　請參見龔鵬程：〈詩的超越性與社會性〉，《游的精神文化史論》（石家莊：河北教育出版社，2001年），頁328。

務，卻又不斷地投入人間，以一種回首觀望人間的態度諦視人世的
種種悲苦，也從中不斷地省思而出遊，這就是李白的矛盾。

　　然而，李白之卓犖不凡，不在於想望遊仙之李白，亦非催陷人
間之李白，而是這種亦仙亦俠亦人的性格，在困境中能自我求解的
特殊氣質感盪著千秋萬世之後的我們，在〈宣州謝朓樓餞別校書叔
雲〉一詩中最能豁顯他這種生命特質，其云：

> 棄我去者，昨日之日不可留；亂我心者，今日之日多煩憂。
> 長風萬里送秋雁，對此可以酣高樓。蓬萊文章建安骨，中間
> 小謝又清發。俱懷逸興壯思飛，欲上青天攬明月，抽刀斷水
> 水更流，舉杯消愁愁更愁。人生在世不稱意，明朝散髮弄扁
> 舟。*18*

人生之困限，在於時間之流逝，此所以孔子嘆：「逝者如斯夫，不
捨晝夜」；〈古詩十九首〉悲：「人生不滿百，常懷千歲憂」，李
賀悲「空光遠流浪」等，皆是一種對空光流逝的感喟，然而李白目
睛一轉，藉由視線之抬轉，見秋雁而能體會空光無垠，亦能轉換心
境而成高樓酣飲，「俱懷逸興壯思飛，欲上青天攬明月」二句是一
種超世、避世、離世的想望，可是僅僅是一種想望，「欲」字說出
一種企慕、期待，但是，不可、不能實現登月衝擊成生命的傷痕，
人世間的悲歡愉泣、歌哭哀感皆是無可奈何之事，所以抽刀斷水，
而水偏偏不斷；舉杯消愁，而愁緒綿延，在此之下，更令人坎陷人

18　《李白全集編年注釋》（成都：巴蜀書社，1990 年），頁 996。

世困境，但是，縱使回到人間必得接受人世磨難，難道無法超脫走離嗎？一句「人生在世不稱意，明朝散髮弄扁舟。」便是一種跳躍式的超脫，一種脫困，一種自我主體性的重歸，被拋擲在人世間，時空的不定性，再加上遭逢的不可逆性，何其無奈，而在這種無奈中也要走出自己風姿搖曳的影像，所以，將自己流放到江湖中，將自己回歸到山川自然，「散髮」代表一種狂，一種不受羈束，一種自我放任自為，不必為人所羈，亦不必俯仰看人。在天地中，一舟飄搖，便是自在自得，便是自適自遊，便是自喜自悅。

　　職是，本文的結構如下表所示：

$$人間 \longrightarrow 天上 \longrightarrow 人間放遊$$

　　準此，我們彷彿看到了李白一生的周折，由人間之愁苦轉向天上遊仙尋樂，而無論如何，天上不可久居終必回轉人間，回到人間又當如何呢？以放遊的方式存活人世，這便是李白一生「遊」的根始，也是他的生命特質。

第六節　結語

　　人生，宛如一段行旅，在未知的茫漠中，踽踽涼涼、冥冥漠漠地行走，時間的不確定，空間的未定性，讓我們一路行來，既孤獨且滄茫，搖曳的身影堆疊著歷史斑駁的圖像，彷彿之間，也將我們的凝視與佇望投注成一種姿影，烙成歷史的影像。喜歡行旅的李白，在登臨名山勝水時，一方面想像自己為仙人之遊，託寄在仙域無限美好中，另一方面在人世遊走撞擊之後，也藉由尋仙訪道來消

解不平噫氣。遊仙詩本是爲了消解人世時空困限、世途迍遭所做的神遊與想像之遊，敘寫出來的仙遊場域應是充滿樂園意識的，夷考李白遊仙詩，我們發現其中透顯出生命起伏跌宕的反差非常大，透過遊仙詩，我們看不到仙遊之後安頓生命的喜樂，反而看到他幽深悲感的一面，擁有強烈謫仙意識的李白，雖有超世的出塵想望，但是深沈的生命裡，仍然未能忘懷擾攘困厄的人間社會。如是，我們又應當如何去解讀李白的生命呢？王琦在〈李太白集輯注跋〉第五則指出：

> 讀者當盡去一切偏曲泛駁之說，惟深泝其源流，熟參其指趣，反覆玩于二體六義之間，而明夫敷陳情理託物比興之各有攸當，即事感時是非美刺之不可淆混，更考其時代之治亂，合其生平之通塞，不以無稽之毀譽入而爲主于中，庶幾于太白之歌詩有以得其情性之真，太白之人品亦可以得其是非之實夫。

王琦之說，洵爲正解，文學家的生命本即多元複雜的，持一個尺規去繩宥李白，或以定於一尊的方式去體悟李白，皆未能得其真昧，我們應去一切偏曲之說，再溯源探究、熟其旨趣、探其底蘊，庶幾可以不謬矣。

　　在人生如行旅的遊望中，中國古典詩歌傳統構作中的遊仙詩，一方面展示了遐想天外的卓爾出塵，一方面也在出世中寓寄了憂憫情懷，這種關注是一種天上人間的超離，也是一種能入能出的關注。不管是遊仙詩抑或人間行旅，李白之遊，是一種人間性格的參予，雖然想望天外，衷心所繫，仍是人間一切。

第六章　求用情結之轉化：從詩義類比論李賀〈馬詩〉之自我隱喻與歷史取譬

摘　要

　　在歷代詠物詩當中，初唐李嶠堪稱最喜詠物，有詠物詩一百二十首，各有命題，屬一題一詠；詠物詩一題而至二十三首者，厥推李賀〈馬詩〉，如此空前絕後地以馬為題詠對象，可見李賀對馬特有偏好，到底其形塑馬的意象究欲表達何意？歷代解李賀馬詩又多作何解？本文嘗試從李賀馬詩來體會李賀所形塑出來的馬意象與作意之關連性，並進而探求這一組詩究欲傳釋什麼意涵？或是透顯什麼樣的意義？與歷代詠馬詩之關涉如何？

　　論述理序，先導出歷代論李賀馬詩之意見，各有所見，亦有不見之處，指出解詩、注詩的歧義與多義情形，在此情況下，我們當如何閱讀這一組詩歌？採用什麼視角？再論李賀馬詩敘寫視角與意象採擷的情形如何？指出馬與人之類比為隱喻關係，此一關係如何取義？三論馬意象與隱喻之關涉，隱含「言內意」與「言外意」，

而此一寫馬的取義方式是否承續馬的書寫傳統？四論歷代詠馬詩
之意義與李賀取擷角度是否相應，或另出新意？五論馬詩實為李賀
自我隱喻之圖象與情結，六論李賀運用歷史神話的作意何在？七為
結論，梳理前述，總結全文。

第一節　前言

　　李賀（790～816）爲中唐險怪派詩人之一，在短暫的二十七歲中，共創作了二百三十三首詩歌[1]，其中〈馬詩〉共有二十三首，佔十分之一比率，除了〈馬詩二十三首〉之外，尚有〈送秦光祿北征〉、〈呂將軍歌〉、〈開愁歌〉等詩關涉「馬」之敘述共有六十一首[2]，可見得「馬」對李賀而言，其意義非比尋常。〈馬詩〉是組詩（又稱連章詩），也是詠物詩。組詩始自魏晉六朝，阮籍的〈詠懷詩〉八十二首成爲宣洩湮鬱、表抒困頓的臆氣[3]，張九齡〈感遇詩〉十二首、陳子昂〈感遇詩〉三十八首及李白〈古風〉五十九首雖命題不一[4]，皆是吐露大塊之臆氣，以組詩的方式將內心幽微之事，一一傾吐而出。

1　據杜牧〈李長吉歌詩敘〉云：「賀且死，嘗授我平生所著歌詩，離爲四編，凡二百三十三首」，知此四編二百三十三首出自李賀手授，非他人掇拾編次。後，有二百十九篇及二百四十二篇之歌詩傳本，清人王琦以爲與杜牧序中所載之數不合，恐爲後人淆亂。

2　據檢索得知，李賀尚有六十一首關於馬的詩歌。見游佳容：〈試探李賀馬詩二十三首中馬意象與仕宦生涯之關係〉，《中正大學中文所研究生期刊》第4期，2002年12月，頁131-148。

3　據逯欽立輯校：《先秦漢魏晉南北朝詩》（台北：木鐸出版社，1982年）魏詩卷十先列有阮籍詠懷詩十三首（「天地綱縕，元精代序」等）爲四言體，其下再列有五言體「夜中不能寐，起坐彈鳴琴」共有八十二首，並且引《詩紀》云：阮嗣宗集傳之既久，頗存僞闕，世之較錄者往往肆爲補綴，作者之旨淆亂甚焉，遂參校諸本以成。

4　據呂正惠所言，陳子昂寫〈感遇〉三十八首時，表面是模擬阮籍〈詠懷〉，實際上是藉「擬古」或「詠懷」「創新」了一種新的表達模式，這是一種

　　同樣是宣洩幽鬱之氣，阮籍、張九齡、陳子昂以詠懷、感遇爲題，抒寫時代感懷，白居易、元稹則以詠物組詩方式出現，白居易有〈有木〉八首，元稹有〈有鳥〉二十章，但是，白、元所抒寫的內容多以譏諷時代、社會爲主，甚至白居易在詩序中已表白作意：「因引風人、騷人之興、賦〈有木〉八章，不獨諷前人，欲儆後代爾。」[5]所詠八種植物有：柳、櫻桃、洞庭橘、杜梨、野葛、水檉、凌霄、丹桂。元稹的〈有鳥〉二十章所詠的動物有：老鴟、鸛雀、鳩、野雞、翠碧、紙鳶、啄木鳥、蝙蝠、鴉、燕子、老烏、白鷳、雀、百舌、鴛鴦、鶵雛等等，這些詠物組詩皆是藉詠物來託寄、抒發對時代的不平感懷。是故，白居易、元稹雖是詠物詩，但深寓寄託，將時代關懷置入其中，而且序言中已指出託喻[6]功能。

藉「模擬」產生的「再創造」。而李白〈古風〉及相關的「擬古」作品，也是繼承擬古方式，藉以表現自我，也是一種據模擬而產生的「再創造」。請參看呂正惠：〈發端於「擬古」的詩藝——〈古風〉在李白詩中的意義〉，《清華學報》，新 32 卷第 1 期，1992 年 6 月，頁 31-46。

5　「余讀《漢書》列傳，見侫順媢阿，圖身忘國，如張禹輩者。見惑上蠱下，交亂君親，如江充輩者。見暴很跋扈，雍壅群樹黨，如梁冀輩者。見色仁行違，先德後賊，如王莽輩者。又見外狀恢弘，中無實用者。又見附離權勢，隨之覆亡者。其初皆有動人之才，足以惑眾媚主，莫不合於始敗於終也。」見唐・白居易撰、顧學頡校點：〈諷諭二〉，《白居易集》卷二（北京：中華書局，1985 年），頁 47-49。

6　「託喻」一辭首出於《文心雕龍・比興》，據顏師崑陽所云，此一辭涵有三義：寄託、譬喻、勸諫或告曉。見顏崑陽：〈論詩歌文化中的「託喻」觀念——以《文心雕龍・比興篇》為詩論起點〉，該文輯入《魏晉南北朝文學與思想學術論文集》（台北：文津出版社，1997 年）第三輯。

綜覽歷史上的文學家，以詠一物而至二十三首者厥推李賀的《馬詩》[7]，而且在森羅萬象的物種當中，李賀特別鍾情於詠馬，葉慶炳甚至指出李賀因生肖屬馬，故而以馬自喻遭逢[8]，到底李賀欲借「馬」來傳釋什麼樣的意義或蘊含什麼意涵？

在詠物詩傳統中，有兩種寫作基模，第一種是客觀的觀物寫物，以摹寫外在審美客體為主，李嶠的詠物詩大都為客觀的摹寫物象，以我觀物，具摹物象，此即是以博物觀覽為主。第二種是主觀的寫物，將物擬我或我擬物象，欲藉「物象」的特質、處境來表抒自己情志或特殊遭逢的方式，此以託物言志為主[9]。以上兩種摹寫方式即是李重華所云：「詠物詩有兩法，一是將自身放頓在裡面，一是將自身站立在旁邊。」[10]

7　詠物詩雖非始自李賀，然而詠一物而至 23 首，且以連章詩方式呈現，李賀厥推第一人，杜甫雖有詠鷹、詠馬量數皆不及李賀，且非以連章詩方式組構而成。

8　見葉慶炳：《唐詩散論・說李賀馬詩二十三首》（台北：洪範書店，1987年 1 月），頁 134。

9　例如李嶠〈馬〉：「天馬本來東，嘶驚御史驄，蒼龍遙逐日，紫燕迥追風，明月來鞍上，浮雲落蓋中，得隨穆天子，何假唐成公。」，例如劉刪〈賦得馬詩〉以我擬馬：「獨飲臨寒窟，離群思北風」。

10　見《清詩話・貞一齋詩說》，頁 856。相關論述請參考林淑貞：〈緒論〉，《中國詠物詩「託物言志」析論》（台北：萬卷樓圖書公司，2002 年）文中並指出主觀式的藉物象來表抒情志時，取象的意義常關連到社會文化對物象所建構象喻系統之運用，讀者在解讀詠物詩時，必須進入此一特殊的文化語脈中才能體契作者之意，如是，寫物、觀物與解讀詠物詩，並非是一種單向的創作活動，而是一種交光互攝的投映方式，同時也是一種文化體系中的互動行為。

　　〈馬詩〉既以詠馬爲主，即是屬於詠物詩，然而，承上所言，在中國詠物詩的系統中，派分二流，一是以博物觀覽爲主，一是以「託物言志」爲主，而以抒情傳統爲主的中國詩歌自以「託物言志」爲主流，所以，我們在判讀李賀馬詩時，如何證成李賀詠馬詩不會僅是博物觀覽的詠馬詩而已，何況歷代注解李賀詩亦往往會關連其生平遭逢來解讀，我們試看清人王琦《李賀詩彙解》於詩末中指出：「馬詩二十三首，俱是借題抒意，或譏或悲或惜，大抵于當時所聞見之中各有所比，言馬也，而意初不在馬。……」揭示馬詩非一般的詠馬詩，「意」非僅在馬而已，而是以「各有所比」的「比喻」手法爲之，但是，到底所比附之事爲何？言人人殊，遂有各家之注本不一，各騁其說的情形紛起。又如姚文燮集註云：「馬詩二十三首，首首寓意，然未始不是一氣盤旋，分合觀之，無往不可。」直指出每一首詩皆有寓意。

　　除了王琦、姚文燮對馬詩的理解不同外，方扶南也指出：「皆自寓也。人人所知，次第用意略與南園詩同。……」，〈南園〉是李賀歌詩中另一組規模龐大的組詩，共有十三首，〈南園〉每詩各詠景物、情狀不一，皆以南園景緻爲主所引發的情感[11]，據方氏所言，馬詩與南園詩皆有寓意存乎其中，更指出〈馬詩〉詩詩是自寓之作，所謂自寓，即是寄託自我於其中，由以上三家解李賀二十三

11　〈南園十三首〉，前十二首爲七絕，第十三首爲律詩，同爲南園詩，因彙錄成十三首，或寫流光易逝，或寫春色易老，或慨嘆人世岑寂，或言不合當世，各有其意，不一而足，大抵是借物起興，或比物徵事，或孤寄苦詣，而姚文燮的注釋則以時事度之，認爲從此可窺李賀心意。

首馬詩可知，同一個文本（text）卻產生不同的歧義，這樞杻到底何在？究竟〈馬詩二十三首〉究竟是「自喻」（葉慶炳）？自寓（方世舉）？首首皆有寓意（姚燮）？抑或是「大抵于當時所聞見之中各有所比」（王琦）？無論以上諸家如何注解馬詩，基本上不從博物觀覽的角度切入，亦不僅只視為客觀題寫物象的詠物詩，皆不約而同的指向了有寓意，那麼，我們應如何體契李賀馬詩之作意呢？

　　中國解詩、讀詩一直以「知人論世」的方式切入，也就是著重在「作者」的研究，故而在解讀詩歌時，往往先從理解作者生平作為研究基點，這是中國詮釋詩歌時的一個進路，但是，我們想問：知人論世固然是解讀詩歌的一個切入點，如果我們不知作者生平，難道就不能解讀詩歌了嗎？我們有沒有辦法從詩歌文本來探知作者之意？或是藉由文本來逆求作者生平？如果可能的話，文本是不是應該有契入的符碼供我們解讀？抑或我們必須進入中國詩歌的書寫傳統中呢？

　　職是，本文嘗試求解的是：我們如何由文本（text）的字面意義進而契入作者的想像世界，或是與作者生平作一鉤連？其中可作為類比的符碼是什麼？這些符碼的援用，與傳統釋詩體例是否相關？或是與傳統詮釋詩歌的進路相合？基於此，本文擬從李賀〈馬詩〉作為研究基點，我們將透過這些詠馬詩來體會李賀所形塑出來的馬意象與作意之關連性，並進而感知李賀透過馬的意象可以傳釋什麼樣的意涵？或是透顯出什麼樣的境遇感？為何歷代注家多朝向〈馬詩〉為李賀自述生平遭逢或時代感懷的視角切入？此一切入的角度是否真能體契李賀作意？為什麼要如此解詩？基本的論點何在？與歷代詠馬詩究竟是悖反或是在傳統意涵下繼續衍申？

第二節 〈馬詩二十三首〉敘寫角度與意象採擷

　　李賀題寫的馬詩凡二十三首，每篇各自獨立，從敘寫的角度來觀察，二十三首的視角並非統一，故而觀看「馬」的角度也各自不同，基本上我們可將二十三首五言詩的敘述主體擘分為下列二型：

6-1：〈馬詩〉視點類型表

	真實作者	視點
類型一	李賀	馬
類型二	李賀	人

　　類型一與類型二的真實作者皆為李賀，但是，文本內所呈示的視點卻未必皆是李賀。

　　類型一是將敘述者化為馬，由馬的心理變化來自我敘寫。例如「無人織錦韂，誰為鑄金鞭」寫馬自知馳速，奈何無人賞識，誰人可為我織襪鑄鞭？或如〈其六〉：「飢臥骨查牙，麤毛刺破花，鬣焦朱色落，髮斷鋸長麻」以馬自敘口吻寫困頓飢寒，鬣焦髮斷之困境；〈其九〉：「夜來霜壓棧，駿骨折西風」自抒寒夜無力禦寒，凍餒於西風中。是故，本類型是將自己化身為馬，自感、自發、自抒、自嘆。

　　類型二則是以「人」的敘述角度來寫，而這個文本敘述者，卻未必即指李賀，也就是李賀敘寫的策略將之「距離化」，不是從自

己──李賀──的視角切入。又可分爲兩系，其一：以「人」的視角來敘寫馬的遭逢，以顯示自己悲憐之意。例如〈其八〉：「吾聞果下馬，羈策任蠻兒」，憐惜果下馬之遭遇，任由庸夫驅策。又如〈其二十二〉：「少君騎海上，人見是青騾」憐恤汗血寶馬被視爲青騾，凡此，藉由觀馬之遭逢，引發觀者悲憐之意。其二：透過「人」的省視，對歷史事件中的馬作省思。例如〈其七〉：「君王若燕去，誰爲挽車轅」寫周穆王在西王母宴後，誰可爲其駕車？隱含無馬可用。〈其二十一〉：「堆金買駿骨，將送楚襄王」寫楚襄王不識寶馬，堆金買駿馬，徒然之事，凡此等等，透過一定的省思，寫出對歷史事件的感喟。

　　其中以第一人稱敘寫者，有：其一，其二，其五，其六，其九，其十等數首詩，其餘則轉以旁觀憐惜的觀點來觀馬，或藉由歷史來反觀古往今來駿馬的遭逢，各種視角的轉換，更能盡敘馬的情狀：

6-2：〈馬詩〉敘述者對照表

敘述者：馬	自敘遭逢	自我期許	自我悲憐
敘述者：人	觀馬	觀歷史	馬與歷史結合

　　透過視點的轉換，可以理解李賀經營〈馬詩二十三首〉時所採用的敘述主體並非單一化，刻意藉由「敘述者」的轉換，來深化或曲隱其意，使詩歌的意義走向繁複的多義性。

　　由於李賀〈馬詩〉敘寫角度不同，不全然是觀馬，更有從歷史的省思中寫出悲憫之意，這些不同的關注點，形成馬詩面面不同的

樣貌，是故意象的採擷，亦呈現多樣化，有單純從形貌入手，亦有從內心活動來觀察，甚或有從歷史時空的跳轉來承接者，我們試著來分析馬詩意象。

根據陳植鍔《詩歌意象論》所分析，詩歌意象的分類方式，基本上可從五個面向來分類：語言、心理學、內容、題材、表現功能等。[12]

從心理學角度來分類，有聯覺意象、錯覺意象、感知意象三型，而「感知意象」可再細分為視、聽、味、嗅、觸覺等五種，從不同的分類方式著手，可得不同的意象分類方式，故每一首詩，可以同時兼有多種意象，主要是因為採用的分類角度不同之故。例如我們從感覺意象來看，一首詩也可能同時兼有視、聽、味覺等意象，所以這樣的分類，目的不在於區分各種意象的類型，而是要理解作者喜歡採用什麼樣的藝術技巧來展現自己的詩歌風格。

我們若從感知意象求解李賀馬詩，多以「視覺意象」為主，其一的「龍脊貼連錢」，其五「大漠沙如雪」，其六「飢臥骨查牙」，其十「蹭蹬溢風塵」，其十二「批竹初攢耳，桃花未上身」，十四

---

12 陳植鍔對於意象的分類，頗為精細，其下再細繹：一、從語言分類可分為：靜態意象／動態意象；單純意象／複合意象；時間意象／空間意象。二、從心理學的角度分類可分為：聯覺意象、錯覺意象、感知意象（含視聽觸嗅味覺等五種）。三、從內容上分類可分為：自然的、人生的、神話的意象。四、按題材分類可粗分為：贈別、鄉思、閨怨、宮怨、邊塞、山水、愛情、懷古、詠物、哲理、干謁、朝會、社會、政治詩等意象類型。見氏著：〈意象的分類〉，《詩歌意象論》（北京：中國社會科學出版社，1992年），頁 127-146。

「春襖赭羅新，盤龍蹙鐙鱗」，十五「看取拂雲飛」等等，皆以視
覺爲多，除此而外，亦旁涉聽覺意象者，如「鳴驕辭鳳苑」、「向
前敲瘦骨，猶自帶銅聲」、「神駒泣向風」，味覺意象者如「未知
口硬軟，先擬蒺藜啣」；觸覺意象者如「夜來霜壓棧，駿骨折西風」
等等，由上可知，李賀充分運用感覺意象的技法操作。

　　至於從內容分類，則以人生的「社會意象」爲多，所寫多爲人
爲之意象或歷史典故，顯示李賀對此的偏好，假借歷史典故來興發
感嘆，可能更是李賀所要表現的。

　　復次，再從表現功能上分類又可細繹成：賦、比、興三種功能，
「賦」即是描述型意象，「比」是比喻型意象，「興」是象徵型意
象，比喻型意象只在某個特定的語言環境中成爲某一事物的特性，
而象徵性意象，所指稱的意義是同一作者或不同作者的許多作品中
都被不斷地重複，成爲引出某種現成思路的固定語彙，簡言之，象
徵型意象是一種約定俗成的用法。**13**

　　整體而言，李賀歌詩意象的技法運用，從表現功能手法而言，
表層意義似乎是用「賦象」來摹寫，也就是以平鋪直敘的技法表述，
例如其一鋪寫形象之美，其三寫周穆王乘八駿之故事，第四首寫此
馬非凡馬，瘦骨帶銅聲，第六鋪寫馬之不遇，鬣焦色落，其七寫誰
爲燕王拽車轅，其八寫果下馬任蠻兒驅馳，其九寫夜霜壓棧，駿馬
不敵西風，其十寫神騅無處追隨英雄，凡此等等，幾乎是以敘事的
手法來寫馬的各種遭逢，然而李賀〈馬詩二十三首〉果真是以平鋪

13　比喻型意象可再細分為：明喻型意象、暗喻型意象、借喻型意象、轉喻型
　　意象、連喻型意象及曲喻型意象六種。

直敘的「賦」象來寫馬？究竟可否僅視爲客觀摹寫物象或有無「託物言志」的意涵存乎其中？我們從歷代注李賀詩來觀察（承前所言），多主張有言外意，因何如此解之？

第三節　馬意象與隱喻之疊合：「言內意」　與「言外意」之義符轉換

　　爲何李賀藉詠馬詩可以讓我們感受到並非單純的詠馬詩？而可能關連到其他隱含的意義呢？中國詩歌創作技巧有「賦、比、興」三義，其中「比」義，據劉勰所云：「夫比之爲義，取類不常：或喻于聲，或方于貌，或擬於心，或譬於事。」（《文心雕龍・比興》）指出「比」是「取類不常」也就是無固定的取類對象，或聲喻，或取形貌，或以事爲譬，由於取譬的對象不一，所以展示的內容也會不一樣。簡言之，「比」就是現代修辭學中的「譬喻法」，也就是以甲比乙，爲什麼「比」可以將甲和乙關連起來？即取其類似之處做爲關連之處，而且在使用時，也常因爲「喻體」、「喻依」、「喻辭」的組合關係而有不同的語用方式。陳騤的《文則》細分爲：直喻、隱喻、類喻、詰喻、對喻、博喻、簡喻、詳喻、引喻、虛喻等十類[14]，種類繁複，現代修辭學則簡分爲明喻、隱喻、略喻、借喻、轉喻、類喻等，最常用的修辭格如下表所示：

---

[14]　參看陳騤：《文則》（北京：人民文學出版社，1998 年），該書與李塗《文章精義》合刊。

6-3：譬喻類型一覽表

甲似乙	明喻
甲是乙	暗喻（隱喻）
甲，乙	略喻
／乙	借喻

　　以上所取用的方式是甲與乙的類似關係，實際在運用譬喻時，不僅關涉修辭，可能還包括語義的轉換問題。

　　李賀〈馬詩〉所用的意象功能，究竟是採用何意？我們解讀〈馬詩〉時，只看到詩中出現馬的形象、景況或處境，並無對照性的喻依或喻辭出現，所以是屬於借喻，也就是陳植鍔所分的「借喻型意象」，而此一名稱，在西方文論中的用法是屬於「縱組合式」的聯結方式，也就是「隱喻」的方式之一。

　　「隱喻」是一個複雜而且難以定義的名詞，對西方人而言，它就是「metaphor」這個名詞。然而在使用的過程中，各學科賦予不同的用法與內容意義時，致使「metaphor」不僅是語言的使用方式，更是人類行為、思維、文化的運作方式。而在中譯的過程中，會產生歧義與內容廣狹不同的範疇，有「比喻」、「隱喻」、「暗喻」等不同名稱，而且定義時也出現歧義的情形。[15]

15　攸關「metaphor」的中譯與定義可參考劉靜怡：《隱喻理論中的文學閱讀──以張愛玲上海時期小說為例》（台中：東海大學中國文學研究所碩士論文，1999 年），該論文將目前可見的術語辭典專書或專著翻譯等作一整理歸納表，甚至將國內各家定義歸納為四種類別，一、形式上以「是」

　　西方談「隱喻」主要是與「轉喻」作二元對照。雅克布慎（Roman Jakobson 1895-1982）運用索緒爾語言符號系統的內部關係，建構符號學的雙軸關係，指出橫組合關係稱為結合軸（axis of combination），橫組合段的各組分之間的關係是屬於「鄰接性」（contiguity），在文學上的運用就是轉喻（metonymy），也就是以鄰接關係所作的比喻。縱聚合各組分之間的關係則是「相似性」（similarity），在文學上的運用就是隱喻（metaphor）。[16]轉喻的例子就是以裙子或辮子代少女，裙子或辮子皆是鄰近於少女的某一部份，所以屬於「鄰近軸」；隱喻的例子就是以花喻少女，花就是一種選擇相似性的替代，所以屬於「選擇軸」。

　　因為「詩意性」功用乃是「連接」與「選擇」的一種特殊形式，所以「詩意」的表述方式有橫組合的鄰近式的轉喻方式，也有以縱組合的相似性的隱喻關係，其關係如下表所示：

來連接譬喻與被譬喻的事物的一種比喻法。二、透過類似手法，將譬喻與譬喻的事物擬同。三、依類比原則以一物表達另一物的一種手法，重視意義的轉移過程（更注重譬喻兩項的認知問題）。四、以類比的方式表達兩事物的關係，包括其他比喻法（如明喻、轉喻……）。請參考第二章隱喻的性質探索，頁 14-23。事實上四種分類皆是採用「類比」作為關連甲與乙之過程。

16　讀者擬欲再進一步探知，可參看古添洪：〈雅克布慎的記號詩學〉，《記號詩學》（台北：東大圖書公司，1984 年），頁 79-113。趙毅衡：〈符號學基本原理〉，《文學符號學》（北京：中國文聯出版社，1990 年）第十二部份〈橫組合／縱組合〉，頁 50-57。高辛勇：〈語言學與文學術〉，《形名學與敘事理論》（台北：聯經出版公司，1987 年），第二部份〈雅各布慎〉，頁 70-81。

6-4：雅克布慎隱喻轉喻對照表

橫組合式	結合軸	鄰接性	部份代全體	轉喻	例：裙代「少女」
縱組合式	選擇軸	相似性	相似替代	隱喻	例：少女如花

　　所以從中西對創作技法的運用上來看，中國「賦比興」中的
「比」，至少可細分出四種以上的修辭格，西方則以「轉喻」及「隱
喻」二種聚合類型說明類比關係，「轉喻」和「隱喻」皆含納在中
國的「比」法當中，而與當代修辭格來對照，則西方的「隱喻」即
可能是：明、暗、略、借喻四法，因為取類的方式是「相似性」，
隸屬「選擇軸」。

　　因為文字符號可以用西方的「轉喻」或「隱喻」的方式或中國
的「賦比興」來表述，自然可以衍生更多的意義，更何況這些方式
並未能窮究一切意義的轉換，尚有借代與象徵等表述方式尚未包括
其中，所以從語義功能而言，文字的虛指性格非常強烈，不僅可以
表述言內的文字義，亦能隱含著言外之意，這就是組合關係的綴合
方式。

　　而我們在運用「隱喻」時，比較常用的修辭格有二，一是上列
「甲是乙」的暗喻用法，一是指省略「喻體」的借喻法，前者有「喻
辭」作為中介，讓接受者知道二者是類比關係，後者「借喻」則省
略了喻體及喻詞，直接說出喻依，在這二種用法當中，若是前者（暗
喻）則不難理解甲與乙的關連性，也比較不會產生歧義，如若是後
者（借喻）則不僅難以理解乙所要示現的喻體是什麼？喻旨何指？
甚至會產生歧義的情形，此時詩旨的不明確性與晦澀性即產生，所

以「作者語境」或「文化語境」的涉入往往成爲重要的理解關鍵所在。

承上所言，李賀馬詩所建構的取譬方式，即是中國所謂的「比義」，也就是西方所謂的縱式組合式──選擇式的綴合方式，是一種隱喻的關係。

隱喻，爲何能讓甲與乙有關係？即是取自「相似性」，從符號學的觀點言之，甲是「能指」（signifier），乙是「所指」（signified），中間必經由「符徵」來傳達意義，而在傳達時，語境成爲重要訊息傳遞的場合，是什麼樣的條件下，可讓甲與乙替換？

$$甲 \longrightarrow 乙$$

根據皮爾斯（Sanders Peirce）的說法，他將「能指」與「所指」之間的關聯區分爲三種：標示、象似、規約三種，標示（indexicality）是靠標示性聯繫能指與所指，通常是有因果關係形成的，例如煙與火。象似（iconicity）是靠象似性關聯所指與能指；至於規約（conventionality）是靠規約性聯繫能指與所指，也就是一種約定俗成的關聯性。既然能指與所指可能有以上三種關聯性，則造成隱喻效能的又是什麼呢？也就是李賀想借由「馬」來表抒什麼呢？到底是標示性？象似性？或是規約性？抑或三者皆非？

馬與人並無因果關係，遂非「標示性」關係，至於「規約性」聯繫通常是「象徵」的表述方式，也就是約定俗成所建立的關係，此中所用亦非約定俗成的規約性質，反而因爲馬與人的遭遇有類比的相似性，所以是屬於「象似性」關連。

　　所以此中關涉兩個重要的關鍵，其一是：馬如何類比於人？馬之特性與人之特質有何相類之處？其二是：馬與人之隱喻的對照方式會不會溢出作者之意呢？

　　以下，我們先將馬與人之隱喻作一對照表：

6-5：〈馬詩〉隱喻對照表

馬之特性		人之特質	
生理需求	溫飽，受照顧	生理需求	溫飽
生理特性	良──駿馬 劣──劣馬	生理特性	賢──有才 不肖──不才
心理特性	伯樂識才，薦舉有用 充份發揮	心理特性	有才使才，受重用
社會特性	奮力使才，追隨英豪 任重負遠	社會特性	貢獻自己，受明主擢拔 任重道遠

　　從上可知，馬之生理、心理、社會特性可關連於人的特質，所以李賀是取馬與人的「象似性」做為隱喻的基礎，也就是，李賀心中有「意」，借詠馬來達到託喻的效果，而「馬」僅是傳達意旨的「意符」而已，並非真正的詩旨所在，我們必在得意之後忘言，如此才能體契作意所在。然而作意果真可從詩歌中獲知？也就是「作者之意」真得可以透過「文本」來傳遞？事實上，一九六八年以後，羅蘭巴特宣告作者已死，讀者的面向被開發出來之後，便衍成新的視域，其後詮釋學及接受美學、讀者反應論皆揭示「讀者」的時代

屆臨，我們反觀多家注李賀詩，更是對李賀文本產生不同的釋義方式。

　　此時理解李賀馬詩時，取義方式是以「隱喻」（明確的說，是「借喻」辭格）的方式呈現，詩歌當中並不出現喻體，完全是透過喻依來體契詩旨，例如〈馬詩其一〉：

　　　龍脊貼連錢，銀蹄白踏煙，無人織錦韂，誰為鑄金鞭？[17]

詩中所寫，首句寫形象之美，二句寫馳速，末二句寫無人為其織襆鑄鞭，王琦彙解的「言馬良未為人識」是針對馬詩而發，但是如此一首詩何能夠再引發出姚文燮集註的「貴質奇才，未榮朱紱。與駿馬之不逢時，等一概矣。」以及方扶南批本的「先言好馬須好飾，猶杜詩『驄馬新鬥蹄，銀鞍被來好』，以喻有才須稱。」的詩旨呢？為何註家可以將人與馬作關連，指出這些言外意？

　　到底姚文燮、方扶南從詩歌中如何讀出其言外之意？我們又當如何解讀李賀這些馬詩呢？復次，這樣的解讀方式是不是真能體契李賀之作意所在呢？而歷代注解李賀詩歌循著這種扣求「言外意」的方式解讀，是否即是中國詩歌詩殊的文化語境呢？是不是關涉到中國詠物詩「託物言志」的傳統呢？王、姚、方三氏不同的詮解，致使一首馬詩呈現歧義，我們又將如何面對歧義或複義的現象呢？

　　布拉格學派的語言學家謝爾蓋‧卡契夫斯基（Sergei Karceyskij）

17　《三家評注李長吉歌詩》（上海：上海古籍出版社，1998 年 12 月），頁68。

曾提出複義是語言符號構造的基本原則，而且語言發展的一個內在
動力就是「同形性」（homonymity）與「同義性」（synonymity）
之間的對稱二元關係。文學產生複義是必然的結果，不同讀者讀出
了不同意義是理所當然的，其中，「含混」與「複義」有所區別，
「含混」是指意義因為各種原因造成而無法確定意義，往往是一個
「能指」／「所指」關係有不同含義。「複義」則是一個「能指」
有數個「所指」所造成的。而複義出現的方式有二，一種是語句複
義，又可稱為微觀複義（micro-polysemy），另一種是主題複義，
又稱為宏觀複義（macro-polysemy）。語句複義必須納入主題複義
中，並且被其制約，複義並非無意義，也不是意義含混[18]。詩歌在
一定程度上是複義的或歧義的，而〈馬詩〉所呈示的就是主題複義
性，亦即一首馬詩（能指）可以對照出各注家不同意涵（所指），
例如前述〈其一〉的「良馬未為人識」、「與駿馬之不逢時，等一
概矣」、「以喻有才須稱」等至少三種以上的意涵（所指）。

　　若我們用陳植鍔的術語來說明，則意象的藝術特徵，可分為「主
觀象喻性」、「遞相沿襲性」、「多義歧解性」三種特徵：

18　所謂的「含混」可分成兩種成份，帶有判斷性但不確定的語句稱「含糊」
　　（vagueness），而無判斷的不確定語句稱作「模糊」（fuzziness）。見趙
　　毅衡：《文學符號學》，頁 119-120。

6-6：意象特徵對照表

主觀象喻性	詩人爲表達一定意念的需要，選取能夠引起某種聯想的具體物象來抒發內心世界的特點。
遞相沿襲性	詩人有感于現成的意象而創造新作品的特徵。
多義歧解性	詩歌意象的多義性在特定作品中的體現。[19]

　　是故，意象的多義性和歧解性本是同一個問題的兩個方面。就作者而言，同一語言外殼的意象在不同的詩歌作品中可以表現爲不同的含義，就讀者而言，對同一作品中的同一意象可以有種種不同的領會。

　　職是，無論是姚文爕、方扶南、王琦皆讀出不同的意義，是屬於「多義歧解性」，這也是詩歌特質之一。美國文論家喀勒也曾經指出詩歌閱讀有：節律化期待、非指稱化期待、整體化期待、意義期待四種類型，「節律化期待」是指詩歌節奏的一種期待，畢竟詩歌不同於散文、小說，我們對詩歌的節奏會所有期待。「非指稱化期待」是指詩歌的閱讀，不是直接可以從字面義獲得意義，也不能只根據字面意義去理解，而必須穿透到表層意義背後，去尋找深遠深厚的暗示。「整體化期待」是指詩歌閱讀中，無論意象如何鋪陳、迭加，我們必定要去追尋一首詩完整的意義，而非失落在各個意象中，而題目有時是我們尋找「整體意義」的一個契機，但是，中國

19　此中所涉，即同一意象在不同的作品中有不同的含義，所以讀者在接觸此一意象時，必須從含義不同之中找出一種最符合原意的解釋。見陳植鍔：〈意象的藝術特徵之三：多義歧解性〉，《詩歌意象論》，頁 181-213。

詠物詩曲隱其意，借物代言的模式，似乎又讓我們無法從標題或題目來逆尋作意所在，所以「意義期待」是令人迷惑與期待的。因爲「能指」與「所指」的關係變化多端，符形的組合也反常無理，卻仍然能夠羅織「意義」，實令人驚奇，詩化的閱讀，同時也在符號學中有一定的釋義程式可供進行類型化的閱讀。我們閱讀〈馬詩〉時，不會僅是追求表面意義，而會作更深化的「非指稱期待」然後依循「整體化期待」與「意義期待」去逆尋出一個讀詩的進路，此亦即多家注解呈現紛然意義，卻又各能解出一套看法的原因所在。

對於詩歌意象多義歧解性，陳植鍔也曾指出其形成的原因有五：一、象與言的差異，二、象與意的差異，三、意象組合引起的歧義，四、作者的感情因素和個性特點，五、讀者的心理反應和再創造。[20]此一論述，主要是從作者、文本、讀者三視域全面將之作綜覽式說明，第一點「象與言的差異」是指文本的表述方式必有言不能盡象之處，而第二、四點是針對作者表意及其創作態度而言，第三及第五點則是讀者的詮釋角度及閱讀的心理所引發的歧義性，職是，造成詩歌歧義與多解性格，並非完全是作者創作策略可以掌控的，再加上詩歌語言本身即含攝晦澀性與模糊性的因子，而且讀者的存在處境及文化感受、閱讀語境皆會影響詮解詩歌的進路，正因有這三面向的疏解，此所以各家注解各有不同的視界，各自表述了自己理解的面向。

職是，我們再反觀中國詩歌中的詠史詩、詠物詩、諷諭詩等等，皆刻意隱蔽意義或曲隱其意，往往製造出「言在此而意在彼」的效

20　陳植鍔：〈意象的藝術特徵之三〉，《詩歌意象論》，頁 188-204。

能，留下召喚的空間等待讀者去彌縫，這種表層意與深層意正有待讀者一一去探深挖掘。

　　然而，我們還要再追問：為何文字作為一種表義的符號可以從字面的「言內意」通透到「言外意」呢？[21]

　　自《詩經》比興手法創發，屈原香草美人之寓情草木、託意男女的寄託說出現，託物言志亦在這個傳統中成形，以「言在此而意在彼」的託論手法，轉化物象，形成新的意義，這就是一種詠物傳統的公有義。所以從杜牧在李賀詩序中指出：「蓋《騷》之苗裔，理雖不及，辭或過之。《騷》有感怨刺懟，言及君臣理亂，時有以激發人意。乃賀所為，得無有是？」，猜測李賀詩是否有諷諭的作用，大家便依循此意，開始主張李賀詩歌其實是有興寄之說，從清人註李賀詩歌便可以得到這樣的明證，自姚文燮以降，方扶南、朱軾、陳澧、陳沆等人皆主力此說，在註釋採用上，也往往依附於唐代藩鎮悖逆、憲帝求仙等歷史事件以求索本事[22]，但是今人錢鍾

21　此中所用的「言內意」與「言外意」與梅堯臣所述不同，梅氏云：「詩有內外意，內意欲盡其理，外意欲盡其象，內外意含蓄，方入詩格。」，指出「內意」是心中之理，「外意」是外在之物象，而本處所謂的「言內意」即是文字的表層意義，「言外意」則是深層意義，亦即今人所言的「寄託」、「寓意」。至於詠物詩「言外意」的「求意」方式到底如何呢？請參林淑貞：〈託物言志之求意方法〉，《中國詠物詩「託物言志」析論》，分從「作者」、「文本」、「讀者」三個角度求意之論述。

22　攸關李賀歌詩中的寓意問題，可參看王祥：〈李賀詩歌與永貞革新之關係考論──兼論李賀詩歌之寓意問題〉，《瀋陽師範學院學報‧社會科學版》，1999 年第 23 卷第 2 期，頁 43-48。文中指出李賀不可能參與永貞革新，但通過交游，確有與聞永貞時事之可能，故而某些詩確實與順宗朝政有一

書卻極力反對此說。在李賀注家的迷霧中，我們如何開出一片光風
霽月？

　　克莉斯蒂娃曾在《小說文本》中提出「互文性」（intertextualite）
的概念，指出同一文化當中，此一文本與彼一文本之間的關係，常
被稱爲「互文性」，要解讀詩歌時，就必須回溯詩中對先前各種文
學或非文學文本的典故、影射、借用、沿襲、繼承、變更，而且回
溯到另一個文本又會帶出一連串的文本，這個過程是無限衍義的一
種特殊類型，它朝向一定的方向返溯。*23*

　　在西方稱作「互文性」或「前文本」，在中國就是指詩歌的書
寫傳統，在文學的脈流當中，文本與文本之間會互相借用、繼承、
沿襲，形成一種書寫的傳統。尤其是詠物的傳統中，常常形成固定
的取譬模式，例如王逸注〈離騷〉序文中曾云：「依詩取興，引類
譬諭，故善鳥香草，以配忠貞；惡禽臭物，以比讒佞；靈脩美人，
以媲于君；宓妃佚女，以譬賢臣；虬龍鸞鳳，以託君子；飄風雲霓，
以爲小人。」即是。又如蟬之居高食潔，橘之經多猶綠可薦嘉賓，
皆有取譬模式，基於此，馬詩的敘寫模式是不是也有一個文化語境
存乎其中？*24*職是，我們必須再追索，傳統如何論馬、寫馬？李賀

定關係，並指出詩中確有寓意，但若所有詩中都有驚天動地的寓意則不可
能，畢竟短暫生命才二十七歲而已，閱歷有限。其論洵然。

23 本部份可與趙毅衡：〈符號學文學理論〉，《文學符號學》，第五部分〈互
　文性與前文本〉參看，頁123-127。

24 符用學把意義起限定作用的語境分成五種：第一種是共存文本語境
　（co-textual context），指符號行爲不可能獨立，必受先存或共存的其他符
　號行爲影響。第二種是存在性語境（existential context），指語境與符號

形構的馬詩到底是從詩學傳統契入？抑或是自創意義呢？李賀借馬來喻人？抑或自喻？其所欲達致的意涵是什麼呢？

第四節　李賀〈馬詩〉在歷代詠馬詩中的嬗變與意義

　　中國詠物詩以「託物言志」為主，自《詩經》、《楚辭》以降，即形成借物起興、擬譬、託諭的詠物傳統，此一傳統必須連結作者之「社會情境」、作品「語言情境」及讀者的「實存情境」三者，所以解讀詩歌時，並非單一行為，而是關涉到整個作詩、讀詩、賦詩、教詩的文化活動脈絡當中。職是，李賀在創作〈馬詩〉時，必然進入中國人對馬的形象塑造的意涵當中，而我們在解讀李賀〈馬詩〉時，也必定會涉入「馬」在整個詩歌文化活動中的意涵，這種物象取義的託喻方式，即是中國詠物詩特殊的傳統。

　　我們試從詠馬詩的傳統來觀覽，中國文學家非常喜歡詠馬，在題寫的馬詩當中，有佔量頗多的題畫詩，例如高適〈畫馬篇〉、蘇

　　行為密切接觸或鄰接，所以有人稱之為標示語境（indexical context），存在語境也可理解為文化語境，此一存在非真實的存在，而是相關文化釋義規範之集合。第三種是場合語境（situational context）是指具體的符指行為的意義的場合。第四種是指意圖語境（intentional context）是指發送者的意圖在符號行為中留下強烈痕跡。第五種心理語境（psychological context）是指釋義者接受符號信息的心理，此一語境難以固定，因為符號並不終止於釋義者一時的心理。請參趙毅衡：〈符號學若干重要範疇〉，《文學符號學》第四部分〈符用學〉，頁71-75。

軾〈韓幹馬十四匹〉、秦觀〈題騕褭圖〉、朱熹〈劉善長出示李伯時畫馬圖〉、元代虞集〈題滾塵驌圖〉、元揭傒斯〈曹將軍下槽馬圖〉、元薩都拉〈畫馬〉等等，除此而外，還有從各種面向來捕捉馬的形象，為什麼中國文人喜歡詠馬？其蘊含的可能意義是什麼呢？

考察歷史上的詠馬詩，基本上我們可以將歷代詠馬詩的內容分從正反兩面來觀察：

一、正面詠馬

（一）展示大漢天威

藉馬之雄偉或舞馬詩來呈現天朝風光，例如：

> 天馬徠兮從西極，經過里兮歸有德，承靈威兮障外國，涉流沙兮四夷服。（漢武帝〈蒲梢天馬歌〉）
> 一朝逢遇昇平代，伏阜銜圖事帝王，我皇盛德苞六羽，俗泰時和虞石拊。（唐薛曜〈舞馬篇〉）
> 天馬從東道，皇威被遠戎，來參八駿列，不假貳師功。（唐周存〈西戎獻馬〉）

以上諸詩，或宣揚漢武取得天馬，以光國威，或借舞馬、獻馬詩寫馬之英姿來替帝國作代言。

（二）騁才冀用

寫駿馬奇骨難求，可致遠建功。例如：

> 力可通衢試，材堪聖代呈，王良如顧盼，垂耳欲長鳴。（唐・鄭覃〈天驥呈材〉）
> 四足疑雲滅，雙瞳比鏡懸，為因能致遠，今日表求賢。（唐・張隨〈敕賜三相馬〉）
> 渥洼奇骨本難求，況是豪家重紫騮……若遇丈夫能控馭，任從騎取覓封侯。（唐・秦韜玉〈紫騮馬〉）
> 將軍正欲成勳業，看汝驍騰展驥才。」（元・郝經〈大宛馬〉）
> 四足疑雲滅，雙瞳比鏡懸，為因能致遠，今日表求賢。（唐・白行簡〈歸馬華山〉）
> 不與王侯與詞客，知輕富貴重清才。（唐・劉禹錫〈裴相公大學士見示答張秘書謝馬詩並群公屬和因命追作〉）

以上諸詩皆展示了駿馬欲求一用的才情。

（三）描摹馬之奮發踔厲

藉馬之奇骨卓犖來寫壯懷遠志。例如：

> 紫關如未息，直去取榆谿。（梁・簡文帝〈繫馬〉）
> 須還十萬里，試為一追風。（陳・張正見〈紫騮馬〉）
> 牽來左右神皆竦，雄姿逸態何嶙峋……。（〈驄馬行〉）
> 一夜羽書催轉戰，紫騮騎出佩驊兮。（唐・翁綬〈白馬〉）
> 穩上雲衢三萬里，年年長踏魏堤沙。（唐・韋莊〈代書寄馬〉）

凡此等等，所要表現的是馬的踔厲之姿、奮進之形象，文人喜歡詠馬，多用以自喻壯懷。

二、負面摹寫

（一）未得賞識，沈淪潦落

寫馬未能得伯樂賞識，充滿有才未能發揮的感喟，例如：

> 伯樂去已久，此道不復傳，駕車困泥途，伏櫪老歲年，所用非所養，誰能別媸妍，畫師逐時好，謂爾誠當然，披圖重歎嗟，我意何由宣。（元・袁桷〈鞭馬圖〉）
>
> 有馬骨堪驚，無人眼暫明，力窮吳板峻，斯苦朔風生，逐逐懷良御，蕭蕭顧樂鳴，瑤池期弄影，天路欲飛聲，皎月誰知種，浮雲莫問程，鹽車終願脫，千里為君行。（唐・章孝標〈騏驥長鳴〉）

以上二詩指出蹭蹬不遇，等待伯樂之心情。

（二）日暮傷老

例如沈炯〈詠老馬〉：「昔日從戎陣，流汗幾東西，一日馳千里，三丈拔深泥，渡水頻傷骨，翻霜屢損蹄，勿言年齒暮，尋途尚不迷。」寫馬老而感傷，詩採今昔對照，「昔」之日馳千里，從戎奮勇，「今」之渡水傷骨，越霜損蹄的困境，然而老馬猶能識途，

雖齒暮而能有所為，正是不服老的隱喻。這種寫馬的遭逢，其實對照於人，其託諷的效能具在其中矣。

　　從上面所列之詠馬詩觀之，文士常以駿馬喻人才，以伯樂識千里馬以喻賢才被舉用，此一隱喻方式，成為中國題馬、詠馬的傳統。據王立所云，先秦時期馬意象是以重視人才價值為動源向後世流播，春秋戰國之交，將馬與人才價值提升到人格意義，並指出《戰國策》中士階層渴求知遇的普遍心聲，凝聚在騏驥的意象上，宋玉〈九辯〉云：「無伯樂之善相兮，今誰使乎譽之？」即指出了賢士與明君的知遇模式。漢人對天駒神駿的感奮到漢魏之際的英雄崇拜思潮興起，才內化為人們心中的「寶馬英雄」模式，成就了士人功業之志。[25]

　　李賀利用隱喻的方式寫馬，所要投射的意義是什麼呢？是否沿用中國詠馬的模式呢？基本上，李賀〈馬詩〉亦是建構在「知遇」及「英雄寶馬」的寫馬傳統中，而且敘寫時，往往將自己置入其中，表象意義似乎在詠馬，實則在自詠、自敘情懷。

第五節　〈馬詩〉自我隱喻之圖像與情結

　　李賀〈馬詩〉意旨在「借此喻彼」，以馬為喻，所要表述的是

25　王立：〈千古文人伯樂夢——中國古典文學中的馬意象〉，《心靈的圖景：文學意象的主題史研究》（上海：學林出版社，1999 年），頁 138-171。該文將馬意象分作五部份詳述。一、騏驥原型與士不遇。二、寶馬英雄模式與士人功業之志。三、龍馬傳說與馬文化的神話內蘊。四、馬、老馬、慢馬與馬傳說的雅俗整合。五、馬意象審美指向與多重文化精神。

自我遭逢。而這個自我是一切情感的投射。[26]據榮格（Carl Jung 1875-1961）所言，自我是一種情結，一個參雜情感的自身表象集合，既包括意識層次，又包括無意識層面；既是個體的，又是集體的。[27]而且「自我」也是一種人對自己的看法，以及隨之所產生的有意識或無意識的感情。在李賀的詩歌中有非常濃厚的「自我情結」，不僅是存在於組詩〈馬詩〉當中，而且也呈現在其它各卷詩歌中。

李賀以「自我」為依歸，將所有的人世變化及一切的遭逢都指向對「自我」的投射或映疊。這種以自我為依歸的情結，表現在〈馬詩〉中，基本上可以分作兩大類，一是純寫人間之馬，一是寫神話、歷史中的馬，二者皆企圖明顯的呈現李賀以自我為圓心的敘寫模式。

一、早慧多才的自戀情結

據新、舊《唐書》記載，李賀系出宗室鄭王之後，七歲能辭章，

---

26 根據弗洛依德（Sigmund Freud 1856-1939）所建構的三個人格理論基本結構：本我（id）、自我（ego）、超我（superego）所云，「本我」是一種本能和欲力相連的部份，運作時以依循享樂為原則，而「自我」是擁有對現實的知覺，是人格的理性支配者，目的不在阻礙本我的衝動，而是幫助本我獲得它所渴望的張力減低；「超我」則是一種道德我可看 Duane Schultz & Sydney Ellen Schultz 合著、丁祥興校閱、陳正文等譯：《人格理論》（Theories of Personality）（台北：揚智文化事業公司，1997年）。

27 本部份參考 Robert H. Hopcke 著、蔣韜譯：《導讀榮格》（A Guided Tour of The Collected Works of C.G.JUNG）（台北：立緒文化事業公司，2002年）。

屬早慧詩人，十五歲時，更與大曆十才子的李益齊名，《新唐書·李益傳》云：「益，故宰相揆族子，于詩尤所長。貞元末，名與宗人賀相埒。」即是稱譽李賀。韓愈、皇甫湜也曾訪李賀，過其家，使賀賦詩，援筆輒就，二人大驚，遂于縉紳之間每加延譽，因此聲華籍甚，再加上李賀爲宗室之後，遂有很濃厚的自戀情結，詠馬詩中以駿馬自喻，非凡馬可比，例如〈其四〉：「此馬非凡馬，房星本是星。」自喻出身不凡，又如〈仁和里雜序皇甫湜〉：「欲雕小說干天官，宗孫不調爲誰憐」，亦指出宗室後裔的高貴與沈淪下僚的無奈。然而這種出身不凡的身世，其實是爲了襯托早慧多才的特殊稟賦，也就是說李賀一向愛惜自己，看重自己，而且常以駿馬自喻，例如〈其二十〉：「欲求千里腳，先采眼中光」表象意義是寫求良馬之術，欲馬目大而有光采，實則是隱喻自己之才，如千里馬。或如〈其二十二〉：「少君騎海上，人見是青騾」萬分憐惜汗血寶馬，只被凡人視爲青騾，實則是自惜自愛，如此俊才，竟只能被視爲凡才。這種自戀情結，充斥李賀的詩歌當中，例如〈其四〉：「向前敲瘦骨，猶自帶銅聲。」指出馬之駿者，多瘦而不肥，且馬骨堅勁，敲聲若銅，用以隱喻自我。身爲宗室之後，夙負奇才，自欲將一腔熱血與抱負施用於世。

二、騁才奮發的求用情結

因爲早慧，自憐有才，所以冀望能將這一份才情展現出來，故常有奮飛踔厲之想望，常在想望中作奮翅高飛之姿。

十七歲進洛陽，直欲求取進路，遂與權貴往來。據葉蔥奇《李

賀詩集》疏解中指出「入京進取，久無所成」有〈春歸昌谷〉之作。元和二年，李賀十八歲，結婚，並參加河南府試錄取，李賀意氣昂揚，入洛陽以詩謁韓愈，求進意圖非常明顯，然父親亦於是年去世。二十歲時，再度入洛陽，僦居仁和坊，韓愈、皇甫湜來訪，作〈高軒過〉答謝，是年服孝期滿，韓愈與李賀書，勸李賀舉進士，李賀遂於是年初入長安應試，然而因父名晉肅不得舉進士的避諱之毀，致使李賀放棄晉身之試。三次入長安，皆深懷用世之心，我們從一些詩歌可以得到明證。

　　例如〈南園十三首‧其五〉：「男兒何不帶吳鉤，收取關山五十州。請君暫上凌煙閣，若箇書生萬戶侯」或如〈送秦光祿北征〉：「將軍馳白馬，豪彥騁雄材……今朝擎劍去，何日刺蛟回」，如此可以想見李賀多麼期待可奮飛而起，所以在〈馬詩〉當中也有不盡的期待，例如〈其五〉「何當金絡腦，快走踏清秋」、〈其十五〉「一朝溝隴出，看取拂雲飛」、〈其十六〉莫嫌金甲重，且去捉飄風」，〈只今掊白草，何日蒡青山〉等詩句，說明了想奮進展才的心情，然而現實世界卻一再地將他摧陷。每一次入京，就是一次想振翅高飛的踔厲精神奮揚，但是，一而再，再而三的挫敗，使他備嘗人世迍邅。

三、人事困頓的不遇情結

　　李賀詩歌中呈示非常濃烈的「不遇情結」，這種情結主要有二：其一是因避父諱而不得應試，以父名為晉肅，不得應進士，韓愈乃為之作諱辯，賀竟不就試，造成遺憾。其二是李賀的輕薄狂傲的行

為造成。當時元稹年少，以明經擢第，亦工篇什，常願結交李賀，一日執贄造門，李賀竟謂：明經擢第，何事來看李賀，元稹慚憤而退，因為這種狂傲的個性，容易得罪時人，故而有云：「賀亦以輕薄為時輩所排，遂成轗軻。」（《劇談錄》）。唐憲宗元和六年（西元811）李賀二十二歲春入長安任奉禮郎，屬太常寺，從九品上，職責是「掌君臣版位以奉朝會祭祀之禮」，由於官卑俸薄，升遷無望，遂於元和八年（西元813）春因病辭歸昌谷，然而李賀畢竟不甘於才華無所用，遂於同年十月再回長安，為了生活，乃有干謁之作，三年的奉禮郎任滿，適友人張徹任潞州幕僚，李賀亦前往潞州，然而在潞州亦無所施展，有日暮途窮之憾恨，遂於元和十一年秋天病體孱弱及困頓失意之下轉回昌谷，是年冬病死家中，結束了鬱結慘淡的一生。故而李商隱在〈李長吉傳〉也指出：「位不過奉禮太常，時人亦多排擯毀斥之。」終其一生，也僅是奉禮太常之職，後因事微官卑，乃辭去，這種有才不得大展身手的憤忿不平臆氣，鬱結在心中，形成詩歌中充滿了不遇情結的基調。

　　據傅經順所言，大致可以確定李賀在長安時期的作品有：〈馬詩〉、〈夢天〉、〈天上謠〉、〈走馬引〉、〈將進酒〉、〈章和二年中〉等詩。[28]

　　在李賀的詩歌當中有非常濃厚的不遇情結，例如：

　　　長安有男兒，二十心已朽。（〈贈陳商〉）

---

[28]　傅經順指出李賀有一些作品，雖可確定其寫作時期為長安，然卻無法實指究竟成於何年。並且將馬詩置入長安時期。見傅經順：〈李賀簡明年譜〉，《李賀詩歌賞析集》（成都：巴蜀書社，1988年），頁257。

> 我當二十不稱意，一心愁謝如枯蘭。（〈開愁歌〉）
>
> 少年心事當拏雲，我有迷魂招不得……（〈致酒行〉）

對應於馬詩，其情更烈，只是轉化這種情緒，以隱喻的方式呈現出來，〈其一〉「誰爲鑄金鞭」寫空有美材，卻無人賞識，當然更無人爲其織襪鑄鞭展才。又如〈其十〉「君王今解劍，何處逐英雄」，寫馬臨風而泣，不遇英雄，是一種生命的無奈。

　　〈其二十一〉「暫繫騰黃馬」，騰黃爲駿馬，「暫繫」說明了無所用之悲，「暫」也說明了時間上的短暫，期待是「暫」可以充份發揮自己。這些詩歌皆標示了李賀不遇之情。現實往往將李賀摧陷到更悲沈的境域，〈酒罷張大徹索贈詩時初效潞幕〉：「隴西長吉摧頹客，酒闌感覺中區窄」。即是深刻的體認。

　　由求用情結到不遇情結，再翻轉成更深刻的幽傷，註定了李賀生命中的悲劇情調。

四、自傷沈淪的悲悒情結

　　落魄，自傷沈淪的心情不斷地迴環擺盪，例如〈銅駝悲〉：「生世莫徒勞，風吹盤上燭」，或如〈崇義里滯雨〉甚至寫到「落漠誰家子，來感長安秋，……瘦馬秣敗草，雨沫飄寒溝」將自己之落寞寞與瘦馬作一影象疊合，自己之「壯年抱羈恨，夢泣生白頭。」實與瘦馬相同遭逢。或如〈春歸昌谷〉：〈終軍未乘轉，顏子鬢先老〉，亦展示李賀自傷沈淪的心思。在詠馬詩中也與之對應，例如〈其二〉「未知口硬軟，先擬蒺藜啣」，以馬無食而饑，迫食蒺藜亦與自己

小官自奉相類，或如〈其六〉「飢臥骨查牙，麤毛刺破花，鬣焦朱色落，髮斷鋸長麻」，或如〈其九〉「夜來霜壓棧，駿骨折西風」，〈其十一〉「午時鹽板上，蹭蹬溘風塵」等等寫馬之饑寒，致鬣焦髮斷，極言困厄頓挫之情，對照於他馬者，則有雲壤之別，例如〈其三〉云：「鳴騶辭鳳苑，赤驥最承恩」，或如〈其十四〉「春襆赭羅新，盤龍蹙鐙鱗」等等。這種反差將李賀心情折損，驥馬落拓的意象僅是形象的取譬，最終是要表述自己幽微的情志。

　　這種以馬喻人，正是詩歌的取譬方式；而馬詩之「言內意」以馬設喻，與「言外意」之李賀生平遭逢可作一對照：

6-7：〈馬詩〉意內言外對照表

項目	馬 （言內意：表層字面意）	李賀 （言外意：深層內化意）
出身	其四：此馬非凡馬	宗室鄭王之後裔
性行	其十二：批竹初攢耳 其十七：金埒畏長才	早慧，七歲能辭章
想望	其一：銀蹄白踏煙 其五：快走踏清秋 其十五：看取拂雲飛 其十六：且去捉飄風	奮飛踔厲 有強烈用世之心
遭逢	其一：誰爲鑄金鞭 其二：先擬蒺藜䵻 其六：飢臥骨查牙 其九：駿骨折西風 其十一：蹭蹬溘風塵 其十八：祇今掊白草	困頓不遇 遭時人排擠

故而，其生命的歷程，竟是一次次的坎陷：

6-8：李賀生命情結歷程表

| 自戀情結 ⟶ 求用情結 ⟶ 不遇情結 ⟶ 悲悒情結 |

迴環往復，因悲悒而更深化了自戀的情結，成為心中一個難以解除的結，層層摧陷，致無路可迴，抑鬱以終，結束二十七歲短暫悲情的一生。孰令致之？一來是性格使然，無法跳開此一牢寵，二來是外在環境偃蹇，致往而不返。[29]此一隱喻的結構圖如下圖所示：

6-9：〈馬詩〉自我隱喻結構表

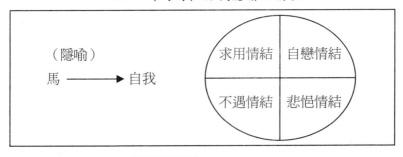

---

[29] 周尚義亦曾經指出李賀終其短暫一生，有三個情結始終縈繞不去，一是作為唐諸王孫，卻難進孤忠，報效無門；第二個是厄於讒，不得舉進士，終生懷才不遇；第三是為疾病所累，非生非死，人命至促，好景盡虛。請參考周尚義：〈論李賀詠馬詩的審美意蘊及創作情結〉，《江西教育學院學報》，第 18 卷第 4 期，頁 31-33。杜創洋曾指出李賀一生始終為三個未解的生死疙瘩所困惑：宗孫情結、不遇情結、生命情結。請參看杜創洋：〈以我觀物，借題抒意——解讀李賀馬詩三十三首〉，《甘肅教育學院學報·社會科學版》，第 17 卷第 3 期，頁 39-42。

　　從十七歲入洛陽開始，李賀不斷地在尋找可以發揮的機會，但是，越是懷抱熱烈的期望，失望越大，奉禮郎的小官無法羈絆欲飛的心志，二十五歲時依附張徹在潞州覓得幕僚的工作，然而病體日重，二十七歲秋天辭潞州歸昌谷，於是年冬天死於昌谷家中，結束短暫一生的生命。從十七八歲開始，不斷地求取進身之路，不斷地想要施展抱負，但是，事與願違，從入京的父諱之詆毀，到任奉禮郎的小官，再轉潞州，卻因沈疾，不得不辭歸，十餘年的奮鬥，未曾留下事功，難怪李賀一種懸置不用的體認非常的深刻，在詩歌中反覆地吟誦著相同的基調：求用的情結。然而，李賀個人生平固然偃蹇不遇，有無歷史視野可以跳脫出這樣的情境呢？

第六節　〈馬詩〉神話想像與歷史情境之鉤連

　　個人遭遇，以沈淪自傷為主，對於家國，李賀的想望又是什麼呢？李賀如何建構眼中心下的國家形象？李賀借由神話想像與歷史情境的重塑，建構出獨特看待方式。

　　柯靈烏指出：「歷史，不可能與認知之客體為抽象不變者之理論一致，它是一個容許心智採取各種不同態度予以對待的邏輯事體。」[30]容許選用者以不同態度對待同一個相同的邏輯事體，正說明在涵蘊歷史真相當中，也有個人的權威敘述。此即是歷史思想家

30　主要是指出歷史有一定的客觀性，然而在材料、證據的選用時，必定會加上自己的態度去詮選。見柯靈烏（R.G.Collingwood）原著、陳明福譯：《歷史的理念・歷史的想像》（台北：桂冠圖書公司，1982 年），頁 311。

在史料的取捨上，往往會選擇、簡化、構圖、捨棄他認爲不重要的部份，而著力於他認爲重要的地方。這也就是同一個歷史事件，觀看的視角不同，會有不同的歷史詮釋，我們看到了李賀在運用神話和歷史典故時，往往攝取的視角多有不同，例如〈馬詩・其三〉云：「忽憶周天子，驅車上玉山，鳴騶辭鳳苑，赤驥最承恩」此一神話，乃借用穆天子傳中的故事，寫穆天子駕八駿：赤驥、盜驪、白義、踰輪、山子、渠黃、驊騮、騄耳，上玉山宴於西王母，他觀看的角度不是周天子宴飲之樂，也非玉山景致之美，而是筆鋒一轉，轉向了八駿馬，指出八駿才德相當，然而赤驥以八馬之首，而最受周天子寵幸，這就是李賀選取的視角，同樣的一個神話故事，李賀借用此一故事，說明赤驥承恩之事，但是目的並非僅在說明赤驥承恩而已，而是要借赤驥承恩，以馬喻人，說明人之才德相等，卻有人受恩尤渥的情形，而承恩優渥正用來對照不受重視的「他者」。[31]有才未能獲得賞識，是才人最大的悲哀，借詠馬來自詠，徒有羨人之情，如此轉折一層來解讀此詩，李賀抑鬱之情呼之欲出。所以李賀在選取歷史或神話事件時，往往會有自己特殊的擇取視角，指向自戀、求用的情結。

　　柯靈烏並且揭示建構性的歷史，可爲我們在得自權威的敘述之

---

31 據王琦彙解所云：「以馬喻人，在當時必有所指，非漫然而賦者」，而姚文燮則直接指出憲宗好神仙，借穆王以諷刺，而赤驥恩寵獨隆，以其能稱帝旨。另，貞元元年（785），德宗因朱泚、李懷光等藩鎮作亂，逃奉天、梁州。供騎之馬死去七匹，惟「望雲騅」來往不頓，後老死長安飛龍廄，元稹作〈望雲騅馬歌〉時人皆多以穆王事影射德宗。請見唐・李賀著、劉衍證異：《李賀詩校箋證異》（長沙：嶽麓書社，1990 年），頁 66-67。

間插入其他為某些敘述所涵蘊的敘述，這就是一種「插補」，插補的作法有兩項顯著的特性，其一是：它不是任意的或純粹出於幻想的，它是必然的，或是康德指出的「先驗的」，其二是此方式推論出來的東西本質上還是某種出於想像的產物。具有這兩層特性的活動，柯靈烏稱作為「先驗的想像」。（頁320）這也就是：「過去不是可能的知覺客體，因為它現在不存在於現在，但是透過這項活動，我們能使它變成我們思想的客體。」（頁321）

　　李賀藉用周天子之故事，再加上自己的歷史想像，插補了「赤驥最承恩」一事，這種由想像建構出來的「先驗想像」，不會造成隔斷的危險性，主要是因為它是基於某一神話史料而建構出來的。同時，李賀也不斷反覆的利用這種「插補」歷史想像方式，來建構這種意義的脈絡，例如〈其七〉云：「西母酒將闌，東王飯已乾，君王若燕去，誰為挽車轅。」無人可為周穆王挽車，正是反寫自己可以為君王駕車，言下之意是自己不得賞識，求用的情結反覆致意。

　　攸關前面引述〈其三〉、〈其七〉這兩首詩雖然借用神話中的穆天子騎八駿遊崑崙，但是要表達詩旨各自迥異，前詩羨他人恩寵獨隆，後者隱有自薦之意，雖然著力點不同，卻同樣指出一件事，不遇、不識，未能大展長才的鬱結，一直充塞在詩中。所以李賀借此一神話故事，雖分寫兩詩，卻同樣表現出李賀的境遇感受，藉由神話故事來託喻而已。而選取的視角即是歷史的想像，既不逸出原來的框架，也能充份適切的表述曲隱的情志。

　　除了上述二則神話故事之外，李賀運用歷史典故有十則之多，這些內容又要表述什麼呢？

　　〈其八〉借用呂布與赤兔馬的關係來寫奇駿必有猛健之人駕

馭，「吾聞果下馬，羈策任蠻兒」，果下馬爲土產小駟，健而善行，
能於果樹下行，故謂之果下馬，若是下乘則蠻兒能驅使，李賀借此
詩寫出感喟，高才者必不受庸才籠絡。〈其九〉寫善豢龍之䮘叔既
去，則豢龍之術久失，養馬之法亦不講，致令駿馬受風霜困于槽櫪
之間，乃不遇時之嘆。〈其十〉借項羽與烏騅之故事，寫出烏騅之
處境，一旦失去項羽，何處可再覓英雄呢？借喻英雄無主，託足無
門之慨。〈其十〉「堆金買駿骨，將送楚襄王。」楚襄王非好馬之
君，送駿馬，非所宜，無乃駿馬之悲，未能巧遇愛馬之君如秦穆公、
楚莊王，可見李賀深惜所遇非人之馬，實則亦用以自喻。〈其十五〉
「不從桓公獵，何能伏虎威」，指出桓公曾騎馬而虎望見之而伏處，
原意是虎以爲桓公所騎爲駁象，故懼之，此處典故所取，乃指不追
隨桓公出獵，何能樹功立業，自致青雲之上，有一番作爲？〈其十
六〉借唐太宗典故，說明隋公被殺，卷毛騧歸屬唐太宗，寫馬遇明
主，莫嫌金甲重，艱於行走，應羨輕捷如追風之駿馬。〈其十八〉
指出伯樂善相馬，有馬旋毛在腹間，伯樂一見便知爲千里馬，可惜
掊白草而食，芻秣不足，筋力不充，何能馳騁青山，慨嘆之意深厚。
〈其十九〉寫馱經之馬，自天竺而來，雖有善相，卻不屑章台冶遊。
〈其二十一〉「須鞭玉勒吏，何事謫高州」，指出暫繫騰黃馬不用
之悲。[32]〈其二十二〉則藉《太平御覽・神仙別傳》的故事寫大宛

32　姚文燮集註指出是：追嘆往事，玄宗自蜀還京，稱上皇，時御長慶樓，又
　　常名將軍郭英乂上樓賜宴，李輔國因言于肅宗，謂上皇將謀不利，遂矯詔
　　逼上皇邊西內，力士怒斥輔國，後竟流巫州，李賀傷上皇離鞍馬，自謂宴
　　樂于綵樓之上，孰知即萌禍端，逼邊之日，近御駭散，仙人即指上皇，高
　　州乃指高力士，因力士為高州茂名人，故云謫高州。

國汗血寶馬為李少君所騎，李少君死後百餘日，有見少君騎青騾在河東蒲板，蓋深慨汗血馬到王者之家是為榮遇，隨少君到海上，人不過視之為青騾而已，焉知為千里駿？

以上的歷史事件無誤，但是選取詮解的角度則迥異於人，主要是透過這些詩歌來傳釋李賀一份求用不遇的情結。那麼，李賀借歷史典故來抒發存在的感受，這些詩主要表述的情感效能是什麼呢？

明人李東陽《麓堂詩話》云：「詩有三義，賦止居其一，而比興居其二。所謂比與興者，皆託物寓情而為之者也。蓋正言直述則易於窮盡，而難于感發。惟有所寓託，形容摹寫，反復諷詠，以俟人之自得，言有盡而意無窮，則神爽飛動，手足舞蹈而不自覺。此詩之所以貴情思而輕事實也。」（《歷代詩話續編》，頁1374）指出中國諷諭傳統「託物寓情」而且以寓託方式反復諷詠，以達到「言有盡而意無窮」。例如唐代貞元、元和年間，藩鎮擁兵自重，憲宗迷信神仙，求仙訪道，煉丹服藥力求長生，恰好馬詩〈其二十三〉借漢武帝好神仙之事，使方士鍊丹砂為黃金，不成，又好汗血馬，伐大宛，取其善馬數十匹，中馬以下牝牡三千餘匹，諷武帝燒鍊成紫煙，終不就，而所得之馬又為凡馬，不可乘上青天，蓋深惜武帝所求之事皆無益之事。到底李賀詩中所指是否借漢武之事以託諷，借古諷今呢？我們無直接証據，不可確指憲宗之事（請詳後說），但是，諷刺意味卻仍然可從文字間隱隱透顯出來，這種迂曲的諷刺方式，表現出溫柔敦厚的詩教，與西方大異其趣：

　　諷刺有各色各樣的主題與方式，它的形式也是一樣。長的、
　　短的、分章節的、以及自由的韻律全部都很適合於它，而且

也可用散文。它只有一個要求，那就是不浪費一句話，而每個字都帶有其全副的重要意義。諷刺的意象語（imagery）也是變化多端。不過它總是要摧毀人的名譽。當它看起來並非如此時，那也只是看起來而已；它也許就是要你以歪曲或顛倒的方式來讀它；因為它總是要毀人名譽的，所以它常拿瑣屑的，甚至於醜陋的、討人厭的事物來比較。[33]

甚至柯臘克（Melville Clark）也曾明確指出諷刺的目的就是要傷人，並列出機智（wit）、譏笑（ridicule）、反諷（irony）、嘲諷（sarcasm）、譏誚（cynicism）、諷罵（the sardonic）以及痛罵（invective）等項作為諷刺的方式，而諷刺家就跟鬥牛士一樣，他的能力不在於他能進行他的工作，而是在於他做這件工作時所展示的技巧。[34]

---

33 見 Arthur Pollard 著、董崇選譯：〈何謂諷刺〉（Satire by Pollard），第三章〈方法與方式〉，輯入《西洋文學術語叢刊》（台北：黎明文化事業公司，1978 年再版）上冊，頁 288。

34 機智（wit）是用一種靈巧又出乎意料打擊來傷害人，而結構簡潔的格言句（epigram）是機智所喜愛的工具。譏笑（ridicule）。反諷（irony）用歪曲、顛倒來做它的武器，它不僅是歪曲，它還包括了含蓄，暗示與省略等效果。嘲諷（sarcasm）是沒有秘密與巧妙的反諷，它基本上是偶發的與言語方面的，也較反諷粗野。譏誚（cynicism）以及諷罵（the sardonic）兩者關係很密切，兩者都源於一種深深的醒悟感，譏誚的批評是以空虛的笑聲為背景做出來的，而諷罵評論則悲觀得甚至於無法接受空虛的笑聲，諷罵是一種寧願哭也不願笑的一種方式。苦諷（the sardonic）要設法加以控制住的忿怒在痛罵（invective）中爆發出來了。見 Arthur Pollard 著、董

　　相較於西方所使用諷刺的方式以摧毀名譽爲主，中國則有不同的表現手法與目的性，一方面不在於使用激烈的語詞激發怒意，而是以含蓄、溫柔敦厚的方式的表述，一方面則在以「上以風化下，下以風刺上，主文而譎諫，言之者無罪，聞之者足以戒」的效能，這種溫柔敦厚的詩教即是中國詩歌的大傳統。

　　職是，李賀所採用的典故，時間的跨度雖大，但是，所欲建構的歷史圖象，主要在表達「諷諭」，借由不同時代不同遭遇的事件來鋪陳所要表達的諷諭效能，並且藉由詩歌，再三反覆致意，吟誦出自己不遇、求用的情結，終致自陷困境，無法超脫而出，展示濃郁的悲劇性格。

　　歷史的殷鑑不遠，然而後代亦不斷在重蹈覆轍，故而李賀借用歷史典故，其目的有四：

一、以古諭今

　　李賀援引典故，最大的效能是要借古人古事以諭示當今之事，作爲借鏡，例如〈其八〉：「赤兔無人用，當須呂布騎」借用赤兔之勇猛難馴，須由有奇才英颯的呂布馴服，然而縱使借鏡不遠，仍然是「吾聞果下馬，羈策任蠻兒。」名馬被蠻兒騎的情形。又如〈其十五〉：「不從桓公獵，何能伏虎威」指出要展示英雄事蹟，須追隨桓公打獵方能：「一朝溝隴出，看取拂雲飛。」有壯志凌雲之姿。

　　崇選譯：〈何謂諷刺〉（Satire by Pollard），第四章〈語氣〉，輯入《西洋文學術語叢刊》上冊，頁 290-300。

又如〈二十三〉云：「武帝愛神仙，燒金得紫煙，廄中皆肉馬，不解上青天。」得紫煙一事借漢代武帝來諷刺當朝執政者，據王琦彙解所云，似為憲宗好神仙信方士之說而作，姚文燮亦以為武帝燒金終鮮成效，而憲宗仍大為津津慕之，必欲以上昇為愉快，到底唐憲宗是否崇信方術？其狀如何？

據任繼愈的《中國道教史》中指出，唐玄宗以後，唐諸帝仍然崇奉道教，但是因為藩鎮割據，社會動亂，唐朝權力日益縮小，財政困難，崇道規模不大。中唐時期，憲宗、穆宗、敬宗都熱衷於道教金丹服餌，憲宗季年尤銳於服餌，元和十三年（西元818）前後宰相皇甫鎛和鄂岳觀察使李道古推薦術士柳泌，柳泌以天台山多有靈草，後進金丹於憲宗，元和十五年春憲宗丹毒發作，暴燥益甚，宦官等人懼無罪被殺，遂弒憲宗。[35]李賀想必對服食金丹之事甚有感觸，遂透過漢武帝求長生之事來寫，但是，到底是否真如王、姚二氏所云，為諷刺憲宗所作，或如方扶南所言，有才不遇，國才之不幸，不得真才，國亦不幸？我們從詩中無法証明此詩是否確實用來隱射憲宗，但是，迂曲將自己的憤忿之意隱寫其中，確實是李賀之用意，自古求長生不死者，何人能成？秦皇？漢武？唐玄宗？抑或是唐憲宗？李賀從歷史的軌轍來檢視漢武帝愚蠢行為，深致曲意。故而以之諭示世人，後世之人見之，亦應有所省悟，然而諷君

35　並且指出唐代後期崇道活動，在政治上較有影響的是唐武宗及唐僖宗，武宗即位年僅二十七歲，春秋正盛即熱衷神仙道術，與唐代諸帝好神仙方術多中晚年時期不同。而僖宗在黃巢之亂中，為挽救危亡國勢，不得不求助一些老子顯靈的神話，這些鬧劇完全是政治需求。見任繼愈：〈唐代道教與政治〉，《中國道教史》（上海：人民出版社，1990年），頁265-287。

王僅是次要目的，吾人認為重點應在後二句詩意上：「廄中皆肉馬，不解上青天。」最終目的是要表現在君王御廄中皆是庸馬，縱使鍊丹燒煙能上青天，這些凡馬亦不可能達成任務，寫出來的是凡馬不能達成任務，不寫的是駿才被埋沒不用的感懷，一層層深意，曲意迂迴，深深致意，非善讀者不能讀到李賀這一層深意，唯方扶南：有才不遇，國才之不幸，不得真才，國亦不幸，深得其意。

二、借古諷今

借古事以諷當今之事，亦是李賀作意所在。

例如〈其七〉：「西母酒將闌，東王飯已乾，君王若燕去，誰為挽車轅。」指出了君王宴樂罷歸，究竟何馬可為君王挽車轅呢？一寫無人可挽，二寫自己儼然可用，三則諷刺君王所豢養皆未能應需求而用。所以「誰為」二字意義深刻，不直寫我可用，但云「誰為」既不失李賀高貴身份，亦能展現君王所託非人，所用亦非其人之慨嘆。

三、以今羨古

以自己悲悒為基調，欣羨古代駿馬之遭遇。遇合之事，可遇不可求，例如〈其三〉：「忽憶周天子，驅車上玉山，鳴騶辭鳳苑，赤驥最承恩。」寫出對赤驥的欣羨。〈其十六〉：「唐劍斬隋公，卷毛屬太宗，莫嫌金甲重，且去捉飄風。」，若能遇到唐太宗，誠屬幸者，因為在賢君統攝之下，必能開出一番新氣象。可惜未能遇

明君，是一嘆。

四、借古興嘆

借古人古事，致上自己感嘆之音。例如其九：「颯叔去匆匆，如今不豢龍，夜來霜壓棧，駿骨折西風。」寫未遇知音。例如其十：「催榜渡烏江，神騅泣向風，君王今解劍，何處逐英雄。」寫不遇英雄，駿馬之悲。其十三：「寶玦誰家子，長聞俠骨香，堆金買駿馬，將送楚襄王。」寫不遇識馬明君，是駿馬之悲。其十八：「伯樂向前看，旋毛在腹間，祇今掊白草，何日蓦青山。」無識馬伯樂，只能掊白草，躍馬青山，無可期待。其十九：「蕭寺馱經馬，元從竺國來，空知有善相，不解走章台。」有駿馬之姿，卻不以冶遊為樂。其二十二：「汗血到王家，隨鸞撼玉珂，少君騎海上，人見是青騾。」寫汗血寶馬，空誤為青騾。

綜上所言，這些神話與歷史典故的「本意」與「曲意」如下所示：

6-10：〈馬詩〉典故效能一覽表

神話歷史典故	效能	本意	曲意
周穆王遊崑崙	以今羨古	赤驥承恩	才德相稱，何以能獨承君恩
呂布馭赤兔	以古諭今	赤兔無人用，駿馬任由凡人騎。	寫知遇關係

神話歷史典故	效能	本意	曲意
颸叔豢龍	借古興嘆	駿骨折損	寫賢才棄用
項羽與烏騅	借古興嘆	神騅泣風	無處覓英雄，寫知遇之情
楚襄王與駿馬	借古諷今	楚襄王不解識馬	所遇非人
桓公出獵	以古諭今	駿馬得遇明君	寫知遇能發揮所長
唐太宗與卷毛	以今羨古	卷毛得遇明主	馳騁建功
天竺馱經馬	借古興嘆	寫經馬不懂遊樂	寫不以遊樂為務
漢武取汗血馬	借古興嘆	汗血寶馬人人以為凡馬	寫知遇不易
漢武耽溺神仙不死之術	以古諭今	諷信神仙	諷肉馬不解上青天

　　承上所述，借用歷史與神話固然可達：以古諭今、以今羨古、借古諷今、借古興嘆等效能，但是從「本意」與「曲意」考索，可以得知這些詩歌是要強化李賀這種「知遇」的關係，而知遇又扣上了前述以自我為核心，向外投射出「求用──不遇──悲悒」的情結，最終是迴環式難以超拔而出。

　　唐代之後，追和李賀者有元代的郭翼〈和李長吉馬詩〉共有九首，雖為追和之作，但是所描寫的內容卻不似李賀充滿「求用──不遇情結」，九首亦非詠一馬一事，而與李賀〈馬詩〉一樣，各自獨立，各有不同的內容，有寫駿馬神姿者，例如〈其一〉：「太平無戰伐，驂驔走沙蓬」。〈其二〉寫其非凡之質：「龍性非凡質，騰波出紫雲」，〈其三〉寫思憶九方皋，〈其四〉寫霜蹄越樓蘭，

〈其五〉寫神駿無匹，夜拂白龍堆，〈其六〉寫駿馬賜近臣，〈其七〉寫玉花驄浴罷踏春風之風光，〈其八〉寫萬里進龍媒，虹光四射，〈其九〉寫天馬逐龍飛之神態。基本上，郭翼雖為和詩，但是少掉李賀那份幽傷鬱結的求用不遇情結，而能出之以正面踔厲之姿。

我們在解讀李賀每首馬詩時，可以感受到每一詩的寓旨容或不同，但是，大抵上採用曲隱方式表現李賀人生不遇的困頓境遇感及悲苦鬱結的哀傷，並且賡續中國詠馬的「知遇」模式，只是更加悲情式地突顯馬的形象做自我情結的隱喻，茲就馬詩各首之「言內意」與「言外意」之對照意義編列成表，以見其曲隱之意，請參6-11表。

第七節　結語

一、從創作技巧而言，詠物詩重在物我交融，最高境界是要表現物我關係的不即不離，寫物即寫我，即物即我，即我即物的雙寫關係，其作用有三：一、藉由所詠之物的形體、本質、功能、遭遇來抒發我之情。二、藉由物相的特質、特色、作用表我之志。三、藉由所詠之物表達天地間人事遭逢、憤懣、不平等。中國詩歌由採詩、獻詩、賦詩、教詩乃至後世文人以作詩明志，詩歌由一種共同集體的文化活動轉向詩人情志的抒寫，逐漸深化與內化，但在詠物的進境中，並非只是圖寫形貌而已，而是要往上透顯詩人藉物、託物的言外之意，此所以張戒《歲寒堂詩話》卷上云：「使後生只知用事押韻之為詩，而不知詠物之為工，言志之為本也，風雅自此掃

地矣。」（《歷代詩話續編》、頁452）此段立論明白揭示詠物之
工，乃透過物象來傳釋己志，若徒求詠物之肖貌精工，則風雅掃地。
李賀詠馬詩正深化這種技巧非僅圖寫形貌而已，充分表現物我不即
不離的雙寫技巧，此即清代方扶南在評註時指出：「此二十三首，
乃聚精會神，伐毛洗髓而出之，造意撰辭，猶有老杜諸作之所未至
者。率處皆是鍊處。」給予最高的評價的理由所在。

　　二、從詠物詩的效能而言，「託物言志」本即是一種書寫的傳
統，然而其目的不在逞一時忿憤之情或一時快意而做出訕謗侵陵之
事，而必以曲隱方式為之，誠如宋人胡仔《苕溪漁隱叢話》前集卷
四十八所揭示的：

> 詩者，人之情性也。非強諫爭于廷，怨忿詬于道，怒鄰罵坐
> 之為也。其人忠信篤敬，抱道而居，與乖逢，遇物悲喜，同
> 宗而不察，並世而不聞，情之所不能堪，因發于呻吟調笑之
> 聲，胸次釋然。而聞者亦有所勸勉。比律呂而可歌，列干羽
> 而可舞，是詩之美也。其發為訕謗侵陵，引頸以承戈，撥襟
> 而受矢，以快一朝之忿者，人皆以為詩之過，是失詩之旨，
> 非詩之過也。[36]

揭示作詩之旨，在於不強諫於朝廷，不怨忿於道上，亦不罵鄰的迂
曲手法，此即是中國詩教──溫柔敦厚的傳統，甚至施補華《峴傭
詩話》第十二條亦云：「諷刺語須含蓄，如少陵『落日留王母，微

風倚少兒』，太白『漢宮誰第一，飛燕在昭陽』、『只愁歌舞散，
化作彩雲飛』皆刺明皇、楊妃事，何等婉曲！若香山〈長恨歌〉、
微之〈連昌宮詞〉直是訕謗君父矣。詩品人品，均分高下。義山『如
何四紀爲天子，不及盧家有莫愁』，尤爲輕薄懷心術。」（《清詩
話》頁894）對於直謗君父的白居易、元稹、李義山皆有微詞，而
對含蓄的李白、杜甫則指出人品與詩品皆高的贊譽。這就是一種賞
鑑詩歌的方式，以曲隱爲尙，不以譏刺君父爲要。李賀馬詩，以馬
爲喻，曲隱寫出諷諫之旨，正也是在「託物言志」的傳統下繼續發
揮。

　　三、從歷代注家眾說紛紜觀之，詩歌本即是一種多義與歧義的
文字表抒方式，是故各有所見，亦有不見，例如王琦彙解云：「馬
詩二十三首，俱是借題抒意，或美、或譏、或悲、或惜，大抵于當
時所聞見之中各有所比」所謂：「言馬也，而意初不在馬」，確能
指出李賀馬詩所存在的言外之意，至若「大抵于當時所聞見之中各
有所比」，有所「比」確有其事，但若是明確比附爲某事某人，吾
人則認爲未必確然，我們參看王琦之注〈其二十一首〉指出：「此
詩必是當時有正直之臣見忤時宰，而謫逐于高州者，長吉痛之，借
馬以爲喻」，指出以馬爲喻的因由，卻不必指出何人的說法，吾人
甚同意，因王琦爲清人，歷經數百年的更迭，何能知李賀果真指何
人？李賀不說，王琦不敢自云爾。再如姚文燮集註云：「馬詩二十
二首，首首寓意。然未始不是一氣盤旋，分合觀之，無往不利。」，
其中「首首寓意」指出李賀馬詩有寓意，亦爲確解，而此一寓意的
核心，若與李賀生平作一關合，其實是指向自我，以自我爲核心，
往外推擴出人與自己（自戀情結）、人與他人（求用情結）、人與

社會（不遇情結），終歸轉回自我自艾自怨的悲悒情結。李賀有意借馬詩來自喻，同時也指陳時代之弊，每一首皆爲寄託之詩，所寄之事，設非自我隱喻，便是取譬神話歷史，以作爲借鏡。而不同注家在解讀時多產生多義與歧義的情形，本就是詩歌語言的特質之一，我們不必刻意求解於史實史事，而應將焦點轉向這種託喻的效果，究竟能否傳釋作者之意，而爲讀者所接受或契會。

　　四、從歷代對李賀詩的評價觀之，大多從怪巧、鬼仙之詩的角度視之[37]，大抵從宋人開始，注意到李賀詩歌的重要性，嚴羽稱「玉川之怪，長吉之瑰詭，天地間自欠此體不得。」。到了清人，提升李賀詩歌地位，例如《詩辯坻》云：「大曆以後，解樂府遺法者，惟李賀一人。設色穠妙，而詞旨多寓篇外，刻于撰語，渾于用意」，所謂的「詞旨多寓篇外」即指出李賀詩多有言外意，甚至陳本澧更將之提高到梯接杜甫的地位，其撰寫《唐李賀協律鉤元》之注本，完全採用方扶南的說法，並在〈馬詩二十三首〉開章明義亦引用方氏「伐毛洗髓」之說法，並續言：「五絕一體實作尤難，四唐惟一老杜，此亦摭實似之，而沈著中飄蕭亦似之。」指出四唐詩歌以杜甫之五言爲可觀，而李賀馬詩二十三首五絕之風格摭實處與沈著飄蕭處亦與之相似，對李賀之詩，可謂推崇備至。[38]吳汝綸亦指出：

37　例如《文獻通考》云：「宋景文諸公在館，嘗評唐人詩云，太白仙才，長吉鬼才。」《滄浪詩話》云：「太白天仙之詞，長吉鬼仙之詞耳。」，《朱子語類》云：「李賀較怪得些子，不如太白自在。」等等，茲不多舉。

38　陳本澧注本特色，先採用方扶南之說法，再加上自己的意見，亦多有發明，例如〈其一〉雖引方氏之說，再續以己見：「方曰：『皆自寓也，次第用意略與南園詩同，先言好馬須好飾，猶杜詩：驄馬新鑿蹄，銀鞍被來好，

「昌谷詩上繼杜韓，下開玉谿，雄深俊偉，包有萬變，其規模意度，卓然爲一大家，非唐之它家所能及，惜其早卒，所作不多，然其光氣固已衣被百世矣……昌谷詩雖擅盛名而真知之者實鮮，以刻腎嘔心之作，而世徒以幽怪賞之，不亦昌谷之大不幸乎。」[39]此段話提高李賀在唐代詩歌的重要性，並且建構杜甫以降的詩歌譜系，不僅揭示李賀詩歌承繼杜甫、韓愈而來，下開李商隱，並且指出其風格雄深萬變，可衣被百世，惜後人讀李賀詩，則多從其幽怪處著手，未能深契其意，殊爲可憾之處。吳汝綸的意見，代表了桐城後期對李賀詩歌的肯定。職是，以幽怪詭險詩風爲名的李賀，在經過歷史的汰洗之後，愈見其深意可契，甚至桐城提高到與杜甫同等的地位，由是可知，接受者的預期視野與時代的感受是不可忽略的解讀方式之一。

　　盱衡前論，李賀刻意藉「馬」來諷詠，即是傳統詠物詩的高度表現。藉由二十三首詩以曲隱情志的表達方式，將自己蹭蹬不遇的心情放入詠馬詩中，我們透過馬詩所看到的不是馬之遭逢困頓，反而體會到李賀借馬自喻、自抒倥傯不遇的情懷，寫馬不是爲了寫馬，而是爲了寫自己。這種處處充滿了以自我爲中心的「知遇—求

以喻有才須稱此。』此二首開章之引子也，以下便如莊子重言、喻言、卮言曲盡其義。」，唐・李賀撰、香港中文大學編纂：《唐李賀協律鈎元》（香港：香港中文大學，1973 年）凡上下二冊，線裝本，爲清嘉慶戊辰（十三年）木刻本。

39　文見唐・李白著、吳汝綸評註：《李長吉詩評註・跋》（台北：新文豐出版公司，1979 年）。吳汝綸爲桐城後期代表，師承姚鼐四大弟子之一梅曾亮，所論亦承桐城詩論而來，以論文之法論詩。

用」的基調，透過〈馬詩〉呈示出來，隱隱流洩出李賀將自我與歷史作一疊合映現的效果，使自我情結顯影在詩歌長流中，成爲難以抹滅的圖象與詩俱存。

6-11：〈馬詩〉之「言內意」「言外意」對照表

馬詩二十三首	言內意	言外意
〈其一〉 龍脊貼連錢，銀蹄白踏煙 無人織錦韂，誰爲鑄金鞭	首句寫形象之美，二句寫馳速，末二句寫無人爲其織襪鑄鞭。寫馬形象及馳速之疾，允爲駿馬，惜無人相識，可爲其張羅襪鞭。	有才無人識，更無人爲其張羅。
〈其二〉 臘月草根甜，天街雪似鹽 未知口硬軟，先擬蒺藜啣	草根雖甜，雪覆不得食，饑困不得不擇蒺藜而食。	喻人困頓偃蹇，謀食不易。
〈其三〉 忽憶周天子，驅車上玉山 鳴騶辭鳳苑，赤驥最承恩	寫赤驥承恩，令人欣羨。	借周穆王典故，羨慕承恩得勢之人。
〈其四〉 此馬非凡馬，房星本是星 向前敲瘦骨，猶自帶銅聲	寫駿馬非凡馬，出不凡。	暗喻自己出身，爲宗室之後。
〈其五〉 大漠沙如雪，燕山月似鉤 何當金絡腦，快走踏清秋	寫馬之壯志，有馳騁大漠之雄心。	寫人有壯志，欲爲一試。

馬詩二十三首	言內意	言外意
〈其六〉 飢臥骨查牙，麤毛刺破花 鬣焦朱色落，髮斷鋸長麻	寫馬飢困交加，皮毛脫落。	喻人蹭蹬不遇。
〈其七〉 西母酒將闌，東王飯已乾 君王若燕去，誰爲拽車轅	無良馬可供驅馳。	寫無賢才之士可擔負大任。
〈其八〉 赤兔無人用，當須呂布騎 吾聞果下馬，羈策任蠻兒	悲憐果下駿馬，任由蠻兒驅策。	喻賢才任由凡夫驅遣。
〈其九〉 颼叔去匆匆，如今不豢龍 夜來霜壓棧，駿骨折西風	夜霜壓棧，駿馬折損於風雨中。	喻世無識才之人，任由賢才泯沒。
〈其十〉 催榜渡烏江，神騅泣向風 君王今解劍，何處逐英雄	馬不遇英雄之嘆。	喻賢才不遇明君，不得施展。
〈其十一〉 內馬賜宮人，銀韉刺麒麟 午時鹽板上，蹭蹬溘風塵	寫內馬受寵，而駿馬卻在風塵中奔波勞走。	寫人之遭逢各異，榮幸與偃蹇命運不同。
〈其十二〉 批竹初攢耳，桃花未上身 他時須攬陣，牽去借將軍	指駿馬雖未長成，卻能預見未來，必有一番作爲。	預卜賢才可借用。
〈其十三〉 寶玦誰家子，長聞俠骨香 堆金買駿骨，將送楚襄王	楚襄王非愛馬之君，送駿馬非所宜，悲馬之遭逢。	賢才遭逢不遇。

馬詩二十三首	言內意	言外意
〈其十四〉 春褋赭羅新，盤龍蹙鐙鱗 迴看南陌上，誰道不逢春	寫馬欣欣行於春首之風光。	羨他人榮幸。
〈其十五〉 不從桓公獵，何能伏虎威 一朝溝隴出，看取拂雲飛	言馬若能展才，必能飛馳。	賢才冀能一展抱負。
〈其十六〉 唐劍斬隋公，卷毛屬太宗 莫嫌金甲重，且去捉飄風	駿馬追隨明主建立事功，雖馱金甲，仍能奮力飛馳。	賢才須明君方能騁才而用。
〈其十七〉 白鐵剉青禾，碪間落細莎 世人憐小頸，金埒畏長牙	憐馬小無人惜愛，而老馬長牙，卻為人所懼。	畏才懼用。
〈其十八〉 伯樂向前看，旋毛在腹間 祇今掊白草，何日驀青山	伯樂亦知為駿馬，然蹭蹬不得馳騁。	雖為賢才，卻未能薦舉待用。
〈其十九〉 蕭寺馱經馬，元從竺國來 空知有善相，不解走章台	駿馬從天竺來，不知馳騁章台之路。	喻賢才任重負遠，不以冶遊為樂。
〈其二十〉 重圍如燕尾，寶劍似魚腸 欲求千里腳，先采眼中光	諭示求千里馬之法。	求俊才之法。
〈其二十一〉 暫繫騰黃馬，仙人上綵樓 須鞭玉勒吏，何事謫高州	駿馬繫而不用。	憫賢才被謫。

馬詩二十三首	言內意	言外意
〈其二十二〉 汗血到王家，隨鸞撼玉珂 少君騎海上，人見是青驄	不識者誤將汗血寶馬視為青驄。	憫有才不識之悲。
〈其二十三〉 武帝愛神仙，燒金得紫煙 廄中皆肉馬，不解上青天	若武帝可成仙，亦傷其所飼為肉馬，未能馱帝上青天。	傷有才不用，而無才者空得寵幸，未能負重。

第七章　情境連類：唐詩「以女爲喻」審美心理析論

摘　要

　　中國詩歌喜以敘寫女性幽思來隱喻求用之心，或以女性代言體方式來抒發個人感蕩不遇之志，甚至以神話之女、歷史之女、人間女子之貧女、貞女、怨女、思婦等來寓寄感懷，以喻示個人、社會、政治的某些情狀，究竟這些「以女為喻」詩歌的審美心理為何？理論基礎為何？示現的內容及類型如何？所谿顯的審美意識是什麼？乃至於展示的文化特徵又是什麼？是一個值得探賾的論題，本文擬以唐代詩歌為研究範疇，探討其中的審美心理與詩用文化之意義。首論「以女為喻」歌詩之審美基礎是建構在以彼喻此的情境連類；託喻方法則有比況，象徵與寓言三種。次論「以女為喻」之類型與內容，有託喻於神話女子、歷史女子、民女、怪女等項。三論「以女為喻」之審美效能，分從創作意圖、解讀向度進行梳理。最後，歸結「以女為喻」之詩用文化的意義。

第一節　前言

　　性別敘寫，我們可以簡分為男寫男、男寫女、女寫男、女寫女四種類型，而在中國詩歌當中，攸關女性之敘寫類型如下：

一、女寫女

　　女性為敘述者，由女性自己敘寫生平遭遇或幽微心理者，例如卓文君〈白頭吟〉：「皚如山上雪，皎如雲間月。聞君有兩意，故來相決絕。今日斗酒會，明旦溝水頭；……男兒重意氣，何用錢刀為。」敘寫堅貞女子對二心丈夫之決絕態度。或如蔡琰〈悲憤詩〉：「漢季失權柄，董卓亂天常。志欲圖篡弒，先害諸賢良……流離成鄙賤，常恐復捐廢。人生幾何時，懷憂終年歲。」敘寫自己遭遇董卓之亂，身陷胡境，後別子歸漢，再嫁新人之顛沛流離的心路歷程。以上諸例皆以女性為敘述者，自述生平遭遇或心理變化。

二、男寫女

　　男性為敘述者，其下可再分為數種：

1. 以女性為敘寫對象，客觀摹寫其形容姿態、幽微心理變化。例如辛延年〈羽林郎〉有一段敘寫當壚胡姬之服飾及佩飾：「胡姬年十五，春日獨當壚。長裾連理帶，廣袖合歡襦。頭上藍田玉，耳後大秦珠，兩鬟何窈窕，一世良所無」。又如李延年〈歌〉：「北

方有佳人，絕世而獨立，一顧傾人城，再顧傾人國。寧不知傾國
與傾城？佳人難再得！」敘寫絕世美人，艷色天下。此皆以客觀
視角摹寫女子形態姿容。

2. 以代言體方式為女性發聲，例如李白〈春思〉：「燕草如碧絲，
秦桑低綠枝。當君懷歸日，是妾斷腸時。春風不相識，何事入羅
幃？」。或以仿作方式敘寫其潛幽心情、遭逢變故、親歷某事等，
例如〈公無渡河〉*1*、〈江南曲〉*2*、〈陌上桑〉*3*等詩，歷代皆有
續寫，內容與意義容或殊別。

3. 文士自擬為女性，以女性角色自我比況遭逢際遇或以美貌譬喻德
性等等，例如王建〈新嫁娘〉、杜荀鶴〈春宮怨〉、朱慶餘〈近
試上張籍水部〉等。以上三類我們若以人稱來畫分，則可得：一、

---

1 仿作之例甚多，有李白、王建、溫庭筠、王叡等人，例如李白〈公無渡河〉
一作〈箜篌引〉：「黃河西來決崑崙，咆吼萬里觸龍門，波滔天，堯咨嗟，
大禹理百川，兒啼不窺家，殺湍湮洪水，九州始蠶麻，其害乃去，茫然風
沙，被髮之叟狂而痴。清晨徑流欲奚為。旁人不惜妻止之，公無渡河苦渡
之。虎可搏，河難憑，公果溺死流海湄，有長鯨白齒若雪山。公乎公乎，
挂骨於其間，箜篌所悲竟不還。」見清·彭定求等十人編校：《全唐詩》
（北京：中華書局，1996 年 1 月）冊 1，卷 19，〈相和歌辭〉，頁 201-202。

2 仿作〈江南曲〉有宋之問、劉眘虛、丁仙芝、劉希夷、于鵠、李益等人之
作，尤其劉希夷為多，共有八首，以上俱見清·彭定求等十人編校：《全
唐詩》冊 1，頁 202-206。試舉宋之問之仿作為例：「妾住越城南，離居
不自堪。採花驚曙鳥，摘葉餧春蠶，懶結茱萸帶，愁安玳瑁簪。侍妾消瘦
盡，日暮碧江潭。」見頁 202。

3 仿作〈陌上桑〉有李白、常建、陸龜蒙等人，〈采桑〉則有郎大家宋氏、
劉希夷、李彥暐、王建等人，見清·彭定求等十人編校：《全唐詩》冊 1，
頁 209-210。

以第一人稱敘寫，採用女子視角摹寫幽微心態及遭逢，其下可分為：擬作（代言體）與仿作二型；二、以第三人稱敘寫，採用客觀視角摹寫女子形容姿態；除此而外，尚有第三種、人稱交融互用：混用第一及第三人稱敘寫者，人稱交迭互現，例如漢代樂府〈東門行〉、〈病婦行〉皆是女子與丈夫對話混合人稱的運用。亦有全知觀點與第一觀點的混融，例如宋子侯〈董嬌嬈〉、〈陌上桑〉等[4]。茲以表統整如下：

4　亞里斯多德亦曾提出藝術作品描寫對象，可採三種方式，其一是以作者口吻敘述或通過某一人物言說出來；其二是全篇以一貫方式敘述沒有變化；其三是由模擬者將整個故事戲劇地照所描述的實際表演出來。以上三種即是：第一人稱式、第三人稱式、第一及第三人稱混合形式三種。姚一葦據此而提出中國詩中的人稱有五種形式：一、第一人稱形式、第二人稱形式、第三人稱形式、第一人稱與第二人稱之混合形式、第一人稱與第三人稱混合形式。見〈中國詩中的人稱問題芻論〉，該文輯入《欣賞與批評》（台北：聯經出版事業公司，1989 年 7 月），頁 100-101。姚一葦的第二人稱，是以「我」視「你」，例如「筆落驚風雨，詩成泣鬼神」，即是敘寫「你」「筆落驚風雨，詩成泣鬼神」，吾人則認為，「我視你」仍應屬於第一人稱視角。而詩歌中雜有人稱互用的情形，第一二三人稱互相混用的情形非常頻繁，故本文統稱為「人稱交融互用」類型。

7-1：性別敘寫分類表

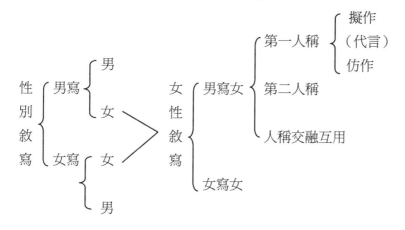

以上類別[5]，在「女寫女」類型中，女性自述之作品為例雖多，大率為自抒情懷或遭遇，非本論文所欲討論者，本論文以「男寫女」類型為主，以男性為敘述者，來論述文士「以女為喻」的審美心理。

關於此，梅家玲先生曾撰有〈漢晉詩歌中「思婦文本」的形成及其相關問題〉即是探賾「思婦文本」形成、衍變、文人擬作、代言之美學典範及其關涉婦女處境等問題，研究成果斐然[6]，揭示「思

5　本文「以女為喻」論述「男寫女」為主，故本表不細畫「女寫女」及其他部份。

6　梅家玲先生〈漢晉詩歌中「思婦文本」的形成及其相關問題〉成果豐碩，茲鉤稽其研究成果如下：一、「思婦文本」形成與衍變，其一，在身份上是從未嫁、已婚到建安以後，已婚婦人的樓頭幽思；其二，就表露情懷而言，是從多元的溫柔敦厚、蘊藉纏綿、熾烈奔放的多元情性轉向魏晉「思婦」之貞定嫻淑。二、「思婦文本」系在政教理想、詩學傳統、擬代風氣

婦文本」在擬代風氣下形成典律化，本文擬接續並擴大探討這種「思婦文本」到了唐代形成什麼樣的變化？在內容上、身份上究竟是前接先秦兩漢之多元變化，抑是接續魏晉固定型態而來？這種「以賦為比」的敘寫手法，是否有所改變？其取義的內容及類型到底是否還前承魏晉，抑或另出機杼？

　　然而，本文不取「思婦文本」一詞作為論述題目，主要是因為：一、從敘寫對象而言，「思婦文本」到了唐代形成「以女為喻」的文本，不再固守「思婦」的角色。二、從敘寫情懷而言，情感內容更多元化，不再固守樓頭思婦的盼歸心理。三、從託喻對象而言，不再只以男女喻示君臣關係而已，而有更豐富的託喻情境。四、雖則女性主體銷亡，卻擴大審美基礎，喻示連類的範圍加深加廣，不再附麗於政教之上。是故，唐詩「以女為喻」呈現唐代噴薄氣象，恢宏氣度的審美心理。本文以文士擬寫女性為研究核心，並以「以女為喻」為名，不僅只討論梅家玲先生所謂的「思婦」，同時，也論及其他女子，包括神話中的女子、一般女子中怨女、貞女、棄女等身份類別，並且著重在理論及類型分析。

　　復次，討論「以女為喻」牽涉到中國詩歌傳統中的「香草美人」之詩用文化（內含作者之創作意圖、文本之示意方式、讀者之解讀系統之建構等問題）中的「美人」，此一論述所在多有，例如黃永

下形成典律化。「借男女以喻君臣」是魏晉以來，承自傳統文學的一種「以賦為比」的美學典型。三、出於男性文人之手的思婦文本，未能確實反映女性真實經驗，在形塑「思婦」美典之下，也促導女性主體的消解。該文輯入梅家玲：《漢魏六朝文學新論：擬代與贈答篇》（台北：里仁書局，1997年4月）第二篇，頁93-150。

武揭示美人是中國詩歌抽象理想的化身，假託的對象有人、物、自然等，用以寄託言外意或昇華心靈[7]，又如吳旻旻則從各種文類探論此一「香草美人」從創作到閱讀模式建構的過程。[8]以上二人，黃氏從虛涵渾融的視角整體論述美人幻象，而吳氏則從宏觀縱論「香草美人」的演變軌跡與意義。與本文所欲討論的視角不同，本文著重在審美基礎、比況類型、美感效能等面向期能抉發「以女為喻」的文化意義。

　　但是，為何要談「以女為喻」？而不談「以物為喻」？事實上，在中國歌詩託喻部份可分為二大類型，其一是「以物為喻」，其二是「以人為喻」。「以物為喻」的部份，在中國詠物詩當中，依《佩文齋詠物詩選》可分為四百八十六種，其中亦有以草木香花之處境來自喻遭逢，或以物性自喻德性，此皆可參照拙作《中國詠物詩「託物言志」析論》一書。而「以人為喻」的部份，有以神話人物、歷史人物……等為喻，亦有以女子為喻者，本文先論「以女為喻」，俟日後再進階論述以神話人物、歷史人物……等為喻的部份。茲統整比況論型如下表：

7　見黃永武：〈古典詩中的美人幻象〉，輯入《中國詩學：思想篇》（台北：巨流圖書公司，1979 年二印）頁 71-79。

8　見吳旻旻：《香草美人傳統研究：從創作手法到閱讀模式的建立》（台北：台灣大學中國文學研究所博士論文，2002 年）。

7-2：中國詩歌比況類型表

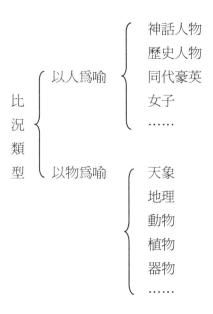

比況類型
├─ 以人為喻
│　├─ 神話人物
│　├─ 歷史人物
│　├─ 同代豪英
│　├─ 女子
│　└─ ……
└─ 以物為喻
　　├─ 天象
　　├─ 地理
　　├─ 動物
　　├─ 植物
　　├─ 器物
　　└─ ……

　　復次，在中國詩歌當中，「以女為喻」可區分為「以女喻人」、「以女喻物」及「以女喻事」三型。「以女喻人」類型主要有「以女喻他人」及「以女喻己」二類為主。所謂「以女喻他」是借女子來寫他人，實則寓寄言外之意於其中；「以女喻己」就是以女性自喻，迂曲寓寄隱微之意，「以女喻物」主要有「以女喻花」或「以女喻器物」等作為相同美感特質的投射；「以女喻事」指藉與女子之遭遇或遇合而託喻於某事者。茲將分類示之如下：

7-3：「以女為喻」託喻分類表

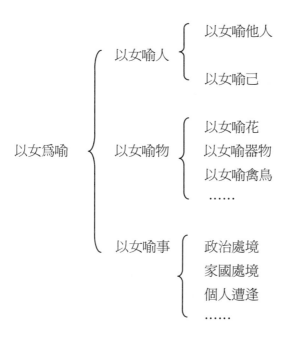

何謂「以女為喻」？其意義為何？「喻」本有譬喻之意，若是「諭」則有曉諭之意，本文「喻」指譬喻同時兼有曉諭之意，借由擬譬比況的方式達到告知、曉諭的效果，職是，本文「以女為喻」就是以女子為託喻對象以達比喻、曉諭、託喻之義，而非僅是客觀摹寫女子形象而已。

復次，無論是「以女喻他」或「以女喻己」，此中出現幾個問題：

一、作者以女子形象作爲託喻對象，是否能夠如實表述作者之意圖？

二、透過「以女爲喻」文本（text），是否能夠如實傳釋意義給讀者？

三、讀者如何透過「以女爲喻」之表述，來體悟作者所指涉的情境？也就是說，以女子擬譬取象，是否能具實讓讀者體會其意而不溢出其言意呢？

　　承上，本文進行下列的討論：一、何以文士借女性爲託喻對象？其目的何在？二、借女喻人的內容爲何？或比況的事項爲何？三、借女爲喻，可達到什麼樣的美感效能？基於此，本論文首先探討唐代詩歌「以女爲喻」詩歌之審美基礎爲何？其方法又建立在什麼基礎上？二論「以女爲喻」比況內容與類型爲何？三論作者採用「以女爲喻」審美效能爲何？四論讀者閱讀此類「以女爲喻」之作品時，能否有所感發、契會？其效能又如何？結論歸結「以女爲喻」之文化意義。

第二節　「以女為喻」歌詩之審美基礎與方法

　　文士借女爲喻，必有一定的審美基礎，才能引發讀者感同身受或連類的觸發，到底「以女爲喻」建立在什麼樣的基礎上，才能讓讀者心意感通，契會作者之意呢？我們試舉一例來說明之。張籍〈節婦吟寄東平李司空師道〉云：

君知妾有夫，贈妾雙明珠。感君纏綿意，繫在紅羅襦。妾家
高樓連苑起，良人執戟明光裡。知君用心如日月，事夫誓擬
同生死。還君明珠雙淚垂，何不相逢未嫁時。[9]

從字面義觀之，敘寫女子拒絕男子追求之情意，然而張籍作意果真
如此乎？我們從詩題：〈節婦吟寄東平李司空師道〉得知，其意可
能有二：其一、張籍將「節婦」的故事告訴李師道[10]，別無寓意。
其二、「節婦」只是一個託喻的對象，張籍應該另有曲意。我們根
據《容齋三筆》云：「張籍在他鎮幕府，鄆帥李師古又以書幣辟之，
籍卻而不納，而作〈節婦吟〉一章寄之。」[11]，若洪邁所言為真[12]，
則「節婦吟」的故事內容並非張籍創作的本意，其意乃藉節婦之處
境來自喻處境，並且以此處境寄李師道知之，這是一個什麼樣的情
境呢？

一、「以女為喻」審美基礎：以彼喻此之情境連類

承上所述，將「節婦情境」與「張籍處境」相比擬，是基於「類
比」。有關「類比基礎」與中國傳統詩歌六義中的「賦比興」三義

9　清·彭定求等十人編校：《全唐詩》冊 12，卷 382，〈張籍一〉，頁 4282。

10　李師道為河北山東地帶之藩鎮，曾任平盧淄青節度使、檢校司空、同中書
門下平章事，故張籍稱其為「李司空」。

11　見陳伯海：《唐詩彙評》（杭州：浙江教育出版社，1996 年 5 月三刷）冊
中，頁 1900。

12　至於箋注者或詮評者之詮釋是否正確，容後再述。

有相當大的關連，而前人對賦、比、興之討論甚多。原來在中國傳統解釋詩歌的過程中：賦、比、興三意獨立而各有其意，是《詩經》六義中的三義，用來指創作的技法，迄劉勰《文心雕龍・比興篇》才正式將「賦」與「比、興」離析[13]。劉勰《文心雕龍・比興》云：「比者，附也；興者，起也。附理者切類以指事，起情者依微以擬議。起情故興體以立，附理故比例以生。」[14]揭示「比」是依附事（或物）類以明事理，此即「切類以指事」；而「興」則是起興，用來感發情意，以隱微作意，此即「依微以擬議」。皎然《詩式・用事》也指出：

> 詩人皆以徵古為用事，不必盡然也。今且于六義之中，略論
> 比興，取象曰「比」，取義曰「興」，義即象下之意。凡禽
> 魚、草木、人物、名數，萬象之中義類同者，盡入比、興。
> 〈關雎〉即其義也。如陶公以「孤雲」比「貧士」；鮑照以
> 「直」比朱絲，以「清」比「玉壺」。時久呼比為用事，呼
> 用事為比。[15]

該「用事」一條是用來辨析「用事」與「比」之異同，最重要觀念

13　劉勰《文心雕龍》卷二有〈詮賦篇〉，卷八有〈比興篇〉卷八，「賦」已
　　獨立為一種文體，而「比興」仍保留原義，指創作技法。

14　劉勰：《文心雕龍・比興篇》（台北：開明書局，1981 年台十五版）卷 8，
　　比興三十六，頁 1。

15　皎然：〈詩式・用事〉，《歷代詩話》（台北：漢京文化事業有限公司，
　　1983 年 1 月），頁 30。

是「取類曰比，取義曰興」之義。其意揭示「比」是取物象爲譬，而「興」則重在義類的感發，事實上，無論是「比」或「興」皆有物象，亦皆有其義，只是著重點不同。而今人葉嘉瑩則提出「感發」的觀念來說明賦比興之異同，所謂情意的感發作用，不僅是作者的感發而已，最重要的是如何將這種感發傳達給讀者，並且揭示中國詩歌感發的方式有三種，一種是直接敘寫，有物象才有心象，此即是「即物即心」，也就是「賦」；二是借物爲喻，是指先有此心意，再以物來表述之，此即是「心在物先」，也就是「比」；三是因物起興，先有此物再有此心，物是心的觸媒，此即是「物在心先」，也就是「興」。葉氏之解說，讓我們理解中國賦比興三者之「心」與「物」的感發關係，但是，無論是「即物即心」「心在物先」、「物在心先」僅是說明感發的順序而已，並無足以說明爲何能夠形成這種感發，而這種感發的理論基礎是什麼呢？筆者認爲顏崑陽先生曾經針對「託喻」提出一個概念：「情境連類」，甚能清楚說明感發的理論基礎，其云：

> 詩人既對他所處社會的現象有所感觸而產生情志，則他本人便在此一具體之「境」中；此「境」非離「情志」而為不涉主觀之客體，其中涵有詩人之「情志」在。如此主客融合，我們可以稱它為「情境」。這「情境」存在於現實社會中，我們可以稱它為「實存情境」。……此另一「情境」即是作品語言所描述具現之情境，我們可以稱它為「作品情境」。將二個類似之情境連接在一起，我們可以稱它為「情境連

類」。¹⁶

顏先生指出「情境」有二種，一種是作者實際所處的情境，此即是「實存情境」；二是作品所示現的情境，此即是「作品情境」，而能夠將作者的「實存情境」與「作品情境」相鉤連，此即是「情境連類」，亦即指相類似的情境連接在一起，當然，這個觀念是運用劉勰在《文心雕龍・比興篇》中所提出來的「取類」的觀念，更加以細繹其理。所以，我們讀文學作品時，常常因為有「情境連類」，而能使我們感通於作者之意，甚或作意不明顯之下，也隱然能夠知其意，甚至跨時空之下，亦能夠讓我們感通於文學作品中的情意與我們互動而不會扞格不入，這種人情共感的基礎，即是文學所以能歷久彌新，跨千古而不朽之因，亦是千世百代之後的讀者能夠感通往古作者之心意。

　　然而「情境連類」只能用在「興」嗎？顏崑陽先生提出：

> 「比」之「比喻」乃是「物性切類」，而「興」之「託喻」則是「情境連類」。¹⁷

揭示「比」是「物性切類」即是以物作為類比基礎，「興」是「情

16　見顏崑陽：〈論詩歌文化中「託喻」觀念：以《文心雕龍・比興篇》為討論起點〉，輯入《第三屆魏晉南北朝文學與思想學術研討會》，頁 222。

17　見顏崑陽：〈論詩歌文化中「託喻」觀念：以《文心雕龍・比興篇》為討論起點〉，輯入《第三屆魏晉南北朝文學與思想學術研討會》，頁 223。

境連類」，作者依據所感知的具實情境，發之爲文，而讀者則逆從作品所發露出來的「作品情境」去感知作者所要傳示的意義爲何。如是，「比」是透過某物的關係性，達致擬容取譬的效果，至於「興」是一種感發，是一種情緒的表達。

吾人認爲此說法可以再略作修正，一、從內容而言，文學作品的共同基礎是「情境連類」，「比」法是一種「物性切類」，「興」法則是一種藉物感發的方式，至於「賦」則是一種直接敘寫的方法，這三種寫作技巧，其實皆必以「情境連類」爲基礎，作者創作時將實存情境與作品情境相鉤連而以賦比興三法爲之，才能引發讀者的感受，或是召喚讀者參予文本的意向，如若無「情境連類」作爲基礎，則作品僅是一堆書寫的文字，並不足以感發人心。所以，我們認爲「情境連類」是文學作品感發讀者的基礎。二、從對象而言，是作者將自己的實存情境，以作品的形式表述，而作者之情境必須被讀者解讀，使讀者能透過作品之表述而逆會作者之情境。準此，「以女爲喻」也是基於這種感發，才能撩撥讀者心意，捫探作者之意向性。

如是，我們再回扣張籍之〈節婦吟寄東平李司空師道〉一詩，可以知道張籍的「實存情境」是一種兩難的處境，欲婉拒李師道之邀聘，卻又怕直接拒絕，引發不快，所以藉由節婦之「事夫誓擬同生死」的節烈心跡來表白自己婉拒之情，而「還君明珠雙淚垂，恨不相逢未嫁時」一方面表白自己的堅貞心跡之決絕，一方面也表白情非得已、不得不然的痛楚。所以張籍借節婦之堅貞與還珠之感傷，來比擬自己的處境，是一種連類情境的感通。從作者張籍而言，可由節婦處境表述難以拒絕之邀聘；再從第一讀者李師道而言，可

由節婦處境體認張籍莫可奈何之處境。這種「以彼喻此」的方式，所採用的理論基礎即是「情境連類」。我們試著簡單釐析二者之關涉如下：

7-4：〈節婦吟〉言外意對照表

	對象	身分	事件	態度	行動
表層意	節婦	有夫	男子追求	表明堅貞	退還所贈
深層意	張籍	有主	邀聘入幕	表明心跡	婉拒入幕

　　類比的基礎在「以彼喻此」的「情境連類」，以有夫之婦，拒絕男子追求，猶如張籍拒絕李師道之招聘入幕，此即是張籍作意所在。

　　職是，文士在創作時，先有意識萌動，產生意念，欲以女子某一物象或形象作為擬譬的對象，再以意象形諸筆端，發諸為文，此一形象或意象即是將表象的物形轉化成審美的對象，此一轉化即是創作的審美操作，形諸文字之後，再由讀者閱讀感知，此一過程，我們可以化約為下圖：

7-5：創作與閱讀之歷程

| 主觀心識 | → | 轉化 | → | 審美操作 | → | 閱讀與理解 |
|（意念萌動）| |（以彼喻此）| |（創作）| |（情境感知）|

作者　　　　　　　　　　文本　　　　　　讀者

　　如上表所示，先有作者「主觀心識」之萌動，再「轉化」這種意念，採「以彼喻此」方式隱微表示，形諸文字成為文本，再由讀者閱讀與理解。然而，情境連類操作的方式有那些呢？

二、「以女為喻」託喻方法：比況、象徵與寓言

　　從作者而言「賦、比、興」是詩歌三種創作手法，也是三種「感發創作的情境」；從讀者而言，則是三種產生「感受作品情境」的方式。而「情境連類」則必須以「以此喻彼」為基礎，也就是有作者之「實存情境」與作品之「文本情境」相結合而產生的「感受情境」。所以「以女為喻」之「情境連類」是運用「以彼喻此」的託喻方式。「託諭」一詞源自《文心雕龍、比興篇》，其云：

> 觀夫興之託諭，婉而成章，稱名也小，取類也大。〈關雎〉有別，故后妃方德；尸鳩貞一，故夫人象義。義取其貞，無從于夷禽；德貴其別，不嫌於鷙鳥；明而未融，故發注而後見也。且何謂為比？蓋寫物以附意，颺言以切事者也。[18]

文中對於興體「託諭」的闡述：「稱名也小，取類也大」，所以「關雎」用來「取類」於「后妃」；斑鳩貞一之性，用來類比於夫人之義。無論禽鳥，皆可取來託喻，這是劉勰對興體託諭的解釋。至於「比」義所述，清晰明暢：「寫物以附意，颺言以切事者」，以「物」、

18　劉勰：《文心雕龍・比興篇》卷8，比興三十六，頁1-2。

「事」來擬譬。[19]吾人認爲不僅是「興」有託喻，「比」亦有託喻。

至於「比」、「興」與「比興」之義是否殊別？葉嘉瑩曾提出「比興」與「寄託」之關連性，其云：「在中國詩論中，又往往有把『比興』連言的『比興寄託』之說，……至於一般之所謂『比興寄託』，則不過指的是詩歌中有意在言外的一種寄託，是一種泛言之辭，與『六詩』或『六義』中之所謂『賦、比、興』之重在開端的感發之由來及性質者，也並不相同。」[20]揭示「比興」與寄託連用，是一種意在言外的寄託方式，與六義中的比、興之義有別，是一種轉義合用的情形，據此，「比」與「興」合用，必含「寄託」之意。

而「託喻」與「比興寄託」的關係又如何呢？顏崑陽先生曾對「託喻」明確下過定義：「結合『寄託』、『譬喻』、『勸諫或告曉』才是『託喻』的充要義涵。」[21]揭示「託喻」必含有：寄託、譬喻、勸諫告曉之意。從詩歌的傳統觀之，「比興」意同於「寄託」，有「言外之意」，是「言在此而意在彼」的一種表述方式，也是「託喻」的義涵。如前所述，張籍〈節婦吟〉一詩託喻於「節婦」一事，

19　據劉勰之意，二者皆是創作手法，可是後世多言「比」而少言「興」，多學「比」之技巧，而興體之義逐漸「銷亡」，甚有感慨之意。

20　從「賦」而言，先有甲以引起乙物之聯想；從「比」而言，擬譬比況，必有甲物以比於乙物；從「興」而言，也必定有甲物以引發乙物之聯想。見葉嘉瑩：〈中國古典詩歌中形象與情意之關係例說：從形象與情意之關係看「賦、比、興」之說〉，《迦陵談詩二集》（台北：東大圖書公司，1985年2月），頁137-38。

21　見見顏崑陽：〈論詩歌文化中「託喻」觀念：以《文心雕龍‧比興篇》為討論起點〉，輯入《第三屆魏晉南北朝文學與思想學術研討會》，頁220。

即是一種有言外寄意的比興寄託。

　　然而「以彼喻此」的託喻方式爲何？採用「以彼喻此」的創作手法，基本上有三種：比況、象徵、寓言。此三者皆關涉「以彼喻此」的情境連類手法，論之如下。

　　首先，比況就是以甲比乙的方式，有明喻、隱喻等不同，在詩歌中不乏其例，而「象徵」是指二者之間並無關連性，是一種約定俗成或理性制約所形成的。在中國傳統詩歌當中，香草美人已化約爲象徵之義，而在唐僧虛中的《流類手鑒》當中，對於詩歌象徵之義，說明如下：「夫詩道幽遠，理入玄微，凡俗罔知，以爲淺近，善詩之人，心含造化，言含萬象，且天地日月草木煙雲皆隨我用，合我晦明，此則詩人之言，應於物象豈可易哉？」並且臚列甚多象徵之義，例如：日午春日比聖明、殘陽落日比亂國、春風和風雨露比君恩、朔風霜霰比君失德、舟輯孤峰比上宰……等等[22]，這些物象，在中國詩歌傳統形塑出相當豐富的意義，值得深究。本文所指，文士亦以象徵來連類於所比譬的對象，以引發讀者關連性的閱讀情境。例如黃永武揭示：「美人大抵是抽象理想的化身，其假託的目標或爲人、或爲物、或爲自然，但可貴處畢竟在能超越現實、提昇精神、給心靈以寄託與昇華。」[23]。復次，以寓言詩的方式來進行「情境連類」始自《詩經》之〈鴟鴞〉、〈碩鼠〉諸篇。所謂寓言

22　《流類手鑒》輯入清人顧龍振：《詩學指南》（台北：廣文書局，1973年4月再版）頁118。除了《流類手鑑》之外，王玄編的《詩中旨格》、王夢簡撰的《詩要格律》等，皆有相當豐富的物類象徵的意象，茲不贅舉。

23　見黃永武：〈古典詩中的美人幻象〉，《中國詩學：思想篇》，頁79。

詩，即是以甲之事件，寓寄乙之寓意，也就是「有寄託故事之詩歌」，
例如，劉禹錫〈調瑟詞〉云：

> 調瑟在張弦，弦平音自足。朱弦二十五，缺一不成曲。美人
> 愛高張，瑤軫再三促。上弦雖獨響，下應不相屬。日暮聲未
> 和，寂寥一枯木。卻顧膝上弦，流淚難相續。[24]

故事敘寫一位美人愛彈瑟，然特別喜歡高音，所以獨響上弦之高
音，不作下弦和聲，迄日暮弦聲未能相和，絃斷難續，後悔莫及。
此乃表層意，事實上本詩乃劉禹錫別有作意之詩，其序云：「里有
富翁，厚自奉養，而嚴督臧獲，力屈形削，猶役之無藝極，一旦不
堪命，亡者過半，追亡者亦不來復，公頗沮而追昨年之莫及也。予
感之，作調瑟詞」，由是可知，劉禹錫以美人彈瑟作為寓體的部份，
而以富翁苛刻僕役為寓意所指。故寓言詩資借一故事來顯發寓意，
寓體與本體之間的關係是作者擬容取譬手法之一，其對照如下：

7-6：劉禹錫〈調瑟詞〉敘寫內容對照表[25]

人物對照	特質	偏好	缺失
美人彈瑟	愛高音	獨響上弦下弦不相屬	音聲不和，絃斷難續
富翁使役	厚自奉養	嚴督臧獲，力屈形削	亡者過半，追亡者亦不復

24　清・彭定求等十人編校：《全唐詩》卷 354，〈劉禹錫一〉，頁 3974。

25　本例子屬於「譬況型寓言詩」，見林淑貞：〈第四章第二節對應關係：本
　　體寓體之寓意對照呈示〉，《表意・示意・釋義：中國寓言詩析論》（台
　　北：里仁書局，2007 年 2 月），頁 207-208。

綜上所述，茲將情境連類之操作手法與相關文學術語之異同臚列於下[26]：

7-7：「以彼喻此」相關文學術語分析表

文學術語	以彼喻此 （A與B之關連性）	說明
譬喻	隱喻：以A 相似於B	A是喻依，B是喻體 例如：少女（B）如花（A）
	借喻：以A 相鄰於B	A是喻依，B是喻體 例如：記得綠羅裙，處處憐芳草。 以綠羅裙（A）借代為女子（B）。
象徵	A與 B並無關連，而是約定俗成或理性制約	例如： 以香草美人寓寄賢臣與明君之關係。
寓言	以A（故事或情節）來寓寄 B（寓意）之意義，但是，不排斥A本身的意義	例如： 張籍〈節婦吟寄李司空師道〉，以節婦表A，寓意B則婉拒邀聘入幕。

---

26 本表為林淑貞所撰之〈寓言與相關文學術語異同表〉再略作修改，該表輯入〈寓言詩之義界與範圍釐定〉，《表意‧示意‧釋義：中國寓言詩析論》，〈第十七表〉，頁86。

第三節　「以女為喻」之類型與內容

在中國詩歌當中出現的女性，依其形體類型可分為仙女、人女、怪女三型，「仙女」即洛神、湘妃、娥皇、女英、嫦娥等神話傳說中的女仙；「人女」即是指具有人身之人間女子；「怪女」即是指花妖狐魅等精怪之女。

若依據詩歌託喻對象來區分，則前述三型仙女、人女、怪女則可以再細分為：神話中的女子、歷史上的女子、富貴家妻女、一般女子及精怪之女等五類。然而，在女子敘寫的形象類型當中，以「人女」為多，神話中的女子容或有之，所敘寫較有限，而歷史記載之女子，多以仿作、擬作方式為之，亦有作為託喻的對象者。而「人女」則多用來寫自己的處境，有貧女、怨女，思女、棄婦等類型。所謂的「貧女」是指寒貧之女子；「怨女」是指幽思難遣之女子；「思女」是指思念丈夫或情人之女子；「棄婦」即指被丈夫拋棄之女子，以上四種女子之遭遇不同，所對應出來的比況內容亦自有異。至於精怪之女，所寫較少，例如有白居易〈古冢狐〉等。

一、託喻於神話女子

在詩歌當中，被書寫的神女主要有：湘妃、嫦娥、巫山神女、西王母等人，其中以湘妃、嫦娥等，較常被詩人作為託喻對象，例如李白〈遠別離〉云：

遠別離，古有皇英之二女。乃在洞庭之南，瀟湘之浦。海水直下萬里深，誰人不言此離苦！日慘慘兮雲冥冥，猩猩啼煙兮鬼嘯雨。我縱言之將何補？皇穹竊恐不照余之忠誠。雷憑憑兮欲吼怒，堯舜當之亦禪禹。君失臣兮龍為魚，權歸臣兮鼠變虎。或云堯幽囚，舜野死。九疑聯綿皆相似，重瞳孤墳竟何是！帝子泣兮綠雲間，隨風波兮去無還。慟哭兮遠，見蒼梧之深山。蒼梧山崩湘水絕，竹上之淚乃可滅。[27]

本詩敘寫舜之二妃娥皇、女英離別之苦，藉以豁顯：「堯舜當之亦禪禹，君失臣兮龍為魚，權歸臣兮鼠變虎。」的意涵，據《唐詩別裁》所言，謂太白失位之人，雖言何補，故弔古以致諷。[28]高棅也認為本詩是李白傷君子失位，小人用事，而哀忠諫無從之作[29]。諸說雖略有出入，然以娥皇、女英之神話故事作為託諷的對象，卻是不言而諭的。再如李商隱以神話傳說中的嫦娥借以託喻，〈嫦娥〉詩云：

27　安旗等主編：《李白全集編年注釋》（成都：巴蜀書社，2000 年），頁943。

28　見陳伯海：《唐詩彙評》，冊上，頁568。其云：「玄宗禪位于肅宗，宦者李輔國謂上皇居興慶宮，交通外人，將不利於陛下。于是，徙上皇於西內，怏怏，不逾時而崩。詩蓋指此也。太白失位之人，雖言何補！故托弔以致諷焉。」

29　高棅《唐詩品彙》：「此太白傷時君子失位，小人用事，以致喪亂。身在江湖之上，欲往救而不可，哀忠諫之無從，舒憤疾而作也。」見陳伯海：《唐詩彙評》，頁568。

> 雲母屏風燭影深，長河漸落曉星沈。嫦娥應悔偷靈藥，碧海
> 青天夜夜心。**30**

李義山詩向以晦澀難以知解，遂有「詩家只愛西崑好，獨恨無人作
鄭箋」之嘆，本詩應是李義山深有寄意之作，然而據《李商隱詩歌
集解》臚列各家說法，歸結出：自傷、懷人、悼亡、詠女冠四種說
法，卻未知何者為確，李商隱不說，讀者何以知之？畢竟仍要從文
字著手解讀，雖然本詩作意不明，卻不妨礙其詩歌之美感，與託喻
之隱晦深刻。**31**至於如何知意、求意，請詳後述。

二、託喻於歷史女子

---

30 唐·李商隱著，清·馮浩箋注：《玉谿生詩集箋注》（台北：里仁書局，
1981年），頁717。

31 茲臚列數家之說法，以見異說，各有其理：一、姚培謙《李義山詩集箋注》：
「此非詠嫦娥也。從來美人名士，最難持者末路，末二語警醒不少。」。
二、朱鶴齡《重訂李義山詩集箋注》：「此亦刺女道士。首句言其洞房深
曲之景，次句言其夜會曉離之情。下二句言其不為女冠，盡堪求偶；無端
入道，何日上升也？則心如懸旌，未免悔恨於天長海闊矣。」三、沈德
潛《唐詩別裁集》：「此詩似有所為，而借嫦娥以託意。上二句賦其長夜
闊寂，借后羿之妃奔入月宮而言，亦翻案語。義山最喜作此等詩，如『金
徽卻是無情物，不許文君憶故夫』、『莫訝韓憑為蛺蝶，等閒飛上別枝花』、
『八駿日行三萬里，穆王何事不重來』，皆是有意出奇也。」四、紀昀
《玉谿生詩說》：「意思藏在上二句，卻從嫦娥對面寫來，十分蘊藉。非
詠嫦娥。」諸說所言雖有不同，卻同樣指出李商隱從嫦娥寫起，卻非真正
詠嫦娥，而是託喻於嫦娥之作。見劉學鍇、余恕誠編：《李商隱詩歌集解》
（北京：中華書局，1996年2月三刷）第四冊，頁1694-1697。

在歷史當中，常被敘寫的女子有西施、陳皇后、班婕妤、王昭君等人，有些則偶一寫之，例如楚妃。但是，託喻之意，卻深蘊其中。

（一）以王昭君寫遠辭家國

書寫王昭君者，有崔國輔、盧照鄰、駱賓王、沈佺期、梁獻、上官儀、董思恭、顧朝陽、東方虯、郭元震、劉長卿、李白、儲光羲、皎然、白居易、令狐楚、張仲素、李商隱、王偃、張文琮、陳昭、戴叔倫、李端等人[32]。其中有以第一稱敘寫，自擬為王昭君者，例如崔國輔〈王昭君〉：「漢使南還盡，胡中妾獨存，紫台綿望絕，秋草不堪論。」；沈佺期〈王昭君〉：「非君惜鸞殿，非妾妒蛾眉。薄命由驕虜，無情是畫師，嫁來胡地惡，不並漢宮時，心苦無聊賴，何堪上馬辭。」等。亦有以旁觀敘寫王昭君者，例如李白〈王昭君・其一〉：「漢家秦地月，流影照明妃。一上玉關道，天涯去不歸，漢月還從東海出，明妃西嫁無來日，燕支長寒雪作花，蛾眉顦顇沒胡沙，生乏黃金枉圖畫，死留青塚使人嗟。」，又如皎然：「自倚嬋娟望主恩，誰知美惡忽相翻。黃金不買漢宮貌，青塚空埋胡地魂」。

敘寫昭君，其意有三：一、離鄉去國，面對異族風土所生發之孤寂感，例如沈佺期「嫁來胡地惡，不並漢宮時」。二、怨無黃金買通畫師，致遠嫁胡地之憂憤，希望能斬畫師，例如李白「生乏黃金枉圖畫，死留青塚使人嗟。」、皎然「黃金不買漢宮貌，青塚空

32　清・彭定求等十人編校：《全唐詩》，頁 210-214。

埋胡地魂。」、崔國輔「爲妾傳書斬畫師」、三、漢朝無能，以女和親。例如東方虯〈王昭君〉：「漢道初全盛，朝廷足武臣。何須薄命妾，辛苦遠和親。」[33]

（二）以陳皇后寫幽獨冷落

敘寫陳皇后者，以〈長門怨〉爲題者有：徐賢妃、沈佺期、吳少微、張脩之、裴交泰、劉皂、袁暉、劉言史、李白、李華、岑參、齊澣、劉長卿……等人，以〈阿嬌怨〉爲題者有劉禹錫。[34]以〈長信怨〉爲題者有王諲、王昌齡、李白等人。敘寫的內容主要是抒寫陳皇后之君恩斷絕、孤寂難遣之幽傷，例沈佺期：「妾心君未察，愁嘆劇繁星」、吳少微：「如何嬌所誤，長夜泣恩情」、劉皂：「珊瑚枕上千行淚，不是思君是恨君」等等。[35]

（三）以班倢伃寫君恩斷絕

敘寫班婕妤者，以〈班倢伃〉爲題者有徐彥伯、嚴識玄、王維；以〈倢伃怨〉爲題者有崔湜、崔國輔、張烜、劉方平、王沈、皇甫冉、陸龜蒙、翁綬、劉氏雲等人。[36]主要內容敘是寫君恩斷絕，悲愁深蘊，例如王維：「秋夜守羅幃，孤燈耿不滅」、劉方平：「惟當合歡扇，從此篋中藏」、翁綬：「繁華事逐東流水，團扇悲歌萬

---

33 《全唐詩》，頁 210-214。

34 《全唐詩》，頁 254-257。

35 《全唐詩》，頁 254。

36 《全唐詩》，頁 257-259。

古愁。」等[37]。

以上無論是擬作或仿作，皆是基於美感經驗的轉化與投射[38]。在這些詩例當中，我們以張籍〈楚妃嘆〉為例：

> 湘雲初起江沈沈，君王遙在雲夢林。江南雨多旌旗暗，台下朝朝春水深。章華殿前朝萬國，君心獨自無終極。楚兵滿地能逐禽，誰用一身騁筋力。西江若翻雲夢中，麋鹿死盡應還宮。[39]

本詩極寫楚王逐禽狩獵之事，根據劉向〈列女傳〉記載，楚妃即是楚莊王夫人樊姬，莊王因好獵狩，楚妃勸諫不止，乃不食禽獸肉。張籍借楚妃之事，諷諭君王耽溺酒色戈獵，不分忠奸，禍及亡國。至於本詩有無借古諷今，以楚莊王來暗諷唐玄宗、楊國忠等人，則未可得知。

---

37 《全唐詩》，頁 258-259。

38 若據梅家玲所言，則是：「考諸漢晉以來的擬作、代言現象，則可知：絕大多數作品的完成，乃是出於一分不能自己的、欲對『人同有之情』相參互證的情懷。因而，漢晉以來擬代體的寫作，實係時人重溫過去、參與現時、迎向未來的一種生命體驗，並且在此一深具「創造性轉化」的生命體驗中，完成其在文學傳統中的積極意義。見梅家玲：〈序言：新視域的拓展——兼談「擬代」與「贈答」在漢魏六朝文學史上的意義〉，《漢魏六朝文學新論：擬代與贈答篇》（台北：里仁書局，1997 年 4 月），頁 4-5。

39 見李冬生注：《張籍集注》（合肥：黃山書社，1988 年），頁 50。

三、託喻於富貴妻女

泛寫嬪妃之怨、或宮女之怨、或富貴女之怨者，有王翰〈娥眉怨〉、李白〈玉階怨〉；以〈宮怨〉爲題者有長孫佐輔、李益、于濆、柯崇；以〈雜怨〉爲題者有聶夷中、孟郊等。內容大率以怨思愁絕爲主，例如王翰〈娥眉怨〉：「人生百年夜將半，對酒長歌莫長嘆，膳知白日不可思，一死一生何足算。」、李益〈宮怨〉：「似將海水添宮漏，共滴長門一夜長。」、柯崇〈宮怨〉：「紅淚旋銷傾國態，黃金誰爲達相如」、孟郊〈雜怨·其一〉：「花送人老盡，人悲花自閒。」等等。*40*

以上所列，或以自擬宮女而作，或爲仿作，皆表達宮女幽思難遣之悲苦孤子，究竟有無以宮女幽怨寓寄託喻之意？茲以張籍《吳宮怨》爲例：

> 吳宮四面秋江水，江清露白芙蓉死。吳王醉後欲更衣，座上美人嬌不起。宮中千門復萬戶，君恩反覆誰能數。君心與妾既不同，徒向君前作歌舞。茱萸滿宮紅實垂，秋風裊裊生繁枝。姑蘇台上夕燕罷，佗人侍寢還獨歸。白日在天光在地，君今那得長相棄。*41*

《唐詩選脈會通評林》周珽曰：「〈吳宮怨〉一首，寓言讒人恃寵，

---

40 《全唐詩》，冊一，頁 261-262。

41 《全唐詩》，冊十二，頁 4283。

正士懷憂，意亦沈著。[42]」，揭示「讒人恃寵，正士懷憂」之意。再如杜荀鶴〈春宮怨〉云：

> 早被嬋娟怨，欲妝臨鏡慵。承恩不在貌，教妾若為容，風暖鳥聲碎，日高花影重，年年越溪女，相憶採芙蓉。[43]

據《瀛奎律髓》云：「譬之事君而不遇者，初亦恃才，而卒為才所誤。愈欲自炫，而愈不見知。蓋寵不在貌，則難乎其容矣，女為悅己者容是也。風景如此，不思從平生貧賤之交可乎？」[44]，又《詩境淺說》云：「此詩雖為宮人寫怨，哀窈窕而感賢才，作者亦以自況。失意文人望君門如萬里已。」[45]，皆說明本詩以入宮之女子幽苦寂寞之心情來託喻文士不遇之悵恨。

四、託喻於民女

（一）以貧女自傷不遇處境

詩歌常借「貧女」來展示自己幽獨冷落、無人賞識之情境，例如秦韜玉〈貧女〉：

---

42 見陳伯海：《唐詩彙評》，冊下，頁2901。
43 清・彭定求等十人編校：《全唐詩》，冊二十五，頁10005。
44 見陳伯海《唐詩彙評》，冊下，頁2914。
45 見陳伯海《唐詩彙評》，冊下，頁2916。

蓬門未識綺羅香，擬託良媒益自傷。誰愛風流高格調，共憐時世儉梳妝。敢將十指誇針巧，不把雙眉鬥畫長。苦恨年年壓金線，為他人作嫁衣裳。[46]

本詩，若照表層意義解讀，僅是一位寒門女子自傷常年為人作嫁衣裳，感慨無人為媒之處境。然而其意義果真好此乎？根據周敬、周珽云：「此傷時未遇，而託『貧女』以自況也。」[47]即指出秦韜玉是借「貧女」來自傷未遇之情，並且借織女之手巧儉飾、有才不誇、有德不驕之美德來自喻。而周敬、周珽又何以知之？寧非過度詮釋乎？繼以趙臣瑗《山滿樓箋注唐詩七言律》亦有此說，其云：「此蓋自傷不遇而託言也，貧士貧女，古今一，仕路無媒，何由自拔，所從來久矣。」[48]亦以「貧士貧女，古今一」來說明秦韜玉非徒然寫「貧女」之遭遇與感傷，而是借貧女以自喻處境：「仕路無媒，何由自拔」。《唐詩別裁》亦云：「語語為貧士寫照」。何以三氏皆以貧女喻示仕路無媒的解讀路向呢？再如李山甫〈貧女〉：

平生不識繡衣裳，閒把荊簪益自傷，鏡裡只應諳素貌，人間

---

46 《全唐詩》卷670，冊二十，頁7657。

47 周珽《唐詩選脈會通評林》所云：「此傷時未遇，而託『貧女』以自況也。首聯喻己素貧賤，不託荐以求進。次聯喻有才有德者，見棄於世。二句一氣讀下，若謂世俱好修容者，誰人能憐取儉飾之士也。第五句見不以才誇人，六句見不以德自驕。末傷己少有著述措置，徒供藉人作進階耳。」見陳伯海《唐詩彙評》冊下，頁2826。

48 見陳伯海《唐詩彙評》冊下，頁2826。

多自重紅妝。當年未嫁還憂老，終日求媒即道狂。兩意定知
無說處，暗垂珠淚滴蠶筐。[49]

作意同樣是以憂老未嫁的貧女自傷情懷來比況良士求用之心。

（二）以節女自喻操守

例如前述張籍〈節婦吟寄東平李司空師道〉之詩以貞女自喻堅
守貞正之志，不受邀入幕於李師道。

（三）以棄婦喻示貞正本質

例如有杜甫〈佳人〉以棄婦之貞質作喻：

絕代有佳人，幽居在空谷。自云良家子，零落依草木。關中
昔喪敗，兄弟遭殺戮。官高何足論？不得收骨肉。世情惡衰
歇，萬事隨轉燭。夫婿輕薄兒，新人美如玉。合昏尚知時，
鴛鴦不獨宿。但見新人笑，那聞舊人哭？在山泉水清，出山
泉水濁。侍婢賣珠迴，牽蘿補茅屋。摘花不插鬢，采柏動盈
掬。天寒翠袖薄，日暮倚修竹。[50]

49　見清‧李調元編、何光清點校：《全五代詩》（成都：巴蜀書社，1992
　　年）二冊，卷5，〈李山甫〉，冊一，頁122。

50　唐‧杜甫撰、清‧仇兆鰲註：《杜詩詳註》（台北：漢京文化公司，1984
　　年）七卷，頁552。

究竟杜甫作意何指？是自喻或喻人？楊倫云：「此因所見有感，亦帶自寓意。」[51]杜甫詩寫幽閑貞正之女子，來暗喻修潔端麗之人，至於指涉何人？楊倫認為是杜甫用以自比。

（四）以怨女喻示幽獨冷落之心

例如沈佺期（？～713）〈古意呈補闕喬知之〉：

> 盧家少婦鬱金堂，海燕雙棲玳瑁梁。九月寒砧催木葉，十年征戍憶遼陽。白狼河北音書斷，丹鳳城南秋夜長。誰為含愁獨不見，更教明月照流黃。[52]

詩中所寫女子幽獨難遣，卻未知何指，楊慎《升庵詩話》：「宋嚴滄浪取崔顥〈黃鶴樓〉詩為唐人七言律第一，近日何仲默、薛君采取沈佺期『盧家少婦鬱金堂』一首為第一，二詩未易優劣。或以問予，予曰：崔詩賦體多，沈詩比興多。」，揭示比興多，然究竟何所寄意？未能明確指出，毛張健《唐體餘編》：「仍本六朝豔體，

---

51 見唐・杜甫著、楊倫箋註：《杜詩鏡銓》（台北：華正書局，無出版年月），頁230。另外，高棅《唐詩品彙》引劉云：「似悲似訴，自言自誓，矜持慷慨，修潔端麗，畫所不能加，論所不能及。」；黃生《杜詩說》：「末二語嫣然有韻，本美其幽閑貞正之美，卻無半點道學氣。」；沈德潛《唐詩別裁集》卷五：「結處只用寫景，更不著議論，而清潔貞正意，自隱然言外，詩格最超。」

52 《全唐詩》卷96，冊四，頁1043。

而託興深婉，得風人之旨，故爲佳什。」[53]亦指出該書深具風人之旨，至於何所指託，未能得知也。

（五）以求女喻示追思君王或理想抱負

例如李白〈長相思〉：

> 長相思，在長安。絡緯秋啼金井闌，微霜淒淒簟色寒。孤燈不明思欲絕，捲帷望月空長嘆，美人如花隔雲端，上有青冥之高天，下有淥水之波瀾。天長路遠魂飛苦，夢魂不到關山難。長相思，在長安。[54]

唐汝詢認爲本詩是李白賜金放還之後，不忘君而不明指天子而以京都長安代稱[55]。而《唐宋詩醇》亦指出思念長安美人實則是「賢者窮於不遇而不敢忘君」之忠厚之旨。[56]然而日人近藤元粹《李太白詩醇》卷一引謝疊山云：「此篇戍婦之詞，然悲而不傷，怨而不誹，可以追《三百篇》之旨矣。」[57]所言之旨趣與前二說不同，認爲是

53　見陳伯海《唐詩彙評》，冊上，頁 220-221。

54　《全唐詩》，卷 25，〈雜曲歌辭〉，頁 340。

55　唐汝詢《唐詩訓解》卷十二：「此太白被放之後，心不忘君而作。不敢明指天子，故以京都言之。」見陳伯海：《唐詩彙評》，冊上，頁 579。

56　清高宗敕編《唐宋詩醇》：絡緯秋啼，時將晚矣。曹植云：「盛年處房室，中夜起長嘆。」其寓興則同，然植意以禮義自守，此則不勝淪落之感。〈衛風〉曰：「云誰之思，西方美人。」《楚辭》曰：「恐美人之遲暮。」賢者窮於不遇而不敢忘君，斯忠厚之旨也。詞清意婉，妙於言情。

57　見陳伯海《唐詩彙評》，冊上，頁 581。

戍婦思君之詞，究竟何者爲是？不可得知，然而前二說肯定李白本詩並非僅是寫追思女子，而是以思君爲念，吾人亦認爲〈長相思〉非戍婦之詞，因爲所思之女子在長安，敘寫的視角當是男子，故吾人認爲近藤元粹所說爲非，且以傳統詩用文化觀之，唐汝詢及清高宗敕編之《唐宋詩醇》所言近是。[58]

（六）以新嫁娘喻示提攜汲引

例如王建〈新嫁娘〉：

> 三日入廚下，洗手作羹湯。未諳姑食性，先遣小姑嘗。[59]

根據前人評箋，可知本詩非徒爲新嫁娘而作，而是以情境連類的方式將迂曲之意表出。再如朱慶餘〈近試上張籍水部〉云：

> 洞房昨夜停紅燭，待曉堂前拜舅姑。妝罷低聲問夫婿，畫眉深淺入時無？[60]

又，張籍〈酬朱慶餘〉云：

---

58 又如〈古有所思〉：「我思佳人乃在碧海之東隅，海寒多天風。白波連山到蓬壺，長鯨噴湧不可涉，撫心茫茫淚如珠！西來青鳥東飛去，願寄一言謝麻姑！」亦有相同之意。

59 《唐詩三百首》，坊間本。

60 《全唐詩》，515 卷，冊十五，頁 5892。

越女新妝出鏡心，自知明艷更沈吟。齊紈未是人間貴，一曲
菱歌敵萬金。*61*

據《全唐詩話》說二詩之本事云：「慶餘遇水部郎中張籍知音，……
索慶餘新舊篇，擇留二十六章，置之懷袖而贊之。時人以籍重名，
皆繕錄諷詠，遂登科。」*62*，由是可知，朱慶餘及張籍二詩，皆以
女為喻，以新嫁娘為喻，因未知文學風尚，遂在舉試之前，先請張
籍過目，而張籍亦以越女為喻，說明越女雖無齊紈之豪貴以裝飾身
價，然而一曲菱歌可敵萬金，說明本質之美，甚於外在修飾之美。

（七）其他

　　除了上述以怨女、貞女、棄女、新嫁娘為喻之外，尚有以女說
明人世哲理者，例如寒山〈農家暫下山〉云：

> 農家暫下山，入到城隍裡，逢見一群女，端正容貌美，頭戴
> 蜀樣花，燕脂塗粉膩，金釧鏤銀朵，羅衣緋紅紫，朱顏類神
> 仙，香帶氛氳氣，時人皆顧盼，痴愛染心意，謂言世無雙，
> 魂影隨他去，狗齕枯骨頭，虛自舐唇齒，不解返思量，與畜

61 李冬生注：《張籍校注》（合肥：黃山書社，1988 年），頁 286。

62 見《全唐詩話》，輯入何文煥：《歷代詩話》（台北：漢京文化公司，1983
　　年），頁 151。

何曾異，今成白髮婆，老陋若精魅，無始由狗心，不超解脫地。[63]

本詩用女子色衰變異，揭示人世青春不永。又有以諷誡社會者，例如白居易〈鹽商婦〉以鹽商婦幸嫁鹽商，來諷刺鹽利多入私家。

凡此，類別殊多，詩例亦多，茲不再贅舉。

五、託喻於怪女

以諷喻為式，例如白居易〈古冢狐〉：

古塚狐，妖且老，化為婦人顏色好。頭變雲鬟面變妝，大尾曳作長紅裳。徐徐行傍荒村路，日欲暮時人靜處。或歌或舞或悲啼，翠眉不舉花顏低。忽然一笑千萬態，見者十人八九迷。假色迷人猶若是，真色迷人應過此。彼真此假俱迷人，人心惡假貴重真。狐假女妖害猶淺，一朝一夕迷人眼。女為狐媚害即深，日長月長溺人心。何況褒妲之色善蠱惑，能喪人家覆人國。君看為害淺深間，豈將假色同真色。[64]

63 唐·釋寒山撰、李誼注釋：《禪家寒山詩注》（台北：正中書局，1992年7月），頁270。

64 見唐·白居易撰、顧學頡校點：《白居易集》（北京：中華書局，1985年10月二刷）卷4，諷諭4，冊1，頁88。

以古冢狐假色迷人，禍害猶淺來告誡女子若爲狐媚迷惑君王，其害則更深，白居易逐以狐怪之女來大發議論。

綜上所述，以女爲喻，對象有神話之女、歷史之人、人間之女及花精狐魅等，神話之女，根據歷代評注者之說，則各有託喻的內容：有用來喻示政治家國者，例李白〈遠別離〉，有喻示個人處境或遭逢者，例李商隱〈嫦娥〉。託喻於歷史之女，擬作或仿作其例皆多，或爲歷史感嘆，或寄喻個人不逢孤冷之境遇，或以君恩斷絕喻示自己不遇之情。託喻於富貴之女，多寫幽寂之思以喻悲苦之境，或以寂寞女子喻示不遇之恨恨。託喻於民女，或以女自喻遭逢、身世、際遇、品德、仕宦、出處進退，或以求女譬喻欲親近君王，或求用之心，例如李白〈長相思〉等詩。

承上所述，作者以女子形象作爲託喻對象，是否能夠如實表述作者之意圖？而讀者又如何從表層的託喻對象中，逆尋作意之所在？而不會有誤讀的情形呢？如果我們不透過歷代評箋之詮釋，又如何知作者之意呢？且文士何以多用女子形象作爲託喻的對象呢？

第四節　「以女爲喻」之審美效能

作者透過女子形象之託喻，作爲迂曲表達己意的敘寫方式，如何能被讀者解讀？在解讀過程中會不會產生誤讀呢？此中關涉幾個問題，其一、作者刻意以迂曲婉轉的敘寫手法來表述己意，探「以彼喻此」的方式進行書寫，如何才能達致迂迴致意，而不會被誤讀？

其二、剝開表層的女子形象之後，是否能夠確實類比於所要表述的意涵呢？其三、從作者而言，這種迂曲致意的手法，到底可以達到什麼樣的審美效能呢？其四、讀者在閱讀「以女為喻」的作品時，又會產生什麼效能？

關於第一問題，在前面「情境連類」中已略述其要。作者採用「以彼喻此」的「情境連類」手法，使讀者從甲處境能契會乙處境，並且感知相同的實存處境，而能夠契會其意。對作者而言，迂曲致意卻又要讀者意會，故在構作時，採取可以感發相同處境的女子為託喻對象是最易被感知的方式之一。

關於第二問題，在類比的過程中，讀者如何感知而不會有誤讀的情形出現？此與作者必須採用中國詩用文化所常運用的「以彼喻此」的情境連類的方式為之，且取類的物象不能悖離傳統詩歌之運用，則較不容易導致誤讀的情形頻生。例如「香草美人」之運用，原本即是中國託喻的傳統之一，而「以女為喻」即是在這種情形之下所構設出來的創作意圖，透過此一文化積澱，讓我們知道「美人」即是一種託喻的對象，也是類比的對象，所以「美人」系統代表一個繁富的象徵與託喻的系統，其中，又因為類比的對象不同而有不同的意義，例如〈長門怨〉是採用陳皇后阿嬌被打入冷宮的幽獨心情作為情境連類的類比意涵；而〈貧女〉則是無媒自託的待嫁之心，作為情境連類的類比意涵。不同的託喻對象，指涉不同的意涵，職是，「以女為喻」是一種文化傳統意義的襲用。如是，我們再分從作者及讀者視角來觀察「以女為喻」的審美效能為何？

一、從創作意圖看「以女為喻」之審美效能

（一）詩用文化傳統襲用之簡約化原則

詩歌在一定的符碼中形成一個有效的連結，這個連結，便成為大家習用的詩學符碼。透過相同的符碼，表述相同的意涵，即是一種簡約化的原則，這種簡約化對作者而言，有「節省」的功能，只要用大家熟悉的典故及符碼，便可以用最少的文字蘊含最豐富的意涵，這是一種精鍊創作的方式之一，所以對中國人而言，「用典」即是一種節約化的創作方式之一，而「以女為喻」也在香草美人體系中形成一種特殊的表意方式，只要進入這種語境，便須隨著這種創作符碼所呈示的意涵解讀，即能獲得相關的意涵。例如〈貧女〉一題，題寫者眾，有孟郊、白居易、薛逢、秦韜玉、李山甫、鄭谷等人之作，[65]意皆取「貧女」之遭逢以譬喻「貧士」不遇之感慨。然而這種襲用的符碼，有時是一種創作的「接受影響」與「發揮影響」的寫作方式之一，例如李白〈古風·四十九〉云：

---

[65] 雖然題寫者眾，然以「託喻」手法為之者有孟郊、薛逢、李山甫、秦韜玉等人之作，李山甫、秦韜玉〈貧女〉已見前引，孟郊〈貧女詞寄從叔先輩簡〉云：「貧女非不勤，今年獨無春。二月冰雪深，死盡萬木身。時令自逆行，造化豈不仁。仰企碧霞仙，高控滄海雲。永別勞苦場，飄颻游無垠。」。薛逢〈貧女吟〉：「殘妝滿面淚闌干，幾許幽情欲話難。雲鬢懶梳愁拆鳳，翠蛾羞照恐驚鸞。南鄰送女初鳴珮，北里迎妻已夢蘭，惟有深閨憔悴質，年年長憑繡床看。」。又，陳文忠：《中國古典詩歌接受史研究》（合肥：安徽大學出版社，1998 年 8 月）第三編〈藝術原型的創作影響史〉之三〈古代貧士詩的歷史流變〉有專節論述貧女自傷與貧士寫照。見頁 168-173。

> 美人出南國，灼灼芙蓉姿。皓齒終不發，芳心空自持。由來
> 紫宮女，共妒青娥眉。歸去瀟湘沚，沈吟何足悲。[66]

李白此詩乃有所本：

▲《歲寒堂詩話》指出：〈國風〉云：「愛而不見，搔首踟躕。」、
　「瞻望弗及，佇立以泣。」其詞婉，其意微，不迫不露，此其所
　以可貴也。〈古詩〉云：「馨香盈懷袖，路遠莫致之。」李太白
　云：「皓齒終不發，芳心空自持。」皆無愧于〈國風〉矣。

▲《李杜二家詩鈔評林》：曹植詩「南國有佳人，容華若桃李，朝
　游江北岸，夕宿瀟湘沚。時俗薄朱顏，誰來發皓齒？俯仰歲暮，
　榮耀難久恃。」白此詩全用之。

▲《昭昧詹言》：屈子「眾女」之旨。

　　由上可知，不同的文學家，因為曾經有過相同的境遇，遂透過
相似的文本來書寫，從〈國風〉初始，經〈古詩十九首〉、曹植、
李白而更加推廣書寫，此即是一種「接受的影響」，並且不斷地擴
大、發揮影響的範圍，書寫的情志與內容則因人而異，此即是「發
揮影響」。我們在閱讀時，即將此類型文學作品作前後歷史情境鉤
連及縮結，形成書寫與閱讀的積累，並且結合作者之「實存情境」
與文本之「作品情境」，達到作者與讀者情境連類的效果。所以，
透過相同符碼，我們很清楚「以女為喻」在傳統詩用的文化當中，
即是簡約化原則之運用。

66　安旗等主編：《李白全集編年注釋》（成都：巴蜀書社，2000 年 4 月），
　　上冊，頁 519。

（二）迂曲致意以達含蓄委婉之美感

在中國文學發展脈流當中，散、韻是二條並行不悖的雙軌，柳宗元曾經指出中國創作有二種目的與手法，其云：

> 文有二道：辭令褒貶，本乎著述者也；導揚諷諭，本乎比興者也。著述者流，蓋出于《書》之謨、訓，《易》之象、繫，《春秋》之筆削，其要在高壯廣厚，詞正而理備，謂宜藏于簡冊也。比興者流，蓋出于虞、夏之詠歌，殷、周之風雅，其要在于麗則清越，言暢而意義，謂宜流于謠誦也，茲二者，考其旨義，乖離不合，故秉筆之士，恆偏勝獨得，而罕有兼者焉。[67]

據柳宗元所言，創作有二，其一是辭令褒貶，以著述為本，例如《書》、《易》、《春秋》之創制，必須詞正理備，才能藏於簡冊；其二是導揚諷諭，採用比興手法為之，例如虞夏之歌、風雅歌謠等，皆以易於誦唱，而不乖旨義者屬之，明確指出「文」與「韻」之二條創作之路，同軌並行，而不相悖離。其中對於詩歌必須採用「比興」之手法來創作，其重視「比興」可見一斑，此不僅是柳宗元對中國詩歌的體悟，同時也是中國詩歌書寫的傳統。詩歌採用「比興」的創作手法，即是一種迂曲含蓄的本質要求。但是，「比興」之意，不僅是一種創作的手法，經過漢人以詩說教的過程，比興已賦予政

---

67 見唐・柳宗元：〈楊評事文集後序〉，《柳河東集》卷二十一。

治教化的意涵，在文學的流變與衍進當中，同時也涵有作者與讀者之間的美感互契的關連化，蔡英俊先生曾云：

> 「比興」一詞實際上含蘊有兩層不同的意義內涵，而這兩層意義又各自對應著不同的創作理念與批評觀點：就諷諭寄託一層看，「比興」是從詩歌與政治、社會的關係來考慮詩人的創作意圖與詩歌的效用；而就興會感發一層看，「比興」是就詩歌與情感表現、作者與讀者的美感經驗的關係來衡量詩歌的藝術效果與美學價值。[68]

蔡先生揭示，在歷史的變動下，東漢以降之「比興」意義不僅具有社會政治的創作意圖，同時也含蘊藝術的美學效果，這是我們在討論「比興」時不可僅著重在政治社會的教化作用，同時，也逐漸在美感經驗中開啟其審美效能，所以，我們在閱讀蘊含比興手法之詩歌時，不僅是一種作者美感經驗的傳遞，同時，也是一種讀者情境連類的投射。

　　中國崇尚含蓄美典，以有餘不盡之意包含豐富的意涵，所以詩人在創作時也以迂迴、婉約、曲隱的比興手法來應和抒情美典，這種不喜一語道盡、和盤托出的方式，明代李東陽《麓堂詩話》言之甚確：

68　見蔡英俊：〈情景交融的理論基礎（上）：比興〉，《比興、物色與情景交融》（台北：大安出版社，1986 年 5 月），頁 154。

詩有三義，賦止居其一，而比興居其二。所謂比與興者，皆
託物寓情而為之者也。蓋正言直述，則易于窮盡，而難於感
發。惟辭所寓託，形容摹寫，反復諷詠，以俟人之自得，言
有盡而意無窮，則神爽飛動，手舞足蹈而不自覺，此詩之所
以貴情思而輕事實也。[69]

指出詩歌若是直述正言，易於窮盡而且不易引發讀者感發之情，而
「比、興」皆是託物寓情，所以能夠透過寓託手法，摹寫情狀，令
人覺其言有盡而意無窮，所以能感動人，此即是比興以寓託來感發
人心，使其手舞足蹈而不自知。職是，作者為達到主文譎諫的目的，
託喻於女子，或自況女子之心情以自喻處境，或以求女模式呈示親
近君王，或以新嫁娘來自喻汲引推薦之心；凡此等等，不一而足。
然而，在解讀過程中，也可能出現兩種情形，其一是作者本有此意，
欲讀者透過文字去逆尋作意，其二是作者本無此意，是讀者自己深
化作意，而產生誤讀的情形。從作者而言，大多是作者本有此意，
才會採「以女為喻」的手法為之，但是，究竟何旨？卻未必是讀者
所能掘發的，例如李商隱〈嫦娥〉一詩，讀者皆知作者有意而為，
但是，究竟何意，畢竟作者不言，讀者何以知之？故而產生言人人
殊的情形頻生，據劉學鍇、余恕誠所編的《李商隱詩歌集解》至少

69　李東陽：《麓堂詩話》輯入丁福保編《歷代詩話續編》（北京：中華書局，
　　1983），冊下，頁 1374-1375。

有自傷、懷人、悼亡、詠女冠諸說[70]。此即是作者之意未明，而疏解者詮釋向度不同的情形。

（三）身份跨界之美感

　　女性特質與士人如何關連？葉嘉瑩曾指出，《花間詞》有兩類，其一是可以令讀者產生言外之想，一類是無法引發言外之想，且明示：「從花間詞的女性特質可知詞以有言外之意蘊爲美，詞的美學特質及怎樣評定它是一首好詞，端在其是否有一種幽微要眇讓人產生言外之想的餘味。」並以辛棄疾之女性敘寫爲例，說明辛棄疾之詞，其一、從內容而言，在豪情壯志遭遇外在摧折壓抑之後，形成盤旋激盪而難以言說的痛苦，其豪情壯志是男性心態，而委曲承受則是頗近女性心態。其二從語言而言，辛詞假借物象或事象來敘寫，與花間集從女性形象與女性語言來敘寫者，美感本質是有相近之處。[71]辛棄疾以女子作爲託喻對象，其實是根源自中國大傳統。以女爲喻，或常以等待良人歸來，譬況求用之心，其意在良士報國有時，猶如女子青春有限，不可蹉跎，且女子因爲有容貌（才）不得見賞，猶如賢士有才被抑不得晉用，是等同的心理。

70　見劉學鍇、余恕誠編：《李商隱詩歌集解》第 4 冊，頁 1694-1697。雖然有自傷、懷人、悼亡、詠女冠四說，但是，劉余二氏在〈按〉中指出：「故謂此詩特係借詠女冠之孤子，或謂嫦娥係作者所懷之女冠，均非無根之談」。

71　葉嘉瑩：〈從花間詞的女性特質看辛棄疾豪放詞〉，《第一屆詞學國際研討會論文集》（台北：中央研究院中國文哲研究所，1994 年 11 月）。

　　職是，借用女子的處境以自喻出處進退；或以女子馨香自懷以喻懷芳抱潔之節操，或以女子遭逢喻示政治國家之處境等等，此一手法運用即是採類比之擬譬取況的方式為之，何以如此，蓋此中呈現跨越身份之美感，以女子之美妍姿態，擬譬德性自有，乃天賦不可移奪；以女子待君歸來，以喻汲引推薦，以樓頭思婦比況忠愛之心，思念君王，未嘗或忘，此即是跨越身分美感之連類取境，茲歸納統整如下表：

7-8：「以女為喻」內容暨詩例一覽表

以女為喻之內容	詩例
以娥皇、女英離別之苦喻示君臣失位。	例〈遠別離〉
以嫦娥幽獨喻示人間難遣之悲情。	例〈嫦娥〉
以王昭君辭國入胡喻示離鄉去國之恨。	例〈王昭君〉
以陳皇后長門冷落喻示君恩斷絕。	例〈長門怨〉
以楚妃之嘆喻示君王耽溺戈獵禍及亡國。	例〈楚妃嘆〉
以宮女幽獨喻示讒人恃寵而貞士懷憂。	例〈娥媚怨〉
以宮女形容美姿喻文士自有馨香美德。	例〈春宮怨〉
以貧女無媒喻示良士仕進無路。	例〈貧女〉
以節女喻示堅貞自守之節操。	例〈節婦吟寄東平李司空師道〉
以女子面對婚姻比擬成文士面對家國之處境，或個人節操自守。	例〈佳人〉

以女爲喻之內容	詩例
以女子思念遠行之夫君，以喻放逐遷貶之逐臣悃悃思君。	例〈古意〉
以求女模式，喻示親近君王。	例〈長相思〉
以女子幽微心境，喻示文士憂讒畏譏之心。	例〈吳宮怨〉
以新嫁娘喻示未知文學風尚則能提攜點撥。	例〈新嫁娘〉
以狐女喻示女子以狐媚迷惑君王之禍害。	例〈古冢狐〉
以女子色衰變異喻示青春不永、芳華難駐之哲思。	例〈農家暫下山〉
以鹽商婦諷刺鹽利多入私家。	例〈鹽商婦〉
……	……

　　凡此種種，皆是「以彼喻此」的情境連類，亦是一種跨越身份的美感投射。

二、從解讀向度看「以女為喻」之審美效能

　　作者採用「以女爲喻」的手法迂曲表述作意，讀者在閱讀時，可以產生什麼效果呢？

（一）空白美感之召喚

　　沃爾夫岡・伊瑟兒（Wolfgung Iser）揭示文本的空白，召喚讀者投入，是一種讀者詮釋多元化的時代來臨。而「以女爲喻」採迂曲環譬方式來召喚讀者參予閱讀，使閱讀能夠在充滿喻意中尋找作意所在，此時解讀、詮釋之能力與預期背景有關，更甚者，讀者的

詮釋可使作品意義更豐饒，達致詮釋的效果，例如李義山〈嫦娥〉一詩，言人人殊，莫衷一是，但是，在解讀過程中，反而豐富了作意，讓作者之意更加豐富而多元，再如張九齡〈感遇‧其十〉云：

> 漢上有遊女，求思安可得。袖中一札書，欲寄雙飛翼。冥冥愁不見。耿耿徒緘憶。紫蘭秀空蹊，皓露奪幽。馨香歲欲晚，感嘆情何極。白雲在南山，日暮長太息。[72]

歷代評注云：

▲《唐詩選脉會通評林》周珽曰：名言深識，微參世變，不僅作長鯨怒舶觀。

▲《唐詩選評》：題是〈感遇〉，以此詩為思君者大妄，不能令俗眼述其所云，不可作古詩，尤不可作〈感遇〉詩。

▲《昭昧詹言》：「冥冥愁不見」句，申言前旨，不見而將老死。[73]

　　以上不同的讀者讀出了不同的意涵，何以致之？乃因作者之意不明確，遂留下空白以召喚讀者各以己意，去填補文本意義之空白處。當作者所預留的空白愈多，則召喚讀者之力量愈大，愈會形成豐富的詮釋路向。文學之不朽，不在於一讀即懂的閱讀方式，而在於不斷地解讀過程中豐厚意涵而有更高的價值，誠如不同的讀者，

72　《全唐詩》，卷47，〈張九齡一〉，頁572。

73　陳伯海：《唐詩彙評》，冊上，頁57。

可以讀出不同的莎士比亞一樣，中國的詩歌，也在不斷的歷史積累
過程中有了更豐富的意涵存乎其中。

（二）含蓄美典之體會

　　從讀者而言，閱讀迂迴曲婉的作品是一種含蓄美典的感受與體
認。陳沆云：「風以比興爲工，雅以直賦爲體，柄鑿各異方圓，
源流同符三百。所貴詩史，詎取鋪陳？謂能以美刺代襃貶，以頌
詩佐論世。苟能意在詞先，何異興含象外？知同導夫情，則源流合
矣。」[74]揭示「以美刺代襃貶，以頌詩佐論世」即是詩歌與史合流
之因，此亦是一種含蓄美典的運用，蔡英俊先生據此而指出：

> 透過比興手法的烘襯，詩的性質與意義可以等同於歷史（春
> 秋微言大義所觀照的歷史），而比興不僅是詩人表達深情曲
> 意、諷諭寄託的主要方法，同時是讀者、批評家藉以追索詩
> 人情志時的主要憑藉——創作時託興深微，解釋旁推曲邑，
> 文學原是與社會政治文化等因素交響共鳴，其意義是崇高莊
> 嚴的。[75]

揭示詩歌透過比興手法，一來可以等同於歷史之微言大意，二來是
讀者或評批家可藉以逆追詩人之情志，所以比興寄託不僅可深化詩

74　見陳沆：《詩比興箋》（台北：正生書局，1972 年），頁 59。
75　見蔡英俊：〈情景交融的理論基礎（上）：比興〉，《比興、物色與情景
　　交融》，頁 127。

歌意涵，亦可以展示深情曲意的諷諭之旨。含蓄美典在此展露無遺。例如前述李白〈長相思〉一詩，表層意義以思念長安女子為託喻對象，實則寓寄隱微思君之意於其中，不直言思君而婉轉投射成思女、求女，此一含蓄迂曲手法，即是一種美感的投映。

（三）誤讀與過度詮釋之焦慮

承前所述，文本具有空白召喚之能力，且「以女為喻」展示含蓄美典，然而讀者如何抽撥層層迷障直契作者之意？在作者或者無此意之下，讀者讀出了溢出作意之詮釋方式時，是否更能讓我們感受文學作品之豐富性？或產生閱讀的焦慮呢？例如前引杜甫〈佳人〉一詩，解說者各異其說：

▲《唐詩品彙》：閑言餘語，無不可感。

▲《唐詩解》：此詩敘事真切，疑當實有是人。然其自況之意，蓋亦不淺。夫少陵冒險以奔行在，千里從君，可謂君矣，然肅宗慢不加禮，一論房琯而遂廢斥于華州，流離艱苦，采橡栗以食，此與「倚修竹」者何異耶？吁！讀此而知唐室待臣之薄也。

▲《唐詩歸》：賣珠補屋，故家暴貧真境，未經過者以為迂。

▲《唐詩快》：此詩蓋為佳人而發，但不知作者果為佳人否？則觀者果當作佳人觀否？

▲《唐詩別裁》：結處只用寫景，不更著議論，而清潔貞正意，自隱然言外，詩格最超。

▲《詩法簡易錄》：忽入比喻對偶句，氣則停蓄，調則高起，最妙。

（「在山」一聯下）。*76*

　　以上諸說，讀者從不同的角度來解讀本詩：其一、索引本事者，認爲是作者自況，例如《唐詩解》、《唐詩快》等。二、分析章法者，從句法格律來評論該詩者，例如《唐詩別裁》、《詩法簡易錄》；三、從讀詩者的感受言之者有《唐詩品彙》、《唐詩歸》……等等。以上不論是比附於杜甫之自身遭遇者，或從詩歌章句解讀者，皆呈示中國詩歌解讀過程中的意義會因爲讀者視角殊異而有迥異的解讀方式，致詩歌之意義繁複化，然而，讀者能不產生閱讀的焦慮嗎？產生何者爲確解，何者爲作者之意的困惑嗎？如何取義呢？這種言人人殊的解讀方式，易造成後世讀者的困惑，我們透過前行世代不斷地箋注過程中，看到了歷來的讀者嘗試以自己的詮釋方法去解讀詩歌，但是，無論是「以意逆志」、「知人論世」、「誤讀」或「過度詮釋」，有時造成詩意更加晦澀迷離難解，有時卻可以撥雲見霧，直見詩心，這些，對讀者而言，皆是一種無法確認的困惑，這也是中國詩歌解讀過程中最繁複多義之處。詩歌的本質即在繁複意象中創造豐富的意義，讀者只能循意尋義。

　　然而，我們在解讀過程中應該如何避免過度詮釋或誤讀呢？從詩題、詩序、作者生平及自注、同時人的疏解或記載本事等項可以考知其作意。*77*有時作者故意曲隱，讀者亦無從契入時，又何妨呢？

76　陳伯海：《唐詩彙評》，冊上，頁 979。

77　求意之方式，見林淑貞：〈寓言詩讀者釋義過程與寓意創造〉，《表意・示意・釋義：中國寓言詩析論》，頁 264-276。

作者意向性不可得知時，讀者的詮釋空間才被釋放出來了。

第五節　結語：「以女為喻」之詩用文化意義

　　中國廣義歌詩當中，一直與女性有深厚關連，從《詩經》〈蒹葭〉之追求女子、屈原〈離騷〉上天下地之求女模式，即開展「士與女」之關涉，甚至服香佩蘭之香草美人形成一個文化傳統的象徵意義，「求女」模式儼然是「理想」、「親近君王」的一種代詞。迄六朝曹丕、曹植發展出「思婦」敘寫的模式，到了唐代這種「以女為喻」的書寫更多元豐富化，我們可簡賅為下列數項來說明：一、從擬寫的對象觀察，不僅是描寫「思婦」而已，更包括神話之人、歷史之女、人間之女、狐怪之女等敘寫，而一般女子所秉持的貞、怨、棄、思等開展以女為喻或代言體的方式來自我比譬，或託喻於某事某人者，為例甚多。二、從擬寫的內容觀察，不再僅是以貞正自守之女子來喻示文士忠誠之志，敘寫的內容更多元化與豐富，有政治、家國、社會、個人之託喻者，所示現的情志內容多元而繁複。三、從敘寫的技巧觀之，不再僅是思婦喻文士，更有以女起興、託喻、比況、象徵、寓言等手法為之。如此觀之，唐代「以女為喻」之詩歌展現豐富多元的向度，不再僅是「思婦」之閨中倚望之思，更有追求女子，上承詩騷之義而來。

　　何以「以女為喻」這種敘寫在唐代詩歌越來越多？蓋以女自喻或他喻可達迂曲致意，詩歌原本即以含蓄為主，在傳統文化積澱之下，從《詩經》、屈原開始，即展開「以女為喻」的敘寫，並且形

成中國詩歌的文化心理，形成喜用求女、思女、貞女、怨女等手法來達致「託喻」的手法，其目的乃基於「主文譎諫」俾能達致「言者無罪，聞者足以誡」之效能，這種審美心理在中國詩歌大傳統中不斷地醞釀且擴大地醱酵，我們檢視歷代詩話作品，即含有藏量豐富的託喻、象徵的物象敘寫，如前所述，清人顧龍振所編輯的《詩學指南》，內含〈流類手鑑〉、〈詩格指要〉等，皆有物象豐富的比況。是知，在中國詩用傳統中，除了「以女為喻」之外，善鳥、香草、惡禽、臭物等物象，亦形成擬譬取義的手法而大量運用於詩歌當中。

　　然而習慣於某一種寫作模式，或是形成「典故」之後，是否不利於新義的創發呢？維・什克洛夫斯基曾經在〈藝術作為手法〉中指出詩歌是一種意象，一種創造力的象徵，是召喚審美的本質[78]，形象思維的再創造，可以激發新的感受、新的意象，使文學作品不斷有新意、新象召喚讀者參予。而且西方文論有所謂的「陌生化」或「奇特化」，其目的在於「習慣性」之「消義化」之後，再召喚「審美心靈」以恢復美的感知，亦即「去熟悉化」的方式之一。職是，中國詩歌這種「以女為喻」的文化心理，其實就是一種「自動化」、「習慣化」的自動歸約能力，只要是敘寫女性，我們必須再探求其是否有言外之意，這種用法，形成中國詩歌特有的比況、象徵之運用，同時也形成類似「用典」的自動歸約化的心理，這種固

78　維・什克洛夫斯基：〈藝術作為手法〉輯入法國茨維坦・托多羅夫編選之《俄蘇形式主義文論選》（北京：中國社會科學出版社，1989 年 3 月），頁 58-78。

定的書寫模式，是中國特有的符碼，不僅是作者創作的共同符碼，也是讀者解讀的蹊徑之一，必須進入此一符碼當中，才能破解言外之意。

準此，這種「自動歸約化」的表述方式，其優劣如何？從創作而言，以最小的表層意義，表達最豐富的深層意義或言外之意，其實就是文學節約能力的一種創作方式；但是，從讀者而言，自動歸約化已形成一種模式時，讀者必須熟稔文化傳統之意脈，才能夠走入其意義脈絡當中，追求或契入其言外意，如若不然，則會產生隔義的情形，只能讀出表層意義。從反面而言，詩歌的美感在這種歸約中消義化，無法引發新的美感，使文學形成格套化，就無所謂美感了。

文學創作必須不斷地創造新意，召喚新的感覺，是一種人正我反、人直我曲，以期達到一種奇特化、去熟悉化、陌生化或再義化的創作方法，可召喚我們新的美感知覺，使藝術形成一種閱讀的停留，召喚新的感受。習慣、無意識、節約就會形成消義化，文學或藝術創作最忌諱這種消義化。如是，當中國這種「以女爲喻」成爲一種創作符碼與解詩傳統時，是否即是一種消義化、簡化的過程呢？會不會降低藝術成就呢？事實上，此即中國文化層層積澱所形成的審美心理，在閱讀「以女爲喻」詩歌的過程中，其實是不斷地複閱前人的心情，以達到美感往返流動，是一種結合前人、我人的一種情境連類的美感經驗，此即是中國詩歌創作的集體意識，也是解讀的一種美感特質。然而，如何創造新的形象來擬譬取義，以召喚新的感覺，是後世文學家可以再努力之處。

第八章　後之視今：蔡夢弼《草堂詩話》所建構的宋人論杜視域及其美感思維

摘　要

　　杜甫是中國偉大詩人之一，如何形塑其詩聖形象或詩史地位？本文擬透過宋代蔡夢弼所輯錄的《杜工部草堂詩話》來檢視宋人論杜之視域，探知其所輯之論杜內容為何？可否涵括宋人論杜之視野或僅是蔡氏一己愛憎取捨？杜詩典範地位是否與宋人有關？審美意識如何？是否裨益後人知杜、論杜，並確立杜詩學討論的範疇？

　　首論宋人辨析杜甫生平事蹟及相關內容，次論宋人推尊杜甫之詩藝成就，三論宋人建構杜詩經典地位之詮釋面向，四論宋人確立杜甫儒家典範意義之面向，最後歸結宋人論杜詩之美感思維。

第一節　前言

　　杜甫研究，在中國詩歌史上儼然形成「杜詩學」，研究面向可分為「其人」、「其詩」兩大範疇；「其人」部份包括世系表之考證及生平事蹟之鉤稽；世系表之建構含父系、母系、子女譜系之釐定、彙整，生平事蹟則包括仕宦、交遊、行跡之訂定，其中包含生卒年、死因、卒地等考證[1]。「其詩」部份則分為詩歌與詩學兩部份，詩歌研究側重在分析、賞鑑杜詩精深微妙之處，所涉包括義理內容、藝術技巧、詩法問題及美感效能等；至於詩學則含攝杜詩之評價、校注、編年、評點、資料彙編等等。在台灣學界，研究杜詩多如過江之鯽，據統計，自遷台後，迄西元二○○○年止，已有二十餘篇學位論文之撰寫，應證杜甫是中國最偉大的詩人之一，千百年來一直吸引大家極度的關注。[2]

1　陳文華：《杜甫傳記唐宋資料考辨》（台北：文史哲出版社，1987 年 11月）一書，即是從唐宋人攸關杜甫之資料進行比對、考辨，以校理杜甫論述之異說，振葉尋根，以溯其源流，定其是非，使唐宋論杜議題朗現無遺，是當前學界論杜傳記資料之重要著作。

2　在二十餘篇學位論文當中，主要的研究的面向有三：一是以內容題材為主，有從詩歌論其戰爭思想，有從杜詩呈現的特質捕捉意象，有從追憶主題了解杜甫面對人生與時局所構築的自我形象，亦有從寫實諷諭或詩史或詠物或題畫詩來考索杜詩風姿。二是以形式或體裁為主，或論其詩律，或論其虛詞、或論其修辭等等。三是以時代分期來考察其生平遭逢與詩藝所構成的生命情調，有長安期、秦州期、成都期、夔州期等。請參見林淑貞：《近五十年台灣地區古典詩學研究概況──以碩博士論文為觀察範疇》（台北：花木蘭文化出版社，2007 年）。

　　杜詩學之開展，大約可分割為四個時期：中晚唐、宋金、元明、清代；唐人論杜，主要有幾個切入的焦點。由孟棨《本事詩》拈出「詩史」觀念[3]，提供後世觀看杜詩的一個視野，也開啓宋代及明代人對「詩、史」本質之論辯[4]。元稹之論李杜，儼然有高下優劣之別[5]，至於白居易則以風雅比興對李杜作一評價，指出李詩不逮杜詩[6]，此一論述，引發韓愈護衛之戰，指出李杜光芒萬丈長，蚍

3　孟棨在《本事詩・高逸第三》的文本中，原來高逸篇的主述對象是李白，為了襯托李白，充份描述李白，孟棨特別云：「杜所贈二十韻，備敘其事。讀其文，盡得其故跡。杜逢祿山之難，流離隴蜀，畢陳於詩，推見至隱，殆無遺事，故當時號為『詩史』。」（參自丁福保編：《歷代詩話續編》（北京：中華書局，1986 年 5 月二刷），頁 15。）此一段文字原來是用杜甫贈李白二十韻來證驗李白生平之遭逢，孟棨為了取信於人，特別加強說明杜甫詩歌的特色，在當時已盛傳有「詩史」之稱了。然而，卻間接地讓後人知道中唐對杜甫之詩歌創作有「詩史」之稱譽。

4　例如宋人黃徹《䂬溪詩話》卷一云：「子美號『詩史』，……史筆森嚴，未及易也。」（丁福保編：《歷代詩話續編》（北京：中華書局，1986 年 5 月二刷），頁 348-349。）明人李東陽《麓堂詩話》提出「詩貴情思而輕事實」、王廷相云：「若夫子美〈北征〉、昌黎〈南山〉之作、玉川〈月蝕〉之詞，微之〈陽城〉之什，漫數繁敘，填事委實，言多趁帖，情出附輳，此特詩人之變體，騷壇之旁軌也。」（〈與郭价夫學士論詩書〉）、楊慎云：「宋人以杜子美能以韻語記時事，謂之『詩史』。鄙哉宋人之見，不足以論詩也。」（引自明・楊慎：《升庵詩話》卷十一〈詩史〉）

5　元稹：「……屬對律切而脫棄凡近，則李尚不能歷其藩翰，況乎奧乎！」（元和八年（813）〈唐故工部員外郎杜君墓系銘序〉）。

6　白居易云：「（李）索其風雅比興十無一焉，杜詩最多，可傳者千餘首……」（〈與元九書〉）

蜉撼樹而不自知[7]，此一命題，衍發後世的「李杜優劣論」。以上
為唐人論杜的切入點。宋人承唐而下，對於唐人開發的杜詩學命
題，究竟是承繼、嬗變或是演化變異？

　　在中國詩話史上，以專論一人詩歌之詩話著作，厥推杜甫，（次
為東坡）檢視歷代詩話之著錄，在蔡夢弼輯錄《杜工部草堂詩話》
之前尚有方深道輯《諸家老杜詩評》五卷，其後則有清人王士禛《漁
洋杜詩話》、黃生《杜詩說》、陳廷敬《杜律詩話》、陳訏《讀杜
隨筆》、喬億《讀杜義法》、施鴻保《讀杜詩話》、劉鳳誥《杜工
部詩話》、蔣瑞藻《續杜工部詩話》、劉濬《杜詩集評》等，至於
潘德輿《養一齋李杜詩話》則分別論述李白、杜甫。至於注杜之書，
在宋代即有「千家注杜」之稱，雖未免誇大，卻標出杜詩在宋代的
重要性，迄今，註杜、評杜之知見書籍，已超過二百多種，由是可
知，論杜卷帙繁富，彰顯出學者專家對杜詩之偏愛及其受推重的情
形。

　　本文擬取蔡夢弼《杜工部草堂詩話》（又稱《草堂詩話》，以
下簡稱之）作為研究視域，主要是因為在其前雖有方深道之《集諸
家老杜詩評》之作，但是流傳不廣，論者不多，[8]《四庫全書總目‧
草堂詩話提要》曾云：「今惟方深道書見於永樂大典中，餘皆不傳，

7　韓愈云：「李杜文章在，光焰萬丈長，不知群兒愚，那用故謗傷」（元和
　　十一年（816）〈調張籍〉）

8　方深道《諸家老杜詩評》今存殘卷三卷明抄本，藏於北京圖書館，而北京
　　大學圖書館所藏之全五卷清初抄本，鮮為人知，張忠綱乃據以校注，披露
　　於世，成張忠綱：《杜甫詩話校注五種》（北京：書目文獻出版社，1994
　　年7月）一書。

然道深書瑣碎冗雜，無可採錄，不及此書之詳贍，……」[9]揭示方書之冗雜及蔡書之詳贍，故而本文以此爲切入點，冀能分層論述杜詩在宋人思維中的圖像。

蔡夢弼，字傅卿，建安（今福建建甌縣）人，宋史無傳，據蔡氏所編《杜工部草堂詩箋》之跋[10]，指出該書成於宋寧宗嘉泰四（西元1204）年，《杜工部草堂詩話》隨書附刻於後，據此，可知蔡氏爲南宋中、末年人，確實年代未可考知。而其《杜工部草堂詩話》是附錄於《杜工部草堂詩箋》之後。

目前《杜工部草堂詩話》有二種版本，一種是八十三條資料，例如黎庶昌《古逸叢書》本、丁福保所輯《歷代詩話續編》即是，吳文治主編之《宋詩話全編》亦是根據丁福保本。一種是一百一十四條，比上述多出三十一條[11]，《四庫全書》本即是，張忠綱的《杜

9　見《四庫全書總目・草堂詩話提要》卷一九五・集部・詩文評類一，北京：中華書局版，頁1789。

10　目前《杜工部草堂詩箋》，據張忠綱所言，有五十卷本、四十卷附補遺十卷本及二十二卷本三種，今存五十卷宋刻本為殘本，不附《杜工部草堂詩話》二卷，另有清鈔本五十卷，外集一卷，附有《杜工部草堂詩話》二卷，有錢泰吉跋；四十卷附補遺十卷本以黎庶昌光緒十（1884）年所刻《古逸叢書》本流傳最廣，後附《杜工部草堂詩話》二卷；二十二卷本，為光緒元（1875）年巴陵方功惠碧琳琅館刻印本，亦附有《杜工部草堂詩話》二卷。《杜工部草堂詩話》除上述版本外，《四庫全書》集部詩文評類亦有之，校勘最精。請見張忠綱：《杜甫詩話校注五種》，頁78-79。

11　張忠綱《杜甫詩話校注五種》則將最末一條「杜氏譜系」視為一條，共有一百一十五條。又，其著〈關于杜工部草堂詩話〉一文以文淵閣本為底本，參校北大清鈔本、山陽杜氏道光壬午刊本、方功惠碧琳琅宋刻本、黎庶昌《古逸叢書》本、丁福保《歷代詩話續編》等書，彙整、比對之後得出三

甫詩話校注五種》亦是此一版本，但是《草堂詩話》開卷即云：「名儒嘉話凡二百餘條」，無論是黎庶昌《古逸叢書》、丁福保《歷代詩話續編本》之八十多條，或是《四庫全書》之一百多條本，顯然皆不足二百餘條之數，可見必有逸失，後世無從考索，本文乃據目前所見之《四庫全書》本爲主，《歷代詩話續編》爲輔，另參考張忠綱之校注，以管窺一端。**12**

詩話之創制，以作者而言，有撰寫及編纂二種，《草堂詩話》即是屬於纂輯宋人論杜的資料彙編，由於是輯錄宋人之論，故較無法呈現蔡氏主體論述之意見，但是編選時，亦必經過一番揀擇，由此一揀擇可管窺蔡氏之審美思維。復次，詩話之編選有零散、殘叢小語式的，亦有有機結構之編選體制二種，考諸《草堂詩話》，以散亂無整全模式呈現，但是所選卻以「杜詩學」爲核心，屬於專門卻無統整結構的詩話型態。

《草堂詩話》輯錄的詩人、專家依時代先後有：司馬光、曾鞏、王安石、孫覺、蘇軾、王得臣、蘇轍、黃庭堅、秦觀、陳師道、葉夢得、葛立方、趙明誠、朱熹、呂祖謙等人及未詳生卒年者有胡仔、

十七條為道光壬午刊本、方功惠館刊本、黎庶昌《古逸叢書》及丁福保《歷代詩話續編》所無者。請參張忠綱：〈關于杜工部草堂詩話〉，《杜詩縱橫探》（濟南：山東大學出版社，1990 年），頁 189-224。

12 丁福保所輯《歷代詩話續編》中的《杜工部草堂詩話》與《四庫全書》版本之文字略有出入，例如第一則《歷代詩話續編》云：「淮海秦少游〈韓愈論〉曰：……」，《四庫全書》本則云：「淮海秦少游進論曰：……」二者同是引用秦觀之論，前者標示出處，後者並未標出，然無礙於義理論述，故本文無庸糾繆。復次，二版本之序號略有不同，然亦無涉義理之探究。

范溫、陳正溫、蔡條、崔德符、陳善等等。這些詩人、詩評家所含括的歷史進程，從北宋至南宋末年，可謂歷時綿亙，但是所選取以《韻語陽秋》為多，凡三十餘則，其餘或多至六則（例如《苕溪漁隱》、《潛溪詩眼》），少至一則（例如《文昌雜錄》、《金石錄》、《西清詩話》等），在選輯時，如此懸殊的比例，能否反映宋人論杜視域或蔡夢弼之審美觀點？*13*

第二節　宋人辨析杜甫生平事蹟及相關內容

　　杜甫生於先天元年（西元712）卒於大曆五年（西元770），年歲綿亙盛唐迄中唐，在盛唐時期杜詩未被普遍重視，一方面是詩歌流傳不廣，一方面是杜詩與盛唐的審美趣味不合，迄中唐以降，始有元稹、韓愈觀察到杜詩獨特的成就，然而唐人關注有限，故呈現資料不足的情形。宋人開始論杜，並對其生平事蹟、詩藝作充份的詮釋、辨證，提供後學研究的基礎材料，但是宋代雖然距離唐代僅隔代而已，然相關資料亦多所糾葛、存疑。在《草堂詩話》中即存有宋人對杜甫生平事蹟之考訂、糾謬、駁議之論。

　　《草堂詩話》輯錄攸關杜甫生平事蹟相關論述，主要有下列三點：

一、記本事

---

13 當然，原應有二百餘條，今僅有百餘條，未能知見的內容究竟如何，未可想望。本文即根據知見之論杜條目論述之。

　　所謂「本事」即是說明詩歌寫作緣由或相關事件。《草堂詩話》所輯內容含括三種：

其一、疏解詩中所指涉的事件，以明示後人

　　例如《苕溪漁隱叢話》言杜詩〈嚴氏溪放歌〉云：「劍南歲月不可度，邊頭公卿仍獨驕」指嚴武欲殺杜甫之本事。又如，錄《苕溪漁隱叢話》指〈戲作花卿歌〉指出花卿在蜀中，雖有一時平賊之功，然驕恣不法，人甚苦之，故杜甫以含蓄詩歌表達。

其二、辨證非杜甫詩歌者

　　例如錄《苕溪漁隱叢話》指出〈江南逢李龜年〉非杜詩，因岐王開元十四年薨，崔滌亦卒於開元中，是時子美方十五歲，天寶後，子美未嘗到江南。

其三、詮解詩歌意蘊，以明所指

　　其中所輯以《韻語陽秋》為多，例如杜詩〈洗兵馬〉云：「張公一生江海客，身長九尺鬚」即指杜甫有感宰相張鎬救己獲免。又，《韻語陽秋》指出子美避亂秦蜀，衣食不足，不免求給於人，如〈贈高彭州〉、〈客夜〉、〈狂夫〉、〈答裴道州〉、〈簡韋十〉凡五篇，可見其艱窘而有望於朋友故舊，然當時無人能賙之。

二、溯源流

　　《草堂詩話》輯錄甚多杜甫師法家學的詩例，主要面向有二：

其一、杜詩出自杜審言

　　例如引用《後山詩話》指出黃山谷言：杜子美詩法出審言，句法出庾信，但過之耳」之句。又轉引苕溪胡元任之言：老杜亦自言

「吾祖詩冠古」之句。復次，王彥輔《塵史》指出杜審言，爲子美之祖也，有「縮霧清條弱，牽風紫蔓長」、「寄語洛城風日道，明年春色倍還人」；杜有仿句「林花著雨胭脂落，水荇牽風翠帶長」、「傳語風光共流轉，暫時相賞莫相違」且舉詩例說明杜甫雖不襲取其意，而語脈蓋有家法。

其二、指出杜甫學自沈佺期

例如《詩眼》：「古人學問，必有師友淵源……自杜審言已自工詩，當時沈佺期、宋之問等，同在儒館爲交游，故杜甫律詩布置法度，全學沈佺期，更推廣集大成矣」例如沈有「雲白山青千萬里，何時重謁聖明君」，杜有「雲白山青萬餘里，愁看直北是長安」；沈有「人疑天上坐，魚似鏡中懸」，杜有「春水船如天上坐，老年花似霧中看」，揭示杜詩雖不免蹈襲，然與沈詩相較，並無優劣之別。

三、考生平

杜甫生平事蹟之考訂，含仕宦、交遊、行跡、生卒年月、卒地、死因等項，在《草堂詩話》中輯入有關生平之事蹟者，主要有「以詩證行跡」及「旅殯」二說。

其一、「以詩證行跡」

以輯錄葛常之《韻語陽秋》之說爲多，例如《韻語陽秋》指出子美身遭離亂，迫於衣食，足跡半天下，皆載於〈壯遊〉，後有〈贈韋左丞〉「今欲東入海，即將西去秦」則自長安之齊魯；〈贈李白〉有「亦有梁宋游，方期拾瑤草」，自東都之梁宋。〈發同谷縣〉有

「賢有不黔突，聖有不暖席」、「始來茲山中，休駕喜地僻，奈何迫物累，一歲四行役」則自隴右之劍南。〈留別張使君〉有：「終作適荊蠻，安排用莊叟。」則自蜀之荊楚。以上即是以詩中所指涉地點考索杜甫所經行之處。《韻語陽秋》又云老杜，間關秦隴之際，備載于詩，皆可考察，有：「萬里橋西宅，百花潭北莊」之詩，即言其地。復次，高元之《茶甘錄》記杜甫天寶十三載獻〈西嶽賦〉故有〈贈獻納使田舍人〉之詩，指出確切的時間點。凡此皆指出詩中行跡所在。

其二、「旅殯」之說

主要輯錄王彥輔《塵史》辨杜甫不當旅殯於耒陽，而據其詩三首及元微之墓系銘得知當旅殯於岳陽。此一則資料提供今人考辨杜甫死因及卒地的珍貴材料。[14]

中國「知人論世」的詩歌解讀方式，使古今學者不斷從文本中探尋作者所處的時代及其行跡所在，期能勾稽作品與時代的關連性或是抉發作者的情意，然而，人生是真實的，文學是藝術的，杜詩所圖構出來的詩中意象是被杜甫建構出來的，德國哲學家舒茲（Alfred Schutz）曾揭示我們，觀看世界的視角決定於我們所處的

---

14 據陳師文華考訂，得知杜甫在大曆五年秋，還活在長沙，冬天還活在從長沙北返的舟中，故不可能死於大曆五年夏之耒陽的「牛酒」或「驚湍」之說。請詳參陳師文華：〈貳、卒聞之流傳及辨正〉，《杜甫傳記唐宋資料考辨》，頁 175-195。張忠綱：《杜甫詩話五種校注》亦指出應為旅殯岳陽而非耒陽。

時空坐標。[15]準此，杜甫詩中所記錄的世界，是由其生平情境、社會坐標、所儲備的知識構成的，標幟出杜甫觀看世界的角度，所以，宋人考察杜甫生平，企圖勾勒杜甫生平行跡，並嘗試從其詩中建構的歷史場域去逆溯歷史的真實，往往受圍於其詩中所圖構出來的意象，事實上，不論是歷史或是詩中意象皆是被建構出來的，但是，宋人仍在其中不斷地探尋、挖掘，莫不是要尋找一個最貼合杜甫的詮解，古人如此，今人亦然。

第三節　宋人推尊杜甫之詩藝成就

對於杜詩之成就，我們從蔡夢弼現存輯錄的內容來看，可得知宋人從字句形式、用韻、特殊用法來肯定杜詩的創作成果。

一、從鍊字、用字之例來肯定杜詩

創作詩歌時當避平易字、熟爛字或俗字，宋人論杜甫之詩，雖有運用拙字、俗字卻不覺其陳腐，例如黃常明詩話中指出數物以「個」，謂食為「喫」，甚近鄙俗，而杜詩屢用亦不覺其鄙陋。又指出杜甫有用一字凡數十處而不易，例如「俯」字詩例甚多，其餘一字屢用之例亦所在多有。又如《詩眼》指出「風花」二字為世俗所喜之字，一般人寫來綺麗、輕纖，故為能文者所輕鄙，然老杜以

---

15 請參見霍桂桓（Schutz, Alfred）著、索昕譯：《社會實在問題》（The problem of social beality），（北京：華夏出版社，2001 年）。

「風、花」摹寫的內容，則不同於輕綺之作，有春容閒適、秋景悲壯、富貴之詞、弔古之作等，皆能模寫景物親切有味、窮理盡性、移奪造化，達到巧而能壯的境界。又如《螢雪叢說》指出老杜酷愛「受字」，蓋自得之妙，不一而足。或是以一字爲工之例，例如《石林詩話》指出杜詩變化開闔，出奇無窮，殆不可以形跡捕詰，詩例有「江山有巴蜀，棟宇自齊梁」，二句所包括的地域遠近數千里，時歲則上下數百年，只運用「有、自」二字，而能吞吐山川之氣，俯仰古今之懷，皆見於言外，此即是杜甫工妙之處，非他人可及。又以鍊字爲例，《韻語陽秋》指出作詩在於鍊字，老杜「飛星過水白，落月動簷虛」是鍊中間一字；「地拆江帆隱，天清木葉聞」是鍊末後一字；「紅入桃花嫩，青歸柳葉新」是鍊第二字。至於平常字句，亦能作非常之語，《漫叟詩話》曰：「詩中有拙句，不失爲奇作。若子美云『兩箇黃鸝鳴翠柳，一行白鷺上青天』之句是也。」指出「箇」是平常拙字，但是杜詩運用之，卻不覺其俗、拙，反而能彰顯杜詩特別用語的特色。又如東萊呂居仁曰：「詩每句中須有一兩句響字，響字乃妙指。如子美『身輕一鳥過』，『飛燕受風斜』，『過』、『受』字皆一句響字也。」等例皆是。以上可知宋人從杜甫用字之例來肯定杜詩藝術技巧。

二、從章法、用韻、對偶、平仄、仿句等用法推尊杜詩

　　文章創作必謹布置、重結構，《潛溪詩眼》從杜詩中指出可供學習規範的創作技法，有一篇命意，有句中命意，並分析杜詩《奉贈韋左丞二十二韻》之布局與構句頓挫高雅，可爲型範。《韻語陽

秋》亦指出杜甫詩以後二句續前二句處甚多，例如〈喜弟觀到〉、〈晴詩〉等詩；又指出杜詩例有〈放船〉：「直愁騎馬滑，故作泛舟迴」。〈對雨〉詩：「不愁巴道路，恐濕漢旌旗」皆是五言律詩於對聯中十字作一意，是謂「十字格」。

嚴有翼《藝苑雌黃》指出古人用韻，如文選、古詩、杜甫、韓愈，皆有重複押韻，例如杜甫〈飲中八仙歌〉重複用韻的字有押二「船」字、二「眠」字、二「天」字、三「前」字等，雖重複用韻，卻未損詩之美感。

論述杜詩對句，《苕溪叢話》揭示杜詩有扇對格，《學林新編》則指杜甫對句之法，偶有對仗不工之例，非不知對屬之偏正，而是運用技法，使其縱橫出入，無不契合。

從仿句來論述者，主要是從杜詩與前人之淵源關係來說明，例如引錄《詩眼》揭示杜甫詩句有蹈襲沈佺期者，然前後傑句，未能分判優劣。引黃山谷之詩話，指出杜詩有仿自沈佺期者，意雖有襲，語益工。又如鳳台王彥輔《塵史》曰：「古之善賦詩者，工於用人語，渾然若出於己意。予於李杜見之。……」說明善用前人用過之語，重新鑄鍊，亦是一寫作技法。至於談論聲律平仄之例較少，有苕溪胡元任叢話指出杜甫律詩之變化，非僅遵守固定的格式，而是充份發揮變化，若兵家用兵，出奇變化，無所不至。

復次，呂東萊《呂氏童蒙》從警句來論杜詩，指出陸機〈文賦〉有「立片言以居要，乃一篇之警策」之語，杜甫也有：「語不驚人死不休」之句，所謂驚人語就是警策，若文章無警策，則不足以傳世，不能竦動世人。故杜甫及唐人諸詩，皆有警句，但是晉宋間人專致力於警語，故失於綺靡，而無高古氣味，造成有佳句而無佳篇

的情形。另外，杜詩偶用倒裝句，宋人亦頗關注，例如《塵史》曰：
「子美善用故事及常語，多倒其句而用之，蓋如此則語峻而體健，
如『露從今夜白』、『月是故鄉明』之類是也。」，《古今詩話》：
「老杜『紅飯啄餘鸚鵡粒，碧梧棲老鳳凰枝』此語反而意奇。退之
詩云：『舞鑑鸞窺沼，行天馬渡橋』亦做此理。」皆是肯定其倒裝
句式。

　　縱觀之，宋人肯定杜詩之形構技巧，但是往往僅從既有的詩例
說明杜詩中的各種現象，並未細繹其理，少分析前因後由，例如嚴
有翼僅揭示杜詩重複押韻的現象，卻未細繹各字重複使用的聲情關
係，《韻語陽秋》也僅是以詩為例，並未有系統地論述杜詩特色或
是分解特殊技法。

三、求索詩意，以深化杜詩義蘊

　　《草堂詩話》所輯宋人論杜意見，甚少論其整體題材或主題思
想，而是透過疏解詩歌的內容來辨證歧誤，或是從字句來分解杜詩
之意，其型態有二，一是從詩之內容求解詩義，例如〈八陣圖〉，
以東坡之說為說，認為杜甫意在吳蜀唇齒相依，不當相圖，以蜀有
吞吳之意為恨，非世人所謂欲與關羽復仇，恨不能滅吳之意。又如
引師古詩話指出杜甫〈遣興詩〉云：「筍根稚子無人見，沙上鳧雛
傍母眠」當中的「稚子」當指杜甫之子宗文，而非竹䶎、雉雛，或
筍，因小兒戲於竹邊，偶尋不見，遂至感物以興己意。又指出杜甫
〈古柏行〉：「霜皮溜雨四十圍，黛色參天二千尺」之句，指出讀
詩當不必拘泥於二千尺、四十圍之文字障，避免迂曲解詩。

　　二是從言外之意求索。因中國人作詩，喜以迂曲方式表達曲隱難達之情志，故讀者解詩亦往往朝向言外意求解，宋人論杜詩亦然，例如，高元之〈荼甘錄〉揭示：老杜〈螢火詩〉：「幸因腐草出，敢近太陽飛，未足臨書卷，時能點客衣」似乎用來譏諷當時閹人用事於人君之前，不能主張文儒而乃如青蠅之點素，用以駁斥前人「喻小有才而侵侮大德」之謬。或如三山老人《胡氏語錄》指出〈登慈恩寺塔〉是譏諷天寶時事。其中，山象徵人君。「泰山忽破碎」，是指人君失道，至於「俯仰但一氣，焉能辨皇州」是指賢與不肖混殽、清濁不分的現象。復次，《隱居詩話》也引用夏竦評論杜甫〈初月詩〉：「微升紫塞外，已隱暮雲端」是隱寫肅宗。

　　宋人解杜詩，常以旁推曲鄨的方式解詩，雖能發明新意，然是否為作意所在，則未可得知，誤讀情形自是難免，然而不同的解讀路向，其實與讀者之預期視界及詮釋立場有關。

四、從境界、風格向度詮評杜詩

　　前述宋人從細微的形構技巧及義理內容來疏解杜詩，從而肯定其藝術技巧堪為楷模，並對杜詩有明確的評論。詮評杜詩，主要是從境界高超、文字流轉如彈丸、意若貫珠、風格多元等視域來肯定。

　　例如《石林詩話》從境界來論杜詩，指出禪宗謂雲門有三種語：隨波逐浪句、截斷眾流句、涵蓋乾坤句，杜甫亦有達此三種境界之詩例。又如《捫蝨新話》從自然天成論杜詩，指出陶淵明采菊之際，無意于山，而景與意會，老杜亦有「夜闌接軟語，落月如金盆」之句，表現出意度閑雅之態，然而語句雄健卻勝過淵明。又如葉夢得

《石林詩話》剖析杜詩緣情體物自有天然工巧，不見其刻削之痕，正面肯定杜詩藝術技法。《詩眼》則從意若貫珠肯定杜詩，指出〈聞官軍收河南河北〉一詩曲盡一時之意，愜當眾人之情，通暢有條理，如辯士之語言，達意若貫珠之境。

從「風格」論杜詩成就，有《遯齋閒覽》揭示杜詩有平淡簡易、綿麗精確、嚴重威武等截然不同的風格，說明杜甫成就不可控馭。又，引半山老人詩云：「吾觀少陵詩，謂與元氣侔。力能排天斡九地，壯顏毅色不可求。」指杜詩氣勢能壯天地。這些皆從風格成就來肯定杜詩。

從「詩文」之體製來論辯杜詩特色，亦有其例，《草堂詩話》引錄後山陳無己《詩話》曰：「杜之詩法，韓之文法也。詩文各有體，韓以文為詩，杜以詩為文，故不工耳。」，另外，黃山谷、陳善《捫蝨新話》對於「以詩為文」亦有發揮，黃山谷甚至揭示：「好作奇語自是文章一病，但當以理為主，理得而辭順，文章自然出群拔萃，觀子美到夔州後詩，韓退之自潮州還朝後，文皆不煩繩削而自合矣。」，《捫蝨新話》亦曰：「韓以文為詩，杜以詩為文，世傳以為戲。……觀子美到夔州以後詩，簡易純熟，無斧鑿痕，信是如彈丸矣。」以上諸論，切入的焦點有二：

一、是指出杜甫「以詩為文」的特色，然皆未作分辨、疏解，成為後世論杜議題之一，開啟後世對詩、文本質的論辯。不工，即不合詩之寫作規範。詩與文原為二種不同的體裁，以詩為文，是指以詩歌的形式來表達散文的義理內容，亦即打破詩歌抒情本質，而以文章義理的方式來表抒情志。文，表現手法以鋪張揚厲、說理或議論詳贍為主，而詩，以含蓄、渾茫、蘊藉不發為主，「以詩為文」

即是以「詩」的體製為形式，而以「文」的鋪張、敘事、說明為內
容，簡言之，杜甫即是以詩歌的形式來表抒文章的義理內容。

　　二、是夔州詩達純化境界亦為後世所宗，後世論杜以夔州一年
十個月（766.3～768.1）所作四百三十九首，是創作力最旺盛、題
材最豐富、文筆最精鍊時刻。

　　故宋人「以詩為文」的論述，開發後世詩論之議題；而「夔州
詩」則成為後世論述杜詩的重要時期，黃山谷與陳善所論，確有見
地。黃山谷另外揭示杜詩無一字無來處，說明杜詩讀書多，涵融、
陶冶古人詩書，使能點鐵成金，後世無以追企，此一論見，亦成為
江西詩派重要的議題之一。宋人論杜甫雖有破體為詩的現象，但是
「以詩為文」詞調流轉，可為典範。

　　蔡夢弼所輯錄各家論杜之言，少作批評、判斷之語，若有，則
是為杜詩作辯護，例如秦觀指杜詩「無韻者幾不可讀」之句，蔡夢
弼亟欲跳出來為杜詩作反駁，指出〈課伐木〉之詩序正是無韻之文。

　　宋人評騭優劣時，亦往往以杜為宗。例如《詩眼》指出孫莘老
謂老杜之〈北征〉勝韓退之〈南山〉，王安石以為〈南山〉勝〈北
征〉，黃山谷則指出論詩之工巧則〈北征〉不及〈南山〉，但若是
書寫一代之事，以與國風雅頌相為表裡，則〈北征〉不可無，而〈南
山〉雖不作亦未妨害，自此，遂以黃山谷之說為定論。

　　又如李杜優劣論始自元稹、韓愈，《草堂詩話》所引宋人論述
當中，有二種意見，其一是二人不可分判優劣，例如莆陽鄭景韋離
經曰：「李謫仙，詩中龍也，矯矯焉不受約束。杜子美則麟遊靈囿，
鳳鳴朝陽，自是人間瑞物。二豪所得，殆不可以優劣論也」。至於
以杜詩為勝者有王彥輔，指出詩歌逮至杜甫，表現方能周情孔思，

含攝諸家之長；而東坡則指出「古今詩人眾矣，而子美獨為首者」
以此論李杜優劣，反應出宋人對杜詩之愛賞。

第四節　宋人建構杜詩經典地位之詮釋面向

　　上述宋人推尊杜詩，非僅是片面論其形構技巧與義理內容成
就，其目的是要建構杜詩的經典地位，如何建構呢？我們從《草堂
詩話》可管窺宋人立意所在。

一、將杜詩視為詩中六經

　　杜詩在詩歌史上的地位，是經由宋代有意識地提高，才能具有
主導性的地位，如何提高杜詩地位呢？首先，將杜詩與《詩經》作
一鉤連，則杜詩如詩中六經的地位即豁顯而出，蘇東坡曾經指出太
史公論詩，以為「國風好色而不淫，小雅怨誹而不亂」是一種變風、
變雅的詩風，非所謂的雅正之詩，但是國家崩敗之際，變風變雅出
現是理之當然，且詩歌之發乎情、止乎禮義，本來就是詩歌創作時
必備真性情的表現，故而杜甫正處流落飢寒之際，以其遭遇，發乎
真性情地表述出來，且內容所抒，皆以家國為念，雖終身未用，未
嘗忘君，可視為儒家的一種型範，東坡將杜甫的詩品與人格相提並
論，從人格來肯定其詩歌之偉大，正符合中國儒家傳統詩教觀[16]，

16　陳師文華指出宋人對杜甫「一飯未嘗忘君」、「詩史」、「李杜優劣論」
　　之議題開發，皆是從宋代詩教觀進行的。請參考陳師文華：〈壹、圍繞在

可視為典範。所以《捫蝨新話》更直接了當提出：「老杜詩當是詩中六經，他人詩乃諸子之流也」的主張，並不足為奇。東坡從儒家「一飯未嘗忘君」的視域論杜，而陳善純粹從義理入手，二者論述雖異，卻同樣將杜詩提高到詩中六經的地位。

首先，將杜詩與《詩經》相比，詩教本質是「溫柔敦厚」，比興手法即是一種迂曲的表達方式，故而以比興風雅說杜，即是肯定其詩藝能運用比興手法，使詩教之醇厚性情存乎其中，是故《容齋隨筆》指出張文潛讀老杜〈玉華宮〉詩不絕口，何大圭請問其故，曰：「此章乃風雅鼓吹，未易為子言」即是。

二、「詩、史」的匯流與肯定

推尊杜甫為「詩史」非始於宋人，以孟棨《本事詩‧高逸第三》為最早資料，其云：「當時號為『詩史』」，可知「詩史」已是廣為流傳人口的一種尊稱，宋人詩話則踵事增華，發皇光大，蔡夢弼援引鳳台王彥輔詩話云：

> 唐興，承陳隋之遺風，浮靡相矜，莫崇理致。開元之間，去雕篆，黜浮華，稍裁以雅正。雖綷句繪章，人既一概，各爭

儒家詩教觀下的批評內容〉，《杜甫傳記唐宋資料考辨》。 據許總所言，宋代之所以宗杜，主要在於理學的道統觀在文學研究領域中的貫徹和集中表現。請參見許總：《杜詩學發微‧論宋學對杜詩的曲解和誤解》（南京：南京出版社，1989 年），頁 43。

所長。如大羹元酒者，薄滋味；如孤峰絕岸者，駭廊廟；穠
華可愛者，乏風骨；爛然可珍者，多玷缺。逮至子美之詩，
周情孔思，千彙萬狀，茹古涵今，無有涯涘，森嚴昭煥，若
在武庫，見戈戟布列，蕩人耳目，非特意語天出，尤工於用
字，故卓然為一代之冠，而歷世千百，膾炙人口。予每讀其
文，竊若其難曉。……韓退之謂「光焰萬丈長」而世號「詩
史」，信哉！[17]

全文先從文學進程分析陳隋浮靡遺風，至唐代開元年間，稍裁以雅
正，迄杜甫，方能在內容上表現出周情孔思，在風格上能表現出茹
古涵今的氣魄，且在詩法上能工於用字，所寫之詩能引物連類，掎
摭典故，此段文字分從內容、風格、詩法肯定杜詩成就，標示杜甫
在詩歌史上特殊的地位。

　　其次，杜甫以詩寓史、以詩寓貶褒，例如〈嬾真子錄〉指出嚴
武跋扈，有割據之意，故杜甫於〈嚴武廳詠蜀道畫圖〉詩諷之，指
出山不斷，水相通，以言蜀不可割據，即是寓貶褒於其中。又如《韻
語陽秋》老杜〈麗人行〉專言秦虢宴游之樂，末章有「當軒下馬入
錦茵，且莫近前丞相嗔」之句，丞相即是指楊國忠，以此寓諷刺於
其中。復次，《隱居詩話》指出杜詩在優柔感諷，不在逞豪放而詬
怒，以迂曲方式來表達己意，「優柔感諷」即是寓寄諷刺，可知宋
人論杜，常以政教觀來論杜詩。

17　見張忠綱校注《杜甫詩話校注五種‧杜工部草堂詩話》（北京：書目文獻
出版社，1994 年 7 月），頁 81。

　　然而，「詩史」的推尊，到底表現出杜甫詩歌什麼特色？基本上，王彥輔所論，太膚廓、寬泛，其提舉杜詩，主要是從詩歌進程、風格、內容及形式技巧來肯定杜詩，至於「詩」與「史」、「詩史」之異質同構的可能性何在？並未分辨。詩史從寫作技巧而言，具備敘事、紀實之功能，從創作動機而言，因遭遇而備述其際遇，然而，以「詩史」名杜詩，其中到底隱涵多少的歷史真實？一切文學作品皆是論述出來的，那麼，詩歌之美屬於藝術範疇，而藝術可否「反映」人生？反映的真實性有多少？在解讀杜詩時，我們應將之視為文學作品，或是將其視為史實事件？文學之真，不可等同於事實之真，但是二者可否鉤連呢？在藝術範疇中，是否容許有事件之真呢？宋人並未將「史」與「詩」作一明確的剖析或定義，故有待後人繼續發皇推闡。

三、「集大成」的收攝與提撥

　　今存《草堂詩話》第一則輯入秦觀論杜詩「集大成」之評論，其云：「杜子美之於詩，實積眾流之長，適當其時而已。……孔子，聖之時者也。孔子之所謂集大成。嗚呼！子美亦集詩之大成者歟？」秦觀此段文字的重點在「時」一字。時，在孔子的思想中，有權宜、適時的概念，例如「敬事而信，節用而愛人，使民以時」（〈論語・學而〉）即指施政者必須適合時宜而使民，或如「邦有道則見，邦無道則隱」指君子出處進退之道，所以孟子稱讚孔子是「聖之時者也」（〈孟子・萬章下〉）秦觀將杜甫與孔子相提並論，其作用有二，一是指孔子在中國儒學上的地位是集聖之清、任、和三者於一

身，可爲萬世楷模，而秦觀在某一程度上亦推舉杜甫在詩學上的地位，隱含有「詩之聖」的地位。其二是指杜甫的詩學成就能匯聚眾家風格之長，成就多樣風貌，亦是集大成者。

同樣以「集大成」來稱美杜甫者尙有《潛溪詩眼》，其云：「……故杜甫律詩布置法度，全學沈佺期，更推廣集大成耳」。雖僅是從創作手法來說明杜詩之「集大成」的意義，然而典範的意義卻在此逐漸形成，相較於秦觀，秦觀可謂慧眼獨具，從時代流別來稱許杜詩，謂其集大成，方具有詩史上的意義，一方面收束、總結前代風格之總成，一方面又能別開生面爲自己開發新的、多元、多面向的風格面貌。

職是，從作品而言，杜詩在詩歌史上的地位，宋人刻意將其提高成「詩中六經」，並以詩史作爲鉤連作品與人品的媒介，且稱贊其詩藝成就能收束前人之風格，而具備自己多元化的詩歌成就，其經典地位就在「經、史、集大成」中完成。

我們從現存《草堂詩話》的輯錄順序，可以管窺蔡夢弼的思維理序，其第一條錄秦觀稱讚杜詩爲「集大成」，第二條爲王彥輔稱杜詩爲「詩史」，第三條爲東坡稱杜詩可媲美《詩經》之風雅，可知蔡氏已能洞知杜詩在宋人的地位陡昇，且「集大成」、「詩史」、推比「風、雅」更成爲杜詩學論述的焦點所在。**18**

18　宋人為何如此觀杜、論杜，據陳師文華所云，最先將杜甫定位為儒家思想者是《新唐書・杜甫傳》云：「數嘗寇亂，挺節無所污；為歌詩傷時撓弱，情不忘君；人憐其忠云。」再經宋人以孔門詩教觀之醞釀轉化，乃成就杜詩「忠愛」的稱許。請參陳師文華：《杜甫傳記唐宋資料考辨》，頁 20-217。許總亦有相同的看法，指出宋代是儒家政教詩學極度發展時期，故而強調

第五節　宋人確立杜甫儒家典範意義之切面

宋人論杜，一方面從詩歌肯定其經典地位，一方面從杜甫忠愛精神來肯定其儒家人格的典範意義，召喚讀者感契，使其詩與人融合成一個整全完美的人格。而精神感召力分從數方面表現。

一、以生靈為念

在動盪流離的時代中，杜詩流露出對生民的悲憫情懷，不僅親睹目見悲劇在戰亂展開，同時自己也在動亂中成為離亂奔走的一群。面對此一難堪的社會景象，他以詩人的靈心銳感為時代寫下悲離的見證，故而悲憫之懷，成為詩中最大的源泉活水，《蛩溪詩話》其中一段文字頗能指出杜詩中的悲憫情懷，其云：「孟子七篇，論君與民者居半。其餘欲得君，蓋以安民也。觀杜陵『窮年憂黎元，歎息腸內熱』、『胡為將暮年，憂世心力弱』，〈宿花石戍〉云：『誰能扣君門，下令減征賦』、〈寄柏學士〉云：『幾時高議排金門，各使蒼生有環堵』、『寧令吾廬獨破受凍死亦足』，而志在大庇天下寒士。其仁心廣大，異夫求穴之螻蟻輩，真得孟子所存矣。東坡先生問：『老杜何如人？』或言似司馬遷，但能名其詩爾。愚謂老杜似孟，蓋原其心也。」由於具備這份悲憫情懷，所以宋人觀看杜詩即從此一儒家的立場出發，黃常明詩話亦是從此視域觀察，

杜詩的社會功用，宣揚杜詩「忠君」之說，即是宋代杜詩學的主要觀點。參見許總：《杜詩學發微》，頁1。

揭示〈觀打魚〉「設網萬魚急」是指聚斂之臣，苛法侵漁，使民不聊生，所以用「萬魚急」爲譬；「能者操舟疾若風，撐突波濤挺叉入」是小人舞智趨時，巧宦數遷，所以用「疾若風」爲喻；殘民以逞，不顧傾覆，所以用「挺叉入」爲喻；「日暮蛟龍改窟穴，山根鱣鮪隨雲雷」指出魚不得其所，龍豈能安居，君與民猶是。以此觀杜詩則與《詩經》六義比興相同，故而推舉「吾徒何爲縱此樂，暴殄天物聖所哀」詩中流露出能樂能戒，而又能展現仁厚之意，故爲後人所尊崇。

　　宋人論杜，咸認爲杜詩能從人民悲苦出發，以生民爲念，表現出人飢己飢，人溺己溺的高貴情操。

二、忠愛不忘君

　　《草堂詩話》談論忠愛精神，以輯錄《韻語陽秋》爲多，有一則指出老杜〈八哀〉詩是哀八人，蓋當時盜賊未息，歎舊懷賢而作。復次，又云：「老杜〈省宿〉詩云：『明朝有封事，數問夜如何』蓋愛君欲諫之心切，則通夕爲之不寐，想其犯顏逆耳，必不爲身謀也。」。又指出杜甫〈杜鵑行〉詩凡三篇，皆以杜鵑比當時之君，而以哺雛之鳥譏當時之臣不能奉其君，不若百鳥。又指出最後一篇，杜鵑垂血上訴，不得其所，乃託興明皇蒙塵之時。故末句云：「豈思舊日居深宮，嬪嬙左右如花紅」即是從君王感念往事的立場出發。

　　在宋人的審美觀念中，推宗杜詩，主要是因爲杜詩的義理內容能超越文字而走向經典意義，此一經典意義，並非僅是字句藝術技

巧之呈現，最重要的是詩中流露出來的悲憫情懷及忠愛之心，令宋人激賞。

三、記錄遭逢與景況，深獲後人悲憫

　　杜甫〈北征〉寫自己流離經過，《韻語陽秋》指出〈北征〉「經年至茅屋，妻子衣百結……」詩寫出方脫身於萬死一生之地，得見妻兒，泊至秦中，有「曬藥能無婦，應門亦有兒」，至成都有「老妻憂坐痺，幼女問頭風」，及觀〈進艇〉有「晝引老妻乘小艇，晴看稚子浴清江」，〈江村〉有「老妻畫紙為棋局，稚子敲針作釣鉤」其優游愉悅之情，見於嬉戲之間，又異於秦益之時，說明杜甫以詩歌來記載自己的經歷，我們透過詩歌的解讀，彷彿可望見一個蒼茫暮色下的孤獨行影。

　　但是，文學中的事件之真實，不一定等同於人生事件之真實，然而，對普遍人生情感、事件之表述，則是文學作品對人生經驗的真實表現，此中即無所謂真、假之問題，而是反映出來的事件是否真的合乎人生存在情境之真實。是故，杜詩所描寫的離亂事件，是文學之真，而且「可能」是來自於對真實事件的感受，發而為文的表述，此時，真實事件不一定等同於文學事件，但是文學事件是以經驗人生之真實為素材，所以，我們在解讀杜詩時，能感受到文學作品中的「真」，也體契其性情之「善」，但是我們卻無法求證任何一個文學事件可以對應於任何真實事件，例如〈三吏〉、〈三別〉中所對應的人物與事件等，而且，文學作品有其表抒的特殊手法，才能異於一般記錄文件，我們感受文學作品，並受其感動，皆是緣

於此一藝術技法的烘托。所以，我們較無法驗證杜詩中的任何一個真實事件，卻可以感受其作品之真與善，進而體現詩歌美感。此所以宋人閱讀杜詩，莫不感契於其筆下的經歷，而對其遭逢有一定程度的悲憫情懷。

但是，宋人並非一味地尊杜、崇杜，亦有對其駁議者。

四、有傷美刺政教之辨證

宋人駁議杜詩，主要是從美刺視域入手，揭示杜甫在「以詩寓史」的過程中，諷刺明皇、肅宗之詩，是否有傷人臣敦厚？例如張戒《歲寒堂詩話》卷下一段話云：「至于『鶴駕通宵鳳輦備，雞鳴問寢龍樓曉』，雖但敘一時喜慶事，而意乃諷肅宗」，又如〈北征〉詩中云：『不聞殷夏衰，中自誅褒妲』以楊妃比褒妲，則明皇當為桀紂，不言而諭，是傷人臣之忠厚」。現存《草堂詩話》中雖未引錄此段話，但是蔡夢弼對於負面評杜之論亦有所輯。

例如《韻語陽秋》指出唐書史傳稱杜甫好論天下大事，高而不切，並且自比稷契甚不以為然，卻嘉許其詩：「上感九廟焚，下憫萬民瘡，斯時伏青蒲，廷爭守御床」表現出忠藎之情。又指出老杜〈北征〉詩「憶昔狼狽初，事與古先別。不聞夏商衰，中自誅褒妲」其意指出明皇英斷，自誅妃子，與夏商之誅褒妲不同。並揭示杜甫此詩，雖出於愛君，而曲文其過，非公正之論。

職是，杜詩是否有傷政教美刺之說，在宋人論杜中，成為議論之一，並引發後世的討論。

第六節　結語：宋人論杜詩之美感思維

我們根據蔡夢弼所輯一百一十四條論杜意見，可將之區分爲數大類型，一是辨證詩歌本事或敘其遭逢、創作詩法何人，二是從創作藝術手法論其詩法問題，三是對杜詩作賞鑑、銓評工作，論其風格或特色，四是成就杜詩經典地位與杜甫儒家典範形象，其中後世討論最多者厥推「詩史」與「集大成」二說，蔡氏輯入此二說，開啟後世論杜門徑，同時也承接中晚唐論杜思維，使後世契入視域多集中於此，可見蔡氏獨具慧眼，開發論杜場域。

宋人論杜，確立杜詩詩歌史上的地位，我們透過蔡夢弼輯宋人論杜的視域，可管窺宋人觀看杜詩的思維方式，不僅在生平本事提供相當議論的空間，同時也將其詩學淵源、行跡作一考訂，在詩歌技巧上創造典範作用，且在義理內容上亦以忠愛成爲後世追模感企的對象，提高杜詩崇高地位。

但是作爲輯錄宋人論著之作的《草堂詩話》常常呈現引而不述，少有自己的意見，以他人之意見爲意見，此即是「存而不論」的選輯策略。然而仍有不足處：一、輯錄不完備。宋代詩話當中，比較重要的詩話尚有嚴羽《滄浪詩話》、姜夔《白石詩說》、呂本中《紫薇詩話》、張戒《歲寒堂詩話》等皆爲一時之論，然《草堂詩話》皆未輯入，其理可能有三：其一是時代未及，蔡氏未知見，其二是蔡氏原輯二百餘條，今存一百一十四條，或爲佚失的部份，其三是蔡氏根本視而不見，不予選入。以上三個理由，以前二者較有可能，因爲蔡氏所輯，包括詩話、文集、序跋、語錄、筆記小說

等，博采諸說，蒐羅寬廣，應該沒有「視而不見」的理由，且張戒《歲寒堂詩話》所論以政教、風化爲主導，更與宋人推論杜詩爲風、雅之亞裔契合，故知未能選錄宋人重要詩話者，或許未知見。二、瑣碎、零散且多存而不論，少有己見。由於無中心論述焦點，故所輯錄的內容零散無結構，且多數的輯錄，皆是存而不論的情形，關於宋人論辯的內容亦不作分析、判準，少有自己的意見，有則以簡略數語帶之，例如辨「竹林」、「烏鬼」二名詞之例。然而，沒有中心論述，反而能夠客觀呈現宋人論杜的樣貌。許總曾評論《草堂詩話》，指出該書不僅是第一本杜詩評論的總集，其價值則超出匯輯的本身，具有高度的理論意義，是研究杜詩學的起點[19]，洵爲確論。

綜觀「杜詩學」的進程中，宋人論杜意義在於提高杜詩在詩歌史上的地位，同時也以其尊君愛國之心，成爲儒家的學習典範。至於「詩聖」之稱呼雖未能在《草堂詩話》中出現，但是已儼然有其實了。此即《韻語陽秋》云：「……則知子美於當時已爲詩人所欽伏如此。殘膏餘馥，沾丐後人，宜哉！故微之云：「詩人已來，未有如子美者也。」正面肯定其成就。

我們重新梳理前述，可分從三方面進行總結：

（一）從作者視域觀察，則杜甫身經安史之亂，其遭遇非僅是個己之悲喜流離，同時也是黎民悲苦的見證，感同身受地記載下來，使後世覽閱者能透過詩歌的記載逆會社會之動蕩，所以

---

19 參見許總：《杜詩學發微、蔡夢弼「草堂詩話」與方深道「諸家老杜詩評」》，頁 107-111。

由愛賞其詩而進入道德的範疇來肯定杜詩的成就，此即是宋
人觀杜的視域，也是詩品與人品桴鼓相應處。

（二）從作品而言，宋人建立杜詩典範地位，主要可從兩方面入手，
一是詩歌經典化，一是人格儒家典範化。詩歌部份，宋人推
尊杜詩藝術成就，主要是從杜甫能匯流前朝，收束前人各種
體勢，而有集大成之功，同時在技法上，運用「比興」手法
而能使之與《詩經》相鉤連，成為詩中之六經，在人格部份，
因為杜詩內容一方面展現忠愛熱忱，一方面能實事記錄，故
而被推尊為「詩史」，使杜詩的意義已由形式技巧提昇至經
史的地位。至於人格與作品如何可能等同，在宋人的論辯
中，並無開發，此一命題之討論，須等到明代李東陽、楊慎
等人手中，才有進一步的論證。

（三）從讀者而言，蔡氏編輯宋人論杜，一方面展示自己接受、理
解杜詩的剖面，一方面呈現宋人論杜的切片，此中，雖無條
例、有機的論述、揀選，以瑣碎、零散的方式呈現，少有己
見，但是我們透過蔡氏的剖面圖，亦可切入宋人觀杜、論杜
的視野，提供金元明繼續討論杜詩的空間，例如詩史之辨
爭、詩藝之成就，以及杜詩與經史地位之討論皆是杜詩學的
議題之一。

詩歌是一種文字組構而成的意義符號，意義，往往決定於覽閱
者的觀看視域及觀看的方法，同一文本，在不同的時代背景中，應
有不同觀看的文化語境，對於意義的詮解，也往往會因時、因地、
因人而異，此時，不同的觀看角度及不同的審美趣味，往往造成不
同的理解與評價，杜詩，在歷代詩歌史上的地位，亦因不同時代的

美感需求，而有不同的詮評，我們研究杜詩，不僅僅是探求作者遭逢以達知人論世，亦應分析作品藝術技法，以求深化詩歌的美學層次，同時也應將研究者的文化背景及其考察杜詩的視域作一分剖，方能適切地理解杜詩地位在詩史上升降的幅度。因爲閱讀的過程中，「文本」永遠是一個常數，而讀者永遠是一個變數，讀者背後的時代、文化及個人的品味、愛憎往往決定了他觀賞「文本」的角度，每一首詩歌映現在不同的讀者或時代中，自有不同的評價，我們從《草堂詩話》中看見了宋人觀看杜詩的視域，同時也預見宋人開啓後世論杜的議題，在歷史的對話中，我們也體契詩歌的探賾，由「作者」向「文本」以至於向「讀者」滑動的軌跡。

下卷

飛彩流金

第一章　魏徵〈述懷〉用典之美感意涵

中原初逐鹿，投筆事戎軒。縱橫計不就，慷慨志猶存。
杖策謁天子，驅馬出關門。請纓繫南粵，憑軾下東藩。
鬱紆陟高岫，出沒望平原。古木鳴寒鳥，空山啼夜猿。
既傷千里目，還驚九逝魂。豈不憚艱險？深懷國士恩。
季布無二諾，侯嬴重一言。人生感意氣，功名誰復論。

魏徵（580～643），字玄成，魏州曲城人，卒諡文貞。曾從隋末李密掌書檄，李密造反兵敗，轉投李淵，成為唐代開國元老，後匡輔太宗，以直言諫諍得名，危言正色，以保太宗之德，深得唐太宗愛戴，亡後，太宗曾云：「以銅為鏡可以正衣冠，以古為鏡可以知興替，以人為鏡可以明得失」，甚至賦詩云：「望望情何極，浪浪淚空泫，無復昔時人，芳春誰共遣」，眷戀不捨之情，俱在其中矣。

魏徵歷史成就，因編撰齊、梁、陳、隋諸史，序論多出其手，遂有良史美名。然而其文才幾乎被其政治才華所掩蓋，策議書疏之文章以及危言正色之直諫，標示出政治家的風範，至於詩歌之成

就，幾乎以歌功頌德的郊祀樂章、奉和應詔之作爲主，存詩凡三十四首[1]，其中，難得的是一首〈述懷〉，上承魏晉嵇康、阮籍詠懷古風，下開陳子昂、張九齡〈感遇〉、李白〈古風〉五十九首之風骨，使「言志述懷」之詩歌得以在「緣情」詩大量開發之後，仍有血脈留傳。[2]

由題目即可審知本詩「述懷」是敘述感懷，詩寫於中原板盪之際，奉唐高祖之命，出潼關欲說服李密舊部屬歸附唐，內容扣緊出關所見所聞而抒發自己的抱負。全詩結構，以時間擘分，採「昔、今」對照，「昔」先寫當年懷抱慷慨之志，欲一展抱負，卻未能伸抒；「今」再寫銜命出關，途中所思所見與感懷。以空間擘分，則寫中原之初逐鹿壯志，再寫旅途聞見。就鋪寫的情境而分，採事、景、情結構，先寫「事」，交待過去一段縱橫計未就之過往情事，及奉命出關之始末，再寫「景」，以即景即情的方式敘寫途中所遇，末段則以深懷國士恩之「情」作結，揭示「人生感意氣，功名誰復論」明示自己述懷之本意乃爲酬報國士知遇之恩。結尾屬於封閉式的說明。

全詩詩意朗暢，然而詩之本質，並非一逕表述懷抱而無意象即可，若是，則與散文何異？文之與詩在本質上不同，即在於意象的

1　魏徵著作，集凡二十卷，詩有一卷，根據《全唐詩》所錄，凡三十四首，王郊樂章有二十首、享太廟樂章有十一首，〈奉和正日臨朝應詔〉一首，另有〈賦雨漢暮秋言懷〉一首所敘寫與本詩較近。請參見清・彭定求等十人編校：《全唐詩》（北京：中華書局，1996 年 1 月）　冊二，卷 31。

2　言志述懷之作尚有李百藥〈途中述懷〉；李世民〈還陝述懷〉、〈登三台言志〉等作品。

搏造。盱衡本詩，則全詩之構作方式，最大特色在於大量運用典故以造成聯類想像的空間，美感意蘊亦在此示現無遺。

　　劉勰《文心雕龍‧事類篇》指出：「據事以類義，援古以證今」即說明「據事」、「援古」是創作的一種方法，在今日言之，即是用典，屬於寫作技法修辭格之一。用典的類型據內容分類，劉勰將之擘分爲兩大類型：舉人事以徵文、引成辭以明理。前者即是事典，後者是語典。所謂的「事典」，倒不一定如劉勰所限定的，必在「舉人事以徵文」，只要是運用歷史故事或前人事跡來替代作者所欲表抒的情志皆可稱爲事典；而「語典」，即是運用經、史、子、集中的成詞、用語或俚俗謠諺等來表述作者特定的作意所在，即屬之。

　　若從用典的表現手法來分，又可分爲正／反、明／暗、顯／隱等技法，至於其構詞的方式，有時是短句，有時是片語，有時是一個名詞，然而不管是正用、反用、明用、暗用、顯用、隱用典故或是成句、短語、成詞，其目的即以含蓄委婉的手法，達到聯類想像的美感。尤其是詩歌，因有字數、句數之限制，運用典故可強化義蘊、簡化精賅字句之使用，且能使意脈貫穿而不斷裂，讓讀者逆推用典體契作意所在，豐富詩歌的多義性與聯想性。但是，用典太僻，易造成義蘊阻斷，不知所云之弊；若用典太繁複，又會形成「掉書袋」的感覺，致使詩意盡失，故適當地運用典故，除可精簡字句、豐富意蘊之外，尚可產生聯類美感，所以用典成爲詩歌中常用的一種創作技法，以最精約簡練之典，包孕豐富意蘊，使詩意藉由制約式的聯想，推擴其想像美感，令讀者藉由簡約字句的鉤連，興發無限想像。

　　詩歌與文章最大的區隔即在於「意象」之運用，何謂「意象」

呢？即是指意與象之結合，乃作者將心中之意與外在之象作一統合式的連結，使作意能具現於所取之象，伸暢詩情。通常意象取象之物類有二，一是自然之象，一是人文之象，無論是自然之象或人文之象，皆是將作意含藏於物象之中，以喻示不言而諭的情志。

然而，魏徵〈述懷〉最大的特色，竟然不是意象的摶造，而是典故的運用。何謂「典故」？即是運用歷史事件、人物故事或成語、成詞，使之具有意象約化的作用，以表抒作者特殊的情意。本詩採用「典故意象化」即是以用典方式來喻示意象的特殊效能，衡諸全詩，典故之用凡有事典與語典二組，尤其，大量運用歷史典故七事以誘發讀者想像，跌宕在歷史情境中，最能與魏徵之抱負相翕相合。

一、用典的種類

（一）語典之運用

〈述懷〉一詩所用語典凡五組，皆是襲自詩句：

1. 「鬱伊」襲自曹植「我思鬱以伊」（贈白馬王彪）：意謂心情不舒暢。
2. 「千里目」襲自《楚辭・招魂》：「目極千里兮傷春心」，意謂遠望心悲。
3. 「九逝魂」則引自屈原〈哀郢〉：「魂一夕而九逝」，意謂曲折迂迴。
4. 及 5. 「國士恩」、「人生感意氣」用自梁朝苟濟〈贈陰梁州詩〉：

「徒然懷伏劍，終無報國士」、「人生感意氣，相知無富貴」[3]之詩句。魏徵藉以表述李淵以國士相待，乃欲回報此一知遇之恩。

（二）事典之運用

盱衡全詩，援引事典凡有七處：

1. 「逐鹿」，原爲太公韜曰「取天下若逐野鹿中原，天下共分其肉」之意，逐鹿即是用典，其事義可知。然「逐鹿」二字所喻示的動態美感，以象徵唐初英雄各據一雄，披紛擾攘之情景宛然在目。
2. 「投筆事從戎」，借班超事典以喻示棄文從武，而「投筆」動作亦是清晰可見。
3. 「縱橫計」，藉戰國時期張儀、蘇秦合縱與連橫之計策，說明自己獻策李密，不獲採用的情形。
4. 「請纓」：藉終軍以纓繫南粵王，來自喻武略。
5. 「憑軾」：藉酈食其鼓動三寸不爛之舌，讓田廣舊部七十餘城歸屬漢王，以喻魏徵此行欲以舌粲蓮花，令李密舊部歸唐軍。
6. 及 7.「季布、侯嬴」：二典皆說明守信重諾，以回報知遇之恩。

此中用典：

一、有「情」，以「語典」爲主，說明出關聞見感懷及回報之恩。

二、有「事」，以「事典」爲主，揭示魏徵之文才武略，有獻策用計，亦有重然諾之舉。

3　請參見逯欽立輯校：《先秦漢魏晉南北朝‧梁詩》（台北：木鐸出版社，1988 年 7 月）卷 26，頁 2070-2071。

二、用典的構詞方式

依用典的語詞來觀察，本詩構詞的方式主要有下列數項：

（一）以人名為典的構詞方式

主要的事例有「季布」、「侯嬴」，以人名為典，說明自己重諾守信。

（二）以事件為典的構詞方式

主要有「投筆」、「請纓」、「憑軾」、「縱橫計」四則，「投筆」藉指自己身處亂世，投筆從戎一事；「請纓」，說明自己具有武略，足以擔當擒拿李密舊部歸唐之重任；「憑軾」揭示自己將鼓動舌簧，以文才擔當說服李密舊部之重任。二者喻示自己具有文韜武略，可堪完成任務。「縱橫計」借張儀、蘇秦合縱、連橫之事義，指自己獻策。

（三）以常用或專有名詞為典

主要有「逐鹿」說明政權之爭攘，「鬱伊」、「千里目」、「九逝魂」、「國士恩」皆以曹植、屈原詩、辭中的成詞，作為典故之用。至於「人生感意氣」則完全借用梁朝茍濟之詩句。

三、用典的表現手法

從表現的手法來觀察，全文十二典，共有十一典以「正用」典

故為例，如此一來，似乎少了迂曲、變化的意味？因為「用典」的
目的是要以旁推曲喻的方式表達意義，表現手法有：正／反、明／
暗、顯／隱等技法之不同，魏徵全以「正用」為典，是否缺乏變化
呢？事實不然，「正用」典故反而喻示了魏徵勇往直前、不迂曲委
婉之作為，將其「貞剛」的個性表露無遺。

四、用典的美感義蘊

　　全詩用典頻繁，凡有十二典，然而詩意卻未受阻隔，主要在於
所用皆非僻典，且將自己的韜略直置其中，不覺扞隔不入，反而透
顯出學養之豐富與用典之恰當。魏徵在運用「事典」諸事時，即深
蘊「仿同」的心理，以與歷史人物的處境作一鉤連，導引讀者作類
比的聯想，激發讀者推比事類的想像，一方面承接古人之成就；一
方面也展示自己類同的歷史情境，美感，即在此中示現無遺。難怪
沈德潛稱此詩：「氣骨高古，變從前纖靡之習，盛唐風格發源於此」；
明代李攀龍亦將此詩置於《唐詩選》卷首，其評價之高，不言而諭。
而本詩遂成為魏徵詞義貞剛的代表作，在詩史上的承接地位，一方
面隔絕六朝綺靡之風，一方面又開啓唐詩事義述志的內容，體現了
唐詩居於歷史轉接點的關捩地位。

　　茲將所述之用典項目，臚列於次：

1-1：〈述懷〉用典一覽表

用典項目	種類	構詞方式	表現手法	義蘊
鬱伊	語典	成詞爲典	正用	喻示慘惻心情
千里目	語典	成詞爲典	正用	喻示路途遙遠迢遞
九逝魂	語典	成詞爲典	正用	喻示行路驚險難測
國士恩	語典	成詞爲典	反用	喻示知遇之恩
人生感意氣	語典	成詞爲典	正用	喻示回報之殷切
逐鹿	事典	成詞爲典	正用	喻示亂世擾攘之初
投筆	事典	事件爲典	正用	喻示棄文從武
縱橫計	事典	事件爲典	正用	喻示獻策
請纓	事典	事件爲典	正用	喻示武略如終軍
憑軾	事典	事件爲典	正用	喻示文才如酈食其
季布	事典	人名爲典	正用	喻示重諾守信如季布
侯嬴	事典	人名爲典	正用	喻示重諾守信如侯嬴

第二章　張若虛〈春江花月夜〉時空結構與意象書寫

春江潮水連海平，海上明月共潮生。
灩灩隨波千萬里，何處春江無月明。
江流宛轉繞芳甸，月照花林皆似霰。
空裡流霜不覺飛，汀上白沙看不見。
江天一色無纖塵，皎皎空中孤月輪。
江畔何人初見月？江月何年初照人？
人生代代無窮已，江月年年只相似。
不知江月待何人，但見長江送流水。
白雲一片去悠悠，青楓浦上不勝愁。
誰家今夜扁舟子？何處相思明月樓？
可憐樓上月徘徊，應照離人妝鏡台。
玉戶簾中卷不去，搗衣砧上拂還來。
此時相望不相聞，願逐月華流照君。
鴻雁長飛光不度，魚龍潛躍水成文。
昨夜閑潭夢落花，可憐春半不還家。
江水流春去欲盡，江潭落月復西斜。

> 斜月沉沉藏海霧，碣石瀟湘無限路。
> 不知乘月幾人歸，落月搖情滿江樹。

　　張若虛（A.D.660～720），揚州人，曾任袞州兵曹。因文詞俊秀，與賀知章（唐659～744）、張旭（唐658～747）、包融（唐？～？）合稱「吳中四士」。今有關張若虛之生平事跡簡略不詳，亦未曾有詩集傳世，甚至在《唐人選唐詩》十種、宋元二代詩歌選集、宋元明的詩話中亦未見其詩作，亦未曾提及其人事跡，僅宋人郭茂倩《樂府詩集》將〈春江花月夜〉同題五人七首並置卷四十七的〈清商曲〉，其後，直到明嘉靖年間的李攀龍（1514～1570）《古今詩刪》將〈春江花月夜〉一首收錄，其後的選本才關注這首詩歌的價值，紛紛選入選本之中。清康熙敕編《全唐詩》時亦收錄張若虛〈春江花月夜〉、〈代答閨夢還〉二首，才使張若虛的成就被注視。〈春江花月夜〉是其膾炙人口的鉅作，清末王闓運（1833～1916）以本詩稱譽張若虛是「孤篇橫絕，竟成大家」。可知其人其詩曾一度湮沒無聞，竟因〈春江花月夜〉一詩而被關注。

　　〈春江花月夜〉屬樂府舊題的〈清商曲・吳聲歌〉，《舊唐書・音樂志二》揭示：

> 〈春江花月夜〉、〈玉樹後庭花〉、〈堂堂〉，並陳後主所作。叔寶常與宮中女學士及朝臣相和為詩，太樂令何胥又善於文詠，採其艷麗者以為此曲。[1]

1　五代・劉煦撰：《舊唐書・音樂志二》（台北：鼎文書局，1992）冊二，頁1067。

可知〈春江花月夜〉、〈玉樹後庭花〉、〈堂堂〉諸曲是陳後主叔寶（553～604）與宮中朝臣及宮女唱和之詩，曲辭艷麗，故有人視之爲宮體詩。所謂宮體詩乃盛行於梁、陳二朝，梁朝蕭綱（503～551）爲東宮太子時，與其弟蕭繹（508～554）及文人徐摛（474～551）、庾肩吾（梁？～？）、徐陵（507～583）、庾信（梁？～？）二對父子互相唱和，內容以詠宮廷貴游爲題材，尤其是女人之生活情態、容貌、服飾、體態、器物爲多，辭藻華艷，對偶駢儷，重視聲律，巧構形似，整體風格特色爲「輕靡綺艷」，格調不高，後人多鄙視，陳後主亦仿之。

據郭茂倩（1041～1099）《樂府詩集》第四十七卷〈清商曲辭四・吳聲歌曲四〉所列，有〈春江花月夜〉七首，今存同題之作品，在張若虛之前有隋煬帝楊廣（569～618）二首、諸葛穎（隋人？～？）一首、張子容（唐人？～？）一首，而張若虛之後則有溫庭筠（唐812～870）一首。張若虛同題書寫，意境更甚於陳叔寶等人所作。因張若虛所寫，除辭藻華美之外，更兼有夐絕空渺之意境，而敘寫思婦離人之情則兼有吳聲歌曲之傳統，故其成就能脫離宮體詩刻摹女子之窠臼，豁顯中國人對宇宙綿渺之叩問，進而示現個人對離情別思之深刻摹寫，故能成爲曠世鉅作。

本詩屬七言歌行體，歌行體的特質是字數、句數、押韻皆不限，全詩共三十六句，朗現春、江、花、月、夜之美景，呈現「哀而不傷」的基調，以「孤」字作爲詩眼，體現人生之有限與離別之孤寂夐絕。

全詩結構可分成兩大部份，第一部份從首句「春江潮水連海平」到「但見長江送流水」共十六句，大手筆鋪陳春江花月夜之景緻及

人生哲思。其下再分作兩小部份，各八句。首八句，由遠而近、由大而小呈示意境清空之綿渺，將整個江月升起，照臨大地的江天麗景，鋪陳細膩；後八句藉由江月興發曠遠清空的宇宙無垠及人生有限之感喟。

第二部份是敘寫人生的離情別思，共有二十句，從「白雲一片去悠悠」到「落月搖情滿江樹」。此部份可再分作三部份，前四句「白雲一片去悠悠」到「何處相思明月樓」總寫思婦遊子之離情別緒，其下十六句再分寫思婦及遊子之離情。從「可憐樓上月徘徊」到「魚龍潛躍水成文」八句是寫思婦之情思，深情綿長，願化作月光永遠照在夫君身上，而這種相思猶如月光遍照大地，是鴻雁無法飛度、魚龍無法拂去的光影；末八句從「昨夜閒潭夢落花」到「落月搖情滿江樹」是敘寫游子遠遊不歸思家念人的感懷，隨著月落，將全詩的時間由月昇、月落的輪迭朗現無遺。全詩內容結構如下表所示：

2-1：〈春江花月夜〉結構表

摹景抒情
- 八句寫景起興：摹寫春江花月夜之江天麗景
- 八句即景抒情：抒發人生有限宇宙無垠之感孤

抒發離思
- 四句總寫：思婦遊子之離情別緒
- 八句分寫：思婦妝台思念之情深
- 八句分寫：遊子遠遊不歸之歸思

復次，本詩藉由「月」之升降來體會天體運行之時空變化：

月升 ⟶ 月明 ⟶ 月照 ⟶ 月斜 ⟶ 月落

全詩體現「明月」一夜升降之理，包覆宇宙意識與人生哲理，甚至將個人的哀感愁思全部含蘊其中。

除了時間意識的流動之外，空間也順著流轉，從海上明月升起，到照臨江上芳甸、扁舟、妝鏡台、江樹等等，佈示空間的廣袤。如此觀之，時空跨度甚大，已度越一人一時一地之情，宜乎成為千古名作，不僅體現了個人的離情別思，更包蘊了宇宙無垠、世代無窮而人生有盡的理趣。

從押韻方式觀察，全詩四句一換韻，採平仄互換的方式呈現，由於韻腳輪替，使全詩朗誦時，具有歌行體的回環複沓的美感。

張若虛〈春江花月夜〉與楊廣、諸葛穎等人同題書寫之形式技巧與內容意蘊迥不相侔，目前《樂府詩集》錄楊廣二首：

其一	楊廣：「暮江平不動，春花滿正開。流波將月去，潮水帶星來。」
其二	楊廣：「夜露含花氣，春潭漾月暉。漢水逢游女，湘川值兩妃。」

第一首敘寫春江暮水之美感，第二首寫花夜逢游女之春情；二詩以客觀敘寫，平淺表露春江美景與情境遇合之美感，迴異張若虛離人之思。

《樂府詩集》又錄諸葛穎：「花帆渡柳浦，結纜隱梅洲。月色含江樹，花影覆船樓。」一首，依舊借景烘託江月美感；錄張子容

二首：「林花發岸口，氣色動江新。此夜江中月，流光花上春。分明石潭裡，宜照浣紗人。」、「交甫憐瑤佩，仙妃難重期。沈沈綠江晚，惆悵碧雲姿。初逢花上月，言是弄珠時。」第一首表敘江月美景，第二首以仙妃難期為發想，表述情愛遇合之不偶；再錄溫庭筠：「玉樹歌闌海雲黑，花庭忽作青蕪國。秦淮有水水無情，還向金陵漾春色。楊家二世安九重，不御華芝嫌六龍。百幅錦帆風力滿，連天展盡金芙蓉。珠翠丁星復明滅，龍頭劈浪哀笳發。千里涵空照水魂，萬枝破鼻團香雪。漏轉霞高滄海西，頗黎枕上聞天雞。蠻弦代雁曲如語，一醉昏昏天下迷。四方傾動煙塵起，猶在濃香夢魂裡。後主荒宮有曉鶯，飛來只隔西江水。」以後主荒宮帶進歷史的感懷之中，在美景之中深有感念，與張若虛之詩各有千秋。

　　〈春江花夜月〉與王勃〈滕王閣序〉：「窮睇眄於中天，極娛游於暇日。天高地迥，覺宇宙之無窮；興盡悲來，識盈虛之有數」相合，又與〈滕王閣詩〉：「閒雲潭影日悠悠，物換星移幾度秋。閣中帝子今何在，檻外長江空自流。」同樣有江月年年、人世不永的思維，也有陳子昂〈登幽州臺歌〉：「前不見古人，後不見來者，念天地之悠悠，獨愴然而涕下。」的孤寂意識；更含融李白〈把酒問月〉：「今人不見古時月，今月曾經照古人。古人今人若流水，共看明月皆如此。唯願當歌對酒時，月光長照金樽裡。」的常／變對勘的感傷與無可奈何。此所以〈春江花夜月〉能「孤篇橫絕」，不僅有小我離人閨怨之思，同時具備眾人普遍之怨別之情，更開展出「人生代代無窮已，江月年年只相似」之宇宙無窮、人生有時而盡的體悟，故而能橫空而出，勇奪千古名篇之冠，表現出景美、情美、意境美的多層次意象。

第三章 陳子昂〈感遇‧翡翠巢南海〉寓意結構析論──兼論「寓言詩」與「詠物詩」之異同

> 翡翠巢南海，雄雌珠樹林。何知美人意，驕愛比黃金。
> 殺身炎州裡，委羽玉堂陰。旖旎光首飾，葳蕤爛錦衾。
> 豈不在遐遠，虞羅忽見尋。多材信為累，嘆息此珍禽。

　　本詩為陳子昂（661～702）〈感遇詩〉三十八首之二十三首，所謂「感遇」乃有感而發之作，非作於一時一地，由於所指涉事理內容或抒發個人情志，或表述社會情態，或記錄聞見感懷，內容繁複多端，故每首詩旨各自迥異，非指單一事件。唐詩中張九齡亦有感遇十二首，所抒內容亦與陳子昂相同，用以表抒對社會感懷或寓寄自己情志於其中，「感遇」遂成為詩家表述情志的專屬詩題。

　　本詩凡十二句，二句一意，將翡翠之遭遇藉詩詠出，表層意義雖是寫鳥，實則以鳥喻人，以「多材信為累」[1]點明詩旨，嘆鳥即

1　周‧莊周撰、晉‧郭象注：《莊子‧外篇‧山木》（台北：中華書局，1969

嘆人，屬於寓言詩。所謂的「寓言」即是藉由某一事理，以言在此而意在彼的方式，寓寄迂曲難達之隱意，使己意能透過此一旁推曲甽的寫作技法，達致發抒情志的效能，故而「寓言」呈現的組構方式必是：

$$ 事 ＋ 理 $$

此中的「事」，是指簡型的故事或事件，屬於表層意義，解讀寓言，不能只在「事」上求理，而應在「理」上求意，此一「理」即是「寓意」所在，亦即「寓言」的組構方式必透過一事來寓寄迂曲之意，探求義蘊必在「事」（故事或事件）外求意。然而「寓意」之表抒方式有二型態，一是揭露式，一是隱藏式。所謂揭露式是指寓意已在文中點明，例如《伊索寓言》中的「放羊的孩子」喻示不得說謊，否則遭遇危難時，別人豈知又是戲弄之舉。隱藏式的寓意，是指文中並未明示寓意，但是讀者透過故事迂迴探尋，必可得知寓意所在，例如《雅謔》中的「紅米飯」即是典型的隱藏式寓言[2]。隱藏式的寓言，由於寓意未明示，故而讀者在逆尋寓意時，常常會

年）亦有相同之寓意者：「直木先伐，甘井先竭」。

2　該故事云：近一友有母喪，偶食紅米飯，一腐儒以為非居喪者所宜。詰其故，謂紅、喜也。支曰：「然則食白米飯者，皆有喪耶？」。此故事並未明示寓意所在，但是藉由文中所指「一腐儒」乃知該文在諷刺腐儒不知變通。《雅謔》輯者為明代浮白齋主人，未知何許人也，存而不論，該書輯入楊家駱：《中國笑話書》（台北：世界書局，1996 年二版一刷），頁164。

溢出作者所構設的寓意，開發新的寓意或有誤讀的情形出現，是故「寓意」不明示，正是召喚讀者閱讀想像的空間。[3]

　　本詩的結構方式，是屬於點明寓意的「揭露型」寓言，寓旨在「多材信為累」中呈現，以詠嘆「翡翠」為意，表層意義以鳥之遭逢為感喟作喻，也就是藉由鳥之故事作為引子，其深層意義用以暗喻人之遭逢。

　　復次，本詩從文字表象觀之，呈現出另一樣貌，此即是「詠物詩」的型態，何謂「詠物詩」呢？即以「物」為抒詠對象，此物象包括森羅萬象之日月星辰、山川風雨、動物之飛禽走獸、植物之松柏蘭竹、人文之器物宮室、亭台樓閣等等，據《佩文齋詠物詩選》所示，即有四百餘種，品類繁複多樣。然而，中國的詠物詩，並非全然以客觀詠物、表抒物象為內容，這樣純以詠物的構作方式非中國詠物詩的主流，亦不居於重要地位，中國的詠物詩是要透過詠物來言志，所以「託物言志」才是中國詠物詩的主流，藉由物象之摹寫，來表達曲折難達之情志，故而解讀中國的詠物詩，應於言外求意[4]，但是「託物言志」之詩與「寓言詩」可否分判呢？二者是異或同呢？基本上，「託物言志」之詩，是藉由物象來表抒迂曲之意，此一物未必有一「故事」或「事件」以襯託旨意所在；而「寓言詩」

3　攸關「寓意」之探尋方法，可參考拙作：〈從讀者視域論寓言「寓意」之探求與誤讀〉，《第六屆兒童文學與兒社語言學術研討會論文集》（台北：富春出版社，2002 年 5 月），頁 272-289。

4　欲詳此說，請參考拙作：《中國詠物詩「託物言志」析論》（台北：萬卷樓圖書公司，2002 年 4 月）。

必在「事件」或「故事」中構設其寓意所在，是故，二者分判之處在於有無透過簡型的「故事」或「情節」來表述。

我們檢視〈翡翠巢南海〉一詩，凡十二句六聯，二句一意，首聯寫翡翠所居之處，遠在南海，且所棲之樹為神話中的奇木珍樹，二聯寫雖遠在南海，卻被美人（或指富貴人家）探知羽毛為稀世珍寶，貴重比於黃金，三聯寫因羽毛而被殺，呈獻富貴之家，四聯寫羽飾光盛披紛，使美人容光煥發，且用作錦衾之飾，亦綺麗紛呈，斑斕增艷，五聯轉問，所居遠在南海，難逃追捕？虞羅架設，亦被尋獲。末聯即以嘆鳥作結，說明「多材為累」之詩旨。全詩藉由「翡翠」之遭遇來喻示「多材為累」的寓意，因有故事情節之構設，故屬於寓言詩。若駱賓王〈在獄詠蟬〉5並無故事情節為喻，但是卻又透過「蟬」之居高食潔來自喻品格高潔，所以是屬於典型的「託物言志」的詠物詩類型。雖然「寓言詩」與詠物詩之「託物言志」有分判的標準，但是二者皆是屬於有「意」而作的詩歌。

盱衡本詩的構寫技法，從寓意的表抒型態而言，本詩屬於「揭露式」的寓言，因寓意已在「多材為累」中喻示世人。然而，寓意固然已昭然若揭，而本詩之意果真在為鳥感喟？事實不然，翡翠鳥之遭遇僅是一個故事，一個藉緣而已，其深層寓意，並非僅是要告知我們有關鳥之被捕的遭逢而已，其意更在「藉鳥喻人」，透過對

5　〈在獄詠蟬〉云：「西陸蟬聲唱，南冠客思深，那堪玄鬢影，來對白頭吟。露重飛難進，風多響易沈，無人信高潔，誰為表予心」，全詩採用物我雙寫的手法進行，前四句，一句蟬，一句自己；後四句則二句詠蟬，二句詠自己。以蟬之居高食潔，譬況自己之現世寂寞，無人信高潔之況味。

鳥的感嘆，來喻示人材爲累的深層寓意所在。我們用以對照陳子昂之際遇時，即可察知陳子昂精心刻撰此詩，其用意不在嘆鳥，而在於與個人之遭逢作一對照。時當武承嗣、武三思等人剷除異己，陳子昂曾被羅織罪名，以逆黨下獄，遂有「多材爲累」之感唱，實寓寄避禍遠身之意，而此意乃暗合「感遇」之詩題，借事發詠。故本詩爲詠物型的寓言詩，試釐析其表層、深層結構表如下：

3-1：〈翡翠巢南海〉表層、深層結構一覽表

	詩句	鳥之遭逢 （表層結構）	人之對比 （深層結構）
首聯	翡翠巢南海 雄雌珠樹林	寫鳥之遠避南海 寫鳥棲息珍木	喻遠離中原，子昂適爲蜀人 喻高尙其品格，不同流俗
二聯	何知美人意 驕愛比黃金	寫鳥因珍羽被知 寫鳥羽貴重黃金	以「美人」喻君，君知其才 喻賢才舉世難求
三聯	殺身炎州裡 委羽玉堂陰	寫鳥因羽被殺 寫鳥羽呈貢富貴家	喻賢人因才被籠絡 喻賢才入玉宇金殿
四聯	旖旎光首飾 葳蕤爛錦衾	寫鳥羽光煥首飾 寫鳥增飾錦被	喻賢材文章可華國 喻賢材文章可增飾治增
五聯	豈不在遐邇 虞羅忽見尋	寫鳥所居豈不高遠 寫遠居亦被追捕	喻賢人遠遁僻地 喻賢材難逃籠絡
六聯	多材信爲累 嘆息此珍禽	寫鳥因羽而被捕殺 感唱珍禽遭遇	喻賢人因才高而被牢籠 嘆鳥即嘆人，無限感傷

第四章　從王維〈辛夷塢〉
看人生的況味

木末芙蓉花，山中發紅萼。
澗戶寂無人，紛紛開且落。

　　本詩是王維《輞川集》二十首組詩中第十八首。此二十首詩是
王維自題輞川別墅的作品，別墅位於輞川山谷，可遊賞，遂以二十
勝景爲摹寫對象，即成《輞川集》。

　　本詩既不鋪寫辛夷塢的位理方位，也不寫形勢之勝，更不寫其
中特殊的景致，反而著墨鋪寫芙蓉，內容雖然以簡單二十字來敘
寫芙蓉花，卻豁顯出辛夷塢別有天地的美感。天地之間自有壯美，
此一壯美是自然天生的，無須外力添飾，《莊子・知北遊》云：

　　天地有大美而不言，四時有明法而不議，萬物有成理而不說，
　　聖人者，原天地之美而達于萬物之理。……陰陽四時運行，各得其
　　序。[1]

1　莊子著、黃錦鋐注：《莊子讀本》（台北：三民書局，2001 年 5 月，十六
　　刷），頁 290。

正爲我們揭示這種大美是無須言語增飾的。王維〈辛夷塢〉一詩所代表的，正是天地之間的自然之美。在自然之中，一切如實順遂，自生自滅、自理自長，無庸外力助緣。

全詩摹寫生長在山中的芙蓉花，順著時序開花，也順著生滅之理而花謝，「澗戶寂無人，紛紛開且落」，在紛紛開落之中，根本不須理會是否有欣賞者，它欣欣自足地開在天地之中，在風中款款搖擺自己的生命風姿，也在風中消歇生命的彩顏。

在開謝起落之間，無須理會是否有觀照者，縱使寂寞無人欣賞，它仍然要紛紛開落。生命的時間一到，不容等待，便要開花；亦不須等待，便要殞落。這就是生長的法則，生滅之間，不容等待，時機成熟，便要成長，便要展現美麗的花顏；時機一過，便要凋零，便要謝世，無庸執著，不用固持，以傲然之姿，既開且落，開，是一種壯美；落，亦是一種壯美，不是枯萎，不是消靡，而是一種壯麗的結束。

芙蓉花，自然自在的生長開謝。人呢？如何取法自然而活出自己的況味呢？我們常在別人的話語中肯定自己的生命意義，更常常活在別人的掌聲中使自己能力受到肯定，什麼時候，我們也能欣然自足於自我生命的美感，無庸外力增飾，無須外力助緣。孔子曾說：「人不知而不慍，不亦君子乎？」揭示我們自足自適的存有，我們的美好，不須別人知道；我們的優點，無庸他人欣賞，亦能自我成就。這就是一種有德、成德的君子。從人文化成的視角觀之，人的存有，其實不應只是存在他人的眼光與肯定中，天地壯美，本就是順著大自然法則而存有，所以，孔子教我們如何成德，教我們放下心中固著的讚美之詞，教我們成就自己，在於自己肯定自己，不須

建構在他人的話語之中，別人識不識、知不知，不足以影響自己成德之美，我們的美好自足自在，不須經由他人的肯定，或是被認知之後才能豁顯價值。本然的價值，應是自我肯定的，他人的知不知，不足以影響我之為我的德行之美。孔子現實性存有，啓迪我們存在的意義。

反觀王維，則以大自然存在的美感，告訴我們，紛紛開落的芙蓉花，本就是一種自足式的存有，無庸理會是否有欣賞者，自能生長而欣欣向榮，同時，也順著大自然的法則，紛紛飄落花姿舞影。

孔子以聖人之言，告知成德之美，是一種自我的肯定；王維以文學之美，告知自然之美，是一種欣然自足的存有。

雖然二者出發點有異，表述的方式迥異，一個是人文化成的德性之美；一個是自然法則的生滅之理。但是，我們皆可在人文與自然之間，照見了聖人的睿智，也看到詩人的美感意蘊，人生的況味，豈是一言可盡，但是，人生的價值，卻不一定要經由外鑠，才能光燦亮麗、鮮活有力。

我們觀察現代人，是不是要經由話語的闡述，才能證明自己的存在？證明自己是與眾不同的？《莊子‧人間世》云：

> 且若亦知夫德之所蕩，而知之所為出乎哉？德蕩乎名，知出乎爭。名也者，相札也；知也者，爭之器也，二者凶器，非所以盡行也。[2]

2　莊子著、黃錦鋐注：《莊子讀本》（台北：三民書局，2001年5月，十六刷），頁45。

　　職是，不僅不能體會自足成德之美，反而以叫囂式的謾罵，將對方污名化，以增飾自己的光度與提高自己的能見度、清白度，這就是現代人肯定自己的方式嗎？何時，我們才能學會，在寂靜無人的時候，也能自足自適地展示自己的價值與成就，不須透過揭瘡疤式的謾罵而肯定自己。

　　飛揚跋扈為誰雄？如果，我們生命昂揚之姿，不是自顯自現的，而是，因為攻訐對手而存在，那麼，這究竟是不是一種墮落呢？一種不能取法自然的墮落呢？我們需要文學的美感，需要生活的美學，我們必須取法芙蓉花，以成就德性之美。

第五章 從「隱喻」看孟浩然〈望洞庭湖贈張丞相〉的求用情結

八月湖水平，涵虛混太清，氣蒸雲夢澤，波撼岳陽城。

欲濟無舟楫，端居恥聖明，坐觀垂釣者，徒有羨魚情。

孟浩然（689～740）四十歲之前隱居終南山，四十歲後，不甘隱淪而終，赴長安應科考，落第而歸。其後，張九齡於開元二十五年貶為荊州長史，辟晚年歸鄉的孟浩然為從事，一同巡視各地，此作於其時。

全詩八句，可以分作兩部份來觀看，第一部份是首聯、頷聯四句，是扣就題目「望洞庭湖」而發揮，即景即情寫出當下在洞庭湖畔所見之景致，接著頸聯、末聯是扣就題意「贈張丞相」寫出自己此詩贈張九齡的作意。也就是全詩從「望」、「贈」二字入手：

> 望：即景寫洞庭湖美景
>
> 贈：詩呈張九齡

其下可再分梳爲：

5-1：〈望洞庭湖贈張丞相〉結構一覽表

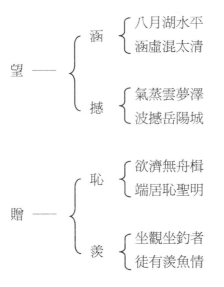

但是，從「望」到「贈」，果真僅是呈詩的小動作而已嗎？從望洞庭湖而引發的聯想是什麼呢？原來孟浩然巧意將望湖與求渡作一巧妙關連、綰合，是深有作意存乎其中的，到底是什麼作意呢？

孟浩然所用的意象功能，究竟是採用何意？我們解讀該詩時，只看到詩中出現洞庭湖的景象，以及欲渡的心情，並無對照性的喻依或喻辭出現，所以是屬於借喻，也就是陳植鍔所分的「借喻型意象」，而此一名稱，在西方文論中的用法是屬於「縱組合式」的聯結方式，也就是「隱喻」的方式之一。

　　根據皮爾斯（Sanders Peirce）的說法，他將「能指」與「所指」之間的關聯區分為三種：標示、象似、規約三種[1]，究竟孟浩然想借由「欲濟」來表抒什麼呢？到底是標示性？象似性？或是規約性？抑或三者皆非？

　　此時詩旨的不明確性與晦澀性即產生。所以「作者語境」或「文化語境」的涉入往往成為重要的理解關鍵所在。

　　舟與人並無因果關係，遂非「標示性」關係，至於「規約性」聯繫通常是「象徵」的表述方式，也就是約定俗成所建立的關係，此中所用亦非約定俗成的規約性質，反而因為「欲渡」需舟與人之薦舉需賢士有類比的相似性，所以是屬於「象似性」關連。

　　為何「欲濟無舟楫」、「坐觀垂釣者」可以引發這麼豐富的意義呢？為何孟浩然藉濟舟、觀釣可以讓我們感受到並非單純的渡水及觀釣？而可能關連到其他隱含的意義呢？

　　我們從「欲濟無舟楫」來對勘史籍之意，《書經・說命上》云：

　　若濟巨川，用汝作舟楫。[2]

1　標示（indexicality）是靠標示性聯繫能指與所指，通常是有因果關係形成的，例如煙與火。象似（iconicity）是靠象似性關聯所指與能指；至於規約（conventionality）是靠規約性聯繫能指與所指，也就是一種約定俗成的關聯性。既然能指與所指可能有以上三種關聯性，則造成隱喻效能的複雜性即存乎其中。

2　李學勤主編：《十三經注疏本・尚書正義》（北京：北京大學出版社，1999年12月），頁248。

這段話是殷高宗對傅說所說，他將傅說擬譬成舟楫，也就是說，人若欲渡河，必憑藉舟楫才能巧渡彼岸，用以隱喻人若欲有所作爲，應有治國者舉用賢才，所以，渡河求舟楫，與治國求賢才、世用求推舉，其實是同樣的心情的，孟浩然巧妙的將二者關合，正是清楚明白的揭示求用心情。

　　而「坐觀垂釣者，徒有羨魚情」又要表抒什麼呢？我們再逆從史籍以求意：

> 《史記‧齊太公世家》：呂尚蓋嘗窮困，年老疾，以漁釣奸周西伯。
> 《淮南子》說林訓》：臨河羨魚，不如歸家織網。
> 《漢書‧董仲舒傳》：古人有言：臨淵羨魚，不如退而結網。

《史記》一條正以呂尚欲求公侯，遂釣魚以引西伯王前來汲引。至於《淮南子》、《漢書》二條說明臨淵羨魚，不如退而結網，方可捕之。說明不如以行動來應證所求之事。準此，孟浩然以欲渡湖水隱喻求用，顯發世用之心；而以坐觀垂釣，說明自己未能結網求魚之憾。

　　此中關涉兩個重要的關鍵，其一：舟如何類比於人？欲濟之特性與人之特質有何相類之處？其二：濟舟與人之隱喻的對照方式會不會溢出作者之意呢？藉望洞庭湖引發欲渡之心情，事實上是一種隱喻，如下表所示：

5-2：〈望洞庭湖贈張丞相〉比況對照表

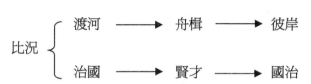

「渡河」與「治國」是層層相對照的關係，所以觀覽本詩，「望洞庭湖」其實是個引子，是個觸媒，最重要的是要表現「欲渡無舟楫」、「臨淵羨魚」的心情，因此而徒有羨魚情，「徒」字寫出了萬般的無可奈何，同時也說明，若未能在人世有所求用，也只能是「徒」而已。與杜甫贈李白小像時所題寫的「痛飲狂歌空度日」之「空」字有異曲同工之妙。

然而，我們不禁要思索：以孟浩然如此風流人物，李白曾贊美「高山安可仰，徒此挹清芬」（〈贈孟浩然〉），何能有求用之心呢？

這與孟浩然四十歲前隱居終南山，四十歲之後，想立身揚名的心態轉變有關，我們在〈與諸子登峴山〉一詩中也可以體會孟浩然有用世之心，所以在登峴首山時，觀墮落碑不覺灑然淚下，因何如此？蓋羊祜有政績，世人為其建墮落碑，以茲紀念，而孟浩然重登峴山，卻因無功名，其悲悽之心情當更甚於羊祜之墮淚。

前人對孟浩然干謁之舉，亦有反面批評，例如毛先舒《詩辯坻》云：

> 襄陽〈洞庭〉之篇，皆稱絕唱，至欲取壓唐律卷。余謂起句

平平，三、四雄，而「蒸」、「撼」語勢太矜，句無餘力，
「欲濟無舟楫」二語感懷已盡，更增結語，居然蛇足，無復
深味。又上截過壯，下截不稱。世自同賞，予不敢謂之然也。
襄陽五言律體無他長，只清蒼醞藉，遂自名家，佳什亦多。
〈洞庭〉一章，反見索露，古人以此作孟公聲價，良不解
也。[3]

揭示孟浩然此詩「反見索露」，也就是求用心跡太顯，與其名士風
範略有出入，因此不解前人何以認爲此詩是孟浩然扛鼎之作？

毛先舒所指，正切中孟浩然心中事。因孟浩然晚年被張九齡辟
爲荊州從事，一同巡視之際，同遊觀覽洞庭湖遂引發汲引之意。由
這首詩，我們看到了孟浩然求用之心非常殷切，也重新省視一位隱
淪不仕者，一方面欲出爲世用，一方面卻又興發山野隱逸之樂，故
而：「朱紱心雖重，滄洲趣每懷」（〈留別王維〉）的矛盾心情，
形成孟浩然生命中最難排遣的仕隱進退之糾葛。

3　郭紹虞編：《清詩話續編‧詩辯坻》（台北：木鐸出版社，1983 年），
　　冊上，頁 52。

第六章　從〈與諸公登峴山〉看孟浩然的境遇感

人事有代謝，往來成古今，江山留勝蹟，我輩復登臨，
水落魚梁淺，天寒夢澤深，羊公碑尚在，讀罷淚沾襟。

　　人生最大的悲感，莫過於來自時間的有限與空間的框制，而時間流逝的無奈成爲中國詩歌中的一大主題。人，生活在時間的長流中，在日升月落中，在花開花謝中，流光，就是一種悄悄流逝地讓你要錐心泣血，讓你無法挽住被撕裂的痛感。所以李賀說：「空光遠流浪，銅柱從年銷。」所揭示的是一種對時光之笏漠無情，而引發萬般無奈的感喟。孔子也曾在川上悲嘆：「逝者如斯夫，不捨晝夜」，逝者是流水，而什麼是像流水一樣流逝不捨晝夜的奔向滄滄莽莽的大海呢？如果時間是一條河渠，那麼所有的流光匯歸到大海，則大海又將是什麼呢？是一種超於時間之外的時間總海，在天宇地宙中，我們看到星雲的聚散，也看到了銀河無聲相轉，而流光，又將我們如何的催老與催朽？由紅顏到白髮，由童稚到世故，由青春到老朽，我們看了人世聚散無常，因著時光苒苒催人，而有了無常的感慨。

　　孟浩然（689～740）四十歲之前隱居終南山，四十歲之後赴長安科考，落第還歸，隱淪在野。這首〈與諸公登峴山〉一詩，就是登臨襄陽峴山所作，曾引發多少人的眷顧，甚至宋末劉辰翁《王孟詩評》曾云：

> 起得高古，略無粉色，而情景俱稱，悲慨勝於形容，真峴山詩也。復有能言，亦在下風。[1]

直指本詩不僅抒情摹景俱佳，而且悲慨之心俱存其中，是一首後人難以望其項背的佳作，究竟這一首詩表述了孟浩然什麼樣的情志呢？首二句云：「人世有代謝，往來成古今」，一開頭便石破天驚地呼吼而出，將人世最大的困限，脫口而出，首二句悲時，這種情感不僅是孟浩然一人一時一地之感懷，更是曠古之悲感，劉徹〈秋風辭〉中的「少壯幾時兮奈老何」，秦嘉的「人生譬朝露，居世多屯蹇」，古詩十九首〈今日良宴會〉：「人生寄一世，奄忽若飆塵」，因為人世若寄，因為人世苦短，所以身在人世，不滿百歲的我們，卻常懷千歲之憂慮，深深地坎陷在人世的悲情中，這無疑是人生中最深最烈之痛楚，時時戟刺著我們的靈心銳感，同時也鞭撻著我們易感易愁的心緒，讓我們不得不思憶起陳子昂「前不見古人，後不見來者」作舉頭滄茫之引思，惟此最能得其況味。遂由「悲時」，而引發「惜時」的想法，然而不同質性、情性的人，對治悲時、惜

1　陳伯海主編：《唐詩彙評》（杭州：浙江教育出版社，1995 年 1 月），上冊，頁 532。

時常有不同的表現方式，所以古人迫切地要告訴我們〈生年不滿百〉：「晝短苦夜長，何不秉燭游！爲樂當及時，何能待來茲？」，李白不也說：「秉燭夜遊良有以也。」就是在這種人生苦短情境之下，焉能不秉燭夜遊呢？焉能不及時把握當下的時光呢？

　　道家對時間的感受，不像儒家陷落在人世的有限性，反而要以一種超然的態度來看待，所謂的「逍遙遊」不僅是空間任自翱翔，而且是形神自由自在，脫離時空的困境，因爲「死生如一」，焉知死非生之一種，而生是死的一種樣貌？活在「生」，焉知非是另一場「死」的開始？而「死」莫非是另一生存的方式？無生無死，死生若環，人，就逍遙在時空之間。釋家以恆河沙數來指稱所有的劫數，時間便是無窮無盡的廣漠，無邊無始，無涯無垠，人，流轉在時空流中，不斷地輪迴，不斷地流轉，而不斷地遇合與離散。時間，是一種無止境的給予，相對於人身之有限，延展成一條不絕如縷的流轉。至於儒家呢？如何面對這種時間的悲感與困限，因爲知道人身有限，無法超越形軀之不死，所以有限的人身，唯有以無限的精神力量來突破限制，才能擁有永恆，所以儒家有所謂的三不朽，就是從立德、立功、立言中成就自己來破死生、通人我，以脫離人身有限之催折。

　　孟浩然由首二句時間的悲感，一轉而向空間的悲感延伸：「江山留勝跡，我輩復登臨」，江山勝跡猶在，而其中度歷了多少人物？汰盡了多少英雄？因爲勝跡永在，而英雄人物卻無法隨時間而長駐人間，所以「我輩」點出了「我在」的悲感，就像胡賽爾所言，人是被拋擲在時間之中，無法自我選擇的一種被拋的狀態，因而形成不可脫逸、遁逃的悲情感，所以「復」字，不是說我重登臨此地，

不是二次再遊之意，而是這個歷史勝跡，我是踵繼前人而「復」來，那麼，前人是誰？有無特指對象？抑或是虛融涵渾的虛指前世往代的人物呢？一來，既不特指某一特定名士英雄，二來，似乎又扣準下文，準備開啓下面之意，事實上，在題意已指出「峴首山」，此一古蹟是與「前人」即是羊祜作一關合，羊祜何許人也？晉人羊祜曾鎮守荆州、襄陽等地，《晉書·羊祜傳》記載：

> 祜樂山水，每風景，必造峴山，置酒言詠，終日不倦。嘗慨然嘆息，顧謂從事中郎鄒湛等曰：「自有宇宙，便有此山，由來賢達勝士，登此望遠，如我與卿者多矣，皆湮滅無聞，使人悲傷。如百歲後有知，魂魄猶應登此也。」湛曰：「公德冠四海，道嗣前哲，令聞令望，必與此山俱傳。至若湛輩，乃當如今言耳。」[2]

羊祜死後，襄陽百姓於峴山羊祜生平遊憩處，建碑紀念，望碑者莫不流涕，杜預因名爲墮淚碑。對孟浩然而言，這個勝跡不僅是羊祜曾遊之處，更是我重新登臨之處。由是，墮落碑有一種歷史情懷深蘊其中。接著，由「登臨」二字展開視界的寬闊，即情即景寫登高所見之景：「水落魚梁淺，天寒夢澤深」，由於峴山所居在高處，登高臨望，便可將眼前之景盡收眼底，隨著季節的變換移置，魚梁淺洲時而可見，而天寒時，則雲夢澤高深縹渺莫測，藉由此二句將

2　唐·房玄齡撰：《晉書·列傳第四》（台北：鼎文書局，1976 年），卷 34，頁 1020。

空間的場景與時間的流轉作一巧妙綰合，雖寫空間，實則時間亦深蘊其中悄悄流逝，在這二句當中同時也透露出人對物色變化的感知，季節的變換，使著心情亦隨之搖蕩，由感時而悲時，這也是一脈相貫的思維理路。

　　從第一句一直貫串到最後一聯點出羊祜典故，有千里來龍，結穴在此的意味，同時也將自己的悲感一洩而出：「羊公碑尚在，讀罷淚沾襟」藉典故說出當年羊祜登峴首山時，見風光如此美麗多嬌，來日，吾人尚在乎？不禁悲從中來，淚落而悲，日後，羊祜死後，當地百姓為感念他仁民愛物，存仁心、留政蹟，遂在峴山建墮落碑感念羊祜之恩，透過這個故事，更讓孟浩然感懷悒傷，因為首二句已揭示人世必有代謝之真理，然而羊祜雖死而有功業留存，時人遂建碑感念，此即羊祜能破死生，而留令名之故，而孟浩然呢？明知生命有限，人世有代謝，再不及時把握，可能即將成古今了，然而，我人有何功業事蹟可供後人憑弔？「讀罷淚沾襟」所悲有幾層意義：一悲人世往來成代謝，二悲羊祜成古今，三悲羊祜猶能立功存取功業，而吾人何能？將古人之情，融合自己之情，將人世悲感，融合自己事功無成，從時間的限定到空間的限定，註定了孟浩然的悲感。所以整體合論，孟浩然透過這首詩來揭示自己強烈的境遇感受。中國對治悲時，有惜時之照應，但是，不同稟性的人有不同的方式，道家的死生若環與孟浩然不相應，而釋家的無限時間，消解在輪迴中亦不能呼應、扣合於力求有成的孟浩然心情，唯有儒家充分成就自我，以立德立功立言來自我期勉，才能與其相應，職是，孟浩然透過這首詩來揭示自己的感受：

歷史真理 ⟶ 登望峴山 ⟶ 遙思羊祜 ⟶ 境遇感

　　由蒼茫渾沌的歷史真理歸臨、下降到自己一人之情的登望中，當自己登峴首山時，古往今來之情皆湧上心臆，身臨其境的悲感，引發他對自己一事無成的境遇感，並深陷此一悲情之中，不僅透過時間的悲感來弔古傷今，同時也想要以功業立下不朽事蹟，以突破時間給人的限制，卻反而引發臨老事功無成之感嘆。這種感懷，是一種既弔古又傷今的情懷。這就是孟浩然的境遇感，不然「與諸公登峴山」，此中所有的諸公為何不能興發同理之情呢？這乃觸及到他的境遇感，四十歲之前隱居在終南山鹿門，四十歲之後，擬出為世用，惜蹭蹬不遇，這種潦落沈淪、事功無成的感懷，使他有比別人更深刻的境遇感。他也是終唐一世，在當時是知名的詩人，卻唯一布衣終身的詩人，李白曾云：「吾愛孟夫子，風流天下聞」，連高視闊步的李白都不免企慕孟浩然之風範，竟也只能隱淪終身，其深切的情緒便不得不藉詩歌來傾洩而出。一直想以立德立功突破人世困限與藩籬的他，終不要免臨風灑然一悲。

　　登臨勝跡原本是遊觀之樂，豈知一轉成為個人抒情感懷之悸動，這種境遇感，非有相同經驗之人不可逆會，但是，吾人更在其後，焉知「後之視今，猶今之視昔」？或如東坡所云：「異時對，黃樓夜景，為余浩嘆！」同樣表現出，後人觀看我們，猶如我們觀看前人一樣，這樣的感懷是人類同情共感所衍生之情。孟浩然的感懷難道不是千百萬個在悲時、傷時、惜時之外，更傷自己事功無成的英雄豪傑之悲愴嗎？我們能不為之同聲浩嘆嗎？

　　登臨古蹟所要表現的技法，除了要置事設色之外，還要將自己

的感懷置入其中，我們讀到了峴山所扣之事典即羊祜墮淚之悲，同時也看到他為人類寫下了千古的悲感「人事有代謝，往來成古今」，而在時移事往之中，我人何在？此刻孟氏正在峴山，登臨所見，即景寫情，時間流轉俱在其中，復次，再將鏡頭一拉，由歷史回到自己，一個臨風流涕的畫面，不僅捕捉住羊祜當時的畫面圖象，同時也結合自己的圖景，將自己與古今歷史結合，將自己與羊祜勾連，人生的所有驚嘆號俱存在其中了。心頭上一驚的人影，豈僅是孟浩然之驚？更是世人心頭上的驚悸，代謝古今，無人可脫出，說出了孟浩然無限的哀感，也點出了人世必然之理。

　　孰知，人世真有代謝，王維曾繪孟浩然的畫像於郢州刺史亭，稱為「浩然亭」，也是一種感念，當年孟浩然感念羊祜，而後，更有時人王維為其繪像，以資紀念。甚至杜甫〈解悶十二首〉之六云：「復憶襄陽孟浩然，清詩句句盡堪傳。」也稱許孟浩然的詩歌佳妙之處，句句可傳，孟浩然既未能立德、立功，能夠立言又何妨呢？此亦是可不朽的成就，何必循羊祜而墮淚？而顧安《唐律消夏錄》云：「結語妙在前半首說得如此曠達，而究竟不免於墮淚也，悲夫。」指出孟浩然能夠曠達確知人事古今代謝之理，卻依然未能脫出人世這種悲困，由一己之悲，擴大為千古之悲，吾人讀之，果能不灑然而悲乎？猶如王國維云：「試上高峰窺皓月，偶開天眼覷紅塵，可憐身是眼中人」，自有天眼能洞識人事擾攘紛紜，亦復為眼中之人，跳不開、走不離，正是我人之悲，那麼，孟浩然能夠洞識古今往來之理，可是，迎風登臨，亦難免灑然墮淚，我們不僅看到了孟浩然的悲困，同時也看到了人世永恆的悲困。

　　茲將本詩結構圖表述於下，以總結全文：

6-1：〈與諸公登峴山〉結構表

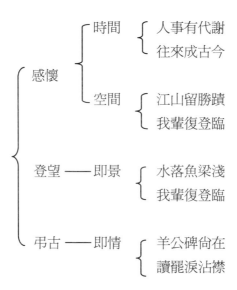

感懷　時間　｛人事有代謝
　　　　　　　往來成古今

　　　　空間　｛江山留勝蹟
　　　　　　　我輩復登臨

登望 —— 即景　｛水落魚梁淺
　　　　　　　我輩復登臨

弔古 —— 即情　｛羊公碑尚在
　　　　　　　讀罷淚沾襟

第七章　從〈宣州謝朓樓餞別校書叔雲〉「抑揚格」結構技法淺談李白生命之頓挫

棄我去者，昨日之日不可留；

亂我心者，今日之日多煩憂。

長風萬里送秋雁，對此可以酣高樓。

蓬萊文章建安骨，中間小謝又清發。

俱懷逸興壯思飛，欲上青天覽明月。

抽刀斷水水更流，舉杯銷愁愁更愁。

人生在世不稱意，明朝散髮弄扁舟。

從題目〈宣州謝朓樓餞別校書叔雲〉觀之，是屬於餞別之詩，在餞別或送別之詩中，崔曙的「莫見長安行樂處，空令歲月易蹉跎」、王勃的「無爲在歧路，兒女共沾巾」、王昌齡的「洛陽親友如相問，一片冰心在玉壺」皆各有立意，本詩雖是餞別之作，全詩不寫離情，不寫欲往之地，而是寫出對人生的悲感與如何脫困，如何對治人生，如何活出昂揚的生命？

全詩凡十二句，分作三段，首二句長排，中間六句，後四句，呈現：

抑 ──────▶ 揚 ──────▶ 再抑再揚

句型起伏，「棄我去者，昨日之日不可留；亂我心者，今日之日多煩憂。」首二句長排，既是對仗，又有排比，每一組長排十一字當中，即有八仄字，以仄聲起頭，帶有決絕不可救奪、悲愴斷絕之勢，此二句是「抑揚格」中「抑」的部份，什麼是「抑」呢？就是指內容情志的消頹沈藏，究竟首二句表述了什麼樣的消頹情志呢？

「棄我去者」、「亂我心者」的內容究係何指呢？「棄我去者」指何者棄我而去？是指年華傷逝，徒悲老大？或是指國勢頹圯，一去不復？抑是指過去美好歲月不復，回望不再？究係何意，並未明示，正因並未明示，故具有虛融涵渾之意，可以是甲，可以是乙，更可以是丙，不確指何事才能引發讀者無限遐想的空間。

留不住的已遠逝，而「亂我心者」卻徒使人引發煩憂，何事亂心？指年華傷逝？國勢銷頹？美好不復？或指今日餞別之事？人生之中有不可挽回離棄之事，亦有煩亂、不可斬決之事，如此悲壯淒愴之心情，既煩又亂，不可挽救復回之勢既多亦亂，那，我們將如何面對呢？

因為二句不明確指實何事，故讀者自以己心度之，或有契會之情與之相攝，二句直將人世無限悲傷煩憂不可挽救之勢噴灑而出，故讀之者，必有隱衷深契其意，二句是生命之「抑」，寫出生命中無限感傷、悲情，但是，只有「抑」而無「揚」，必摧陷不可救奪

之域，李白之所以爲李白，常在生命最決裂的低點，向上拋射出昂揚的氣魄，使生命能揚彩傲然，故而「長風萬里送秋雁，對此可以酣高樓」二句即是「揚」，此一揚是純從客觀之景開展而出，與前二句主觀情志之慘惻對比，此二句則將眼光四放，由謝朓樓高處往外四放，見萬里秋雁迎風而飛，一種無羈無束自由飛翔的雁，正是將自己心中閉鎖的煩憂，往外推擴而出，而此處借雁之自由飛翔喻示自我，跳開人世羈絆，寫自己心隨秋雁展翅而飛，此一意象之圖構，不僅化解了前二句之決絕斷裂，亦扣就謝朓樓寫眼前之景，既是眼前景，亦是心象之開展，充滿無限的生機與自由，如此心情，自可舉觴酣醉高樓，高歌對飲，心情一揚，自然對生命充滿無限期許。

　　接著，「蓬萊文章建安骨，中間小謝又清發」二句亦承「揚」而起，「蓬萊文章」原是仙府祕錄所在，後借指官家著述及藏書之地，文章著述成爲消解人世悲情之法，成爲立言不朽以傳後世之偉業，同時也是幽獨孤寂中抒發的管道。前之「棄」、「亂」二句摧陷人世之悲情，而此二句則將生命昂揚而出，不僅要當下肯定，也往前推擴而出，以著述向未來成就期許，既以謝朓清發多奇自許，以扣合謝朓樓飲別之景，又扣合自己生平最服膺小謝之思。王漁洋〈論詩絕句〉三十二之三云：「青蓮才筆九州橫，六代淫哇總費聲，白紵青山魂魄在，一生低首謝宣城」揭示李白深意，或如李白自己所云：「解道澄江靜如鍊，令人長憶謝玄暉」之「夜下沈吟久不歸」之情，既有文章事業可期許，亦可奮力跳出人世悲情，則高懷壯志自可生發欲上青天覽明月之壯舉，以此又暗自扣合秋雁所引發的高懷，不僅如秋雁可高飛，甚而可逸興遄飛地抱攬明月，前之棄、亂

之悲壯消沈已不復存焉。

但是如拋物線般的情緒，雖有高點，終亦必有跌落之姿，故「抽刀」、「舉杯」二句由拋物線之高點，往下掉落，斷水水流，畢竟愁仍是愁，如斯，難道又將自己陷落另一種人世悲情？

千古高情的李白，常可在人世最摧陷處噴灑昂揚的生命，不讓自己陷落。「人生在世不稱意」一句，總括人世之遭逢及所有的蹭蹬偃蹇，恆指出人世不如意之事甚多，何苦自縛困境？何苦不懂得自我遠離悲情？遂再一揚：「明朝散髮弄扁舟」，明朝，象徵未來，象徵新的希望；散髮，不為官簪所阻，象徵自由自在，象徵披髮佯狂之姿，而「弄扁舟」正是一葉輕舟往來自由，無拘無束，扁舟象徵自由自在，象徵逍遙蕭散。散髮弄扁舟的意象代表了一種放蕩自由自在，無拘無束，逃脫出人生悲困之「棄」、「亂」以及所有不稱意之事，至此，結構再一揚，以「揚」作結束，象徵無限的美好與希望。全詩結構若以圖示之，則可得：

7-1：〈宣州謝朓樓餞別校書叔雲〉抑揚格結構圖

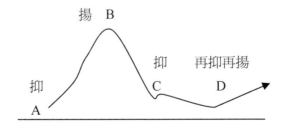

茲說明如下：

7-2：抑揚格說明表

A點是抑格	棄我去者，昨日之日不可留 亂我心者，今日之日多煩憂
B點是揚格	景：長風萬里送秋雁 情：對此可以酣高樓
	期許：蓬萊文章建安骨，中間小謝又清發 壯舉：俱懷逸興壯思飛，欲上青天攬明月
C點是抑格	抽刀斷水水更流，舉杯銷愁愁更愁
D點是再抑 　　再揚	人生再世不稱意 明朝散髮弄扁舟

　　全詩結構由「抑格」之「棄」、「亂」向上拋出一個拋物線，以「長風萬里」往下六句開出「揚格」，其中，有文章生命之期許，有酣歌過後欲攬明月之壯舉，而拋物線落下的人生低點，則是「抽刀」、「舉杯」二句之「再抑」，而「再抑」之後的擺盪幅度是「再揚」，因為人世沒有完全的絕望悲觀的，仍是可以救奪的，人世不如意之事雖多，何苦自陷悲情？何不瀟灑自在地披髮駕舟而遊呢？這就是李白抑揚格的寫作手法，也是生命頓挫的基模，必在最摧陷時自我救奪，噴灑出昂揚的壯懷，而在壯懷摧落之處，又能自困境中找到安頓生命的方式，消解人世困限。

第八章　李白〈少年行〉敘寫結構與意蘊

　　李白（701～762）字太白，號青蓮居士，賀知章讀其〈蜀道難〉一詩，歎云「子謫仙人也」，故又號「謫仙」，李白以此自詡，後世亦以「詩仙」、「謫仙」稱之，是唐代重要詩人之一，與杜甫合稱李杜。又曾與賀知章、李適之、汝陽王李璡、崔宗之、蘇晉、張旭、焦遂號為「飲酒八仙」；文宗時，以李白歌詩、裴旻劍舞、張旭草號為「三絕」。

　　李白生於唐武則天長安元年（701年）卒於代宗廣德元年（763年），年六十三。（一說卒於762年，年六十二歲）我們依據李白地域流轉，大約可分作六期：第一期是在蜀期間（701～725），讀書匡山，過著書劍生活。第二期是閒居安陸（725～735）。第三期移居東魯（736～742）。第四期待召翰林院（742～744）。第五期南北漫遊與流放夜郎（745～757）。第六期流落江南（758～763）。

　　有關李白的婚姻及家庭狀況充滿神奇浪漫色彩，李白曾於二十五歲出蜀，順江東遊，於安陸娶故相許圉師孫女（西元727年），在安陸期間十年，生兒伯禽、女平陽，並尋求仕進機會，惜皆未成，故自云蹉跎十年，後因許妻亡故，遂於開元二十四年（西元736）

移家東魯，曾遇劉氏共同生活，又離居，於東魯與某氏遇合，生次子頗黎，又離居，第二任明媒正娶於故相宗楚客之孫女宗氏，與宗氏志趣相投，皆頗好道，曾親送宗氏赴廬山學道。

　　李白〈少年行〉共有三種，其一是組詩二首，有〈五陵年少金市東〉、〈擊筑飲美酒〉；其二是單首的〈君不見淮南少年遊俠客〉，其三是〈結客少年行〉。〈少年行〉，古題樂府，根據郭茂倩《樂府詩集》所分，〈少年行〉屬雜曲歌辭，而所謂的「雜曲」之內容有敘寫心志、感發情思、憂懷離傷等內容兼收備載之雜曲。而所謂的「古題樂府」是指以沿襲古樂府的題目為題，或學古敘事，或另出新意，學古敘事屬「古題古寫」，而另出新意是指「古題新寫」，當然也有「因意命題」的新樂府，此即是元白所倡導的新樂府，以「即事名篇」方式，自創新題，自抒新意，不再沿承舊題寫舊的內容了。

　　《樂府詩集》卷六十六將攸關〈少年行〉的樂府題數種置放在同一卷內，有：〈結客少年場行〉、〈少年子〉、〈少年樂〉、〈少年行〉、〈漢宮少年行〉，〈長樂少年行〉、〈長安少年行〉、〈渭城少年行〉、〈長樂少年行〉、〈邯鄲少年行〉等相近的古題樂府。最早書寫者為南朝鮑照之〈結客少年行〉，其後仿作者有梁朝劉孝威、北周庾信等人。此一系列作品主要敘寫什麼內容呢？有寫結客殺人，有寫少年結客報怨，有寫輕生重義，慷慨立功；也有寫青春少年結交任俠之客，出入游樂之場，終致無成的內容，故而同題的內容不一而足。其後，以〈少年行〉為題之摹寫者甚眾，唐代有李白、王維、王昌齡、杜甫、杜牧等人。

　　其中，攸關〈少年行・君不見淮南少年遊俠客〉一詩之作者是

否為李白所作，各家說法不一，大抵有二說，其一反對為李白所作，有嚴羽言其淺近浮俗，非太白所作；蕭士贇言其辭意迫切，巨眼能辨；朱諫言其粗俗妄誕，語無倫次，叫囂不已，是廁鬼亂道。其二贊成是李白所作，有安旗言其聯繫李白生平境遇，符合玄宗漸重邊功，安祿山貪功輕進，章仇兼瓊輕啟邊釁等時事而發，且李白年近不惑功業未成，遂有重俠輕儒迫切之辭。

　　本詩三種四首皆屬於樂府的歌行體，《宋書‧樂志》云：「漢、魏之世，歌詠雜興，而詩之流乃有八名：曰行，曰引，曰歌，曰謠、曰吟、曰詠、曰怨、曰嘆，皆詩人六義之餘也。至其協聲律，播金石，而總謂之曲。」揭示「行」是一種可歌詠的曲子。

一、〈少年行〉二首

　　〈少年行〉第一種是組詩，共有二首，其一〈五陵年少金市東〉敘寫意氣昂揚、歌酒歡樂的人生態度；其二〈擊筑飲美酒〉書寫壯氣飛揚，欲效高漸離及荊軻有用世之心，如若未遇，期能不被世人所欺的心意流轉；以上二詩示現生命型態各有殊別，人生將因選擇不同，而賦予迥異的價值與意義，冀能思考人生抉擇的面向。

　　　第一首：五陵年少金市東，銀鞍白馬度春風。
　　　　　　　落花踏盡遊何處，笑入胡姬酒肆中。

共有四句，摹寫青春少年遊冶之樂。
　　「五陵年少金市東，銀鞍白馬度春風。」極寫長安之貴公子在

春風駘蕩之際，騎著白馬銀鞍出入富貴要地。五陵，指京城要地，「五陵年少」指長安貴公子。「銀鞍白馬」，指其騎馬裝備華美耀目；「春風」指氣候時節之蓬勃爛漫，首二句不僅烘托貴公子之出身不凡，亦以銀鞍白馬襯托度氣非凡與出生之貴盛，他在繁花盛開的季節中享盡遊冶之樂，所經之地是長安豪地，所騎之馬駕是華美貴盛，所處之季候是春天美好，兼有「地之豪」、「騎之華」、「時之麗」，正用以烘托五陵年少的貴盛美好。

春天何事最宜？「落花踏盡遊何處，笑入胡姬酒肆中」。騎馬冶遊，享受整個繁盛春景，何處最可遊？在酒館中恣意與笑臉盈盈的美麗域外女子歌舞歡暢喝酒，盡其生活之享樂：醇酒、美人、歡笑，此乃是人生快意樂事。

> 第二首：擊筑飲美酒，劍歌易水湄。經過燕太子，結託并州兒。
> 　　少年負壯氣，奮烈自有時。因聲魯句踐，爭博勿相欺。

全詩共八句，首二句用高漸離與荊軻的典故：「擊筑飲美酒，劍歌易水湄。」，描寫荊軻經燕市結識善長擊筑的高漸離，二人在酒館中盡情酣飲，和歌相樂。「湄」是水岸，指相飲作樂的地點在易水畔。

「經過燕太子，結託并州兒。」「并州」是古代的地名，周朝指冀西之地，漢代指晉北之地，泛指北方，「并州兒」則特指北方的遊俠。二句指燕太子丹偶然經過，與荊、高二人相識相知，並以刺秦之大業重託二人共襄盛舉。

「少年負壯氣，奮烈自有時。」指荊高二人，年少有豪情壯志，

願意與燕太子丹共同完成謀刺秦王大業。

「因聲魯句踐，爭博勿相欺。」此二句亦用典故，指荊軻曾遊
邯鄲，與游俠魯句踐博奕爭道，魯句踐怒叱荊軻，荊軻嘿然逃去，
後來魯句踐知當日爭道之荊軻爲刺秦之人，甚爲佩服，亦感嘆其劍
術不精，致功敗垂成。李白借此宣言魯句踐當日勿欺荊軻，畢竟荊
軻刺秦雖未成，亦爲一時之雄。

本詩乃借古喻今，借魯句踐與未遇明主的荊軻爭道過程來暗喻
自己未遇之時，豪俠之士亦不得相欺。一方面寫自己有高、荊用世
之舉，一方面也期待未遇之時，能不被游俠豪客等閒之輩相欺。

二、〈少年行〉一首

> 君不見淮南少年游俠客，白日毬獵夜擁擲。
> 呼盧百萬終不惜，報讎千里如咫尺。
> 少年游俠好經過，渾身裝束皆綺羅。
> 蕙蘭相隨喧妓女，風光去處滿笙歌。
> 驕矜自言不可有，俠士堂中養來久。
> 好鞍好馬乞與人，十千五千旋沽酒。
> 赤心用盡爲知己，黃金不惜栽桃李。
> 桃李栽來幾度春，一回花落一回新。
> 府縣盡爲門下客，王侯皆是平交人。
> 男兒百年且樂命，何須徇書受貧病。
> 男兒百年且榮身，何須徇節甘風塵。
> 衣冠半是征戰士，窮儒浪作林泉民。

　　　　遮莫枝根長百丈，不如當代多還往。

　　　　遮莫姻親連帝城，不如當身自轡纓。

　　　　看取富貴眼前者，何用悠悠身後名。

〈君不見淮南少年游俠客〉一詩旨在敘寫少年俠客，真誠結交知己，輕利重義，昂揚奮勵，果敢剛健，激發思考未來追求的目標與方向，不必一味隨人腳步而行。

　　本詩共三十句，可分作兩大部份，第一部份敘寫少年俠客的形象與作為，第二部份是敘事者藉此感發意緒。

　　第一部份十八句，可再細分為二部份，其一，八句是形塑具體形象，摹寫遊俠武勇矯健的部份，「君不見淮南少年游俠客，白日毬獵夜擁擲，呼盧百萬終不惜，報讎千里如咫尺。」在朗朗白日下踢毬打獵，夜晚則呼朋引伴賭博，一擲百萬亦不足為惜，甚至任俠使氣，報讎千里亦如咫尺之近，極力描寫遊俠之可感的具體形象，可想見其矯健勇猛，無人可匹。「少年游俠好經過，渾身裝束皆綺羅。」

　　描寫全身綺羅裝束，與歌妓笙歌歡樂的場面，極寫其俊爽豪邁，是位翩翩美男子，不僅吸引男人的目光，以「好經過」寫其經過照眼之卓爾不群，成為焦點人物，引人注目，「蕙蘭相隨喧妓女，風光去處滿笙歌」描寫連具有蘭心蕙質之女子亦相隨相行，只有要他出現的場合，必成注目焦點。用「風光去處滿笙歌」極寫歡樂歌舞之美，「風光」二字極盡風雅與風流。接著從「驕矜自言不可有」到「王侯皆是平交人」十句寫遊俠傾心結交知己，「好鞍好馬乞與人，十千五千旋沽酒」寫輕財重義，借部份之「鞍馬」、「沽酒」

二事，寫其不吝惜財貨，喝酒時慷慨豪氣干雲的氣概。「赤心用盡為知己，黃金不惜栽桃李」，寫其真誠真意對待知交，一擲黃金在所不惜。而「栽桃李」是暗用《說苑》的典故，指陽虎得罪於魯，北見簡子，有感而發地說，自此以後不再樹人了。簡子告知，種植桃李，夏天可在林蔭下休息，秋天可豐收果實，若是植種蒺藜，夏天無蔭可蔽日休息，秋天無果實可採收反而被刺，此後要擇人而樹，要廣植桃李，不可錯植蒺藜反成禍害。因此，「栽桃李」以樹喻人，就是指結交有益之友朋，才不會反蒙其害。遊俠如此揮霍黃金廣結好友，「桃李栽來幾度春，一回花落一回新」亦是以花喻人，暗指結交許多朋友，世代更新交替，仍然不斷地結交新朋友，如此真心交友、傾財交友，果真換得「府縣盡為門下客，王侯皆是平交人」，揭示所交往的對象品類眾多，府縣之人，皆被網羅成門下之客，而王公貴族亦是以平輩結交的友朋。本段以具體形象及交友的作為來豁顯遊俠的輕利重義，廣結天下名士，頗有當年養士氣度。

　　第二部份十二句，主要是以對照的手法來映襯少年俠客之形象，以感發憤世嫉俗之心境。首以排比對仗手法來揭示應有之作為。「男兒百年且樂命，何須徇書受貧病」寫人生百年應知足樂命，不必為追求功名科考苦讀詩書過著貧病交迫的生活，「男兒百年且榮身，何須徇節甘風塵？」寫人生百年，應懂得榮耀自身，不要為了追求名節而風塵僕僕，來去奔波。因為「衣冠半是征戰士，窮儒浪作林泉民」，揭示功名多從驍勇善戰奪得，而讀書之人多成為窮酸儒生，無事功可言，徒作隱居林泉中的隱士了。其實，其意似直而迂，似達而鬱，表達出一種追求事功而輕儒生的態度，頗合〈淮陰書懷寄王宋城〉：「予為楚壯士，不是魯諸生」的況味。「遮莫

枝根長百丈，不如當代多還返。遮莫姻親連帝城，不如當身自簪纓」「遮莫」即是「儘教」之意，意謂百丈枝根有何用，還不如當代可用之材；姻親連帝城有何用，還不如自身擁有官位。「簪纓」是以部份代全體，以部份之官冠的簪纓來代替晉爵得祿。「看取富貴眼前者，何用悠悠身後名」，亦有反語之意，看看眼前的富貴功名利祿者，何能有千秋之身後名聲呢？意謂當以追求身後名為要事，莫只貪圖眼前的功名利祿，因為所有的功名富貴，也僅止於一身，身故即一無所有，反不如追求事功，能夠享有悠悠千載之美名，此亦與儒家三不朽中的「立功」相合。

　　本詩是李白資借少年俠客之豪爽意氣，千金一擲只為結交知己，來對照應有為之士，應如何面對自己的人生？勉勵堂堂健兒應樂命榮身，不貪圖眼前利祿，並以遊俠為學習的榜樣。如此之意，即叩合《史記‧遊俠列傳》：「今拘學或抱咫尺之義，久孤於世，豈若卑論儕俗，與世沈浮而取榮名哉！」的旨趣所在。如此一來，既反應時代之需，也往上叩《史記》對遊俠的定義與認知。

　　全詩的分段結構如下所示：

8-1：〈少年行〉結構表

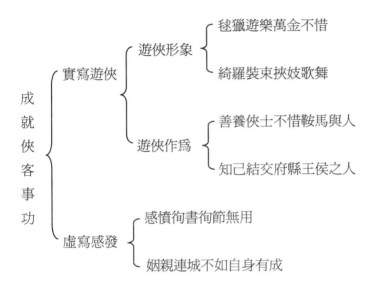

三、李白〈結客少年場行〉

〈結客少年場行〉（紫燕黃金瞳）敘寫青春少年雄姿非凡，劍術高超，有萬夫之勇，輕生重義，且取古為喻，謂秦武陽武功疏略，在秦宮面如死灰，未有氣勢，用來對照自己的氣概非凡，勢貫長虹。旨在說明欲成大事，在古人，必有大器度及勇猛矯健之身手；在今人，則必有器度及處世應變之能力。

　　紫燕黃金瞳，啾啾搖綠鬃。平明相馳逐，結客洛門東。
　　少年學劍術，凌轢白猿公。珠袍曳錦帶，匕首插吳鴻。

　　　由來萬夫勇，挾此生雄風。托交從劇孟，買醉入新豐。

　　　笑盡一杯酒，殺人都市中。羞道易水寒，從今日貫虹。

　　　燕丹事不立，虛沒秦帝宮。武陽死灰人，安可與成功？

全詩共二十句，可分作二大部份，首八句敘寫青春少年的形象，後十二句寫其氣貫長虹，並借燕丹故事希冀建立事功。

　　「紫燕黃金瞳，啾啾搖綠鬃。平明相馳逐，結客洛門東。」摹寫騎著駿馬相追逐的意氣風發，並在洛門城東結識意氣相投的俠客友朋。「紫燕」相傳是漢文帝「九逸」駿馬之一，後作為駿馬的代稱。「紫燕黃金瞳」，指駿馬有黃金眼瞳，極寫其名貴與難得，「啾啾搖綠鬃」指駿馬行走時疾駛如風，馬鬃隨風搖曳，「啾啾」形容行動快捷的狀聲詞。

　　「少年學劍術，凌轢白猿公。珠袍曳錦帶，匕首插吳鴻。」四句摹寫少年的身手不凡，劍術高超，不僅可以擊敗白猿公，更可以用匕首穿刺吳鴻名刀。「白猿公」是一個典故，傳說有位越女善長劍術，越王聘之，途中遇一翁自稱猿公，與越女試劍，試畢，老翁化作白猿遁去。此用來指少年的劍術高超如同越女一樣，可以擊勝白猿公。「吳鴻」原指吳國鉤師的二個兒子「吳鴻、扈稽」其一之名。吳王闔閭曾命工匠製作名刀，能為善鉤者，賞之百金，吳人作鉤甚多，有人貪闔閭之重賞，殺其二子，以血釁金，成二鉤獻給闔閭，詣宮門求賞，闔閭置二鉤於眾鉤之中，形體相類，不知何者為是，於是鉤師向鉤呼二子之名，聲絕於口，二鉤俱飛著其父之胸。故吳鉤用來指名刀，今陝西秦俑博物館尚存。

　　「由來萬夫勇，挾此生雄風。托交從劇孟，買醉入新豐。」前

二句總結上述少年之武勇,亦開啓下文之氣槪非常。少年有萬人敵之勇敢,挾帶此一雄風,可以和相傳漢代大俠劇孟相匹敵,意指所結交之俠客非等閒之人,並歡飲於新豐。「新豐」故地在唐京兆府昭應縣東十八里,即今陝西臨潼縣東北,漢高祖七年,太上皇居長安深宮不樂,因生平喜好皆屠販少年,賣餅酤酒,蹴鞠鬥雞,歡樂無限,高祖遂按照故里沛縣豐邑之街里作新豐,移故人於其中,故新豐亦作遊樂酤酒之地。

「笑盡一杯酒,殺人都市中。」二句指少年與俠客酣飲歡笑,豪氣能殺人於市街之中而面不改色。「羞道易水寒,從令日貫虹。」二句借用燕太子丹送荊軻秦舞陽於易水畔,因壯士一去,死生訣別,遂有易水寒,此一典故反用,來寫自己武勇不懼,不會像燕太子丹及刺客面對易水而面容慘淡,反而有氣貫長虹的氣槪。「燕丹事不立,虛沒秦帝宮。武陽死灰人,安可與成功?」,此四句乃嘲諷像秦武陽未見過世面,一見秦王便氣勢短缺,驚嚇過度致面如死灰,像這樣的人,焉能成就大事?遂令燕丹命荊軻刺秦大業未能成功,徒死秦宮之中。意謂自己豪氣沖天,氣貫日月,若付諸大事,必能有成,不負所託。此乃反用燕太丹事典,借寫自己才氣縱橫,若能能巧遇識才者,付託重任,必能成就功業。全詩結構如下所示:

8-2：〈結客少年場行〉結構表

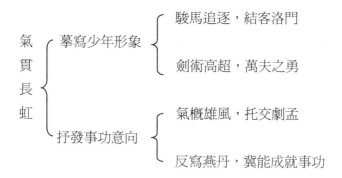

以上諸詩，從不同向度敘寫少年如何面對青春昂揚的生命，如何從有限的生命，開發無限的價值與意義，與壯志飛颺的主題密切相合。

同樣是少年青春，不同文學家各自展示不同的生命氣質與型態。唐代詩人當中，書寫〈少年行〉者有王維，李白，王昌齡，杜甫，張祜、韓翃、施肩吾、杜牧等人，各自示現的意蘊與內涵迥異，茲臚列詩歌如下：

8-3：歷代〈少年行〉詩歌一覽表

王維〈少年行〉四首
其一：新豐美酒斗十千，咸陽游俠多少年。相逢意氣爲君飲， 　　　繫馬高樓垂柳邊。
其二：漢家君臣歡宴終，高議雲台論戰功。天子臨軒賜侯印， 　　　將軍佩出明光宮。
其三：出身仕漢羽林郎，初隨驃騎戰漁陽。孰知不向邊庭苦， 　　　縱死猶聞俠骨香。
其四：一身能臂兩雕弧，虜騎千群只似無。偏坐金鞍調白羽， 　　　紛紛射殺五單于。
王昌齡〈少年行〉二首
其一：西陵俠年少，送客過長亭。青槐夾兩路，白馬如流星。 　　　聞道羽書急，單于寇井陘。氣高輕赴難，誰顧燕山銘。
其二：走馬遠相尋，西樓下夕陰。結交期一劍，留意贈千金。 　　　高閣歌聲遠，重關柳色深。夜間須盡醉，莫負百年心。
杜甫〈少年行〉三首
其一：莫笑田家老瓦盆，自從盛酒長兒孫。傾銀注瓦驚入眼， 　　　共醉終同臥竹根。
其二：巢燕養雛渾去盡，紅花結子已無多。黃杉年少來宜數， 　　　不見堂前東逝波。
其三：馬上誰家白面郎，臨階下馬坐人床。不通姓字粗豪甚， 　　　指點銀瓶索酒嘗。

孫蔚枝〈少年行〉
少年不讀書，父兄佩金印，子弟乘高車；少年不學賈，朝出烏衣巷，暮飲青樓下。豈知樹上花，委地不如蓬與麻；又如樓中梯，枯爛誰論高與低？爾父爾兄歸黃土，爾今獨自立門戶，爾亦不辨畝東西，爾亦不能學商賈；時衰運去繁華歇，年年大水傷禾黍；舊時諸青衣，散去知何處？府吏昨升堂，催租聲最怒。相傳新使君，憐才頗重文，爾曹不識字，張口無所云。粥田田不售，哭上城東墳。昔日少年今如此，地下貴人聞不聞？
梁啟超〈志未酬〉
志未酬，志未酬，問君之志幾時酬？ 志亦無盡量，酬亦無盡時。 世界進步靡有止期，吾之希望亦靡有止期。 眾生苦惱不斷如亂絲，吾之悲憫亦不斷如亂絲。 登高山復有高山，出瀛海復有瀛海。 任龍騰虎躍以度此百年兮，所成就其能幾許？ 雖成少許，不敢自輕，不有少許兮，多許奚自生。 但望前途之宏廓而寥遠兮，其孰能無感于余情。 吁嗟乎，男兒志兮天下事，但有進兮不有止，言志已酬便無志。

　　以上歷代詩家所示現的少年行，充滿了詩人的自我想像與建構、期許與襟懷。

第九章　杜甫〈哀江頭〉中的歷史事件與自我圖像

少陵野老吞聲哭，春日潛行曲江曲。
江頭宮殿鎖千門，細柳新蒲為誰綠？
憶昔霓旌下南苑，苑中萬物生顏色。
昭陽殿裡第一人，同輦隨君侍君側。
輦前才人帶弓箭，白馬嚼齧黃金勒。
翻身向天仰射雲，一笑正墜雙飛翼。
明眸皓齒今何在？血污遊魂歸不得！
清渭東流劍閣深，去住彼此無消息。
人生有情淚霑臆，江水江花豈終極？
黃昏胡騎塵滿城，欲往城南望城北。

　　杜甫〈哀江頭〉與白居易〈長恨歌〉皆以楊貴妃專寵驕奢為題材，但是二者示現的主題迥異，〈長恨歌〉側重愛情事件的鋪陳摹寫，〈哀江頭〉則透過此一歷史事件來突顯個人在國破家亡之後的感懷，並以歷史事件對照自己的哀感，以突顯自我形象。

　　全詩結構可分作三段，第一段四句寫己，第二段十二句寫歷史

事件，第三段四句再寫己，形成：

$$己 \longrightarrow 歷史事件 \longrightarrow 己$$

三段式結構，時間編序是：

$$今 \longrightarrow 昔 \longrightarrow 今$$

由當下之我，回思歷史事件，藉以突顯自己在歷史中的形象。其中，時間點中的「今」與「昔」並非是固著於一點的時間，而是流動的，亦即在「大時間」點中分爲「今、昔」，而在「今」之中，有吞聲哭、潛行、淚沾臆、往城南、望城北等「小時間」的動作，帶動著時間點的挪移。「昔」則有明皇與楊妃下南苑、才人帶弓箭、仰天射雲、巧笑、縊死異鄉、遊魂不歸、清渭東流、死生相隔等「小時間」點的動作，是爲回憶中的片段事件。

首段四句分作兩部份，前二句寫情，後二句寫景，情是什麼情呢？「少陵野老吞聲哭，春日潛行曲江曲」先鋪陳主觀之情，圖構出春天中的自我；春天應是萬物蓬勃，生機無限，何況在曲江畔，應是花紅柳綠的美景，但是「潛行」點出了自己掩藏行跡的無奈。春日，應是遊人如織的曲江畔，本詩則偏寫杜甫只敢駐留在「曲」——冷僻的角落，此刻的杜甫以「吞聲哭」出場，哭泣本是用來宣洩情緒，但是此刻卻僅能吞聲哽咽而哭，究竟何事讓他傷心哭泣？哭泣竟不能悲壯嚎啕大哭，而須吞聲哽咽而哭？何事傷心至此？先預留伏筆，接著二句「江頭宮殿鎖千門，細柳新蒲爲誰

綠？」，由情一轉而寫景，此景是曲江之景，曲江是長安東南遊賞
勝地，據唐人康駢《劇談錄》卷下所云：「其南有紫雲樓、芙蓉苑，
其西有杏園、慈恩寺，花卉環周，煙水明媚，都人遊玩，盛於中和
上巳之節，彩幄翠幬匝於堤岸，鮮車健馬，比肩擊轂。」寫出繁盛
之景，然而當日繁盛而今安在？上句寫人文景象之閉鎖，不言而言
的部份是昔日宮殿之繁盛，轉為今日之閉鎖，下句寫自然之景，當
年細柳新蒲今日仍然蓬勃翠綠，但是「為誰綠」點出了物是人非的
悲感，人事代謝在歲月淪逝中更迭遞換，而翠柳青蒲仍然無視於人
事全非，依舊年年翠綠。故而首段以情之「吞聲」、「潛行」襯託
無奈，而以宮殿蒲柳映襯自然生生不息之理，而「鎖」、「為誰」
點出了物是人非的笏漠。

　　接著第二段十二句借由當日楊貴妃出遊一事，反襯出家國破亡
的悲劇，全段又可分為兩部份，前八句寫驕寵榮貴之景，後四句寫
勢敗生死兩隔之思，杜甫並未對此一歷史事件作主觀評騭。然而，
雖不論其是非，而其是非俱存其中，只從「今何在」、「歸不得」
便可體察昔盛今衰的悲感，經此點出淪亡的索漠無常，故而以「霓
旌下南苑」貴盛出遊為始，以「清渭東流劍閣深，去住彼此無消息」
為結，兩相映照，喻示人事衰頹，家國破敗之畸索。

　　敘寫楊妃歷史事件，杜甫採今昔對照法為之，始以貴遊芙蓉苑
之盛，結以死生無常對照。而鋪陳貴遊則以層遞法為之，以帝都之
美，首在南苑，南苑花木繁豔，卻不及昭陽殿中之楊妃，人與花比，
人比眾花富貴嬌美。繼而敘寫手法以聚焦法為之，將注視焦點集中
在楊妃貴遊儀隊，而其中最美的一個鏡頭則是楊妃的明眸皓齒巧笑
倩兮的美麗景緻，這個鏡頭凝聚了帝王三千寵愛於一身的榮遇，也

喻示楊妃之青春美麗，愛情方滋的甜美，同時也是悲劇的兆端，明
皇因寵幸楊妃而使楊氏兄妹位極人臣，大權旁落，朝綱不振，巧笑
倩兮永成回憶，留存在歷史影像中的，只是化霎那為永恆，而今青
春美麗不再，遊魂飄泊異域不得回返，接著杜甫藉由「清渭東流劍
閣深，去住彼此無消息」興發歷史與人世的感喟。「清渭」一句寫
自然之景，渭水依舊東流，劍閣依舊深迴；「去住」一句寫人事全
非，音訊未通的畸岌，「去」指離去，「住」指長駐於此，生死暌
隔，音訊不通。死者已矣，最難堪的是生者必須去面對秋夜寂長，
曙光耿耿的歲月，「無消息」寫盡了思念之情。

　　末段「人生有情淚霑臆，江水江花豈終極」，上句寫情，以「淚
霑臆」呼應首句「吞聲哭」，下句仍然寫景，江水依舊滔滔東流，
江花依舊花開花謝；人因有情而會感傷，會動情悲傷，江水江花卻
因無情而能歲歲年年東流、開謝，以自然生發之理反襯人世盛衰之
悲感，江花江水豈知人事之悲，豈識人事之傷，故而以此無有終極
來映襯人生之短暫，不可久駐，亦用來對勘人世傷逝。末二句「黃
昏胡騎塵滿城」點出為何吞聲而哭、潛行曲江之因。原來，安祿山
兵隊佔據長安城，吞聲而哭，懼人聽聞，潛行懼人識見，然而依戀
不捨之情，雖必須往南行，卻不斷頻頻回首望故都，圖構出來的自
我形象，是一個江邊冷僻角落的老人在吞聲而哭，因何而哭，藉楊
妃事件寫出國破家亡，寫出昔盛今衰，寫出生命短暫難駐的悲感，
在行將離去時，卻不斷回首望向長安城，依戀之情，俱存其中，同
時個人的圖像在歷史事件中，成為主觀的體察感覺者，此一哭，是
哭家破人亡，是哭人生有情，是哭胡騎滿城，是哭辭帝京之不捨，
是哭遊魂不歸，哭的意象將自己融進歷史圖像中，形成一幅「哀」

感，此「哀」是歷史之哀，而非個人遭逢之哀，將個人放大到歷史
影像中，放大自己，形象鮮明，彷彿參予歷史事件，事實上，又側
身於事外。「哀江頭」，所哀者，哀家國破敗，哀興亡更迭，哀胡
騎竊城，哀帝京何日收復，哀人世無常，哀死生難駐，更哀自己此
去南行，前途淒茫，何日回歸？全詩將人世悲情示現其中，一個「哀」
字道盡歷史盛哀、人世虛浮、世理輪替之哀情。

　　肝衡全詩，探對照手法映現杜甫對楊妃事件的感懷，將自己嵌
入歷史事件中，使歷史家國與個人小我作一對照，顯示出歷史盛哀
寂寥之感與個人之有情無奈之吞聲哭的感喟；以江水江花之自然景
象與宮殿千門人文圖景作一對照，顯示出自然恆久不變的哲理與人
事興亡更迭無常，此一意象構築，益顯發人世索漠。以楊妃明皇生
死作一對照，喻示生死困限，人世難渡，而愛情的力量卻讓人盪氣
迴腸。本詩對照出三種意象，展示出大我與小我、自然與人文、生
者與死者的對照：

對勘	歷史	個人
人文	自然之景	人文圖景
自然	江水江花	宮殿千門
死生	生者：無可奈何	死者：長逝已往

　　第一組對照，個人恆在歷史中流動，益顯渺小與莫可奈何，而
杜甫卻故意藉此詩來彰顯自己存在的圖像與感知歷史的主體性。
　　第二組對照，大自然恆常之理與人世之短暫，自然生滅之理與

人文圖景之破敗荒頹，正是一組永恆與短暫、自然與人文作一強烈對照性的美感，益顯人世之滄桑，難以救挽。

第三組對照，生者雖生，死者已死，而此情綿綿，永成追憶，形成一幅死生睽隔的悵惘，無可逆轉。

以上三組對照的感知主體在於「我」，一個潛行曲江的野老，面對家國破敗所興發的歷史悲情感，而自己的圖像，儼然在江邊無限地擴大，而終將與歷史畫面同構而不朽。

是故，杜甫刻意採用對照技法寫作，由今昔對照，由歷史與個人，由自然景觀與人文圖景，由美人巧笑來映襯自己之哭，由遊魂不歸映襯生者之思念，凡此等等意象之運用，深化了明皇寵幸楊妃的歷史事件，不僅僅是感傷家國敗亂，更是愛情之綿亙，以及在亂世中的小我與歷史作一永恆的對照，此一圖構靈感，正是詩家獨照之處，運斤成風，自有不凡成就，自能感動千秋萬代之後的我們。

詩歌之所以能永恆不朽，除了必須具備情文、聲文、形文之美感外，最能感動我們的，莫過於透過形象鮮明的意象為我們創製各種圖像，供我們不斷地想像、聯類觸通，且在意境上能深化、提煉精純的深刻義蘊，使百代千世之後的人們仍能在此一迴腸盪氣的詩歌中契會詩人的靈心慧思，並且形成千色光譜，輝耀人世。

第十章　杜甫〈江南逢李龜年〉之今昔映照

> 岐王宅裡尋常見，崔九堂前幾度聞。
> 正是江南好風景，落花時節又逢君。

　　全詩四句，簡單明晰，採用今昔映照的技法開展。何謂「今昔映照法」呢？就是時間採用「今」：現在；「昔」：過去作一對照，以呈現時間流動或跳躍的感懷。

　　採用今昔對照手法的效能何在？往往是詩人刻意以時間流轉來呈現昔盛今衰的感懷，或摹寫歲時倥傯、青春不再的感喟，例如賀知章〈回鄉偶書〉中先寫「昔」之少小離家，再寫「今」之老大歸鄉之感喟；或藉由今昔對照來引發人世代謝之歷史感懷，例如張說〈鄴都引〉先寫「昔」曹操文武事業之盛，再從「今」寫繁華銷歇，貴臣、美人化為塵土及個人感懷。或寫舊情已逝、人事全非的悲愴，例如歐陽修〈生查子〉先寫「昔」元夜相約黃昏後，再寫「今」人事全非，觸景傷情不能自已的情懷；或抒發亂世中個人感慨與懷抱，例如魏徵〈述懷〉先從「昔」寫向李密獻策未成，再寫「今」請命赴華山以東地區，欲說服李密舊部的抱負及途中見聞。不管如

何，所映現出來的，往往是時間流逝的悲感充斥詩中，興發無限欷歔的淒涼感。爲什麼今昔對照法比較容易映現出悲感呢？難道沒有歡樂嗎？因爲時間傷逝本就是人世悲情之一，更何況在時間流逝中，人的青春不再，人物的聚散離合總能興發感懷，所以採用「今昔映照法」多出以感傷之悲情。

　　本詩雖然也採用「今昔映照」法，但是全詩若僅僅只有悲情，有何可觀？仍跳不出傷逝惜今的慘淡格局。如何擷取片段構織永恆的文學意象，才是詩家的當行本色，到底杜甫如何圖構本詩的今昔映照法呢？我們可從幾個角度來體契杜甫今昔對照意象的技法經營。

一、從敘寫的時間來觀察

　　首二句寫「昔」，後二句寫「今」，其結構是：

10-1：〈江南逢李龜年〉今昔結構表

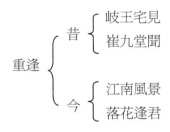

　　昔，藉李龜年出入岐王、崔九宅第，以象徵其貴盛之遊。岐王

指睿宗第四皇子李範，睿宗踐祚之後，進封岐王；崔九指崔滌，是中書令崔湜之弟，據舊唐書崔仁師傳，稱其多辯智，善諧謔，玄宗用爲秘書監，出入禁中，與諸王侍宴，不讓席而座。李龜年能進出二氏堂宅，正寫其貴遊。[1]

　　今，寫杜甫今日與李氏重逢，正是江南暮春時節。無限的時間流逝悲感具現在此四句當中。但是，我們如果從時間發生的先後來看，可以發現時間點的流轉，先有重逢之驚詫，才有回憶之片段，然後再回到眼前之景象，所以時間的流轉方式應是：

$$重逢 \longrightarrow 追憶 \longrightarrow 當下場景$$

　　由「重逢」帶出江南重逢之驚詫、意外與恍如隔世之感，歷經家國變亂之後，重逢於江南，真有劫後餘生之慨，然而，杜甫並不先寫重逢之景，而是藉追憶中的兩個繁盛榮貴的場景帶出昔日之尊貴，接著才寫當下重逢江南的景致，所以在追憶之前，省略了「重逢」之敘寫，直接切入追憶中的圖像，並且以今昔對照的手法喻示昔盛今衰及虛實相照映的悵惘。雖僅短短四句，卻融入了杜甫個人

---

[1] 岐王、崔九俱卒於開元十四年，時杜甫方十五歲，未有梨園弟子，亦未能參予貴遊而結識李龜年，識李龜年當在天寶十載之後，此乃據黃鶴所云：「開元十四年，公止十五歲，其時未有梨園弟子。公見李龜年，必在天寶十載後，詩云岐王，當指嗣岐王珍。據此，則所云崔九堂前者，亦當指崔氏舊堂耳，不然，岐王、崔九並卒於開元十四年，安得與龜年同遊耶？」，參仇兆鰲：《杜詩詳註》（台北：漢京文化公司，1984 年 3 月，頁 2061）。由是可知，杜甫所敘寫的「崔九堂前」是崔氏舊堂，非指交接於崔滌，因崔滌卒於開元十四年。而「岐王宅裡」是指杜甫所遇為岐王子嗣李珍，非指岐王李範。

流落江南之不偶及李氏淪落江南之事實，並且側寫崔九、岐王之敗
落，其實也旁寫出家國動盪的景象。這種縮寫法，等於將大時代縮
影寓寄在兩個人重逢的當下，聚焦之片面則是尊榮不再的無限感
喟。

　　再貼切一點來觀察，事實上全詩的時間點應只有一個，即是當
下重逢的片刻，但是，閃過眼前的，靈光一現的卻是當日貴盛相見
的場景，重回心頭，其結構如下所示：

10-2：〈江南逢李龜年〉時間結構表

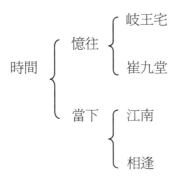

　　時間點是重逢的片刻，只有一閃即逝的追憶片段，卻由岐王宅
第與崔九廳堂勾起無限人世滄桑的感嘆，昔盛今衰，不僅是李氏、
杜甫本人之百感交集，同時也是崔九、岐王後嗣之感喟，更是國家
的敗落、寂寥與無奈的映現。

二、從空間視點來觀察

雖然空間場景有變換、跳躍,一寫昔日之長安城中崔九及岐王
的堂宅,一寫今日之江南重逢的情境,一北一南照映,但是,其實
只有一個景點而已:即是當下江南重逢的景象中落花紛飛,而存記
在杜甫影像中的,卻是一見到李氏立即閃過當日在崔九岐王宅堂之
情景,此一追憶,即是虛之空間點,其結構可以約化爲:

10-3:〈江南逢李龜年〉空間結構表

空間 { 昔:長安之岐王崔九宅第(虛)

今:江南(實)

全詩是在江南落花紛飛之際重會故人,但是,杜甫卻刻意從追
憶的場景寫起,以烘托今昔感懷。

三、從虛實的視角來觀察

回憶,對詩歌而言,是一種「虛」,而「現在」則是一種「實」。
「虛」是「時間」之虛,因往事成塵,不可追回。「虛」是「空間」
之虛,因場景已逝,不可重建。縱使場景依舊,在時間的消亡中,
無限的歔嘆,亦已非當日之情、當日之境了。「虛」是「人物」之
虛,因爲人在時空淪逝中,縱使人物依舊,但是早已不復當日之年
少、不復當日之心境,所以對於「人」而言,追憶中的人物,不僅
已是時光流逝之後的人,更何況幾經動盪之後的人事變化,心情早

已非昔。

　　職是，回憶，即是一種虛，一種與現在照映的虛。

　　「現在」雖與「追憶」相對而存在，但是，「現在」之「實」是一種流動的「實」，時間空間不會定於一時，不會凝於一個固定點。所以，雖然「昔」虛而「今」實，但是，「今實」仍在時空流轉中即將成為虛，成為過往，成為新的回憶中的虛。這就是時間不斷流逝中無可迴返的銷亡。虛實的結構如下：

10-4：〈江南逢李龜年〉虛實結構表

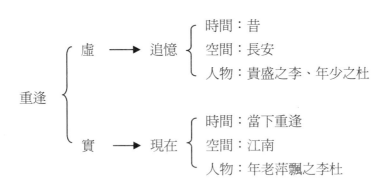

四、從回憶的內容來觀察

　　回憶的內容可以僅僅是一個場景的片面，可以是一段交談的話語，更可以是某段事情的攝影或是人物的某一姿影，無論是聲、光、影、視之片段，在意識流的運轉下，可以由作者取自任一時空中的片段，或是任一人、事、物的笑貌形影等等。

是故，回憶的擷取，往往是詩人最刻骨銘心的一個片段、光影、聲影、話影等等。由於回憶之片面性與片斷性，往往是回憶者有意採擷的部份，代表作者思緒的流轉及意識流的回憶。我們從本詩回憶的內容來看，杜甫刻意擷取昔日與今日作一對照，過去採擷繁華富貴的場景，包括了聲光姿影之美好，而今日則刻意以大自然的落花與昔日人文圖像作一反襯。追憶，是一場繁盛榮貴的景象，而重逢，卻是一場落寞的、惆悵的景象，何況以落花作為捕捉的意象，更代表了生生不息的生滅之理——人，永遠無法超越與跳脫自然的生滅之理。我們透過杜甫巧構的今昔對照，可以感受到昔盛今衰之無奈。

然而，杜甫寫昔日，其實並非真在回憶過往，或存活在過往當中，實際上是藉由與李龜年乍然重逢的當下回思往事，目的在展現今衰昔盛之衰敗的感覺。昔日場景的浮現，杜甫刻意擷取最風華最燦艷繁盛的一個畫面，由於畫面是擷取式的，所以這樣的擷取方式，正是要由「今」的時間點流逝其中，讓空間跳躍、反轉，使全詩由今之江南，回思昔之長安城中岐王崔九殿堂宅第，雖然，江南自然之景美不勝收，而落花二字，象徵春天流逝，無可挽回；個人遭逢寥落，不可救奪，不僅寫李龜年，同時也寫自己，更甚而藉此以象徵國運。

全詩刻意展現由昔到今的時間點流轉，空間點先寫京城再寫江南的跳躍，目的在以昔之宅第貴盛，對映今之江南落花，上二句以人文圖景之貴遊，下二句以自然圖景之寥落，反映出昔盛今衰之感，更何況落花時節，憑添無限感傷。昔之貴盛，今之寥落，既寫李，兼寫己；李氏之飄零流落在江南，而自己亦萍飄江南，家國亦

在簡短四句中縮影成落花景象，以落花的意象來寫自己傷逝的青春，飄泊零落的心情，同時也照見了由盛而衰的貴盛之遊與家國衰敗之象。這就是杜甫技巧高超之處，刻意採落花的意象來象徵一切之衰敗消頹。

　　綜言之，全詩畫面勾勒今昔對照的二個層次：

10-5：〈江南逢李龜年〉今昔對照表

	時間	空間場景	人物	象徵圖象
昔	回憶的片面斷層	長安：岐王宅 崔九堂	主：岐王、崔九 賓：李龜年、杜甫	人文圖景之繁盛
今	重逢的當下	江南	李龜年、杜甫	自然圖景之花落

　　由今昔對照的敘寫觀之，空間摹寫由「昔」之長安，到「當今」之江南；時間摹寫由「昔」之貴遊，到今之流落；人物則藉由杜甫與李龜年之重逢刹那，引發出個人遭遇及國家敗頹之無奈感嘆，一種落花寥落的意象充塞全詩，哀感頑艷，令人感喟。

　　透過本詩今昔對照強烈的對比效果中，我們體契了什麼？領會了什麼？有些生命中的感傷是無法消除的，在有限的人生之中，年華之傷逝，個人之飄泊，天涯之淪落，家國由盛而敗之寥落，面對這些感傷時，我們又當如何提撕生命呢？

　　感傷永遠是感傷，無法平復的傷逝情懷，正如同落花一樣，有開有謝，雖有短暫美麗的花顏，終必歸於塵土，但是，為了燦艷的花顏，我們仍會期待，仍有希望的萌種可以發芽。在開謝起落之中，彷彿又照見了生生之理，人世，不就是一場一場的花落花開嗎？

第十一章　杜甫〈茅屋爲秋風所破歌〉敘寫結構

八月秋高風怒號，卷我屋上三重茅。

茅飛渡江灑江郊，高者掛罥長林梢。下者飄轉沉塘坳。

南村群童欺我老無力，忍能對面為盜賊。

公然抱茅入竹去，唇焦口燥呼不得。歸來倚杖自嘆息。

俄頃風定雲墨色，秋天漠漠向昏黑。

布衾多年冷似鐵，嬌兒惡臥踏裏裂。

床頭屋漏無乾處，雨腳如麻未斷絕。

自經喪亂少睡眠，長夜沾濕何由徹！

安得廣廈千萬間，大庇天下寒士盡歡顏，風雨不動安如山？

嗚呼！何時眼前突兀見此屋，吾廬獨破受凍死亦足。

杜甫（712～770）字子美，自號少陵野老，祖籍襄州（今湖北），生於鞏縣（今河南），身處唐代由盛轉衰之時代，是我國偉大的詩人之一，與李白（701～762）合稱李杜。因為身歷唐代安史之亂，詩歌多反映時代風貌，故而有「詩史」之稱；又因懷有「致君堯舜上，再使風俗淳」的胸懷，遂有「詩聖」之稱。其人不僅人格高尚，

有仁者之懷，且因詩藝高超，故自中唐以降，莫不推崇備至。

杜甫一生顛沛流離，大約可分作四個時期，第一時期屬南北漫遊，從先天元年（712）至天寶四年（745）約三十餘年，此一時期從二十餘歲始，展開以南北漫遊爲主的生活，曾南遊吳越，北遊齊趙，過著清狂蕭散的生活，詩作較少。第二時期屬旅居長安覓食時期，從天寶五年（746）至十四年（755）約十年，過著應試落第、獻賦無成的貧困寄食生活，到了天寶十四載（755）時，玄宗任爲河西尉，辭而不就，後改任右衛率府冑曹參軍。第三時期屬安史之亂的流離時期，從至德元年（756）到乾元二年（759）約四年期間，備嘗戰亂之苦，有名的〈三吏〉、〈三別〉等社會寫實的作品成於此時，曾任左拾遺，因上疏救房琯（唐？～？）被貶爲華州司功參軍；第四期是兩川西南飄泊時期，從上元元年（760）到大曆五年（770）約十年期，先在成都營建浣花草堂，過了一段悠閒自得生活，其後，流離於兩川之間，迄大曆三年（768）乘舟出峽，漂泊於岳、衡、潭州等地，過著浮家泛宅的最後歲月。在蜀期間，嚴武（726～765）曾推荐爲劍南節度府參謀，加檢校工部員外郎，故世稱杜拾遺、杜工部。一生創作三千餘首詩歌，今存一千四百多首，整體而言，各種詩歌體式皆能運用純熟，善用五古書寫個人感懷及亂離社會，七古長於抒情與抒發政治意見，五律精鍊，七律圓熟，是少數諸體賅備的偉大詩人，葉嘉瑩（1924～）尤其推崇其七律〈秋興八首〉是登峰造極的偉大代表作。

本詩是杜甫於唐肅宗上元二年（A.D.761）秋八月所作。「草堂」是杜甫歷經長安十年到處潛悲辛、安史亂離五、六年之後，在親友的協助之下，於成都營建浣花草堂作爲棲身之所，在草堂生活

三年九個月，是杜甫一生顛沛流離的歲月中比較安定的生活，也是創作的高峰期，此時期共成詩二百四十餘首。

　　本詩所描寫的茅屋即是草堂，敘述茅屋被秋風吹破，屋破雨漏，不能安眠的苦況，最後發抒推己及人的仁者襟懷。

　　本詩屬歌行體，歌行體的特色是可歌可詠，沒有固定的體式，篇幅及句式可長可短，甚至押韻可一韻到底，亦可叶韻轉韻。全詩可分作四個小節來看，前二節及末節屬單行散句，中一節屬偶句，由於句式變化多端，長短錯落有致，故全詩朗讀起來，較一般律化詩歌更具靈活性與變化性。

　　全詩前二節以敘事為主：第一節敘寫茅屋被秋風吹破的整個歷程，第二節敘寫孩童搶奪茅草的過程，第三節由敘事轉為抒情，摹寫屋漏苦況及自己離亂之後的感觸，最後一節為全詩最關捩之處，以抒情筆法敘寫自己由個人遭遇而興發仁者憂憫天下的襟懷。全詩章法結構如下所示：

11-1：〈茅屋為秋風所破歌〉結構表

屋漏
- 敘事兼寫景：五句敘寫秋風破屋過程
- 敘事：五句敘寫孩童搶奪茅草過程
- 敘事轉抒情：八句敘寫屋內屋漏不眠心境
- 抒情：五句敘寫推己及人之襟懷

　　第一節五句，寫秋風吹破茅屋的情況，被風捲走的茅草，灑在江邊的郊野，有的高掛林梢，有的飄轉塘坳。敘述的視野，有上有下，彰顯秋風之強勁有力，遂能吹破三重茅草。

　　第二節五句，生動地描寫群童強拿茅草的過程，孩童惡作劇，不知茅草是有主之物，而杜甫又因年老體衰無力追趕，繼以口乾舌燥呼喊不得，只能眼睜睜地看著屋上茅草被孩童們捲拾而去，歸來嘆息。

　　第三節八句，細膩描寫屋內的情景。天色漸昏，歸來見床上棉被既不能保暖，又因兒女睡姿不佳，將棉被撕扯踏裂，再環顧住處，屋漏床上無乾處，而外面的雨勢卻綿密不斷，沒有停止的跡象。杜甫並自述，自從安史亂起，離亂之中，時懷憂國之心，甚少睡眠，再加上今夜屋破雨漏的漫漫長夜，將如何度過呢？

　　第四節五句，語勢一轉，從個人的悲愁，轉向仁者襟懷，希望有朝一日能廣建大廈，庇護天下的寒士有屋可住，不必像自己憂愁長夜屋破風雨侵襲的困境。

　　全詩敘寫的場景，先從外在的大景寫秋風破屋的過程，再進到屋內寫屋漏的景況，最後進入心境的深沈，寫憂懷天下的情懷，拋開了個人遭遇的苦難與不幸，而能將生命的高度提昇到關懷天下人的仁者風範。

　　根據上述，可知全詩之結構：

句式表述：單行散句	→	單行散句	→	駢行偶句	→	單行散句
敘寫結構：敘事	→	敘事	→	敘事轉抒情	→	抒情
場景挪移：屋外	→	屋外	→	屋內轉心境	→	心境
情境轉換：個人	→	個人	→	個人轉家國	→	天下

　　杜甫之偉大，在於能超脫個人之悲苦，而能替天下人發抒時代的悲苦；同時，也因為個人不幸的遭遇而興發大濟天下人的憂憫情懷，使個人一時一地之悲情，轉換成憂國憂民的偉大情懷，此即黃徹《䂬溪詩話》云：「苦身以利人」的至情至性與推己及人的情操。

　　此一推己及人的情操有《孟子・公孫丑上》：「先王有不忍人之心，斯有不忍人之政矣。以不忍人之心，行不忍人之政，治天下可運之掌上。」及《孟子・梁惠王上》：「老吾老，以及人之老；幼吾幼，以及人之幼。天下可運於掌。」這些襟懷有異曲同工之妙，同時也呼喚出范仲淹〈岳陽樓記〉：「不以物喜，不以己悲，居廟堂之高，則憂其民；處江湖之遠則憂其君。是進亦憂，退亦憂；然則何時而樂耶？其必曰：先天下之憂而憂，後天下之樂而樂矣！」的偉大襟懷。

第十二章　李義山〈嫦娥〉之「言內意」與「言外意」

雲母屏風燭影深，長河漸落曉星沈。
嫦娥應悔偷靈藥，碧海青天夜夜心。

　　義山詩，向有「獨恨無人作鄭箋」之憾，主要是身世不遇之感與情愛糾葛出一片迷離晦澀的詩境，教人感念吁歔，並跌入其所製造出來的惝恍情境中，供後人不斷地猜測臆想，或追索本事，或生平編年，或詩歌繫年，這些舉動莫不是要將義山眩人眼目的詩句從淒迷詩霧中釐析出光風霽月來，但是，千百年來，言人人殊，充份表現出「文本」的不確定性與讀者存在處境的詮讀法。在義山詩中〈無題〉一系列的詩及〈錦瑟〉、〈藥轉〉、〈嫦娥〉……等詩是歷來學者專家猜臆最多的詩歌。為什麼文字的魅惑性如此之大，吸引千代百世之人，不斷地像磁吸般的效應，往這幾首詩靠攏，並且做蠡測、確解的工作呢？

　　語言文字本是用來表抒情志的，應具備溝通的符號功能，但是，它的弔詭也在這裡：指稱此意，反而撥落了其它意義的發展，而此意果真是作者之意？文本果真喻示此意嗎？抑是讀者解讀出

來的意義？不同的讀者是否會讀出不同的意義？因為「符徵」與「符旨」之間的對應性是被規定出來的，若不循此規定，那麼，我們又何以知其意？何能識其意？若循此意符與符徵的規定，則是否陷入言說的霸權中呢？傅柯在《知識的考掘》中指出：話語的兩端是「說話者」與「受話者」，各自隱含了社會權力的體系，即是此意。或者如利奇（Geoffrey Leech）在《語義學》中所說的，意義有七種類型：理性意義、聯想意義（含內涵意義、社會意義、情感意義、反映意義、搭配意義）及主題意義。這樣分解下去，「意義」果真是沒有固定或確解的「意義」了。正因為如此，不明確的文字意義，致令後世不斷追查考索，冀能從歷史迷霧中撥雲見日，然而治絲愈棼，從來沒有人可以誇口說他讀懂了義山詩，因為詩有「言內意」與「言外意」，縱使讀懂了字面文字的「言內意」，則文字之外的「言外意」、「興寄」、「寄託」又何從詮解呢？縱使學者專家不斷地釐析義山詩的「言外意」到底是什麼，但是，最終究的結果果真是義山之作意？

　　解讀中國詩歌，要讀懂文字表層意義並不難，只須將典故、意象及結構作一有機梳理，便可理解該詩的文字意涵，但是，最難的是追索作者之意或寄託，因為「言外意」往往不能僅從詩歌的文字義考索，而須進入中國詩歌言詮的路線，基本上可將其擘分為兩個層次：其一是「公有意義」的追索，例如浮雲的象徵，有遊子飄泊之意（浮雲遊子意），有小人群繞君前之意（浮雲蔽白日），或如流水的象徵，有飄泊流蕩之意，有時光流速之意（流水十年間），有愁恨不絕之意（問君能有幾多愁，恰似一江春水向東流），有自然景觀與人事遷變作一對照（檻外長江空自流）之意，例如詠蟬多

有居高食潔之意，詠松詠柏多有歲寒後凋之意等等，凡此，皆有固定寄託之意。這些意象有固著的意義存乎中國詩歌的大傳統中，除了搞懂這些，最難的是，尚須追索的是「私有意義」，亦即詩人有無逆反的或溢出中國傳統的用法？有無個人特殊的癖好用法？若以簡表示之：

> ┌ 公有意義：中國詩歌言說的大傳統
> └ 私有意義：詩家個人使用的語言符碼

　　這些將是解讀詩歌契入的門徑或是應知道的基本概念。然而，私有意義應如何破解呢？「知人論世」之法成為中國解讀詩歌的法門之一，所以詮釋義山詩歌者，莫不循此一路向前進，遂對〈嫦娥〉一詩有：悼亡說、追懷女冠、自傷身世飄零，相思無盡之詮解。從字面義、文字義解讀義山，是否因未能揭發言外意而有缺憾之感？若讀者儘從知人論世的視域剖析義山，是否真能釐析義山作意之所在？

　　吾人認為，理解〈嫦娥〉一詩，可分從三個角度入手，一是作者說了什麼？二是文本呈示了什麼？三是，我們讀者透過文本的語意脈絡，又讀到了什麼？若以結構表來分析，則其結構如下：

作者 ──────▶ 文本 ──────▶ 讀者

　　到底義山要傳釋什麼呢？在歷時渺遠的我們，不可能重啟義山於九泉之下，亦不可重建歷史場景，更何況所有的歷史皆是有選擇

性地書寫與留存，皆是敘寫者的選取角度所留下的片面與片段，我們根本不可重構歷史現場，亦不可重追作者於未死之域，所以，作者反而成爲歷史中模糊的影像，重要的、留存的是「文本」，我們透過文本才能理解作者「可能」的作意，或是追想作者的存在感受，在解讀文本時，首先要清除作者故意留下的迷霧，從文理脈絡去解讀，然後，我們才能從讀者的角度說，我們到底讀到了什麼？看到了什麼？理解了什麼？以下，我們試以〈嫦娥〉一詩作爲分解的文本對象。

　　從情景結構來看，前二句基本上是寫景，後二句是寫情，然而景中有情，情中有景，此即王國維所謂的「一切景語皆情語也」。首句「雲母屏風燭影深」，是空間向時間渡化的示現，展示華堂麗屋中的擺飾與裝潢，由雲母屏風與燭影點出豪貴之家，然而華貴之中透顯無限的寂寞感，爲何燭影已深仍能感覺呢？表示有人未眠，遂能體察出「深」的銘刻，何人在長夜竟未眠，而能知覺夜已深了呢？詩人雖未明示，但是他的身影一直導引我們，隨著他的想望，我們看到了更多的場景與思維。「長河漸落曉星沈」一句點出了未眠之人，徹夜未睡而在觀星，觀銀河，而能知曉星漸沈、天色益明，而由此一「觀」，進而一想，我長夜寂寞未眠，心情苦辛難奈，而蟄居廣寒宮的嫦娥長年累月無友無伴，難道其苦辛凄酸不倍於我嗎？遂有「應悔」之句，以移置的方式設身爲嫦娥著想，然而真是寫嫦娥嗎？是先有我之未眠酸楚，才能體會嫦娥之孤寂難奈，我不過是一生一世之苦痛，已倍覺長夜煎熬，徹夜難眠，而長生不死的嫦娥，難道不是更孤單凄苦嗎？望著碧海青天，竟有無限感慨，而結句將景盪向無垠的青天碧海，彷彿窅深無垠的悔恨之意亦盪向無

邊，留有餘不盡之意，盡向天涯，此一迷離笏漠之深情，何人能解？何人能識？借嫦娥之悔，寫盡自己之悔，而此一悔究竟是何事？是自悔亦是悔人（客觀環境不允許之悔）呢？嫦娥無奈奔月，應是自悔，而詩中未眠之人，應是自悔抑是他悔呢？我們未能得知，但是借此詩卻能體會那種無窮無盡的悔恨充塞碧海青天，青天無垠無邊，悔恨亦無垠無邊；青天天長地久，此恨亦天長地久，所以結尾含藏不盡之意，留給我們無限的想像空間。

　　從章法結構來看，前二句寫人世，後二句寫神話，但無論是人世或神仙世界，皆充滿無限的寂寞孤獨與悔恨淒傷，詩人故意以雲母屏風之美好來反襯人世之感傷，以嫦娥廣寒宮之天長地久來映襯綿亙之情懷。

　　這麼一份透徹心肺的傷悔情懷，究竟何指？詩人不說，文本不呈示，讀者無由猜想，所以「言外意」之考索乃儘量從知人論世的角度來解讀，悼亡說、追懷女冠、自傷身世飄零，相思無盡之詮解皆是讀者臆想猜測的角度，葉嘉瑩曾揭示我們追索「寄託」意的方法，從生平入手，應不會錯，但是，義山詩之難解，正在於生平之中有二事一直糾葛著他，讓他不快樂，讓他摧陷在悲情中，一是困於黨爭，懷才不遇，自傷沈淪；一是情愛無著，不可落實。故而解釋者莫不朝此二方向前進，冀能梳理出一點頭緒來。

　　我們解讀本詩，應在第一層意義上求解，亦即求懂詩歌的文字表層意義，其次，再來追索第二層的「寄託」或是「言外意」，第二層便須藉助歷史資料與歷史判斷，此一能力，未必每個人皆能具備，亦須有相當的學養始能為之。我們來看看歷代對此說的詮釋視域：

12-1：〈嫦娥〉詮釋一覽表

詮釋者	詮釋內容
謝枋得	嫦娥貪長生之福，無夫妻之樂，豈不自悔？前人未道破。
胡次焱	羿妻竊藥奔月，自視夢出塵世之表，而入海昇天，夜夜奔馳，曾無片暇時，然而何取乎身居月宮哉？此所以悔也。按商隱擢進士第，久中拔萃科，亦既得靈藥入宮矣。既而以忤旨罷，以牛李黨斥，令孤綯以忘恩謝不通，偃蹇蹭蹬，河落星沈，夜夜此心，寧無悔耶？此詩蓋自道也。
唐仲言	此疑有桑中之思，借嫦娥以指其人，與〈錦瑟〉同意。
何焯	自比有才調，翻致流落不遇也。
沈德潛	孤寂之況，以「夜夜心」三字盡之。士有爭先得路而自悔者，亦作如是觀。
姚培謙	此非詠嫦娥也。從來美人名士，最難持者末路，末二語警醒不少。
	嫦娥指所思之人也。作真指嫦娥，痴人說夢。
程夢星	此亦刺女道士。首句言其洞房曲室之景。次句言其夜會曉離之情。下二句言其不爲女冠，儘堪求偶，無端入道，何日上昇也。蓋孤處既所不能，而放誕又恐獲謗，然則心如懸旌，未免悔恨於天長海闊矣。
馮浩	或爲入道而不耐孤子者致誚也。
紀昀	意思藏在上二句，卻從嫦娥對面寫來，十分蘊藉。非詠嫦娥也。此悼亡之詩。

詮釋者	詮釋內容
張采田	義山依違黨局，放利偷合，此自懺之詞，作他解者非。又曰：寫永夜不眠，悵望無聊之景況，亦託意遇合之作。嫦娥偷藥比一婚王氏，結怨於人，空使我一生懸望，好合無期耳，所謂「悔」也。蓋亦爲子直陳情不省而發。若解作悼亡詩，味反淺矣。馮氏謂刺詩，似誤。

　　以上諸說，可統整爲：自傷、懷人、悼亡、詠女冠四種說法。歷代學者專家各騁所能，各盡其說，極盡可能的發揮想像，設想義山寫作此詩之作意何指，這些視域是讀者自詮，能否勾連於作者生平遭逢呢？

　　葉嘉瑩揭示我們辨識判斷寄託的方法有三：一、從作者生平爲人入手來考察，二、從作品產生的環境背景來考察，三、從敘寫的口吻來考察。這三種方法固然有用，也很貼切，但是，用來研究義山詩，就會碰觸到作者之感懷，眾說紛紜的情形，再加上文本的晦澀不明，敘寫口吻亦含蓄蘊藉，不知所指，這時我們該怎麼解讀？如何破解呢？吾人認爲求意之法，有：從作者求意，從文本求意、從讀者求意三層次，從作者求意，可分作「意在言內」及「意在言外」兩種：

12-2：〈嫦娥〉從作者求意結構表

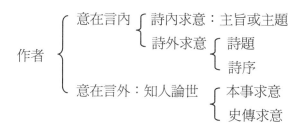

　　所謂「意在言內」就是「言內意」，又可分爲「詩內求意」與「詩外求意」兩種，「詩內求意」就是作者主旨的示現，是我們可在詩內探求的，〈嫦娥〉一詩所示現的主旨是一種索漠無奈的悔傷，這種悔傷究竟指涉何事呢？無可知得。而「詩外求意」則可從詩題或詩序入手，然而〈嫦娥〉的詩題故以「嫦娥」爲之，仍未能求解，表象意義似在詠嫦娥，事實然否？從語脈觀之，非也，故詩題仍是故作隱晦，而本詩亦無詩序可爲契入的符碼，那麼我們再從「意在言外」求索，亦即是中國最常也是最喜用的「知人論世」的路徑進入，可透過同時代人或稍後之人作「本事」求索，或是從「史傳求意」，以符應其生平感知。以上，即是從「作者求意」的路向契進，然而，義山的生平果真容易求知，但是，與詩歌的對應性仍會存在著：是否詩歌所指，即是生平遭遇之事項呢？作品的虛構性是無庸置疑的，所以這裡還存在著這種「文學之真」與「事實之真」的矛盾性。

　　從文本求意，主要可擘分爲三層：

12-3：〈嫦娥〉從文本求意結構表

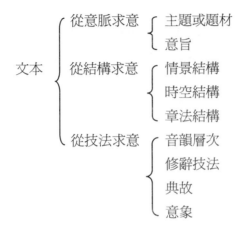

以上主要是分析、細繹義理脈絡爲主軸，可分從「意脈」、「結構」、「技法」等視域入手。「意脈求意」探索主題的示現或題材的選用或揭示什麼意旨；從「結構求意」是去分析其章法結構的運用，例如情景、時空、章法等探知；從技法求意則是體會其典故之運用、意象之捕捉、修辭之採擷及音韻之安置等等去體知，如前所分解的嫦娥詩一般。但是，本詩悔傷之意仍是無從確知何指。

從讀者求意之法，則有：

12-4：〈嫦娥〉從讀者求意結構表

讀者 { 以意逆志
重新詮釋
誤讀

　　以上所分，主要有兩個路向：第一路向是扣向作意求解，第二路向是讀者自行開發出來的意義。「以意逆志」是逆求作者之意，但是，讀者仍免不了陷入自我言說的系統中；「重新詮釋」則是讀者自行開發出來的意義；而「誤讀」則是完全悖逆作意而開展出來的路向。羅蘭巴特於一九六九年揭示「作者已死」，那麼作者既死，我們何必再附會義山生平強作臆說呢？至於本詩於「悔恨」指涉何事？或自傷、或懷人、或悼亡、或詠女冠，對讀者而言，可進入歷史迷霧中，繼續探索，也可以自此迷霧中脫困而出，去體會感契這種悔恨的綿亙無盡之意即可。因為，作者不言，文本不透顯、呈示，那麼，讀者的視角就是盡心的去詮釋，再製造更多的迷霧吧，例如前述四種說法，皆是讀者想像出來的，義山果有此意嗎？一切的意義皆是被解釋出來的，我們站在歷史的任一個點觀看，皆有不同的歷史視界，能看多遠，能看多少，與所站立的歷史立點有關，皆會蒙上時代的烙印，所遮所撥出來的景觀亦各自不同。所以清人吳雷發在《說詩菅蒯》中指出：「向見註唐詩者，每首從始自末，必欲強為聯絡，遂至妄生枝節，而詩之主腦反無由見，詩之生氣亦索然矣。」（《清詩話》頁833）正是廢斥妄生枝節、強作臆說的作法。

　　職是，我們倒不如從讀者視域重新審閱，賦予新的詮解，至於何解才是正解、確解，並不是最重要的，因為我們並非爭發言的霸權，而是在體契詩歌意境之美感，因為詩歌不就是在「無達詁」中喻示更多的美感與想像，在涵融虛渾中讓我們領略到更寬更廣的詩境，更具朦朧的美感嗎？至於詮解的路向，則因人而異，或從作者，或從文本，或從讀者視域入手，皆無損於本詩之美感，而讀者的任何說法皆代表了各自表述的言詮進路而已。

結　論

　　生命的開展，有爲者能豁顯理想抱負之追求，定靜者則示現寧淡澄澈之本質，然而流轉在我們周遭，尚有難遣的情欲、愛恨流衍其中。如何對治生命中的困蹇？如何豁顯生命的初質？儒家教我們擔當與承受，教我們體契生命的種種人世感懷與體悟；佛家告訴我們有漏皆苦，要去除我執，甚或禪家定靜自在，享受生命的美典。而道家呢？無待與逍遙又教會我們順遂自然，活在當下。生命的意義不在超離人世，反之能在人世中遊走以見證存在的價值與意義，唯有透過人間實踐才能豁顯生命本質。故而，無論是浮遊人世，或陷溺人間，或偏執人間情愛，或是流轉世間皆可以看到詩人求索與執著。

　　上卷以整全論述爲主。一論王梵志以見導俗入佛並採象喻表述手法轉化、承繼比興寄託之諷諭精神；二論王維以見詩中有景、景中有人之詩情融攝畫意與禪趣風格；三論李白遊仙詩以見謫仙意識中的人間性格；四論李白地域流轉見其世用之困頓與轉化；五論李賀馬詩以見其自喻隱微求用未果之圖像與情結；六論「以女爲喻」以見審美心理與詩用文化；七論杜甫以宋人詩話爲主以見美感思維與視域。

　　下卷以篇帙短小之一詩一歌爲主。一論魏徵〈述懷〉：以用典

的視角，見其心境流轉。二論陳子昂〈感遇・翡翠巢南海〉：以寓言結構論其寓言與詠物之異同。三論張若虛〈春江花夜月〉：以見全詩朗現之哀而不傷情懷。四論王維〈辛夷塢〉：以見人生況味，在自賞自足，無須外爍。五論孟浩然〈望洞庭湖贈張丞相〉：以見其求用情結。六論孟浩然〈與諸公登峴山〉：以見其感懷時空悲懷，而有用世感傷。七論李白〈宣州〉：以見其「抑揚格」之變化，以見其生命頓挫之反轉。八論李白〈少年行〉：以見其飛揚逸興之青春結客。九論杜甫〈哀江頭〉：表述楊妃事件與自我在歷史事件之顯影。十論杜甫〈江南逢李龜年〉：以見今昔之歲時流轉，烘託家國感傷、歲時不與的喟嘆。十一論杜甫〈茅屋為秋風所破歌〉：旨在藉由屋破，興發仁者之襟懷。十二論李商隱〈嫦娥〉：以見意在言外的託喻情懷。

　　從儒家的典範中，我們看到「求用」是知識份子最深切的呼喚，魏徵、孟浩然、李白、李賀皆然，而奮勵蹻揚者又是以什麼樣的心態對治呢？李白的〈少年行〉告訴我們青春追求的過程，「抑揚格」的生命情境，總在最深的谷底翻轉生命。杜甫的〈茅屋為秋風所破歌〉讓我們看到了仁者襟懷的典範。陳子昂的「多才信為累」標幟了另一種質問存在的典型。佛家的王梵志，讓我們體會安頓生命、去除我執，而王維的禪意則示現在人與大自然的互相融攝之中。然而，更多的是，詩人的哀感頑艷牽動著生命初質的悸動，張若虛在良辰美景下的離思，讓我們體會人世傷離是永世難以解消排遣的。

　　此中，有詩人求用歷程及地域流動，有世用困頓之心境題寫，也有求用未果的轉折與釋放，更甚者，是文化自我與個人自我的衝突。這些歌詩的表述，皆是詩人們曾經真實存在的感受，惻動我們

的意緒。

　　書寫詩歌，是一種心靈的開發與記錄，是詩人對自我生命的開發與宣洩、記錄與療癒。閱讀詩歌，也是一種心靈開發，是讀者透過閱讀開發自己豐富生命，這是一種饗宴，也是一種存在，更是一種詮釋，是詩人與讀者的對話，詩人透過歌詩傳遞蹭蹬不遇、流落不偶的心情；而讀者則透過歌詩體契詩人的情意流轉，更甚者轉化成能動性，成爲可以開啓、豐富生命的方式之一。

　　唐代詩人銘記他們的生命過程、姿彩與審美風尙，我們則透過這些詩歌重新演繹他們的心境流轉。

參考書目暨徵引資料

一、典籍（依時代及出版先後排序）

周・莊周撰，晉・郭象注：《莊子》（台北：中華書局，1969 年）。

南北朝・竺摩法師：《維摩經講話》（高雄：佛光出版社，1998 年）。

南北朝・鳩摩羅什：《維摩詰經》（高雄：佛光出版社，1997 年）。

南北朝・釋真諦譯：《大乘起信論》（台北：新文豐出版公司，1992 年）。

後晉・劉昫等撰：《舊唐書》（北京：中華書局，1996 年）。

南朝宋・慧嚴等集注：《大般涅槃經》（台北，新文豐出版公司，1983 年）。

南朝宋・曇無密多：《觀普賢菩薩行法經》（台北：法鼓山出版社，1999 年）。

南朝梁・慧皎：《高僧傳》（台北：廣文書局，1976 年）。

南朝梁・劉勰：《文心雕龍》（台北：開明書店，1981 年）。

南朝梁・釋僧佑：《弘明集》（上海：上海古籍出版社，1991 年）。

唐・王維撰，陳鐵民校注：《王維集校注》四冊（北京：中華書局，1997 年）。

唐・王梵志著，項楚校注：《王梵志詩校注》（上海：上海古籍出版社，1991
　　年）。

唐・杜甫著、仇兆鰲：《杜詩詳註》（台北：漢京文化公司，1984 年）。

唐・杜甫著、楊倫箋註：《杜詩鏡銓》（台北：華正書局，2003 年）。

唐・李白著、瞿蛻園等校注：《李白集校注》（台北：里仁書局，1981 年）。

唐・李白著、安旗主編：《李白全集編年注釋》（成都：巴蜀書社，2000 年。）

唐・李白著、吳汝綸評註：《李長吉詩評註》（台北：新文豐出版公司，1979年）。

唐・李賀撰、香港中文大學編纂：《唐李賀協律鉤元》（香港：香港中文大學，1973年）。

唐・李賀著，王琦、姚文燮、方扶南注：《三家評注李長吉歌詩》（上海：上海古籍出版社，1998年）。

唐・李賀著、劉衍証異：《李賀詩校箋証異》（長沙：嶽麓書社，1990年）。

唐・白居易撰，顧學頡校點：《白居易集》（北京：中華書局，1985年）。

唐・姚思廉：《陳書》（台北：鼎文書局，1975年）。

唐・柳宗元：《柳河東集》（台北：台灣商務印書館，1965年）。

唐・李商隱著、劉學鍇、余恕誠編：《李商隱詩歌集解》（北京：中華書局，1996年）。

唐・李商隱著、清・馮浩箋注：《玉谿生詩集箋注》（台北：里仁書局，1981年）。

唐・馮翊：《桂苑叢談》（台北：藝文印書館，1966年）。

唐・慧能：《壇經校釋》（台北：文津出版社，1995年）。

唐・釋道宣：《廣弘明集》（台北：台灣商務印書館，1965年）。

唐・釋寒山撰、李誼注釋：《禪家寒山詩注》（台北：正中書局，1992年）。

唐・寒山著、項楚注：《寒山詩注》（北京：中華書局，2000年）。

五代・劉昫著：《舊唐書》（台北：台灣商務印書館，2010年）。

宋・歐陽修、宋祁等著：《新唐書》（台北：鼎文書局，1972年）。

宋・李昉：《太平廣記》（北京：中華書局，1996年）。

宋・計有功：《唐詩紀事》（上海：上海古籍出版社，1965年）。

宋・陳騤：《文則》（北京：人民文學出版社，1998年）。

宋・黎靖德：《朱子語類》（北京：中華書局，1988年）。

宋・釋道原：《景德傳經錄》（高雄：佛光出版社，1997年）。

元・馬端臨：《文獻通考》（杭州：浙江古籍出版社，2000年）。

清・何文煥：《歷代詩話》（台北：漢京文化公司，1983 年）。

清・李調元編、何光清點校：《全五代詩》（成都：巴蜀書社，1992 年）。

清・彭定求等十人編校：《全唐詩》（北京：中華書局，1996 年）。

清・沈德潛：《唐詩別裁》（上海：上海古籍出版社，1992 年）。

清・陳沆：《詩比興箋》（台北：正生書局，1972 年）。

清・顧龍振：《詩學指南》（台北：廣文書局，1973 年）。

逯欽立輯校：《先秦漢魏晉南北朝詩》（台北：木鐸出版社，1982 年）。

丁福保：《歷代詩話續編》（北京：中華書局，1983 年）。

郭紹虞：《清詩話續編》（台北：木鐸出版社，1983 年）。

王重民編：《敦煌變文集》（北京：北京大學，1989 年）。

張忠綱：《杜甫詩話校注五種》（北京：書目文獻出版社，1994 年）。

陳伯海：《唐詩彙評》（杭州：浙江教育出版社，1996 年）。

楊家駱主編：《二十五史》（台北：鼎文書局，1976 年）。

二、今人論著

（一）中文（依作者筆劃排序）

中央公論社編：《文人畫粹編》（日本東京：昭和 50 年 5 月 5 日發行）。

王克文：《山水畫談》（上海：人民美術出版社，1996 年）。

王立：《心靈的圖景：文學意象的主題史研究》（上海：學林出版社，1999
　　年）。

古添洪：《記號詩學》（台北：東大圖書公司，1984 年）。

朱鳳玉：《王梵志詩研究》（台北：台灣學生書局，1987 年）。

任繼愈：《中國道教史》（上海：人民出版社，1990 年）。

李新達：《千年仕進路：中國科舉制度》（台北：萬卷樓圖書公司，2000 年）。

李曰剛：《中國詩歌流變史》（台北：文津出版社，1987 年）。

李豐楙：《憂與遊：六朝隋唐遊仙詩論集》（台北：台灣學生書局，1996 年）。

岑仲勉：《隋唐史》（坊間本，無出版資料）。

林淑貞：《表意‧示意‧釋義：中國寓言詩析論》（台北：里仁書局，2007
　　年）。

林淑貞：《中國詠物詩「託物言志」析論》（台北：萬卷樓圖書公司，2002
　　年）。

林淑貞：《近五十年台灣地區古典詩學研究概況——以碩博士論文為觀察範
　　疇》（台北：花木蘭文化出版社，2007 年）。

姚一葦：《欣賞與批評》（台北：聯經出版公司，1989 年）。

俞崑：《中國畫論類編》（台北：華正書局，1984 年）。

馬西沙、韓秉方合著：《中國民間宗教史》（上海：上海人民出版社，1992
　　年）。

郭朋：《中國佛教思想史》（福州：福建人民出版社，1994 年）。

徐建融：《心境與表現——中國繪畫文化學散論》（上海：上海人民美術出版
　　社，1993 年）。

高辛勇：《形名學與敘事理論》（台北：聯經出版公司，1987 年）。

夏敬觀，詹鍈：《李太白研究》（台北：里仁書局，1985 年）。

陳植鍔：《詩歌意象論》（北京：中國社會科學出版社，1992 年）。

陳文忠：《中國古典詩歌接受史研究》（合肥：安徽大學出版社，1998 年）。

陳文華：《杜甫傳記唐宋資料考辨》（台北：文史哲出版社，1987 年）。

梅家玲：《漢魏六朝文學新論：擬代與贈答篇》（台北：里仁書局，1997 年）。

張錫厚輯：《王梵志詩研究彙錄》（上海：上海古籍出版社，1998 年）。

張忠綱：《杜詩縱橫探》（濟南：山東大學出版社，1990 年）。

許薔薔、許綺玲譯、林志明導讀：《神話學》（台北：桂冠圖書公司，1997
　　年）。

許總：《唐詩史》（南京：江蘇教育出版社，1995 年）。

許總：《杜詩學發微、蔡夢弼「草堂詩話」與方深道「諸家老杜詩評」》（南京：南京出版社，1989 年）。

黃永武：《中國詩學　思想篇》（台北：巨流圖書公司，1979 年）。

項楚：《唐代白話詩派研究》（成都：巴蜀書社，2005 年）。

葉嘉瑩：《迦陵談詩二集》（台北：東大圖書公司，1985 年）。

葉慶炳：《唐詩散論》（台北：洪範書店，1987 年）。

傅抱石：《中國繪畫理論》（台北：華正書局，1988 年）。

傅經順：《李賀詩歌賞析集》（成都：巴蜀書社，1988 年）。

喬象鍾、陳鐵民　主編：《唐代文學史》中國社會科學院文學所編輯（北京：人民文學出版社，1995 年）。

楊家駱：《中國笑話書》（台北：世界書局，1996 年）。

鄭振鐸：《中國俗文學史》（台北：台灣商務印書館，無出版年）。

蔡英俊：《比興、物色與情景交融》（台北：大安出版社，1986 年）。

趙毅衡：《文學符號學》（北京：中國文聯出版社，1990 年）。

顏進雄：《唐代遊仙詩研究》（台北：文津出版社，1996 年）。

關永中：《神話與時間》（台北：台灣書店，1997 年）。

龔鵬程：《游的精神文化史論》（石家莊：河北教育出版社，2001 年）。

（二）譯著（依字母順序排序）

Duane Schultz、Sydney Ellen Schultz 合著，丁興祥 校閱，陳正文 等譯：《人格理論》（台北：揚智文化事業公司，1997 年）。

G. E. Lessing（萊辛）著、朱光潛譯：《詩與畫的界線》（又名《拉奧孔》）（台北：蒲公英出版社，1985 年）。

Huston Smith（休斯頓・史密士）著，劉安雲譯：《人的宗教：人類偉大的智慧傳統》（The World's Religions:Our Great Wisdom Traditions）（台北：立緒文化事業公司，1998 年）。

John D. Jump 編著、顏元叔譯：《西洋文學術語叢刊》（台北：黎明文化事業公司，1978 年）。

Nathan Cabot Hale（內森‧卡伯詩‧黑爾）著，沈揆一、胡知凡譯：《藝術與自然中的抽象》（上海：人民美術出版社，1996 年）。

R.G.Collingwood（柯靈烏）原著、陳明福譯：《歷史的理念》（台北：桂冠圖書公司，1982 年）。

Robert H. Hopcke、蔣韜譯：《導讀榮格》（A Guided Tour of The Collected Works of C.G.JUNG）（台北：立緒文化事業公司，2002 年）。

Tzvetan Todorov（茨維坦‧托多羅夫）編選：《俄蘇形式主義文論選》（北京：中國社會科學出版社，1989 年）。

Schutz, Alfred（霍桂桓）著，索昕譯：《社會實在問題》（The problem of social beality）（北京：華夏出版社，2001 年）。

三、學位暨期刊論文（依作者筆畫排序）

（一）期刊論文

王祥：〈李賀詩歌與永貞革新之關係考論──兼論李賀詩歌之寓意問題〉，《瀋陽師範學院學報》（社會科學版），第 23 卷第 2 期（1999 年），頁 43-48。

王沛：〈試論禪宗思想對王維的影響〉，《運城高等專科學校學報》，第 18 卷第 2 期（2000 年），頁 38-39。

王隆升：〈幽境與禪韻──試論《輞川集》的詩情、詩境與詩法〉，《華梵學報》第 8 卷（2002 年），頁 59-78。

衣若芬：〈談蘇軾對王維與吳道子繪畫藝術的評價及其影響〉，《國立編譯館館刊》，第 24 卷第 1 期，頁 19-38。

池永歆：〈王維田園山水詩中「禪道式」的空間觀〉，《鵝湖》，第 22 卷，第 2 期，總號第 254 期，頁 36-42。

李乃龍：〈唐代游仙詩的若干性質〉《陝西師範大學學報》（哲學社會科學版），
　　第 27 卷第 3 期（1998 年），頁 101-107。

杜創洋：〈以我觀物，借題抒意──解讀李賀馬詩三十三首〉，《甘肅教育學
　　院學報》（社會科學版），第 17 卷第 3 期（2001 年），頁 39-42。

吳曉龍：〈論王維山水詩風格與視覺意象的關係〉，《南昌大學學報》（社會
　　科學版）第 26 卷第 4 期（1995 年），頁 98-102。

吳曉龍：〈仙道活動與王維山水詩歌創作〉，《南昌大學學報》（社會科學版）
　　第 27 卷第 3 期（1996 年），頁 114-117。

吳文雄：〈試論遮撥藝術在王維山水詩中的運用〉，《中國文化大學中文學報》，
　　第 4 期（1998 年），頁 129-142。

邱瑞祥：〈王梵志詩訓世化傾向的文化解析〉，《貴州師範大學學報》（社會
　　科學版），總 124 期（2003 年），頁 137-140。

呂正惠：〈發端於「擬古」的詩藝──〈古風〉在李白詩中的意義〉，《清華
　　學報》，新 32 卷第 1 期（1992 年），頁 31-46。

周裕鍇：〈以俗為雅：禪藉俗語言對宋詩的滲透與啟示〉，《四川大學學報》
　　（哲學社會科學版）第 3 期，總第 108 期（2000 年），頁 73-80。

周尚義：〈論李賀詠馬詩的審美意蘊及創作情結〉，《江西教育學院學報》，
　　第 18 卷第 4 期，總第 75 期（1997 年），頁 31-33。

林淑貞：〈從讀者視域論寓言「寓意」之探求與誤讀〉，《第六屆兒童文學與
　　兒社語言學術研討會論文集》（台北：富春出版社，2002 年），頁 272-289。

胡立耘：〈王維山水詩中的景物語彙及其意義指向〉，《中國文化》，第 247
　　期（2000 年），頁 52-61。

胡運江：〈對王維詩歌繪畫美的新探微〉，《瀋陽師範學院學報》，第 2 期（1994
　　年），頁 19-23。

高人雄：〈空靈與禪意畫意與詩意〉，《社科縱橫》，第 4 期（1994 年），
　　頁 100-102。

高以旋：〈詩畫合一情景交融──王維詩之圖畫意象〉，《史博館學報》，第
　　10 期（1998 年），頁 163-180。

徐伯鴻：〈論王維寫景詩以畫法入詩法的成因〉，《信陽師範學院學報》，第
　　14 卷第 1 期（1994 年），頁 76-80。

陸永峰：〈王梵志詩、寒山詩比較研究〉，《四川大學學報》（哲學社會科學
　　版），第 1 期（1999 年），頁 110-111。

曹小雲：〈王梵志詩語法成分初探〉，《安徽師大學報》，第 22 卷第 3 期（1994
　　年），頁 325-332。

張岩：〈淺談王維詩用色方法〉，《浙江社會科學》，第 5 期（1995 年），
　　78-80。

葉嘉瑩：〈從花間詞的女性特質看辛棄疾豪放詞〉，《第一屆詞學國際研討會
　　論文集》（台北：中央研究院中國文哲研究所，1994 年），頁 1-18。

葉淑麗：〈王維〈輞川集〉詩的禪趣〉，《嘉南學報》，第 22 期（1996 年），
　　頁 232-240。

游佳容：〈試探李賀馬詩二十三首馬意象與仕宦生涯之關係〉，中正大學中國
　　文學研究所研究生論文集刊，第 4 期（2002 年），頁 131-148。

蔣寅：〈對王維「詩中有畫」的質疑〉，《文學評論》，第 4 期（2000 年）。

潘重規：〈敦煌王梵志詩新探〉，《漢學研究》，第 4 卷第 2 期（1986 年），
　　頁 115-128。

潘靜：〈禪性禪境禪愉──論王維山水詩的靜與動〉，《陝西師大學報》（哲
　　學社會科學版）第 24 卷第 4 期（1995 年），頁 105-109。

蕭麗華：〈試論王維之宦隱與大乘般若空性的關係──兼論王維詩中「空」的
　　境界美〉，《台大中文學報》第 6 期（1994 年），頁 231-256。

顏崑陽：〈論詩歌文化中「託喻」觀念：以《文心雕龍‧比興篇》為討論起點〉，
　　《第三屆魏晉南北朝文學與思想學術研討會》（台北：文津出版社，1996
　　年），頁 211-253。

（二）學位論文

杜昭瑩：《王維禪詩研究》（台北：輔仁大學中國文學研究所碩士論文，1993
　　年）。

吳旻旻：《香草美人傳統研究：從創作手法到閱讀模式的建立》（台北：台灣
　　大學中國文學研究所博士論文，2002 年）。

許富居：《論園林詩畫意境與詩意空間之塑造——以王維輞川園爲例》（台中：
　　逢甲大學建築及都市計畫研究所碩士論文，1994 年）。

彭政德：《王維禪詩創作技巧與藝術風格之研究》（新竹：玄奘人文社會科學
　　院中國語文研究所碩士論文，2001 年）。

顏瑞芳：《中唐三家寓言研究》（台北：台灣師範大學國文研究所博士論文，
　　1995 年）。

國家圖書館出版品預行編目資料

對蹠與融攝：唐人生命情調與審美風尚

林淑貞著. – 初版. – 臺北市：臺灣學生，2016.01
面；公分：

ISBN 978-957-15-1693-6 (平裝)

1. 唐詩 2. 詩評

820.9104   104027705

對蹠與融攝：唐人生命情調與審美風尚

著　作　者：林　　　淑　　　貞
校　稿　者：柯　惠　馨　、　陳　美　絲
出　版　者：臺　灣　學　生　書　局　有　限　公　司
發　行　人：楊　　　雲　　　龍
發　行　所：臺　灣　學　生　書　局　有　限　公　司
　　　　　　臺北市和平東路一段七十五巷十一號
　　　　　　郵 政 劃 撥 帳 號 ： 0 0 0 2 4 6 6 8
　　　　　　電　話　：（0 2）2 3 9 2 8 1 8 5
　　　　　　傳　真　：（0 2）2 3 9 2 8 1 0 5
　　　　　　E-mail：student.book@msa.hinet.net
　　　　　　http：//www.studentbook.com.tw
本 書 局 登
記 證 字 號：行政院新聞局局版北市業字第玖捌壹號

印　刷　所：長　欣　印　刷　企　業　社
　　　　　　新北市中和區中正路九八八巷十七號
　　　　　　電　話　：（0 2）2 2 2 6 8 8 5 3

定價：新臺幣六○○元

二　○　一　六　年　一　月　初　版